Excalibur

Herausgegeben von
Melissa Andersson
und
Gerd Rottenecker

Das Reich der Inseln bei Excalibur:

1. Gefährten des Sturms (70110)
2. Der Thron von Malkar (70101)
3. Die Erben des Carus (70161)
4. Die Königin der Dämonen (70162)
5. Die Geisterbrücke (70197)
6. Die Diener des Drachen (70198)

David Drake

DAS REICH DER INSELN 5

Die Geisterbrücke

Ins Deutsche übertragen von
Regina Winter

Knaur

Die amerikanische Originalausgabe erschien 1999 unter dem Titel
»Servant of the Dragon, Part 1« bei Tor Books, New York

Besuchen Sie uns im Internet:
www.droemer-knaur.de

Deutsche Erstveröffentlichung 5/2000

Umschlagkonzept: Melissa Andersson
Umschlaggestaltung: Agentur Zero, München
Umschlagillustration: Geoff Taylor, »The Lost Runes«
Lektorat: Ralf Reiter
Satz: Ventura Publisher im Verlag
Druck und Bindung: Clausen & Bosse, Leck
Printed in Germany
ISBN 3-426-70197-9

2 4 5 3 1

Für Jamuna devi dasi, alias Melissa Michael,
die diese Welt zu einem besseren Ort macht

ANMERKUNG DES AUTORS

Die (verbreitetste) Religion der Inseln basiert auf sumerischem Glauben und seinen Ritualen, aber die Magie selbst stammt aus dem Mittelmeerraum und ist überwiegend ägyptischer Herkunft. Die *voces mysticae,* die ich als »Worte der Macht« bezeichnet habe, stehen für die Sprache der Demiurgen; sie sind also so aufzufassen, als hätten sie für jene Wesen Bedeutung, die den Mächten des Universums menschliche Wünsche übermitteln können. Ich habe sie aus echten Zauberspruchsammlungen der Klassischen Periode bezogen.

Ich selbst glaube nicht, daß die *voces mysticae* Macht über Ereignisse haben. Aber Millionen intelligenter, zivilisierter Menschen glaubten dies tatsächlich. Ich spreche die *voces mysticae* beim Schreiben nicht laut aus.

Statt literarische Quellen für den Hintergrund dieses Buches zu erfinden, habe ich mich lieber echter Literatur bedient. Die Zitate stammen aus Gedichten von Horaz und Ovid; meine Übersetzungen sind tauglich, aber besonders Horaz hat Besseres verdient.

Außerdem beziehe ich mich auf Homer, Vergil, Hesiod, Athenaios und Plato. Das Faszinierende an der Verwendung von Originalquellen besteht darin, daß man nicht nur erfährt, was die Menschen in lange vergangenen Epochen dachten, sondern auch, wie sich ihr Denken gestaltete.

Und wenn man schließlich die Unterschiede zwischen uns und den Ahnen westlicher Kultur gesehen hat, wird man – zumindest wurde ich es – ein wenig toleranter gegenüber den Überzeugungen unterschiedlicher moderner Kulturen. Was insgesamt für die Welt nicht von Übel wäre.

David Drake — *Chatham County, N.C.*

PROLOG

Die Tiefe erbebte, und ein Glockenturm, der sich seit tausend Jahren nicht geregt hatte, schauderte. Aale mit glasigem Fleisch und riesigen glotzenden Augen wanden sich voller Angst vor der Macht, die sich auf die versunkene Insel konzentrierte. Goldenes Licht zuckte über ihre schlanken Körper.

Eine Glocke ertönte und entsandte ihren Klang über die versunkene Stadt hinweg. Sie war aus dem bronzenen Rammsporn von Kriegsschiffen gegossen, die der erste Herzog von Yole erobert hatte. Ein Derifuß-Fisch hob die langgezogenen Flossen vom Boden und schwamm mit starren Schwanzbewegungen davon.

Ammoniten, die Großen der Tiefe, schwammen langsam auf das Geräusch zu. Sie hatten Tentakel und Schalen, die wie Widderhörner geformt waren. Die größten waren so gewaltig wie ein Schiff.

Die Kräfte, die das Universum stützten, verschoben sich und sandten Beben um Beben durch eine Stadt, die seit tausend Jahren nichts berührt hatte. Die Glocke läutete in wildem Alarm über Yole.

Die Insel erhob sich.

Die Tentakel der Großen bewegten sich wie Schlangenwälder im Rhythmus der Worte, die das Wasser aufpeitschten. Im Tageslicht hätten ihre Schalen in allen Farben der Sonne geschimmert. Hier war das einzige Licht das entfernte Glimmen eines Viperfisches, der vor Angst aufglühte, als er floh.

Die Toten lagen auf den Straßen, niedergestreckt, wie sie gefallen waren. Auf ihnen lagen vereinzelte Dachziegel und die Trümmer von Mauern, die eingestürzt waren, als die Stadt versank. Die Wassermassen hatten ihre Schreie erstickt, während sie die Arme nach einer Rettung ausstreckten, die nicht kam.

Ihre Leichen waren nicht verwest: In diesen kalten Tiefen hatten die winzigen Fäulnisbringer keine größere Überlebenschance als Menschen. Einige Leichen waren von gewaltigen Seewölfen zerrissen worden, die auf dem Kamm der Flutwelle in die Stadt gekommen waren; andere Opfer waren in die Schnäbel der Großen gezogen und dort verschlungen worden. Zum größten Teil allerdings waren die Leichen unbeschädigt, wenn man einmal von den Stellen absah, an denen träge, langbeinige Krebse an ihnen geknabbert hatten.

Wellen von Licht berührten die versunkenen Gebäude und verliehen ihnen Farbe. Blautöne wurden langsam heller, als die Insel sich weiter erhob. Am Ende hatten selbst die Dachziegel ihre rötliche Farbe wieder.

Die Großen schwammen träge nach oben und begleiteten Yole auf seiner Rückkehr. Die Bewegungen ihrer Tentakel brachten das Universum aus dem Gleichgewicht.

Der Glockenturm des herzoglichen Palastes, das höchste Gebäude von Yole, brach durch die Meeresoberfläche. Wasser spritzte von Steinen, die der Schleim aus den tiefsten Gräben des Meeres dunkel gefärbt hatte.

Nur Augenblicke später tauchten auch die Großen auf; ihre Schalen durchscheinend im Morgenlicht. Sie schwammen langsam davon, um dem aufsteigenden Land auszuweichen. Mit s-förmigen Pupillen starrten sie den Kreis von Zauberern an, der über der sich erhebenden Stadt in der Luft schwebte.

Drei dieser Zauberer trugen schwarze Gewänder mit spitzen Kapuzen über den Köpfen. Ihre Gesichter und Hände waren mit einer Mischung aus Ruß und Talg schwarz gefärbt. Nur ihre Zähne blitzten weiß auf, als sie die Worte der Macht rezitierten: *»Lemos agrule euros ...«*

Drei Zauberer trugen Gewänder aus gebleichter Wolle, die im Schatten weiß aussah, und dort, wo die noch niedrig stehende Sonne auf den Stoff traf, in einer Mischung aus Rosatönen schimmerte. Sie hatten ihre Haut mit weißer Farbe eingerieben, so daß ihre Augen in der geisterhaften Blässe ihrer Gesichter wie dunkle Gruben aussahen.

»Ptolos xenos gaiea ...«, rezitierten die Zauberer.

Die Erde grollte. Sturzbäche tosten aus den Türen und Fenstern von Yole, ergossen sich in gurgelnden Fluten über die breiten Straßen, die zum Hafen führten. Leichen wurden im schäumenden Wasser herumgeschleudert. Über all diesem Chaos war jede Silbe deutlich zu vernehmen, obwohl die Worte aus menschlichen Kehlen stammten.

Der Anführer der Zauberer war auf der linken Seite schwarz, auf der rechten weiß. Auch er rezitierte die Worte der Macht, Silbe um Silbe. Aus dem Kohlebecken vor ihm trieben dünne Fahnen schwarzen und weißen Rauchs nach oben, verflochten sich miteinander, blieben aber deutlich getrennt.

»Kata pheinra thenai ...« Dem Anführer gegenüber stand eine mumifizierte Gestalt, deren Kopf die Zauberer von den Bandagen befreit hatten. Die trockene braune Haut der Mumie hatte ein winziges Schuppenmuster, und die Lippen waren dünn und reptilienhaft. Die Zunge, geschrumpft zu einer gespaltenen Schnur, zuckte bei der Rezitation. Worte der Macht klangen aus der toten Kehle der Mumie.

Der Glockenturm bebte weiter, aber nun ging die Stimme der Glocke in dem größeren Getöse unter. Seevögel kreisten in der Luft, von weit hergerufen, als sich das Meer von dem neu erhobenen Land entfernte.

»Kata cheiro, iofide ...«, sangen die Zauberer.

Das geisterhafte Abbild eines Tores hing über den Zauberern in der Luft, ein Filigranwerk aus Stein, das abwechselnd deutlicher und undeutlicher wurde. Die Wirklichkeit dieses

Tores war die eines anderen Ortes und einer anderen Zeit, aber die Beschwörung hatte es zur Hälfte zu den Zauberern hingezogen.

Der Boden von Yole berührte die Füße der Zauberer. Die Insel schauderte ein weiteres Mal und hörte dann auf, sich zu bewegen. Wellen, abgeschüttelt vom Wiederauftauchen Yoles, kehrten zurück, um in langsam abebbendem Zorn auf die Ufer der Insel einzuschlagen.

Im Hafen trieben die Großen. Ihre Tentakel bewegten sich in der grausigen Parodie eines Tanzes.

Möwen und Fregattenvögel stießen nieder und flatterten mit entzücktem Geschrei wieder auf. Der Aufstieg von Yole hatte Geschöpfe aus der Tiefe schneller nach oben gebracht, als sie sich dem Druckwechsel anpassen konnten. Die Vögel trugen die zerrissenen Kadaver in ihren Schnäbeln davon.

Die sechs geringeren Zauberer brachen auf den nassen Pflastersteinen eines Marktplatzes zusammen, keuchend unter dem Gewicht des Bannspruches, den sie ausgeführt hatten. Ihr Anführer hob die Arme hoch über den Kopf und rief: *»Theeto' worshe achelou!«*

Einen Augenblick lang erstickte Schweigen die Welt, und Wellen und selbst die Möwenschreie waren nicht mehr zu vernehmen. Sonnenlicht blitzte auf den Rüstungen von Soldaten und dem Schmuck von Damen, die ihre besten Kleider angelegt hatten, nicht wissend, daß sie sich für ihren eigenen Tod schmückten. Die Hand eines Kindes umklammerte immer noch eine Elfenbeinrassel; auch sie schimmerte in der Sonne.

Der Anführer der Zauberer blieb aufrecht stehen. Sein wahnsinniges Lachen erklang über der toten Stadt.

Auch die Mumie stand aufrecht, nun reglos und schweigend. Ihre eingesunkenen Augen waren auf den Zauberer gerichtet, die reptilischen Züge zu einer Maske des Zorns verzerrt.

1

Prinz Garric von Haft, von Valence dem Dritten, König der Inseln, zum Erben erklärt – und de facto bereits Herrscher des Königreichs – stand seinen Beratern gegenüber. Ein Stück weiter tischabwärts saßen die wichtigsten Adligen der Insel Ornifal, einige der mächtigsten Männer auf den Inseln. Sie warteten darauf, daß er seine Wünsche kundtat, während Lord Waldron, Kommandant der königlichen Armee, sich weiter mit Lord Attaper, dem Befehlshaber der Blutadler, der königlichen Leibwache, stritt. Garric wünschte sich, er wäre wieder zu Hause in Barcas Weiler, dem Dorf auf der Insel Haft, wo er die meisten seiner achtzehn ersten Lebensjahre verbracht hatte. Das Leben war damals erheblich einfacher gewesen, obwohl es ihm zu dieser Zeit kompliziert genug vorgekommen war.

»Es gibt kein Zurück, Junge«, flüsterte der Geist in Garrics Kopf: Carus, der letzte König der vereinten Inseln, der durch Einwirkung von Zauberkraft vor tausend Jahren ertrunken war. *»Selbst wenn dich die Pflicht nicht hier in Valles hielte, wäre Barcas Weiler nicht mehr wirklich dein Zuhause.«*

»Darf ich die beiden Herren daran erinnern, daß Soldaten bezahlt werden müssen!« warf Lord Tadai ein. Tadai hatte nun die Stellung jenes wohlmeinenden, unfähigen Mannes inne, der unter König Valence königlicher Finanzminister gewesen war. Tadai wischte sich das runde Gesicht mit einem Taschentuch ab, das mit dem Wappen seiner Familie, der bor-Tithains, bestickt war.

Nun sprangen alle auf und begannen aufeinander einzuschreien. Royhas bor-Bolliman, Garrics Kanzler und derjenige unter den Anwesenden, den Garric am ehesten als einen

Freund bezeichnet hätte, fauchte: »Und wo wir gerade von Geld reden, Tadai, die Ehre des Königreichs leidet darunter, daß Ihr Euch weigert ...«

»Meine Herren«, sagte Garric freundlich. Er wußte, daß ihm niemand zuhören würde, aber sein Vater hatte ihn erzogen, höflich zu sein.

Liane bos-Benliman, ein dunkelhaariges Mädchen in Garrics Alter, saß seitlich und einen halben Schritt hinter Garric und machte damit klar, daß sie während der Besprechung kein Recht hatte, sich einzumischen. In diesem Raum war sie nichts weiter als Garrics Sekretärin. Sie warf Garric einen Blick zu und lächelte, aber es war ein besorgtes Lächeln.

Liane war die Einzige unter den Anwesenden, die dasselbe wünschte wie Garric, und nicht mehr als das: Frieden und Einheit für das Königreich der Inseln, das Zauberei vor tausend Jahren zertrümmert hatte und das nun bedroht war, von Zauberei gänzlich zu Staub zertreten zu werden. In Garrics Augen war Liane die schönste Frau der Inseln, selbst neutralere Beurteiler hätten dem zustimmen können.

»Das Geld ist da, Ihr wollt es bloß nicht hergeben, wie es Eure Pflicht verlangt!« schrie Royhas und beugte sich von seiner Seite aus über den Tisch. Tadai, dessen Gesicht die scharlachrote Farbe seines Taschentuchs angenommen hatte, beugte sich ebenfalls vor und sagte: »Wenn Ihr vorhabt, Stellen für all Eure Verwandten zu finden, Royhas, dann würde ich Euch doch nahelegen, auch das notwendige Geld mitzubringen!«

Garric berührte den Konferenztisch mit dem Zeigefinger. Der Tisch war aus Wurzelholz, zu einem glasigen Schimmer poliert, der das üppige, komplizierte Muster der Maserung zur Geltung brachte. In Barcas Weiler bearbeitete man Holz mit einer Axt oder einem Breitbeil. Garric hatte nie eine Säge oder ein gesägtes Brett gesehen, bis ihn das Schicksal aus seinem Heim vertrieb. Ein Tisch wie dieser war angemessen für die

Himmelskönigin und ihren Gefährten, nicht für Sterbliche wie Garric or-Reise. »Und außerdem ...«, sagte Royhas.

Garric schlug mit der Faust auf den Tisch. Der Tisch, groß genug für zwölf Personen und entsprechend schwer, hüpfte auf dem Steinboden.

Einen Augenblick lang war es vollkommen still.

Garric hatte nichts mehr gegessen, seit ... nun, er hatte im Morgengrauen eine Orange und ein Weizenbrötchen zu sich genommen und seitdem nichts mehr. Vielleicht hatte er deshalb ein seltsames Gefühl im Magen.

»Meine Herren«, sagte er, »ich werde diese Besprechung vertagen, weil ich offensichtlich nicht in der Verfassung bin, sie zu beherrschen.«

»Es tut mir leid, Euer Hoheit, aber ...«

»Ich wollte nicht ...«

»Selbstverständlich, Garric, ich werde ...«

»Also wirklich, Prinz ...«

»Ruhe!« brüllte Garric. Die Fensterläden des Besprechungsraums hatten schräge Leisten, so daß die Sommerbrise eindringen konnte, aber nicht die Blicke jener, die über das Palastgelände schlenderten. Nun klapperten diese Läden in ihren Rahmen. Selbst Liane zuckte zusammen, aber sie grinste sofort.

»Meine Herren«, fuhr Garric mit der leisen Stimme fort, die er bevorzugte. »Wir werden diese Besprechung zur dritten Stunde des morgigen Nachmittags fortsetzen. Ich weiß, daß einige von Euch ihre Vorschläge schriftlich niedergelegt haben. Übergebt sie Liane, und ich werde sie mir vor morgen Nachmittag ansehen.«

Garric schaute von Royhas zu Tadai. Beide Männer hatten die Münder geöffnet und setzten dazu an, etwas zu sagen. Dann fiel ihnen auf, daß Garrics Miene so grimmig und unbeugsam wie eine Schwertklinge war.

»Selbstverständlich«, murmelte der Kanzler und nahm eine Pergamentrolle, die mit rotem Band verschnürt war, aus seiner Tasche. Er reichte sie Liane mit einer höfischen Geste.

Auch Lord Tadai hatte ein solches Dokument mitgebracht, das Band war allerdings mit den Pollen aus Bienenstöcken hellgelb gefärbt. »Es gibt einen Anhang, den einer meiner Sekretäre in Kürze vorbeibringen wird, Herrin«, sagte er leise.

Der Besprechungsraum befand sich in einem der diversen einzelnen Gebäude auf dem Gelände des königlichen Palastes in Valles. Die Berater verließen ihn einer nach dem anderen und stießen draußen zu ihren Sekretären und Leibwächtern – die Letzteren trugen Elfenbeinstäbe statt Schwerter. Nur den Blutadlern und jenen, die der König besonders ehren wollte, war es erlaubt, das Palastgelände bewaffnet zu betreten.

Am Ende waren von der Beraterrunde nur noch Attaper und Waldron geblieben. Die beiden Krieger gingen gleichzeitig auf die Tür zu und hielten inne. Einen Augenblick später grinste Attaper angespannt. »Ich verlasse mich darauf, daß Ihr niemandem einen Dolch in den Rücken stoßt, Lord Waldron«, sagte er. »Nicht einmal mir.« Dann ging er vor dem älteren Mann durch die Tür.

»Welpe!« murmelte Waldron und folgte ihm. Er ließ die Tür hinter sich offen: Das Öffnen und Schließen von Türen war unter der Würde eines Mannes von Waldrons Abstammung.

Ein Diener spähte in den Besprechungsraum, um nachzusehen, was jene, die dort geblieben waren, wünschen könnten. Liane schüttelte beinahe unmerklich den Kopf und schloß die Tür selbst.

Garric schob seinen Stuhl zurück und stand auf. Er stieß sich immer wieder die Ellenbogen an den Armlehnen dieses Stuhls aus massivem schwarzem Holz. Er fragte sich, wie der Hof wohl reagieren würde, wenn er diese Stühle im Konferenzraum durch Bänke ersetzen ließe.

König Carus lachte über den unausgesprochenen Gedanken. Garric selbst lachte laut; es half ihm über die schlechte Stimmung hinweg.

»Ich habe nicht das Gefühl, daß wir irgend etwas erreichen«, sagte er vergnügter zu Liane, als er noch einen Augenblick zuvor gewesen war. Einen Begleiter zu haben, der immer wußte, was man dachte, und stets bereit war, mit einem zu lachen – oder über einen –, war für einen Herrscher eine gute Sache. Garric wußte sowohl aus Carus' Erinnerungen als auch aus seiner eigenen Erfahrung, daß Könige im allgemeinen belogen wurden.

Er hatte mehr Glück als die meisten Herrscher: Weder Liane noch die Freunde, mit denen er aufgewachsen war, würden jemanden belügen – weder Garric noch einen anderen Menschen. Aber er hatte auch Glück, über einen Freund und Berater wie Carus zu verfügen.

»Du hast in den vergangenen Monaten mehr geleistet als jeder andere König der Inseln«, sagte Liane mit einer Spur von Gereiztheit. »Zumindest als jeder seit dem Alten Reich. Es gibt wieder eine Armee – und wichtiger, es gibt eine königliche Verwaltung, die mehr tut, als die Almosen entgegenzunehmen, von denen die örtlichen Landbesitzer glauben, sie dem Staat zu schulden.«

»Wir haben den Anfang einer Verwaltung«, stimmte Garric ihr zu, »aber nur einen Anfang, und das ausschließlich hier auf Ornifal. Die Herrscher der anderen Inseln machen, was sie wollen. Es gibt nur einen einzigen Grund, wieso der Graf von Sandrakkan oder der von Blaise sich noch nicht zum König ihrer eigenen Inseln erklärt haben: Sie glauben beide, wenn sie es richtig machen, können sie das gesamte Inselreich beanspruchen.«

»Und nun, da sie sehen, daß der König in Valles kein Schwächling ist, den man einfach beiseite schieben kann«,

sagte Carus, *»denken sie angestrengt über Unabhängigkeit nach. Darum müssen wir uns kümmern.«*

Garric legte die Hand auf die Krönungsmedaille von König Carus, die er an einer Schnur unter seinem Hemd um den Hals trug. Der Geist des Königs in Garrics Kopf lachte häufig, aber er war stets aufmerksam. Carus war eine ältere Version von Garric selbst, und die rechte Hand seines Abbilds war nie weit vom Griff seines langen, geraden Schwertes entfernt.

»Wenn wir uns erst um Ornifal gekümmert haben, wirst du imstande sein, dein Verwaltungssystem auf alle Inseln auszudehnen. Immerhin ist es nicht nur das Reich, dem es jetzt wegen gerechterer Steuern und Rechtsprechung besser geht, es sind die *Menschen* des Reiches.«

Garric lachte. »Alle Menschen außer denen, die vom derzeitigen Chaos profitieren«, sagte er. »Und das schließt die meisten ein, die sich gerade an der Macht befinden.«

»Auf lange Sicht ...«, begann Liane. Sie glühte schier vor Aufregung. Liane war so leidenschaftlich, wenn es den Plan zur Wiedervereinigung der Inseln anging, daß sie manchmal trotz ihrer hohen Intelligenz die wahren Probleme nicht erkannte. Sie konnte es einfach nicht *ertragen*, Hindernisse auf einem Weg zu sehen, von dem sie doch mit ihrer ganzen Seele wußte, daß er der richtige war.

»Die Menschen denken nicht langfristig«, sagte Garric leise. »Sie denken daran, was sie heute in der Hand haben.«

Liane wollte weitersprechen, dann schluckte sie die Erwiderung mit einer Grimasse herunter. Auch sie war müde.

»Vergiß nicht, du und ich kennen die Gefahren«, sagte Garric. Er legte seine Fingerspitzen auf Lianes Handrücken. Sie hatte mit ansehen müssen, wie ein Dämon ihren Vater zerriß. Magische Kräfte steigerten sich derzeit zu ihrem alltausendjährigen Höhepunkt. Niemand verstand besser als Liane, was den Inseln widerfahren würde, wenn man diesen Kräften gestattete, den zerbrechlichen Frieden, der seit dem Sturz des Alten Königreichs wieder eingekehrt war, zu zerstören. »Die meisten wissen nichts davon, und es ist diese unwissende Mehrheit, mit der wir es zu tun haben.«

Liane griff nach Garrics Hand und drückte sie. »Und einige würden selbst wenn sie wüßten, was wir wissen, ihre Bauern weiter berauben, statt zu versuchen, auf der Grundlage von Ehrlichkeit und Gerechtigkeit eine Gemeinschaft aufzubauen. Aber du hast schließlich auch eine Armee.«

»Die hast du, Junge«, stimmte König Carus ihr zu. *»Eine gute Armee, und sie wird jeden Tag besser. Du solltest allerdings aufpassen, daß du das Schwert nicht so übereilt benutzt, wie ich es getan habe; und vergiß nicht, ganz gleich, wie gut meine Armee war, es gab einen Zauberer, der sie und mich auf den Grund des Inneren Meeres schicken konnte.«*

Garric lachte. Liane lächelte, wenn auch ein wenig verwirrt: Niemand außer Garric selbst konnte die Worte seines Urahnen hören. »Ich habe gerade daran gedacht, daß Zauberei immer eine Gefahr ist, ganz gleich, wie gut unsere Armee sein mag«, erklärte Garric. Es brauchte allerdings eine bestimmte Art von Galgenhumor, um über einen solchen Gedanken lachen zu können.

An den Seitenwänden des Raumes standen lederbezogene Bänke, auf denen die Sekretäre saßen, wenn sie bei Besprechungen zugelassen waren. Den größten Teil seines Lebens hatte Garric in einer Dachkammer geschlafen, in einem Bett, das noch schmaler gewesen war als diese Bänke. »Was ich jetzt am meisten bräuchte, wäre ein Schläfchen. Ist irgend etwas so dringend, daß ...«

»Ich sage den Wachen, daß niemand außer mir dich stören soll«, meinte Liane, als sie sich erhob und mit derselben anmutigen Bewegung auch ihren Reiseschreibtisch zusammenklappte. »Und ich werde in dem Wirtschaftsgebäude nebenan warten. Dort gibt es auch eine Couch. Ich werde im Stehen einschlafen, wenn ich mich nicht gleich hinlege.«

»Es wird irgendwann schon ruhiger werden«, meinte Garric und hielt Liane die Tür auf. Ein Diener versuchte, ihr den Klapptisch abzunehmen; sie winkte ungeduldig ab, lächelte Garric zum Abschied noch einmal zu und ging zum Nebengebäude.

Garric zog sein zinnoberrotes Staatsgewand aus. Darunter trug er ein Hemd aus dünner Wolle, die er Seide vorzog: Wolle fühlte sich an seiner Haut einfach *richtiger* an – schließlich hatte er bisher immer Wolle getragen. Er zog die albernen Pantoffeln aus vergoldetem Leder aus, die er zu diesem schweren Gewand tragen mußte, und legte sich auf die Bank.

»Es wird für einige Leute vielleicht ein wenig ruhiger, wenn sie sterben«, sagte sein grinsender Urahn. *»Aber nicht für alle von uns.«*

Und als Garric ins Dunkel eines zwei Tage verspäteten Schlafes stürzte, fügte Carus hinzu: *»Und außerdem, was würden Leute wie wir tun, Junge, wenn uns ein Wunder plötzlich den Frieden brächte?«*

Cashel or-Kenset lernte zu tanzen, wie man in der Stadt tanzte. Es war eine feierlichere Angelegenheit als die Tänze bei Hochzeiten oder Erntefesten in seiner alten Heimat.

»Oh, Lord Cashel, Ihr seid so meisterhaft!« verkündete seine Tanzpartnerin Lady Besra bos-Balian – eine Frau, von der Cashel zunächst gedacht hatte, sie sei seiner Schwester ähnlich. Besra war tatsächlich so dunkelhaarig und zierlich wie Ilna, aber ihr fehlten Ilnas Prinzipien, ihre Loyalität und ihr Geist.

Vor allem verfügte Besra nicht über genügend Geist, um sich vorstellen zu können, daß Cashel vielleicht nicht auf dieselbe Art klug war wie seine Freunde Garric und Sharina, aber auch nicht annähernd dumm genug, um auf ihre Schauspielerei hereinzufallen. Sie bezeichnete sich gern als Mädchen, aber Cashel nahm an, daß sie mindestens dreißig war – und den Falten in ihren Augenwinkeln unter der Schicht pulverisierter Kreide nach zu schließen, hatte es sich überwiegend um schwere Jahre gehandelt.

»Nein, Lady Besra«, sagte Cashel geduldig, »ich habe einen Fehler gemacht. Ich habe mich nach links gedreht, als ich mich hätte nach rechts drehen müssen.«

Nun nickte er der Tanzlehrerin, Lady Kusha, zu. Lady Kusha war steinalt.

Sie war Ehrenjungfer – was immer das sein mochte – der Gattin des ersten Königs Valence gewesen, des Großvaters jenes Mannes, der nun auf dem Thron saß. Sie hatte schwarze Augen und trug immer Gewänder aus steifem schwarzem Leinen, als wäre sie erst vor kurzem verwitwet. Sharina hatte allerdings erzählt, daß Kusha nie verheiratet gewesen war.

»Es tut mir leid, Lady Kusha«, sagte er ehrlich, »beim nächsten Mal werde ich es richtig machen.«

»Da bin ich sicher, Meister Cashel«, erwiderte Kusha, »Ihr habt einen Instinkt für den Tanz; er muß nur in die richtige Form gebracht werden.«

Anders als Besra und zu viele Menschen in Valles versuchte Kusha nie, Cashel zu schmeicheln, indem sie ihn als »Lord« ansprach. Cashels Vater war der Sohn eines Müllers, der sich, ein paar Jahre nachdem er mit zwei kleinen Kindern und ohne Frau nach Barcas Weiler zurückgekehrt war, zu Tode gesoffen hatte.

Falsche Ehren konnte Cashel nicht leiden, obwohl er es aufgegeben hatte, das den Besras dieser Welt beizubringen. Cashel hielt ohnehin nicht viel von Adel – er war noch keinem Adligen begegnet, der ihn in den Dingen, die er wirklich für wichtig hielt, hatte übertreffen können –, aber es beunruhigte ihn, wenn man ihm etwas gab, wovon er wußte, daß er kein Recht darauf hatte.

Außer Cashel befanden sich noch drei weitere Männer in diesem Salon mit dem Marmorfußboden. Zwei davon waren Musiker, die eine Blockflöte und eine Geige spielten – ein kleines Saiteninstrument, das mit einem Bogen gespielt und nicht gezupft wurde wie die Lauten, die Cashel kannte.

Der dritte Mann war Lord Evlatun. Cashels Lehrer waren offenbar alles Adlige oder behaupteten es zumindest, obwohl sie außer den Namen und der allgemeinen Haltung nicht viel vorzuweisen hatten. Evlatun half Lady Kusha bei Tanzfiguren aus, die vier Tänzer brauchten.

Evlatun war Besras Partner; ob diese Partnerschaft so förmlich war wie eine Ehe, wußte Cashel nicht, und es war ihm auch gleich. Der blonde Mann mit dem schütteren Haar lächelte strahlend, wann immer er bemerkte, daß Cashel ihn anschaute, aber wenn Cashel ihn einmal in einem unbeobachteten Moment ansah, nun ...

Wäre Evlatun eine Schlange gewesen, dann ganz bestimmt eine giftige. Cashel hätte ihm in diesem Fall ohne weiter nachzudenken mit einem Schlag seines Stocks das Rückgrat gebrochen.

Es schien in Valles eine Menge Menschen dieser Art zu geben. Vielleicht zog der Palast sie an, wie man Fliegen auf einem Dunghaufen fand.

»Ihr seid der anmutigste Mann, mit dem ich je getanzt habe, Lord Cashel«, sagte Besra. Sie legte die rechte Hand auf seinen Bizeps und schob die Finger unter den fransigen Ärmel seines bestickten Hemdes. Es war ein Kostüm, das er für diesen Unterricht tragen mußte. Er mußte es tun, weil Sharina dasselbe hatte über sich ergehen lassen, und er wollte sie nicht blamieren.

Cashel wandte sich ein wenig von den Frauen ab. Evlatun

sah zu und grinste dabei wie ein Mann, der an Wundstarrkrampf stirbt.

»Hmm«, meinte Cashel. »Wir tanzen auch in Barcas Weiler, es sind nur nicht dieselben Schritte.«

Er war tatsächlich ein guter Tänzer, das wußte er. Besra war nicht die erste, die das überrascht hatte. Cashel war groß und breit, also bewegte er sich vorsichtig: Große, starke Männer, die nicht vorsichtig sind, zerbrechen alles. Er hatte einen großen Teil seines Lebens damit verbracht, sich im Tempo von Schafen oder einem Gespann von Zugochsen zu bewegen, und er hatte dabei gelernt, daß sie ihr Ziel ebenso erreichen wie die meisten lebhafteren Tiere.

Die Menschen neigten dazu, zu glauben, daß ein großer, breiter Mann, der seine Finger zum Zählen benutzte, auch ungelenk sei. Ungelenke, ungeschickte Menschen arbeiteten nicht mit Äxten und schweren Gewichten, oder jedenfalls behielten sie dabei nicht alle Arme und Beine. Seit Cashel seine Größe und sein Gewicht erreicht hatte, war er derjenige gewesen, an den sich die Leute in der Gegend wandten, wenn ein Baum gefällt werden oder ein Felsblock von einer Stelle wegbewegt werden mußte, die für Ochsen zu eng war.

Er war auch nicht langsam – nicht wenn die Notwendigkeit bestand, sich rasch zu bewegen. Hier und da hatte auf dem Schafsmarkt der Leibwächter eines Viehhändlers zu viel getrunken und Cashel zu einem Kampf mit Stöcken oder einem Ringkampf herausgefordert. Die Glücklicheren taumelten hinterher aus dem Ring; die anderen wurden von ihren Freunden weggetragen.

Besra trat näher an Cashel heran; er wandte sich der Tanzlehrerin zu und drehte Besra den Rücken zu. Er hätte schwören können, Evlatuns Zähne knirschen zu hören. »Wir können gerne weitermachen, Lady Kusha«, sagte er.

»Wir beginnen vom Rigadoon aus«, sagte Kusha. Sie winkte den Musikern mit dem Fächer; die zusammengeklappten Hornblätter klackten gedämpft. »Positionen bitte!«

Der Salon war der geräumige Hauptraum eines Gebäudes, das zu Unterhaltungszwecken gedacht war. Zu beiden Seiten gab es zweistöckige Flügel mit getrennten Suiten für die männlichen und weiblichen Gäste, die dort ihre Umhänge, Mäntel und Diener zurücklassen konnten. Wie der Rest des weit ausgedehnten Palastes am Rand von Valles war auch dieses Gebäude im Lauf der letzten Jahre ziemlich heruntergekommen, aber die Reparaturarbeiten waren bereits im Gange. Die abblätternden Stuckdekorationen am Ostende waren ersetzt worden, und wenn Cashel hier gerade keinen Tanzunterricht bekam, reparierten zwei Arbeiter die Vergoldungen der Kassettendecke.

Von der Männerseite her erklang ein Klopfen. Kusha drehte sich gebieterisch herum und sagte: »Stört uns nicht! Dieser Raum ist besetzt!«

Dennoch ging die Tür auf, und ein Mann im blaugrauen Gewand eines Palastdieners kam herein. Die Quaste an seiner passenden Mütze bestand zum Zeichen seines Ranges aus Goldfäden. Er war der Kämmerer, und Cashel kannte ihn gut.

»Fort mit Euch, habe ich gesagt«, zischte Kusha. Ihr magerer Körper schien sich auszudehnen wie der einer Kröte, die sich einer Schlange gegenüberfindet. »Ich bin Lady Kusha bos-Kadriman und auf ausdrücklichen Wunsch von Lady Sharina hier. Ich lasse mich nicht von einem einfachen Lakaien unterbrechen!« Cashel war der Ansicht, daß ein Palastkämmerer erheblich beeindruckender war als eine Tanzlehrerin, aber darum ging es nicht. »Schon gut«, sagte er. »Meister Reise ist ein Nachbar von mir.«

Der Kämmerer verbeugte sich tief und zeichnete mit der rechten Hand dabei eine S-Kurve in die Luft. Es hatte irgend etwas mit dem zu tun, was man hier für gute Manieren hielt.

»Ich bitte untertänigst um Verzeihung, Lady Kusha«, sagte er, »aber eine wichtige Angelegenheit erfordert, daß ich so bald wie möglich mit Meister Cashel spreche.«

»Habt Ihr die Dame nicht gehört?« sagte Evlatun eine ganze Oktave schriller als üblich. Mit großer Geste trat er einen Schritt vor und legte die Hand an seinen Schwertgriff.

»Außerdem«, fügte Cashel rasch hinzu, »ist er Garrics Vater. Ich spreche von Prinz Garric.«

»Ihr scherzt«, sagte Kusha. Sie und alle anderen starrten den Kämmerer an. »Das ist doch sicher ein Scherz, Meister Cashel.«

Reise warf den drei Adligen einen kühlen Blick zu. Es war schwierig, diesen selbstsicheren Höfling mit Reise dem Wirt in Verbindung zu bringen, immer unter dem Pantoffel seiner Frau, ein wenig komisch und stets gereizt über die Tatsache, daß er sein Leben in einem Dorf von Schafbauern verbringen mußte.

Selbstverständlich fiel es Cashel auch schwer, eine Verbindung zwischen dem einfachen Hirten, der er einmal gewesen war, und dem Burschen herzustellen, der gegen Dämonen gekämpft und sie besiegt hatte. Das Leben war erheblich komplizierter, als es ihm zu Hause in Barcas Weiler vorgekommen war.

»Ich war Sekretär von Gräfin Tera auf Haft«, sagte Reise zu Kusha. Besra starrte wieder Cashel an. Die beiden Musiker waren interessierte Zuschauer der ganzen Angelegenheit, erfreut, unterhalten zu werden, statt selbst unterhalten zu müssen. Evlatun fielen beinahe die Augen aus dem Kopf.

»Die Gräfin hat in der Nacht des Aufstands, bei dem sie umkam, ein Kind zur Welt gebracht«, fuhr Reise ruhig fort. »Meine Frau und ich haben das Kind – Garric – gerettet und zusammen mit Sharina, der Tochter meiner Frau, erzogen. Ja, ich habe daher die Ehre, Pflegevater von Prinz Garric zu sein.«

»Aber Ihr seid ein *Diener*«, erklärte Lady Besra so erstaunt, als wollte sie sagen: »Aber Ihr habt drei Köpfe.«

»Als König Valence Prinz Garric adoptierte, hatte dieser das Bedürfnis, seinen Haushalt von jemandem führen zu lassen, dem er vertraut«, erklärte Reise. Sein Lächeln war so schwach und kalt wie ein Hauch von Kondensat auf glattem, grauem Stein. »Er hat mich gebeten, nach Valles zurückzukehren, wo ich ebenfalls in einem Palast gedient habe; und selbstverständlich fühlte ich mich verpflichtet, dieser Bitte nachzukommen.«

Kusha saß reglos da und blinzelte nur zweimal. Es war, als beobachtete man, wie eine Eidechse mit den inneren Lidern blinzelt, während sie darauf wartet, daß die Beute nahe genug kommt. Nachdem sie das, was sie gerade gehört hatte, zusammengefügt hatte, sagte sie abrupt: »Also kommt, schnell! Meister Cashel muß sich um private Angelegenheiten kümmern!«

Mit hochgereckten Armen wie eine schwarze Gottesanbeterin scheuchte Kusha die Tänzer und Musiker vor sich her auf die Damensuite zu. Der Geiger bückte sich, um seine Noten aufzuheben, die er vor Aufregung hatte fallen lassen. Kusha versetzte dem armen Kerl einen Schlag mit dem Fächer und bewirkte damit, daß er rannte. Mit Sicherheit würde er auf der Rückseite der Oberschenkel nun eine Strieme haben.

Cashel begann sich Sorgen zu machen. »Es geht Sharina doch gut, oder, Reise? Meister Reise, meine ich.«

»Es ging ihr gut, als ich früher an diesem Nachmittag eine Delegation zu ihr führte«, meinte Reise so kühl, als wäre er nur der Kämmerer – und nicht auch Sharinas Vater. »Sie freut sich darauf, dich zu sehen, nachdem sie die Delegation angehört hat. Wenn ich es recht verstanden habe, waren es Landbesitzer, die Fragen zur Steuergesetzgebung hatten.«

Dann wechselte er das Thema, indem er sich räusperte. »Ich

bin allerdings hier, um dir zu sagen, daß dein Onkel Katchin mit dir sprechen möchte.«

»Mein Onkel?« fragte Cashel. Er war so verblüfft wie Lady Kusha, als sie vernommen hatte, wer Reise tatsächlich war. »Katchin der Müller will mich sehen? Was macht er überhaupt in Valles?«

»Ich fürchte, er will sich bei der neuen Regierung eine Stelle beschaffen«, sagte Reise. Er bedachte Cashel mit einem trokkenen Lächeln. »Das ist allerdings nur eine Vermutung; dein Onkel und ich standen schon nicht auf sonderlich vertraulichem Fuß, als wir noch in Barcas Weiler waren.«

Cashel nickte, während er darüber nachdachte, was er gehört hatte. Der Müller und der Wirt waren erfolgreiche Geschäftsleute in einer Gemeinde, in der die meisten anderen vom Landbau oder der Schafzucht lebten. Katchin war wahrscheinlich wohlhabender als Reise, und zweifellos hatte er mehr Geld ausgegeben. Er war auch der Büttel des Grafen von Haft in der Region gewesen – nicht, daß der Graf sich sonderlich mit einem abgelegenen Ort wie Barcas Weiler abgegeben hätte. Katchin betrachtete Reise als seinen Rivalen.

Reise hingegen hatte sich nie viel um Katchin gekümmert. Als er Reise nun hier als Kämmerer sah, konnte Cashel verstehen, warum: Die Unterschiede zwischen oben und unten in Barcas Weiler waren zu geringfügig für einen Mann, der seine Jugendjahre im königlichen Palast verbracht hatte.

»Und wenn man es genau nimmt, möchte dein Onkel dich auch nicht sehen«, fuhr Reise fort. »Er hat darum gebeten, mit Prinz Garric sprechen zu dürfen, den er als ›meinen alten Freund Garric‹ bezeichnet. Selbstverständlich habe ich das nicht zugelassen, aber als er schließlich nach dir fragte, hatte ich das Gefühl, es der Blutsverwandtschaft schuldig zu sein, dich über die Angelegenheit zu informieren.«

Reise wirkte hier sehr ruhig. Zu Hause – zu Hause in Barcas

Weiler – hatte man dem Wirt immer den unterdrückten Ärger angemerkt, der allerdings selten an die Oberfläche kam. Bei einem anderen Mann wäre das etwas gewesen, worauf die Nachbarn achteten. Bei Reise jedoch – nun, jeder wußte, wenn Reise einmal anfangen sollte, mit dem Schlachtmesser um sich zu schlagen, würde er doch nur über einen Waschkessel fallen und sich selbst bewußtlos schlagen, bevor er jemandem Schaden zufügte.

Seltsam, wie wenig man von jemandem wußte, den man sein ganzes Leben lang gekannt hatte. Seltsam, wie wenig man sogar über sich selbst wußte.

Cashel zuckte die Achseln. »Sicher, ich werde mit meinem Onkel reden«, sagte er. Er nahm an, daß es seine Pflicht war, wie er auch jeden Abend die Schafe nach entzündeten Mükkenstichen überprüft hatte. »Wo finde ich ihn?«

Reise nickte. »Er wartet im Raum für die männlichen Diener«, erklärte er und schaute zu der Tür hin, durch die er den Salon betreten hatte. »Ich werde ihn herbringen, oder Ihr könnt dort mit ihm sprechen – oder selbstverständlich auch an einem anderen Ort, Herr.«

Cashel schüttelte verblüfft den Kopf. Garrics Vater sprach *ihn* mit »Herr« an. »Ich werde hingehen«, sagte er und ging auf die Tür zu.

Cashel war ein wenig überrascht, daß sein Onkel nicht einfach in den Salon gestürzt war, wenn er sich in solcher Nähe befand. Als er den Raum betrat, sah er, weshalb. Katchin war tatsächlich dort, rot angelaufen und schnaubend, aber bei ihm waren zwei kräftige Palastdiener mit Amtsstäben aus Ebenholz mit silbernen Knäufen an beiden Enden. Diese Stäbe hätten mit einem richtigen Kampfstock wie dem Cashels nicht mithalten können, aber sie genügten zweifellos, um zu bewirken, daß Katchin blieb, wo er war.

Und hier im Palast gehörte Katchin dorthin, wo der Kämmerer wollte. Kein Wunder, daß der Müller wütend genug aussah, als wollte er Steine fressen.

»Guten Tag, Onkel«, sagte Cashel. »Ich habe nicht erwartet, dich hier zu sehen.« Und Duzi wußte, daß dies der Wahrheit entsprach!

Katchin verzog seinen Mund zu einem Lächeln. Er hatte einen buschigen Schnurrbart, vielleicht um dafür zu entschädigen, daß sein Kopfhaar nur noch aus einem fleckigen Band oberhalb seiner Ohren bestand. Er aß zuviel und trank zuviel, und das sah man seinem Gesicht, seinem Bauch und vor allem der Art an, wie seine Finger um seine Ringe quollen.

»Mein Junge, du mußt doch gewußt haben, daß ich kommen würde, sobald ich hörte, daß du und Garric Hilfe braucht!« sagte Katchin.

»Meister Cashel?« schaltete sich Reise ein, mit einer Stimme so trocken wie gesalzener Schinken. »Ich lasse die Diener vor der Tür. Sie werden unseren Besucher nach Beendigung Eures Gesprächs weiterführen.«

Er verbeugte sich – vor Cashel, nicht vor Katchin –, ging durch eine Hintertür und nahm die Diener mit. Einer von ihnen zwinkerte Cashel zu.

Cashel betrachtete seinen Onkel forschend. Katchins Kleidung war brandneu: die modischen zwei Hemden, das obere mit beigen und braunen Querstreifen; eine Schärpe aus Goldbrokat, an der ein Schwert hing, das noch mehr Spielzeug war als Evlatuns Waffe; und auf dem Kopf eine spitze Mütze mit einer Schwanenfeder, die in einem schlammigen Lilaton gefärbt war. Katchin sah aus wie ein Jongleur auf dem Schafsmarkt, obwohl Cashel wußte, daß man mit dem Geld, das diese Aufmachung gekostet hatte, zu Hause einen Bauernhof erwerben konnte.

»Es tut mir leid, daß du das getan hast, Onkel«, sagte er. »Garric hat nie gesagt, daß er deine Hilfe braucht, und ich brauche sie bestimmt nicht. Ich denke, es ginge dir zu Hause besser.«

»Ich kann nicht glauben, daß sich ein Kind, das ich aufgezogen habe, als so undankbar erweist!« sagte Katchin. Und das meinte er vermutlich sogar ernst. Katchin log nicht unbedingt, es gelang ihm nur, an Ereignisse in einer Weise zu erinnern, die ihm am besten diente. »Prinz Garric braucht Männer, denen er vertrauen kann und die ihm beim Regieren helfen. Ich kam, sobald ich von seiner Not erfuhr.«

Cashel schüttelte traurig den Kopf. Katchin war so ein *kleiner* Mann. Das war Cashel nie zuvor aufgefallen. Es war seine Aufgeblasenheit, die dazu geführt hatte, daß Katchin in Barcas Weiler größer schien. Hier war er nur ein Hanswurst, der aus einem Schafstall, von dem nie jemand in Valles zuvor gehört hatte, in die Stadt gekommen war.

»Onkel«, meinte Cashel, »du solltest nach Hause zurückkehren. Wenn du das nicht willst, sieh zumindest, daß du diese albernen Kleider loswirst. Zieh ein sauberes Wollhemd an und sei du selbst und kein Witz, über den die Palastdiener lachen. Du hast ja gesehen, wie die Männer dich anschauten.«

Katchins Miene verfinsterte sich von einem Zorn, den er nicht herunterschlucken konnte. »Und wer bist du Betteljunge, dem Büttel des Grafen Lascarg einen Vortrag über Mode zu halten?« schrie er.

»Ich habe nie gebettelt«, sagte Cashel. Er ließ sich von Worten nicht ärgern, und besonders diese Worte waren zu dumm, sich darüber aufzuregen. »Und was meine Kenntnisse von Mode angeht, nun, ich denke, ich konnte ja wohl kaum all die Jahre mit Ilna zusammenleben und gar nichts darüber lernen. Kaufleute kamen sogar von Valles her, um das Tuch zu kaufen, das sie webte.«

Katchins Schnurrbart bauschte sich, so heftig atmete der Müller. Er würde noch etwas in sich zerbrechen, wenn er nicht vorsichtig war. »Sieh mal, Cashel, mein Junge«, sagte er mit gezwungener Fröhlichkeit. »Bring mich einfach zu unserem Garric, und er wird schon verstehen, was ich ihm anbiete. Du bist ein kräftiger, ehrlicher Junge, aber von diesen Dingen verstehst du nichts.«

Cashel lächelte. »Ich nehme an, da hast du recht, Onkel«, sagte er. »Aber genau aus diesem Grund hättest du nicht herkommen sollen. Garric hat Leute, die ihm sagen, wen er sehen muß. Ich weiß nicht genug, um ihren Beschlüssen zu widersprechen.«

Er zeigte auf die Tür. »Geh wieder nach Hause, Katchin«, sagte er. Es war Cashel peinlich, Dinge sagen zu müssen, die nicht ausgesprochen werden sollten. »Es wird dir besser gefallen, ein großer Fisch in Barcas Weiler zu sein als ein Köder in Valles.«

Katchin öffnete den Mund und schloß ihn wieder, aber die Wut erstickte seine Worte für einige Zeit. Endlich brachte er mit brechender Stimme heraus: »Und ich nehme an, *du* gehörst hierher, Cashel der Schafhirte?«

»Ich gehöre dahin, wo Sharina ist, Onkel«, sagte Cashel. Vor einem Jahr zuvor wäre er so angespannt gewesen wie eine Kette an einer schweren Winde, wenn er über diese Dinge hätte sprechen müssen. »So war es wohl immer schon. Ich habe es nur noch nicht gewußt.«

Wieder zeigte er auf die Tür, als scheuchte er einen Welpen aus einem Zimmer, wo dieser nicht hingehörte. Galle schlukkend gehorchte Katchin.

Cashel lächelte über den Gedanken, der ihm gerade gekommen war: Er wußte, daß er zu Sharina gehörte, und Sharina wußte, sie gehörte zu ihm.

Sharinas Besprechung mit der Delegation von Landbesitzern aus dem Westen hatte sich etwa mit der Geschwindigkeit vollzogen, mit der sich Mörtel an einem feuchten Tag setzt. Zuzusehen, wie sich Mörtel setzt, wäre allerdings erheblich interessanter gewesen.

»Es ist nicht so, daß der Eintreiber, den Ihr in meinen Bezirk geschickt habt, ein schlechter Mensch wäre«, erklärte der Delegierte, der nun an der Reihe war. Sharina hatte versucht, sich ihre Namen zu merken, aber sie konnte es einfach nicht: Sie war müde, elend und müde, und diese Leute waren alle gleich. Es war, als versuchte man, zwölf Erbsen als Individuen zu betrachten. »Er versteht uns nur nicht, das ist alles. Und es fällt uns auch schwer, ihn zu verstehen, mit diesem Akzent, den er hat – nicht, daß ich etwas dagegen hätte, daß er aus dem Norden kommt.« Ein Kolibri kam vorbeigeschwirrt und hielt inne, um an einer trompetenförmigen Lotusblüte zu trinken. Ein weiterer Kolibri flatterte auf den ersten zu. Die beiden verschwanden tiefer im Garten und schimpften dabei zornig aufeinander ein.

Die Delegation in der gekachelten Laube bestand aus elf Männern und einer Frau – ein Vertreter jedes Bezirks der drei westlichen Regionen Ornifals. Sie trugen hochgeschnürte Stiefel und Hemden, die so geschnitten waren, daß die untere Hälfte in die Hosen gesteckt werden konnte, wenn die Arbeit es erforderte. Die Delegierten waren in jeder Hinsicht Menschen von Substanz – auch körperlich, denn sie waren gebaut wie mit grauem Moos bewachsene Baumstämme –, aber die Westgebiete waren ein Fleckwerk kleiner Ländereien, anders als die großen Anwesen des nördlichen Ornifal. Alle Delegierten hatten irgendwann einmal in ihrem Leben selbst einen Pflug geführt, und die meisten packten sicherlich bei der Ernte immer noch mit an.

Die Bezirke im Westen waren der Gegend an der Ostküste von Haft, in der Sharina aufgewachsen war, tatsächlich recht ähnlich. Sie konnte die Sorgen dieser Menschen besser verstehen, als sie sich vermutlich hätten träumen lassen.

Das Problem war, daß jeder dieser zwölf Katchin dem Müller so ähnlich war, daß Katchin am Ende der Reihe hätte sitzen können und niemandem aufgefallen wäre. Aufgeblasene kleine Leute, voller persönlichem Stolz, deren Blickfeld so eng war wie das des aufgeputztesten Modegecken unter den Palasthöflingen.

Es war nur ein anderes Blickfeld.

»Bei uns ist es genauso!« erklärte der Delegierte aus einem der Küstenbezirke: Er trug eine rhombenförmige Stickerei aus Silbergarn, die einen Steinbutt darstellen sollte, auf der Brust seines Hemdes, und eine ähnliche Nadel an seiner Samtmütze. »›Wo kaufe ich den Torf für mein Feuer?‹ hat er mich gefragt. Torf! Und als ich ihm erklärte, daß wir hier Holz verbrennen, sah er mich an, als hätte ich den Verstand verloren! ›Ihr könnt Euch hier leisten, Holz zu verbrennen?‹ sagte er, und ich konnte genau die Silberadler sehen, die in seinem Kopf herumwirbelten!«

»Ganz genau!« echoten die anderen Delegierten wie der Chor eines Theaterstückes. Dann gaben drei weitere ihre eigene ausführliche Version der Ungerechtigkeit zum besten, die es darstellte, einen Außenseiter geschickt zu bekommen, der die Steuern festlegen sollte.

Bisher hatten acht der Anwesenden ihre Erklärungen abgegeben. Diese Ansprachen hätten miteinander ausgetauscht oder selbst Satz für Satz miteinander verwoben werden können, ohne daß es wirklich einen Unterschied gemacht hätte. Der gemeinsame Nenner war: »Leute von außerhalb wissen nicht, wie man es bei uns im Westen macht.«

Ein Schreiber, der von einem Landsitz im Norden kam, dessen wasserdurchtränkter Boden für Bäume nicht geeignet war, mochte tatsächlich überrascht sein, daß man im Westen die Häuser mit Holz heizte und nicht mit Torfziegeln, die in den Sümpfen geschnitten und dann getrocknet wurden. Das bedeutete aber nicht, daß er sich den neuen Umständen nicht anpassen konnte: Die Steuern wurden entsprechend dem örtlichen Wert eines Produkts eingeschätzt, nicht nach dem Wert des Produkts auf einem auswärtigen Markt.

Das wirkliche Problem – und das, was die Delegierten, die nun so ernsthaft mit Sharina sprachen und ausufernde Bewegungen mit den Armen machten, um ihre Argumente zu unterstreichen, auf keinen Fall ansprechen wollten – bestand darin, daß Garrics neue Steuereintreiber von außerhalb der örtlichen Machtstruktur kamen und daher für die Regierung in Valles arbeiteten und nicht für sich selbst und ihre Freunde. Oh, sie konnten bestochen werden – sie waren immerhin nur Menschen, und es war zu erwarten, daß sie menschliche Untugenden hatten. Aber Distriktaufseher hatten ein Auge auf sie und verglichen die einzelnen Steuerangaben mit denen ähnlicher Bezirke unter anderen Schätzern.

Und es ist nicht so leicht, einen Fremden zu bestechen, wie einen Mann, den man sein Leben lang gekannt hatte. Wie jede andere Verschwörung erfordert auch Bestechung, daß die Parteien einander trauen. Und wie kann man einem Burschen mit einem komischen Akzent und seltsamen Ideen über Essen über den Weg trauen?

Vom Nymphaeum inmitten des Palastgeländes, wo die riesige Wasseruhr stand, erklang ein leiser Glockenschlag. Eine Bronzeschale hatte ihre Position verändert und ihren Inhalt in das Becken ergossen, das sie zuvor Tropfen um Tropfen gefüllt hatte. Der Diener, der dort bereitstand, schlug auf einen Klangstab. Andere Diener, die an Kreuzwegen überall im Gelände postiert waren, riefen: »Die fünfte Stunde hat begonnen!« und ihre Stimmen schienen widerzuhallen, als jene, die weiter entfernt standen, die Worte derer, die dem Nymphaeum näher waren, übernahmen.

Sharina stand auf. Die drei Delegierten, die gleichzeitig sprachen, hörten auf zu reden und warfen einander nervöse Blicke zu. Sie fürchteten ganz zu Recht, daß Lady Sharina vorhatte, die Audienz zu beenden, bevor sie die Zeit gefunden hatten, alles zu sagen, was *sie* sagen wollten. Sharina hatte aus Monaten mit ähnlichen Gesandtschaften gelernt, daß alle Delegierten vor allem eines wollten: ihre eigenen Stimmen hören. Mehr als eine Verringerung der Steuern, mehr als bessere Straßen, mehr als eine Rückkehr zu den örtlichen Zöllen, die sie sehr zum Schaden von Handel und Kommunikation eingesackt hatten ...

»Meine Dame, meine Herren«, sagte Sharina und nickte erst der Frau und dann den elf männlichen Delegierten zu. »Im Lauf der vergangenen drei Stunden habe ich mich über Eure Sorgen informiert. Ich fühle mit Euch und ich werde, was Ihr vorgebracht habt, mit jenen besprechen, in deren Verantwortungsbereich diese Angelegenheiten liegen.«

Die Wahrheit war, daß Sharina nach drei Stunden mit diesen Leuten nicht einmal mehr imstande gewesen wäre, sonderliches Mitgefühl für sie aufzubringen, wenn man sie in Öl gebraten hätte. Sharinas Zofe hatte sie wie eine Bürgerin von hohem Rang gekleidet. Kanzler Royhas hatte diese Aufmachung für sie gewählt, um zu betonen, daß Sharina nicht der Regierung angehörte und die Regierung daher durch nichts, was sie zufällig sagte, gebunden war.

Sharina verstand, was dahintersteckte, und es gelang ihr sogar, sich nicht beleidigt zu fühlen, weil Royhas sie wie ein albernes Mädchen behandelte, das vielleicht die Steuern eines Bezirks verändern oder einem Scharlatan, der behauptete, ein königlicher Bastard zu sein, den Posten eines Gouverneurs versprechen würde. Royhas war einfach vorsichtig, und es nutzte dem Königreich nur, daß es einen vorsichtigen Kanzler hatte.

Das Problem war, daß die Kleidung, die von Bürgern Ornifals von hohem Rang getragen wurde, noch schwerer und enger war als das Hofgewand aus beigefarbener Seide mit einem Streifen an der Seite, der Rang und Stellung des Trägers anzeigte. Sharinas blondes Haar war zu einer gewaltigen Hochfrisur getürmt und mit Bändern und goldenen Kämmen gehalten. Das fest geschnürte Mieder bestand aus Goldlamé über einem Gewand aus schwerer grüner Seide mit Applikationen, die die Geburt und die Abenteuer des mythischen Helden Val darstellten.

Um ihrer Bequemlichkeit willen hatte Sharina entschieden, die Delegation im Wassergarten des Palastes zu empfangen. Zypressen spendeten dem schindelgedeckten Pavillon Schatten; Bäche ergossen sich aus den Mäulern steinerner Delphine, plätscherten in den Lotusteich und kühlten die Luft.

Aber nichts konnte diese Kleidung kühlen! Sharina hatte sich besser – oder zumindest weniger unbequem – gefühlt, wenn sie sich mitten im Sommer um den Backofen kümmern mußte. Diese Kleidung war so starr wie Rüstungen und so erstickend wie die Dampfbäder, die man auf Shengy benutzte, eine Gewohnheit, die die Oberschicht von Valles zu übernehmen begonnen hatte.

»Aber während ich Euch verspreche, darüber nachzudenken ...«, fuhr Sharina fort, *Royhas wäre entzückt darüber, wie diplomatisch ich bin.* »... kann ich Euch nicht zusagen, daß es zu sofortigen Veränderungen des von der Regierung bestimmten Prinzips kommen wird. Ihr müßt verstehen ...«

Die einzige weibliche Delegierte – ihr Name war Alatcha – sagte: »Prinzessin, der König ist Euer Bruder! Könnt Ihr ihm nicht sagen, daß wir es verdienen, von unseren eigenen Leuten regiert zu werden?« Körperlich unterschied sich Alatcha nicht sonderlich von ihren Kollegen. Wenn sie aufrecht stand – sie saß gerade –, fiel ihr das Hemd bis auf die Knöchel und war nicht nur knielang, und ein schmales Spitzenband baumelte von ihrer Hutkrempe, als Ersatz für den Schleier einer ehrenhaften Witwe. Ihr Geschlecht hatte ihr den Mut gegeben, den Protest auszusprechen, den die männlichen Delegierten heruntergeschluckt hatten.

Sharina lächelte, um anzuzeigen, daß sie die Unterbrechung gutwillig akzeptierte. Sie nickte – sehr vorsichtig, denn die Masse aus Kämmen und Haar war so schwer, daß sie befürchtete umzufallen, wenn sie sich zu weit vorbeugte – und sagte: »Ich werde ganz bestimmt mit meinem Bruder Prinz Garric über die Angelegenheit sprechen, Lady Alatcha« – der Göttin sei Dank, daß sie sich zumindest an einen von zwölf Namen erinnerte –, »ich muß Euch allerdings daran erinnern, daß Valence der Dritte König der Inseln ist. Wie Ihr selbst, sind mein Bruder und ich nur die treuen Untertanen seiner Majestät.«

So vorsichtig, wie Sharinas Aussage gewesen war, die männlichen Delegierten wichen doch von Alatcha zurück, als hätte sie plötzlich Schaum vor dem Mund. Garric und die Berater, die ihm geholfen hatten, ihn zur wahren Macht im Königreich der Insel zu machen, legten großen Wert darauf, daß Valence offiziell immer noch König war. Etwas anderes hätte auf Ornifal zu Aufständen geführt und vermutlich die Regenten anderer Inseln getrieben, ihre Unabhängigkeit zu erklären. Alatcha schien erstarrt vor Angst. Um ihrer Korrektur die Bedrohlichkeit zu nehmen, trat Sharina vor und bot der Frau ihre Hand. Alatcha packte sie, als wäre sie am Ertrinken.

»Aber da Ihr das Thema angesprochen habt, werde ich mit ihm darüber reden«, sagte Sharina. Sie tätschelte Alatchas Hand mit der Linken, dann löste sie sich und trat ein paar Schritte zurück, um die Delegation im Auge zu haben. »Eure

Steuern werden von Leuten, die Ihr nicht kennt, festgelegt, und vielleicht habt Ihr gehört – falls nicht, sage ich es Euch jetzt –, daß innerhalb des kommenden Jahres Reisegerichte unter königlichen Richtern in Marsch gesetzt werden, um in allen Tötungsfällen und in Fällen zu entscheiden, in denen mehr als zwanzig Silberadler auf dem Spiel stehen.«

»Oh!« sagte einer der Delegierten. Seine Kollegen nickten grimmig, denn sie hatten das Gerücht offenbar schon vernommen. Verlegen setzte sich der Mann wieder hin. Die beiden anderen, die noch gestanden hatten, setzten sich ebenfalls. Zum ersten Mal an diesem Nachmittag lauschten die Delegierten etwas anderem als ihren eigenen Stimmen.

»Die Männer, die in Eure Bezirke geschickt wurden, waren Schreiber in den Haushalten nördlicher Landbesitzer«, sagte Sharina. »Sie werden jedoch vom königlichen Schatzmeister bezahlt. Ihre Treue, wie ihre Verantwortung, gilt dem ganzen Königreich und nicht dem einen oder anderen Adligen.«

Sie hielt inne und wünschte sich, sie hätte einen Krug des bitteren, dunklen Biers, das ihr Vater in seinem Wirtshaus gebraut hatte. Ein Schluck davon hätte ihr den Hals gekühlt und ihr geholfen, den Schleim herunterzuschlucken.

»Aber sie kennen *uns* nicht«, sagte einer der Delegierten und wies damit noch einmal enttäuscht auf den Punkt hin, über den sie schon mit allen Ausschmückungen den Nachmittag lang geredet hatten.

»Sie werden Euch kennen lernen«, erklärte Sharina mit Nachdruck. »Aber sie werden dem König dienen. Und wenn Ihr glaubt, Ihr seid unglücklich, weil Ihr es mit Leuten aus dem Norden zu tun habt, könnt Ihr Euch vielleicht vorstellen, wie sich diese nördlichen Adligen fühlen, wenn ihre Steuerschätzer aus Handelshäusern hier in Valles kommen. Könnt Ihr Euch vorstellen, wie oft ich schon gehört habe: ›Aber Ihr könnt doch nicht verlangen, daß Lord Soundso Steuern zahlt wie ein Pflüger in der Westbucht!«

Die Delegation brach in entzücktes Lachen aus. »Tatsächlich?« rief ein Delegierter verwundert.

»Nun, Prinz Garric erwartet, daß auch all die hohen Adligen ihre Steuern zahlen«, erklärte Sharina. »Und er erwartet, daß die Kaufleute in Valles ebenfalls zahlen, und das werden sie auch tun, denn einige Eurer eigenen Söhne und Töchter wachen über sie. Oder stimmt das etwa nicht?«

Über das allgemein zustimmende Gemurmel sagte ein Mann, dessen Schnurrbart sein Gesicht in zwei dunkelrote Flächen teilte: »Ja, mein Neffe Esmoun ist einer von ihnen, tatsächlich. Der König zahlt ihm siebzehn Adler im Monat, *im Monat,* und das in barer Münze!«

Während der gerade vergangenen Krise, als die Königin versucht hatte, sich mittels Zauberkraft zur Herrscherin des Landes aufzuschwingen, hatte sich niemand darum gekümmert, ob die abgelegeneren Regionen Steuern zahlten. Es gab zwei Gründe, weshalb die neue Regierung Geld hatte, ihre Angestellten zu entlohnen. Als erstes waren die Verschwörer, die sich der Königin entgegengestellt hatten – als König Valence zu schwach gewesen war, das selbst zu tun –, selbst wohlhabende Männer. Sie hatten die neue Regierung sowohl mit ihren Geldbörsen als auch mit ihrem Leben unterstützt.

Der zweite Grund bestand darin, daß die Königin gewaltige Reichtümer angesammelt hatte, bevor sie besiegt wurde. Einiges war geplündert und noch mehr davon während des Aufstands zerstört worden, der Garric zum Erben des Königreichs machte, aber ein großer Teil der Schätze der Königin war verblieben, und Lord Tadai hatte sich beeilt, sie in die königliche Schatzkammer zu schaffen.

Es war eine offene Frage, ob Tadai so sorgfältig vermieden hätte, sich dabei selbst zu bereichern, hätte er nicht gewußt, daß Kanzler Royhas die Angelegenheit genau verfolgte. Aber Tadai wußte, daß man ihn beobachtete, und daher konnten sich selbst seine schlimmsten Feinde nicht darüber beschweren, wie er seinen Pflichten als Finanzminister nachging.

»Und Rohan, der zweite Sohn von Robas, dem Müller aus Helvatal, ist auch zum König in Valles gegangen«, sagte ein weiterer Delegierter. »Ein kluger Junge, aber wenn er im Dorf geblieben wäre, hätte er keine Aussichten gehabt. Man kann eine Schrotmühle schließlich nicht aufteilen. Und zwei Familien können auch nicht von dem leben, was eine Mühle einbringt, nicht in Helvatal.«

Alle schienen einen Augenblick lang nachzudenken. Dann erhob sich Alatcha umständlich. »Lady Sharina, sagt Eurem Bruder bitte, daß der Westen treu zu ihm steht«, sagte sie. »Ich meine, wir sind daran gewöhnt, daß die Leute hier in Valles uns behandeln wie ihre Stiefelputzer – aber das hätten wir nicht zugelassen!«

Mehrere Delegierte riefen: »Auf keinen Fall!« oder etwas anderes Zustimmendes. Einer begann eine Geschichte über einen abwesenden Landbesitzer, der seine Zäune nicht mehr flickte, aber seine Kollegen drängten ihn zu schweigen.

»Aber wir werden hinter dem Königreich stehen, wenn das Königreich hinter uns steht!« schloß Alatcha. Die Männer ringsum sie her brummten zustimmend oder riefen »hört hört!« in einer Lautstärke, die die Dachschindeln klappern ließ. Diener und Beamte, die in der Nähe vorbeikamen, reckten die Hälse, um zu sehen, was hier los war. In Valles bedeutete es häufig nichts Gutes, wenn mehrere Leute zur gleichen Zeit schrien, man mußte eher mit einem Aufstand als mit jubelnder Begeisterung rechnen.

Sharina seufzte innerlich erleichtert. Sie hatte diese Leute nun tatsächlich erreicht. Sie spürte so etwas wie Verwandtschaft mit ihnen, denn schließlich war sie selbst einmal Bäuerin gewesen und froh, wenn man sie gerecht behandelte.

Die meisten, die zu Lady Sharina kamen – weil Royhas und Tadai dafür sorgten, daß sie Prinz Garric nicht erreichten –, kümmerten sich nicht darum, was gerecht oder auch nur notwendig war, damit das Königreich der Inseln die derzeitige Krise überlebte. Sie wollten mehr für sich, und ihre Vorstellung von Gerechtigkeit beruhte auf dem Glauben, daß die Welt (und sicherlich auch das Königreich) dazu da war, ihnen alles zu geben, was sie wollten.

»Meine Dame«, sagte Sharina, »meine Herren – ich werde meinem Bruder gerne berichten, daß der Westen hinter ihm steht. Was Euch angeht, seid Ihr stets willkommen, Euch mit Eurer Regierung in Verbindung zu setzen, sei es persönlich, wie heute, oder mit schriftlichen Petitionen. Aber ich muß Euch auch um Geduld bitten, weil die Lasten, die Ihr und Eure Nachbarn tragt, Euch um des Königreichs willen auferlegt werden.«

Sharina dachte darüber nach, wie das königliche Einkommen ausgegeben wurde. Sie nahm an, daß es eine Möglichkeit gab, das Palastleben auf eine Weise zu organisieren, daß es nicht ganz so viele Diener brauchte, die mit wichtiger Miene umherstanden ... aber vielleicht auch nicht. Ihr Vater hatte erfolgreich ein ländliches Gasthaus geführt, wo es nichts zu verschwenden gab. Nun betrieb er diesen Palast, und sie konnte sich nicht vorstellen, daß er mit seiner Stellung auch die Prinzipien gewechselt hatte.

Im Palast waren Dinge nötig, die nichts mit einfacher Effektivität zu tun hatten. Er diente auch dazu, die Erwartungen der Leute zu befriedigen, die hierher kamen – Menschen wie diese Delegierten und Gesandtschaften von anderen Inseln. Vielleicht *brauchte* man ein ganzes Netz von Dienern, die die Zeit ausriefen, aus demselben Grund, wieso Sharina teure Gewänder trug, wo doch ein einfaches Wollhemd und bloße Füße dem Anstand genügt hätten. Wie hätte zum Beispiel die Delegierte Alatcha reagiert, wenn Sharina wie eine Bäuerin ausgesehen hätte?

Sie grinste. Die Delegierten glaubten, daß sie sie anlächelte, während sie sich verabschiedeten. Tatsächlich dachte Sharina nur daran, wie gut es sich anfühlen würde, jetzt einfach ein solches Wollhemd anzuziehen und diese hohen Stiefeletten loszuwerden, die ihre Füße einzwängten.

Diener, herbeigerufen auf eine Art, die Sharina nicht verstand, standen bereit, um die Delegierten zum Palasteingang zurückzubegleiten. Sie mußte ihren Vater einmal fragen, wie es diesen Dienern gelang, diskret außer Sichtweite zu bleiben und doch plötzlich zu erscheinen, wenn man sie brauchte.

Die Delegierten machten sich langsam und unter leisen Gesprächen auf den Weg. Alatcha drehte sich an der Stelle, wo der Weg um ein paar Weidenbäume herumführte, noch einmal um und winkte; dann mußten alle anderen ebenfalls stehenbleiben und dasselbe tun. Sharina behielt ein erstarrtes Lächeln auf den Lippen und winkte zurück, bis auch der letzte der Zwölf verschwunden war.

Sharinas Zofe, Diora, kam auf sie zu. Sharina senkte die Hand und sagte leise: »Ich war in meinem Leben noch nicht so froh, ein Weidengehölz zu sehen.«

»Herrin?« sagte die Zofe ein wenig verängstigt, weil sie nicht verstand, wovon Sharina sprach. Diener konnten nie sicher sein, wie ihre Herren auf Unwissen reagieren würden. Selbst in Barcas Weiler geschah es, daß hin und wieder ein Kaufmann oder ein Viehhändler nach einem Diener schlug, der nicht getan hatte, was der Gast für angemessen hielt.

Das geschah allerdings nie zweimal. Nicht, solange der breitschultrige Garric or-Reise der Sohn des Wirtes gewesen war, und jeder Mann im Bezirk war zurückgewichen, wenn die Wachen des Gastes sich daran stießen, daß ihr Herr mit dem Gesicht zuerst in den Misthaufen des Gasthauses gerammt wurde.

»Schon gut, Diora«, sagte Sharina. »Ich rede mit mir selbst. Könntest du mir bitte gleich mit dem Haar helfen? Ich fürchte, ich muß den Rest dieser lächerlichen Aufmachung tragen, bis ich wieder in meiner Suite bin.«

Sie würde sich mit Cashel treffen, sobald sie sich umgezogen hatte. Sie wünschte sich, er wäre jetzt schon da – nicht, daß er wirklich etwas für sie hätte tun können. Sharina kicherte und stellte sich vor, wie Cashel sie wie einen Wollsack zu ihrer Suite trug. Er war stark genug, zweimal ihr Gewicht zu heben, selbst in diesen schweren Gewändern, die sie trug, aber es würde einen Skandal verursachen, wenn sich Lady Sharina entschlösse, sich hier im Pavillon bis auf das leinene Unterhemd auszuziehen. Die Menschen – hier und überall – machten sich mehr Gedanken darüber, wie die Dinge aussahen, als um echten Anstand oder Unanständigkeit dessen, was geschah.

Diora pflückte die Kämme mit geschickten Fingern aus Sharinas Haar. Sharina hatte der Gedanke, Diener zu haben, nicht gefallen, aber sie hatte keine Wahl gehabt. Es wäre ebenso wenig möglich gewesen, sich ohne Hilfe in diese Gewänder zu hüllen, wie alle hundertsiebzig Ruder einer Trireme gleichzeitig zu bedienen.

Diora war ein vergnügtes Mädchen, leistete gute Arbeit und war – was von Sharinas Standpunkt aus vielleicht das Wichtigste war – vollkommen ein Kind dieser Stadt, so daß sie ihre Herrin durch die Untiefen der Palastkultur geleiten konnte. Häufig wäre Sharina ohne Diora so verloren gewesen, wie, nun ja, die Zofe gewesen wäre, wenn man sie mitten im Gemeindewald von Barcas Weiler abgesetzt hätte.

»Herrin?« sagte Diora zögernd, als sie die letzten Kämme

entfernte und sie dabei ein wenig drehte, so daß Sharinas Haar sich löste, statt den Kammzähnen zu folgen. Gold klirrte leise und wohltönend gegen anderes Gold. »Ich frage mich, ob Ihr vielleicht einen Augenblick Zeit habt, um mit einigen ... anderen Leuten zu sprechen?«

Sharina spürte, wie sich ihr der Magen zusammenzog. *Sie konnte einfach nicht noch mehr ertragen ...*

Doch, sie konnte. Solange sie hier in Valles blieb, mußte sie das tun. Es war ihre Pflicht.

»Von welchen anderen Leuten sprichst du, Diora?« fragte Sharina mit – wie sie hoffte – freundlicher Neugier. Sie gingen den Pfad zu ihrer Suite entlang; die Zofe ging rasch vor und ergriff Sharinas Hand mit der Hand, in der sie nicht die Tasche mit den Kämmen trug. Sharina konnte in diesem steifen, aufgeblähten Gewand ihre eigenen Füße nicht sehen, so daß sie eine Führerin brauchte, um nicht hinzufallen.

Neu eingestellte Gärtner waren dabei, die Schäden von Jahren der Vernachlässigung zu beseitigen, aber es gab noch viel zu tun. Die Wurzeln einer gewaltigen Ulme waren über den Weg gewachsen. Arbeiter hatten die Pflastersteine auf einer Seite aufgestapelt und eine Ladung Kies auf der anderen abgekippt, aber sie hatten es noch nicht geschafft, den Ballast über die Wurzeln zu verstreuen und die Pflastersteine neu zu verlegen.

»Einen höheren Schritt, Herrin«, sagte Diora. »Höher – so, jetzt der linke Fuß, und noch mal hoch ... da! Geschafft.«

Sie waren an der unbequemen Stelle vorbei, und Diora ließ Sharinas Hand wieder los. Die Zofe ging weiter voran, als sie an den Beeten mit Zinnien vorbeikamen, die in Pastellfarben leuchteten, so daß ihre Herrin ihr Gesicht nicht sehen konnte. Sie sagte: »Wißt Ihr, Herrin, es sind Leute aus meiner alten Nachbarschaft. Aus dem Brückenviertel, wo ich gewohnt habe, bevor ich die Stelle hier im Palast bekam.«

»Ah«, sagte Sharina unverbindlich. Sie wußte nicht, wo sich das Brückenviertel befand – südlich des Beltis, nahm sie an, denn dort gab es die einzige Brücke der Stadt. Sie wußte, daß ein Teil von Valles auf der anderen Flußseite lag, daß aber überwiegend Fähren und kleine Boote ihn mit dem Rest der Stadt verbanden.

»Wißt Ihr, Herrin, sie können niemanden sonst dazu bringen, sie anzuhören!« sagte Diora. »Meine Mutter verliert darüber fast den Verstand. Ich habe ihr gesagt, daß Ihr eine *echte* Dame wärt, nicht nur eine angemalte Statue, und daß Ihr vielleicht ... Ihr wißt schon ... wenn Ihr einen Augenblick Zeit für sie hättet ...?«

Das Mädchen sprach schneller als üblich und mit abgehackten Silben. So sprachen die Menschen auf den Straßen von Valles, aber nie hier in der kultivierten Heiligkeit des Palastes.

Sharina lächelte. Sie versuchte, den Akzent von Haft zu vermeiden, der sich einschlich, wenn sie redete, ohne nachzudenken. Dieser ein wenig singende Tonfall ließ sie anders klingen als jeden, der hier aufgewachsen war, obwohl ihr das selbstverständlich niemand ins Gesicht gesagt hätte.

Sie wurde wieder ernster. Die Delegierten aus dem Westen wären auch glücklich gegangen, wenn Sharina behauptet hätte, daß in ihren Flüssen ab morgen Wein fließen und auf den Bäumen Kuchen wachsen würden. Das Wichtige daran war, daß Lady Sharina *sie* angehört, mit *ihnen* gesprochen hatte und daß sie diese Erinnerung mit nach Hause nehmen konnten, mit ebenso viel Freude, als wäre es ein Beutel mit Goldkronen, frisch aus der königlichen Münze. Sharina wußte, was sie da tat, war sehr wichtig, aber es fühlte sich so leer an, als versuchte man, die Flut mit einem Besen zurückzufegen.

Und nun brachte auch ihre Zofe eine Gesandtschaft zu ihr.

Nun, Reise hatte seine Kinder nicht dazu erzogen, sich ihren Pflichten zu entziehen.

Diora wagte einen Blick über die Schulter. Sie hatte sich Sorgen gemacht, weil Sharina schwieg. Sie hatten das Gebäude, das Sharina gehörte, beinahe erreicht – eine Suite ordentlicher, kleiner Zimmer um einen zentralen Innenhof mit einem kleinen Wasserbecken darin. Der Hausmeister hatte das Glasdach des Innenhofes wegen der Wärme abgenommen; Regen ließ die seidenflossigen Karpfen zwischen den Wasserpflanzen einherschießen.

Sharina dachte daran, zu fragen, ob sie sich erst umziehen könnte, aber das wäre eine Beleidigung gewesen – damit hätte sie ausgedrückt, daß Dioras Verwandte und Freunde vielleicht nicht so wichtig waren wie die Delegierten dieses Nachmittags. Es war Sharinas Aufgabe, den Leuten ein *gutes* Gefühl gegenüber ihrer Regierung zu vermitteln.

Sie selbst hatte sich den ganzen Nachmittag elend gefühlt. Sich jetzt noch eine oder zwei Stunden länger elend zu fühlen würde sie nicht umbringen.

»Selbstverständlich werde ich mit deinen Nachbarn sprechen, Diora«, sagte Sharina. »Ist deine Mutter auch dabei?«

»O nein, Herrin!« erwiderte Diora verblüfft. »Meine Mutter würde sich nicht träumen lassen, sich in so etwas einzumischen. Ich habe gesagt, sie solle die führenden Männer der Nachbarschaft schicken, sechs von ihnen, und die warten nun auf Euch ... wenn das in Ordnung ist?«

»Selbstverständlich ist das in Ordnung«, erwiderte Sharina. Diora schien nichts Außergewöhnliches daran zu finden, daß man nur Männer schickte, um mit der wichtigen Persönlichkeit zu sprechen ... die zufällig selbst eine Frau war. Sie dachte daran, was Ilna davon halten würde, und als Ergebnis dieser Gedanken kicherte sie, als sie die Halle betrat, um die Delegation aus dem Brückenviertel zu begrüßen.

Die Delegierten warteten im Innenhof, mit dem Rücken zu einem Wandgemälde. Sharinas Türhüter wachte mit sorgfältig neutraler Miene über sie, bereit, sie wie Eindringlinge zu behandeln, falls Lady Sharina sich nicht erfreut zeigen sollte, sie zu sehen. Die Männer selbst hätten nicht verängstigter sein können, wenn sie darauf gewartet hätten, echten Chimären vorgesetzt zu werden wie den Ungeheuern, die hinter ihnen auf einem schwarzen Untergrund abgebildet waren.

»Guten Tag, meine Herren«, sagte Sharina lächelnd. »Ich freue mich, Freunde von Diora kennenzulernen. Sie ist mir eine wunderbare Hilfe gewesen, seit ich hergekommen bin.«

Ein allgemeines Seufzen erklang. Sharina befürchtete schon, daß der große Bursche mit den Brandflecken von fliegenden Funken an seinen Unterarmen – zweifellos ein Schmied – vor Erleichterung ohnmächtig würde.

»Meister Alswind«, sagte Diora. Der älteste Mann nickte steif. Er trug ein purpurfarbenes Hemd, das ihm vielleicht vor zwanzig Jahren einmal gepaßt hatte, als der Adlige, dem er diente, es ablegte und ihm gegeben hatte. Das war vor gut vierzig Pfund gewesen, und sollte Alswind sich zu tief verbeugen, würde das Kleidungsstück platzen.

»Meister Rihholf, Meister Aldern, Meister Dudo« – der Schmied –, »Meister Demeras und Unterpriester Arpert.«

Sharina vollzog die knappe Verbeugung, die ihr steifes Mieder ihr gestattete. Alswind war nicht der einzige, der hier in seiner Kleidung in einer Falle saß. »Es ist mir eine Freude, Euch kennenzulernen, meine Herren«, sagte sie. »Möchtet Ihr Euch hinsetzen?«

Es gab zu beiden Seiten des Eingangs Bänke mit Sitzen aus Zebraholz und Beinen aus durchbrochener Bronze. Sharina zeigte darauf.

Die Delegierten waren verblüfft. »Oh, wir könnten uns nie

in Eurer Gegenwart hinsetzen, Herrin!« sagte Rihholf, ein dicklicher Mann mit einem Schultercape, das ihm bei diesem Wetter ausgesprochen unbequem sein mußte – und das nicht ganz das schlecht geflickte Mottenloch an der Brust seines Hemdes verbarg.

»Du Taubenhirn!« fauchte Dudo ihn an. »Du kannst doch nicht unaufgefordert sprechen!«

Sharina zeigte auf die Bänke. »Bitte setzt Euch!« sagte sie. Sie war gewohnt, mit unruhigen Gästen im Schankraum des Gasthauses zurechtzukommen. Wenn sich jemand nicht prompt kümmerte, würde es noch Mitternacht werden, und keiner hätte auch nur erfahren, wieso diese Männer hier waren.

Sharina trat beiseite, so daß die Delegierten zu den Bänken gelangen konnten, ohne über sie zu stolpern. Sie zögerten noch einmal kurz, während sie überlegten, wer wo sitzen sollte. Diora löste das, indem sie die Positionen aufteilte, drei auf jeder Bank, und den Männern mit lautem Flüstern ihre Plätze anwies. Die Einwohner des Brückenviertels beugten sich vielleicht dem *Konzept* der Männlichkeit, aber die Frauen schienen nicht daran gewöhnt zu sein, auf die Entscheidungen von Männern zu warten, denen es an gesundem Menschenverstand fehlte.

»Meister Aldern?« sagte Sharina. »Sprecht. Sagt mir bitte, warum Ihr hier seid.«

Aldern öffnete den Mund, schloß ihn wieder und sah zu seinen Mitdelegierten hin. »*Sprich,* sagt die Dame!« murmelte Dudo. »Oder die ...«

»Also gut«, sagte Aldern, plötzlich konzentriert. »Wir wollten Euch sprechen, Herrin, weil wir sonst niemanden dazu bringen können, uns zuzuhören, und Gunnas Tochter Ora hier ...«

»*Di*ora«, flüsterte Alswind. Es war ihm gelungen, sich hinzusetzen, ohne daß das Gewand aufriß, aber er hielt sich so gerade, als hätte man ihn gepfählt.

»Diora, richtig«, fuhr Aldern fort. »Sie sagte, daß Ihr oft mit Leuten sprecht, denen sonst niemand zuhört, und vielleicht helfen könntet. Wißt Ihr, es geht um die Brücke. Sie sollte nicht dort sein, aber sie ist wieder da. Nachts. Und dann gibt es diese Geräusche, und es wird schlimmer.«

»Die Leute fürchten sich zu Tode«, sagte ein anderer Mann; vielleicht Demeras, aber Sharina hätte nicht schwören können, daß sie den richtigen Namen in Erinnerung hatte, selbst wenn ihr Leben davon abhinge. Sie war müde, und in den letzten drei Monaten hatte sie so viele Namen gehört. »Und ich rede beileibe nicht nur von den kleinen Kindern und den alten Frauen.«

»Die Stadtwache sagt, es geht sie nichts an, und sie halten sich einfach fern«, sagte Arpert. »Das tun sie ohnehin meistens. Wen kümmert es, wenn jemand im Brückenviertel beraubt wird? So sehen sie das eben.«

Die Männer nickten einander mit finsteren Mienen zu. Sharina biß sich auf die Zunge, um nicht laut zu schreien. Wenn diese Idioten auf eine Wache gegangen waren und Unsinn gemurmelt hatten, wie sie es jetzt taten, konnte man es dem Wachoffizier nicht übelnehmen, wenn er sie wieder wegschickte.

Aber das war ungerecht. Arpert und seine Genossen waren nicht die Ärmsten der Armen; vermutlich hielten sie sich überhaupt nicht für arm – was das anging, hatten sie wahrscheinlich sogar ebenso viel Bargeld wie jene, die man in Barcas Weiler für wohlhabende Bauern hielt. Dennoch, sie waren verängstigt und wußten, daß sie hier sehr fehl am Platze waren. Sharina sah sie in ihrer verlegensten Stunde.

Das bedeutete, daß sie ihnen helfen mußte, falls das Gespräch vor der Abenddämmerung zu Ende gehen sollte. »Ihr meint, die Brücke sollte nicht dasein«, sagte Sharina. »Warum nicht? Ihr wohnt im Brückenviertel.«

»Oh, seit Hunderten und Hunderten von Jahren, Herrin«, sagte Rihholf und wiederholte damit seinen Fehler von einem Augenblick zuvor. Dudo, diesmal mit größeren Sorgen beschäftigt, korrigierte ihn nicht mehr. »Es gab eine Brükke im Alten Königreich, aber sie stürzte ein, niemand weiß mehr, vor wie langer Zeit. Die Sockel sind immer noch da, auf unserer Seite zumindest, aber auf dem linken Ufer wurden sie vom Hochwasser weggeschwemmt, als Isnard der Mutige Stadtbüttel war und versucht hat, sich zum König zu machen.«

Also vor drei Generationen, übersetzte Sharina im Kopf. Die Bibliothek, die Reise mit nach Barcas Weiler gebracht hatte, hatte zum größten Teil aus Klassikern des Alten Königreichs bestanden, verfaßt vor tausend Jahren oder mehr. Es hatte nur ein paar Bände zeitgenössischer Geschichte gegeben, obwohl Reise aus Ornifal kam und hier im Palast gearbeitet hatte, bevor er aus Gründen, die er seinen Kindern nie erklärt hatte, nach Haft geflohen war.

»Aber die Brücke ist jetzt nachts wieder da«, erklärte der Vielleicht-Demeras ernsthaft. »Oder zumindest ist etwas da, das aus blauem Licht besteht und aussieht, als wäre es nicht von dieser Welt!«

»Einen Augenblick bitte«, sagte Sharina. »Brogius« – ihr Türhüter –, »würdest du bitte jemanden zu Tenoctris der Zauberin schicken und ihr mitteilen, daß wir hier über eine Angelegenheit sprechen, in der ich ihren Rat zu schätzen wüßte? Würdest du vielleicht sogar selbst gehen? Ich möchte, daß Tenoctris hört, was diese Bürger hier zu sagen haben.«

»Jawohl, Herrin«, erwiderte Brogius. Er hielt nur einen Augenblick inne, um seine Zeremonialaxt hinzulegen – der doppelte Axtkopf bestand aus durchbrochenem Messing und hatte die Form von Adlerköpfen, dem Symbol Ornifals –, und machte sich auf den Weg.

Direkt vor der Tür erklangen Stimmen. Die Tür ging wieder auf, und man hörte die Schritte von Sandalen auf dem Mosaikboden des Vorraums. Verärgert drehte Sharina sich um. Sollte jemand unangekündigt hier hereingekommen sein, weil ihr Türhüter einen Augenblick weg war, würde diese Person nun erfahren, daß Sharina keine Diener brauchte, um unerwünschte Eindringlinge loszuwerden.

Brogius kam zurück in den Innenhof, gefolgt von einer vogelhaften Frau in grünen Seidengewändern. »Herrin?« sagte er. »Sie war gerade ...«

»Auf dem Weg zu dir, Sharina«, sagte Tenoctris und kam mit ihrem üblichen strahlenden Lächeln am Türhüter vorbei. »Ich hatte gehofft, daß du und Cashel – und vielleicht auch dein Bruder – sich mir anschließen würdet, wenn ich nach der Quelle einer Störung suche.«

Tenoctris war klein und zierlich und in Begriffen normalen Alters siebzig Jahre alt – aber sie war aus der Zeit vor tausend Jahren in diese Ära geschleudert worden. Das Schimmern ihrer Persönlichkeit erhellte jede Versammlung, zu der sie gehörte. Sie sah die Männer an, die auf den Bänken links und rechts von ihr saßen, und fügte hinzu: »Aber ich wollte mich nicht aufdrängen, ich kann warten ...«

»Nein, nein«, sagte Sharina und nahm die alte Frau bei der Hand. »Meine Herren?« sagte sie zu den erwartungsvollen Männern. »Das hier ist meine Freundin Tenoctris, eine Zauberin. Ich wollte sie gerade zu uns bitten, damit sie sich anhört, was Ihr zu sagen habt.«

Sie räusperte sich und zog Wärme aus der Berührung der älteren Frau. Sharina war kalt geworden, als sie Dudos Beschreibung gehört hatte.

Denn diese Brücke aus schimmerndem blauem Licht konnte nur Ergebnis von Zauberei sein; und Sharina hatte genug Zauberei gesehen, um zu wissen, welche schrecklichen Gefahren dadurch dem Königreich der Inseln drohen konnten.

Ilna os-Kenset stand in ihrem Garten und webte an etwas, das dem Gedenken an jene dienen sollte, die an ihrer Seite durch Zauberei umgekommen waren. Sie bediente den doppelt breiten Webstuhl geschickt und ohne jeden Fehler.

Eine andere Weberin hätte ihr ganzes Wesen darauf konzentrieren müssen, etwas so Kompliziertes wie diesen Wandbehang herzustellen. Ilna ließ ihre Finger die Schußfäden aussuchen, während sie über den Weg nachdachte, der sie dort hingebracht hatte, wo sie sich nun befand.

Ein Faden konnte an vielen unterschiedlichen Plätzen enden, aber es gab nur eine richtige Wahl für jedes Muster. Ilna nahm an, daß das auch für Leben galt. Sie beschwerte sich nicht darüber, aber manchmal fragte sie sich, wie ihr Leben wohl ausgesehen hätte, wäre das Muster ein wenig anders gewesen.

Ihre Finger flogen dahin. Der Wandbehang wuchs mit der stetigen Leichtigkeit der steigenden Flut.

Ilna war dunkelhaarig und zierlich. Aus der Ferne sah sie hübsch aus. Von nahem, besonders wenn man ihr in die Augen schaute, war sie schön; aber Ilnas Schönheit war die einer Schwertklinge.

Ilnas Augen waren so klar wie Teiche, die die Wahrheit spiegeln. Wenn man die Wahrheit, wie Ilna sie sah, nicht hören wollte, ging man besser anderswohin – und zwar schnell.

Sie war schon eine geschickte Weberin gewesen, bevor sie sich dem Bösen ergab und unmenschliche Fähigkeiten erwarb. Am Ende war Ilna dem Bösen entkommen; aber sie konnte dem Wissen dessen, was sie getan hatte, nicht entfliehen, und sie hatte immer noch die Fähigkeiten, die sie in der Hölle erworben hatte.

Jeder Faden hatte seine Geschichte, die Ilna so sehr vereinnahmte, wie ihre Nase den Duft der Blumen im Garten rings um sie aufsaugte. *Lämmer spielen an einem Abhang über einem Teich, dessen Rand zu Schlamm zertrampelt war. Ein Hirte spielte seine dreisaitige Geige und sang zu seiner Herde ...*

Garric hatte Flöte gespielt. Ilna hatte oft, wenn sie an ihrem Webstuhl im Hof der Mühle gesessen hatte, die süßen, klaren Töne gehört, die die Schafe auf der Weide beruhigten.

Dies war ein anderes Leben gewesen, das sie nun beide hinter sich gelassen hatten. Und selbst wenn die Gezeiten von Zeit und Raum die Zauberin Tenoctris nicht an den Strand von Barcas Weiler geworfen hätten, wäre die Zukunft nicht so verlaufen, wie Ilna es sich erträumt hatte. Garric, stark und gut aussehend und dank seinem Vater auf eine Weise gebildet wie nur wenige junge Männer selbst in großen Städten, hätte nie eine Bäuerin wie Ilna os-Kenset geheiratet, die nicht einmal lesen und schreiben konnte.

Jemand klopfte herrisch an die Tür von Ilnas Häuschen. Eine Wache öffnete das Guckloch und sprach mit dem Besucher.

Ilnas Haus auf dem Palastgelände hatte drei Zimmer und einen winzigen Innenhof – und dazu den hinreißenden Garten, in dem Ilna arbeitete, wenn das Wetter es gestattete. Es gab hier mehr Platz, als sie und Cashel brauchten; aber Ilna hatte es alleine geschafft, ihre Hälfte des Mühlhauses in Barcas Weiler sauber zu halten, und das war noch größer gewesen.

Nach allem, was Ilna gesehen hatte, waren die Dienerinnen, die man in Valles bekommen konnte, überwiegend

Schlampen; selbst wenn das nicht der Fall war, sie wollte niemanden in ihrem Zuhause. Sie und Cashel hatten hier keine Diener.

Ilna hatte allerdings Wachen. Auf Garrics persönlichen Befehl hielten zwei Blutadler hier Tag und Nacht Wache und wechselten die Schicht alle vier Stunden.

Ilna hatte Einspruch erhoben. Garric hatte höflich zugehört und ihr dann erklärt, während seine Freunde im Palast lebten, seien sie in Gefahr, weil sie eben seine Freunde waren. Ilna – und Liane und Sharina und Tenoctris – würden Wache haben, ganz gleich, wie ihnen dabei zumute war. Er selbst hatte ebenfalls Wachen.

Für Cashel hatte Garric keine Wachen bestimmt. Ein Lächeln war in Ilnas Mienenspiel eher selten, aber nun mußte sie lächeln, als sie daran dachte, wie es wohl aussehen würde, wenn ein paar Blutadler versuchten, ihren Bruder besser zu beschützen, als er sich selbst schützen konnte.

Der Streit an der Tür ging weiter; recht laut von Seiten der Männer, die draußen standen und Einlaß verlangten, leiser, aber mit zunehmender Unfreundlichkeit, von den beiden Wachen drinnen. Ilna hätte es den Blutadlern überlassen können, aber vermutlich wollten die Eindringlinge etwas von ihr, und sie hatte nie zu den Leuten gehört, die anderen ihre Arbeit überlassen.

Also ging sie durch einen Säulengang in den Innenhof. »Ich kümmere mich darum«, sagte sie zu den Wachen.

Die Blutadler trugen Helme und Brustharnische aus Eisenschuppen, gepolstert mit gefütterten Lederwesten. Die Rüstung war warm, unbequem und vermutlich unnötig; aber die Wachen waren ohnehin nur hier, falls das Unwahrscheinliche geschehen sollte. Einer von ihnen war schon grau und etwa Mitte fünfzig, aber sein jüngerer Begleiter schien der Höherrangige zu sein.

Statt beiseite zu treten, schloß der junge Mann das Guckloch mit einem Knall und sagte zu Ilna: »Der Präsident und zwei Ratsherren aus dem Tempel des Schützenden Hirten sind hier, um Euch zu sehen, Herrin. Was sollen wir mit ihnen machen?«

Wenn ich jetzt sage, ich hätte gern, daß ihr ihnen den Bauch aufschlitzt und sie in den Garten werft, würdet ihr das dann tun? fragte sich Ilna. Sie fand Soldaten beunruhigend – nicht, weil sie in der Lage waren, schreckliche Dinge zu tun, sondern weil sie schreckliche Dinge taten, wenn es ihnen jemand befahl.

Die Blutadler stellten sowohl die königliche Leibwache als auch ein Reservoir, aus dem jüngere Offiziere für die üblichen Regimenter gezogen wurden. Der ältere dieser beiden würde nirgendwo mehr hinkommen: Er trug seine schwarze Uniform, weil er tapfer, loyal und ein guter Soldat war, aber er hatte nicht mehr Hirn als ein großer Hund.

Der andere Mann war von anderer Art: ein Veteran, weil er sich bereits bewiesen haben mußte, um bei den Blutadlern aufgenommen zu werden, aber lebhaft und eindeutig ehrgeizig. Da Garric mit der Erweiterung der königlichen Armee angefangen hatte, würde dieser Bursche in naher Zukunft befördert werden.

So unterschiedlich sie waren, teilten sie doch die Bereitschaft, Menschen zu töten, die sie nie kennengelernt hatten, einfach nur, weil man es ihnen befahl. Vielleicht bestand eine Notwendigkeit für solche Männer, ebenso wie eine für scharfe Messer bestand. Aber Ilna hätte es vorgezogen, sie nicht in ihrer Nähe zu wissen.

»Ich kümmere mich selbst um sie«, sagte sie leise. Sie schob den Riegel beiseite und öffnete die Tür.

Und wenn ich wirklich meine, man sollte ihnen den Bauch aufschlitzen, könnte ich das auch selbst tun.

Ilna irrte sich nie, wenn es darum ging, den Wohlstand von Fremden und ihre gesellschaftliche Stellung mit Hilfe ihrer Kleidung einzuschätzen. Die drei Männer auf ihrer Veranda waren wohlhabende Geschäftsleute, aber nicht von der höchsten Klasse. Sie kleideten sich, wie es in Valles Mode war, mit übereinander gezogenen Hemden und bunten Seidenschärpen, aber nur der bleiche, hagere Mann an der Spitze des Trios war auf Ornifal geboren.

»Ich bin Velio or-Elvis, Präsident des Tempels des Schützenden Hirten«, sagte er. Er streckte den rechten Arm in einer rhetorischen Geste aus. Der untersetzte Mann zu seiner Rechten mußte zurückweichen, um nicht weggeschubst zu werden; mit einem wütenden Blick zu Velio murmelte er etwas vor sich hin. »Meine Begleiter sind Tempelrat Casses und Tempelrat Ermand«, fügte Velio in einem etwas zurückhaltenderen Ton hinzu. »Wir sind hier, um mit Euch über den Wandbehang zu sprechen, den Ihr stiften wolltet, um damit das Bild des Schützenden Hirten zu verhüllen.«

Ilnas Miene veränderte sich nicht, während sie entschied, wie sie mit den Eindringlingen umgehen sollte.

»Kommt herein«, sagte sie nach einem Augenblick und trat zurück, um die Tür vollständig zu öffnen, »aber Ihr kommt vergeblich. Ich habe Eurem Tempelschreiber bereits gesagt, daß ich morgen mit dem Tuch fertig sein werde. In der Zukunft könnt Ihr Euch eine Menge Ärger ersparen, indem Ihr davon ausgeht, daß ich ernst meine, was ich sage.«

Der untersetzte Tempelrat Casses trug ein langärmliges Hemd, damit man so wenig wie möglich von den Tätowierungen auf beiden Armen sah. Er mußte einmal Kapitän gewesen sein, obwohl er nun vermutlich ein Geschäft an Land betrieb, um in einem Tempelrat sitzen zu können.

Ermand war von der etwas geschliffeneren Art. Er streckte die rechte Hand mit der Handfläche nach unten aus, in der

Geste eines Höflings, damit Ilna sie leicht mit den Fingerspitzen berühren konnte.

Ermand strömte eine Art Charme aus, die auf Wasser geschwommen wäre. Keine Frage, wie *er* zu seinem derzeitigen Reichtum gekommen war.

Ilna ignorierte die Hand. »Setzt Euch, wenn es sein muß«, sagte sie und wandte sich von den Dreien ab. »Ich kann Euch Wasser oder Bier anbieten. Es gibt auch Brot und Käse, und ich nehme an, wir können im Palast auch etwas Aufwendigeres finden, wenn Euer Geschmack danach verlangt.«

Ilna mußte in einer Gesellschaft von Menschen leben, die nicht zuhörten und die ihre Zeit auf dumme Weise verschwendeten. Sie versuchte sich darin zu üben, ein Teil dieser Gesellschaft zu sein, aber es fiel ihr sehr schwer. Für gewöhnlich kam sie sich vor wie ein Schiffchen in einer Welt aus Schuß- und Kettfäden: Sie trug zum Muster bei, war aber nie Teil davon.

Manchmal fragte sich Ilna, wie es sich anfühlen würde, nicht einsam zu sein, aber sie glaubte nicht, daß sie es je erfahren würde.

Die Gäste traten ein und sahen sich verwirrt um. Ermand verschränkte seine Finger und löste sie wieder in nervöser Geste. Die Wachen schlossen und verriegelten die Tür und gingen diskret durch einen Perlenvorhang in einen abgedunkelten Seitenraum. Dort konnten sie unauffällig sehen und belauschen, was im Innenhof stattfand.

Aber die einzigen Möbel im Innenhof waren ein paar Korbhocker. In jedem der Schlafzimmer gab es ebenfalls einen solchen Hocker, aber ...

»Kommt mit in den Garten«, sagte Ilna. »An der Mauer unter der Kolonnade gibt es Bänke.«

Sie verstand immer noch nicht, was die Männer hier wollten, aber sie wußte, wer sie waren.

Nachdem sie entschieden hatte, was für eine Art Gedenkteppich angemessen wäre, hatte sich Ilna um Rat an Liane bos-Benliman gewandt. Auch andere hätten Ilna erzählen können, wie die Bürokratie eines Tempels in Valles organisiert war. Liane – Garrics Liane – um Rat zu bitten war Ilnas Art, sich für den ungerechtfertigten Zorn zu entschuldigen, den sie gegenüber dem anderen Mädchen empfand. Es war nicht Lianes Schuld, daß sie die Bildung und Weltgewandtheit hatte, die einer Bäuerin wie Ilna fehlte ...

Die Berater setzten sich vorsichtig hin. Birnbäume zu beiden Seiten der Steinbank wuchsen in einem Spalier entlang der Mauer. Ihre Zweige verwoben sich zu einem Netz, das zu stachlig war, um sich dagegen zu lehnen.

Ilna blieb stehen, mit einer Hand auf dem Webrahmen, und betrachtete ihre Gäste. Tempelräte verliehen Leuten Status, denen durch Geburt und Herkunft keiner zugefallen war und die nicht wohlhabend genug waren, um sich ihren Weg in die besseren Kreise zu erkaufen. Tempelräte waren verantwortlich für die Erhaltung des Gebäudes selbst und der Statue darin. Im Austausch dafür trugen sie bei großen Zeremonien kunstvolle Gewänder und veranstalteten einmal im Jahr ein Bankett auf dem Tempelgelände.

»Wünscht Ihr Erfrischungen?« wiederholte Ilna. Es hatte Zeiten gegeben, da hätte sie sich nur darüber geärgert, das Tageslicht an eine so dumme Störung zu verlieren. Seit sie aus der Hölle zurückgekehrt war, konnte sie allerdings, wenn es notwendig war, auch im Dunkeln weben.

Sie war immer noch gereizt, aber entschlossen, es nicht zu zeigen. Nun ja, nicht sonderlich.

Velio starrte den Webrahmen an. Dieses Paneel, das letzte, das Ilna vollendete, würde der Mittelteil des dreiteiligen Wandbehangs sein. Von dort, wo die Räte saßen, war nur ein kleiner Teil des Musters sichtbar.

»Ihr webt selbst an dem Wandbehang, Herrin!« stellte Velio verblüfft fest.

»Selbstverständlich«, sagte Ilna. »Ich habe es im letzten Monat mit Eurem Schreiber besprochen: einen Vorhang für die Statue des Hirten zur Erinnerung an die Rettung von Valles vor dem Ungeheuer. Deshalb seid Ihr doch hier?«

Die Räte starrten sie an, und sie fragte sich, ob sie wohl eine ähnlich dumme Miene aufgesetzt hatte. Was glaubten sie denn, was sie bekämen?

»Wir dachten, Ihr würdet Leute einstellen, um den Wandbehang zu weben, Herrin«, sagte Berater Casses. »Wir wußten nicht, daß Ihr einen Teil davon selbst webt.«

Ilna lächelte kühl, nachdem sie nun die Verwirrung der Männer verstand. »Ich webe alles selbst, Meister Casses«, sagte sie. »Und ich kann Euch versichern, daß ich dazu qualifiziert bin. Ich habe Eurem Schreiber gesagt, ich werde Eurem Tempel einen Wandbehang liefern, wie Ihr ihn noch nie gesehen habt, und das werde ich tun. Wenn Ihr morgen um dieselbe Zeit zurückkehrt, werde ich damit fertig sein. Die vollendete Arbeit wird für sich selbst sprechen.«

Casses runzelte die Stirn und saugte an seinen Lippen. Ilna schätzte, daß der ehemalige Seemann der Schlaueste der drei war. Er beobachtete sie, wie er vielleicht zu anderen Zeiten eine Wolke am Horizont beobachtet hatte, während er sich fragte, ob sie sich vielleicht zu einem lebensbedrohlichen Sturm auswachsen würde.

Velio räusperte sich und sagte: »Nun, es geht nicht darum, wer den Wandbehang herstellt. Wißt Ihr, es entspricht der Tradition, daß wer immer dem Tempel etwas spendet, auch einen gewissen Betrag hinzufügt, damit das Geschenk erhalten werden kann. Und wir haben noch nichts von Eurer Bank gehört.«

»Ein großer Wandbehang wie dieser verlangt teure Pflege,

Herrin«, warf Ermand salbungsvoll ein. Er bedachte sie mit dem falschen Lächeln, das er im Laufe der Jahre an unzähligen wohlhabenden Frauen geübt haben mußte. »Ihr wollt doch zweifellos das Beste.«

Ermand hielt mitten im Satz inne; seine Miene veränderte sich. Offensichtlich hatte er Ilna zum ersten Mal wirklich in die Augen gesehen.

»Ich habe keine Bank, Meister Velio«, sagte Ilna freundlich. »Zumindest nicht hier in Valles. Es gibt Beträge – und Menschen – in Erdin, auf die ich zurückgreifen könnte, aber darum geht es nicht.« Ilna versuchte wirklich, den Zorn abzuwehren, der das einzige auf der Welt war, das sie fürchtete, aber ihre Stimme wurde härter, während sie fortfuhr: »Ich habe Euch angeboten, Euren Tempel mit einem Wandbehang zu versehen, der alle Betrachter an die Rettung der Stadt und das Opfer jener, die diese Rettung möglich gemacht hatten, erinnert. Solltet Ihr meine klaren Worte mißverstanden haben, tut mir das leid. Und nun, meine Herren, wünsche ich Euch einen guten Tag, denn ich habe noch zu tun, um meinen Teil der Vereinbarung einzuhalten.«

Sie schnippte einmal mit den Fingern ihrer rechten Hand, als wolle sie die Tempelräte auf die Beine ziehen. Sie erhoben sich gehorsam, aber Velio runzelte weiter die Stirn.

»Meine Dame«, sagte er, »Ihr wohnt im Palast. Ich verstehe, daß Ihr vielleicht kein eigenes Geld habt, aber ...«

Casses packte ihn in einem vergeblichen Versuch, den Narren aufzuhalten, am Ellenbogen, aber Velio sprach weiter: »... könnte nicht Euer Beschützer ...«

Der analytische Teil von Ilnas Geist hatte diese Frage ebenso vorhergesehen wie Casses. Sie griff in ihren linken Ärmel und holte ein paar Schnüre heraus, die sie dort aufbewahrte. Ihre Finger webten sie mit derselben kalten Sicherheit zu einem Muster, mit der Wasser über Stromschnellen fließt.

»... Euch mit dem Geld für die Stiftung aushelfen, wenn Ihr ihn auf die richtige Weise ...«

Ilna trat vor und zog die Schnüre vor Velios Nase auseinander. Er begann zu schreien, aber selbst dieses Geräusch erstickte in seiner Kehle.

Blasen bildeten sich zwischen den Lippen des Präsidenten. Er konnte nicht mehr blinzeln. Keiner seiner Begleiter sprach oder regte sich.

Ilna faltete das Muster mit einem Schaudern zusammen und wich zurück. Sie zitterte im Sommersonnenlicht. Sie hörte Velio würgen, als er begann, sich zu erholen.

Zum Webstuhl gewandt – sie wagte noch nicht, Velio anzusehen –, sagte Ilna: »Ich bin sehr aufbrausend, Meister Velio. Ich bin bereits dabei, Buße für das Böse zu tun, in das mein Zorn mich in der Vergangenheit verwickelt hat.«

Sie räusperte sich und drehte sich um. Casses hielt Velio fest, damit der Präsident nicht zusammensackte. »Ich habe Euch gerade die Art von Ort vorgeführt, an den mein Zorn jeden verbannen würde, der mich eine Hure nennt«, sagte Ilna. »Ich lasse mich nicht mehr von meinem Zorn beherrschen, also bestand keine Gefahr, daß dies geschieht.«

Sie räusperte sich abermals und schluckte die Lüge herunter, die sie gerade ausgesprochen hatte. »Und Ihr hattet auch sicherlich nicht wirklich vor, mich zu beleidigen, oder?«

Velio schüttelte den Kopf. Er konnte nicht sprechen und mußte nun seine Augen mit den Händen bedecken, bevor er die Trockenheit wegblinzeln konnte.

Casses schubste Ermand, was diesen veranlaßte, sich mit einer krampfhaften Bewegung in Richtung des Innenhofs zurückzuziehen. Er führte Velio in dieselbe Richtung.

»Wir überlassen Euch Eurer Arbeit, Herrin«, sagte Casses so höflich wie ein Ladenbesitzer zu einem wohlhabenden Kunden. »Die Stiftung wird kein Problem sein, das kann ich Euch versichern. Wir werden jemanden finden, der für die Erhaltung *Eurer* Arbeit sorgen möchte.«

»Ich erwarte Euch morgen«, sagte Ilna. Ihre Kehle war trocken, und ihr war schwindlig.

Sie gehörte nicht in diese Welt! Sie mußte aufhören, so zu tun, als hätte sie das Recht, Menschen zu verbessern, die sich schlecht benahmen. Sie hatte Macht, aber ihre Macht gegenüber gewöhnlichen Menschen zu benutzen war, als verwendete man für jede Art von Reparatur einen Hammer. Manchmal war ein Hammer das richtige Werkzeug, aber häufiger machte er das Problem noch schlimmer.

Als Ilna ihre Gäste hinausführte, kehrten die Wachen in den Innenhof zurück. Mit unbeteiligter Miene öffneten sie den Tempelräten die Tür. Falls die Blutadler eine Meinung darüber hatten, was sie gerade gesehen hatten, behielten sie es als gute Berufssoldaten für sich.

»Warum hat uns niemand gesagt, daß sie eine Hexe ist?« wollte Ermand von seinen Genossen wissen, als sie die Veranda verließen. Ilna stand wieder an ihrem Webstuhl, konnte aber quer durchs Haus die Rücken der erschütterten Männer sehen, als sie den Pfad zwischen den Pfirsichbäumen entlang gingen.

Ein Diener mit einem Ebenholzstab trottete um die Drei herum und auf Ilnas Haus zu. Die Blutadler sahen ihn ebenfalls; der jüngere Mann wandte sich Ilna zu.

»Ja, selbstverständlich, ich werde ihn empfangen«, sagte sie als Antwort auf die unausgesprochene Frage des Soldaten. Sie gingen in den Innenhof. Die wenigen Menschen, die einen Palastdiener nach ihr schicken konnten, hatten Anspruch auf ihre Zeit.

Der Mann erreichte die Veranda. Er hatte Ilna nie zuvor eine Botschaft gebracht, also erwartete er einen Türhüter. Er zögerte, unsicher, was er nun tun sollte, als er dem Blutadler und einer jungen Frau gegenüberstand, die zu einfach gekleidet war, um eine Palastdienerin zu sein.

Er starrte an Ilnas Schulter vorbei in das leere Haus und verkündete: »Lady Tenoctris bittet Ilna os-Kenset, sich in Prinz Garrics Räumen zu ihr und ihren Freunden zu gesellen, wenn es ihr gefällt.«

Ilna nickte. Die Worte »wenn es ihr gefällt« bedeuteten, daß Tenoctris nicht mit einer unmittelbaren Gefahr rechnete. Andererseits hätte die alte Zauberin Ilna »und ihre Freunde« nicht nur um der Gesellschaft willen zusammengerufen.

Ilna lächelte. Wenn überhaupt, dann hielt Tenoctris noch weniger von Gesellschaft als sie selbst.

»Ja, selbstverständlich«, sagte Ilna. »Und da Ihr gerade hier seid, könnt Ihr diesen Männern und mir helfen, den Webstuhl ins Haus zu bringen, falls es regnen sollte. Es ist ein doppelt breiter Webstuhl, also ist er recht schwer.«

Der Palastdiener öffnete den Mund – vielleicht um zu widersprechen. Der ältere Blutadler legte einen Arm um seine Schulter und drückte ihn mit einer Hand voller Schwertschwielen. »Aber sicher ist das deine Aufgabe, Junge«, sagte er mit dem nasalen Akzent Nordornifals. »Ebenso wie es unsere ist. Und jetzt leg diesen hübschen Stock hin und hilf uns, und dann kannst du gleich wieder gehen und den Rest der Zeit auf deinem Ärschlein sitzen.«

Ilna ging rasch zurück zum Webstuhl, um ihn zu sichern, bevor sie ihn bewegten. Hinter ihr fügte der alte Soldat in einem heiseren Flüstern hinzu: »Und das wird dir erheblich besser gefallen, als den Rest deines Lebens als Kröte herumzuhüpfen, was noch nicht das Schlimmste ist, was dir passieren könnte, wenn du etwas dagegen hast, der Dame zu helfen. Verstanden?«

Ilna schauderte, aber sie tat so, als hätte sie die Bemerkung nicht gehört.

2

Garrics Körper schlief weiter auf der Bank im Konferenzraum. Sein Geist allerdings erhob sich und schlenderte aus dem Gebäude. Er hatte keine Kontrolle über seine Bewegungen, aber im Augenblick beunruhigte ihn das nicht. Er ging davon aus, daß er träumte.

Garric machte die üblichen langen Schritte, aber er bewegte sich schneller als ein wacher Mensch, und nicht nur durch den Raum. Er erkannte alle Orte, an denen er vorbeikam, aber viele davon befanden sich in Barcas Weiler, nicht in Valles, und andere außerhalb der wachen Welt.

Die Menschen, denen Garric begegnete, waren Schatten, aber manchmal sprachen sie mit ihm, und er antwortete. Er konnte die Gespräche nicht hören, nicht einmal die Worte, die von seinen eigenen Lippen kamen. Zum ersten Mal, seit sein Vater ihm die Krönungsmedaille von König Carus gegeben hatte, war er allein. Als Garric sich die alte Goldmünze um den Hals gehängt hatte, hatten er und Carus begonnen, das Leben miteinander zu teilen, näher als Zwillinge, näher als Eheleute. Aber nun ... Garric tastete nach dem Medaillon. Es war bei seinem schlafenden Körper geblieben. Er richtete sich gerade auf und ließ sich vom Traum tragen.

Er erreichte eine Brücke und ging hinüber. Hinter ihm lag Valles, vor ihm ... er war nicht sicher. Manchmal sah Garric schimmernde Mauern; hin und wieder war ihm ein kurzer Blick auf Ruinen vergönnt, die einmal dieselben Gebäude gewesen sein mochten. Die Brücke unter seinen Füßen fühlte sich fester an als Stein, obwohl er, wenn er sich nach seinen Augen richtete, auf einer Spur blauen Lichts lief, einem geisterhaften Schimmern ohne Substanz.

Garric erreichte das andere Ende der Brücke. Hier herrschte Tageslicht, obwohl es in Valles beinahe Abend gewesen war, als er die Bank im Besprechungsraum verließ. Vor ihm lag eine Stadt, die zur Zeit ihrer Blüte großartig gewesen sein mußte; sie war jetzt noch atemberaubend. Er ging darauf zu.

Das moderne Valles war vielleicht größer; Carcosa zu den Zeiten von König Carus und des Alten Reiches erheblich großartiger. Was die Üppigkeit des Schmucks anging, konnte allerdings nichts, was Garric aus seiner eigenen Zeit oder der Vergangenheit kannte, damit verglichen werden, wie dieser Ort einmal ausgesehen haben mußte.

Er ging über eine Esplanade, die mit Platten roten Granits gepflastert war, jede davon so breit, wie Garric groß war, und zweimal so lang. Der Gedanke daran, wie schwer es gewesen sein mußte, solch festen Stein zu schneiden und zu glätten, ließ ihn blinzeln.

Die Blöcke waren von der Zeit und den Wurzeln von Bäumen, die sich aus dem bepflanzten Mittelstreifen unter das Pflaster reckten, verschoben worden und zum Teil gerissen. Es hätte schwierig sein müssen, hier zu gehen, so schwierig wie auf einer mitten in einem tobenden Sturm erstarrten Meeresoberfläche. Aber in seinem Traum behinderte der unsichere Untergrund Garric nicht.

Säulengänge für die Fußgänger flankierten die Straße. Einige der Bögen waren zusammengebrochen. Auch der Kern dieser Bauwerke bestand aus gehauenen Steinen und nicht dem Zement und Geröll ähnlicher Konstruktionen im alten Carcosa.

Die Gebäude zu beiden Seiten waren ebenfalls aus Stein, aber ursprünglich waren sie mit Metall bedeckt gewesen. Einige waren mit Zinn verkleidet gewesen, das nun zu pudrigen Strähnen verrottet war, die aus den Ritzen zwischen Steinblöcken hingen. Andere hatte man mit Platten aus Kupfer oder Bronze beschichtet, deren blaugrüne Überreste immer noch die Wände befleckten.

Garric runzelte die Stirn. Er hatte von diesem Ort gehört, aber nur in Mythen von den letzten Tagen vor dem Fall des Alten Königreichs. Ein Fragment aus einem Diskurs des Philosophen Andron, überliefert in einem anonymen Kompendium mit dem Titel *Die Bekleidung sämtlicher Völker in sämtlichen Zeitaltern.* Er konnte sich nicht an die genauen Worte erinnern und um welche Stadt es gegangen war, aber er erinnerte sich an die Beschreibung von Bewohnern, die gestreifte Kleidung trugen, die in unterschiedlichen Farben von den verspiegelten Mauern, an denen sie vorbeikamen, reflektiert wurde.

Ein Traum von einem Mythos? *Diese* Ruinen wirkten wirklich und solide.

Er ging auf das gewaltige Gebäude am Ende der Esplanade zu. Die drei Stockwerke der Fassade wurden von Säulen gleicher Höhe gestützt, aber die des mittleren Stockwerks waren schlanker als die massiveren Säulen darunter, und zarte Paare geränderten Travertins, die man eher um des Aussehens als der Kraft wegen gewählt hatte, bildeten das oberste Stockwerk. Die hölzernen Rahmen und Fensterläden der Fenster im oberen Stockwerk waren zu Staub verrottet.

Der Eingang im Erdgeschoß befand sich in einem spitzen Torbogen, aber die Tür selbst war klein und so massiv gebaut, daß sie überlebt hatte. Links und rechts des Vorbaus befanden sich Brunnen. Der Regen hatte in dem Brunnenbecken einen gewissen Bodensatz hinterlassen, aber die Bronzestatuen, aus denen das Wasser einmal geströmt war, waren nur noch verzogene Grünspanreste, die keine Hinweise auf ihre frühere Gestalt zuließen.

Von dem Wind abgesehen, der durch die Mauern seufzte, war die Stadt still.

Eine breite Wendeltreppe zog sich vom Boden zum Dach des Gebäudes. Garric stieg die Treppe hinauf. Der Anstieg war flach, zu flach für seine langen Beine, und hätte unbequem sein müssen. Aber da Garric träumte, konnte er nur im Geist vermerken, daß er keine Muskeln hatte, um etwas davon zu spüren.

Er fragte sich, ob König Carus seine Anwesenheit so sehr vermißte wie Garric die seine. Hatte Carus überhaupt bemerkt, daß Garric weg war?

Während Garric die Treppe hinaufging, erhielt er durch die Säulen ein sich stetig erweiterndes Blickfeld auf die Stadt. Die Straßen waren konzentrische Kreise rund um dieses Gebäude, obwohl die Docks eines ausgedehnten Hafens an einer Ecke einen Bogen herausfraßen. Die Schiffe waren verschwunden, aber die Kaianlagen und Steinpoller waren noch vorhanden. Der Hafen hatte keine Rampen, über die rudergetriebene Kriegsschiffe an Land gezogen werden konnten, um zu verhindern, daß ihre leicht gebauten Rümpfe Schaden nahmen, wenn sie nicht in Gebrauch waren.

Ganz am Rand seines Blickfelds glaubte Garric, eine Mauer schimmernden Lichts zu erkennen, ähnlich dem Licht, aus dem die Brücke bestanden hatte. Aber es war zu schwach, als daß er hätte sicher sein können. Obwohl Tageslicht herrschte, war keine Sonne zu sehen.

Garric trat auf das Dach hinaus. Es war mit Granit gepflastert wie der Boulevard, aber diese Platten waren so gerade wie der Gemeinschaftstisch in Reises Gasthaus. Die Fundamente mußten tief in die Erde hinabgesenkt sein.

Das Dach war wie ein ausgedehnter Platz, geschmückt mit einer Reihe steinerner Pflanzenkübel wie Knöpfe an einem gepolsterten Sitz. Nun wuchsen Gras und Unkräuter darin, und aus einem ragte ein verkrüppelter Apfelbaum hervor – Nachkomme einer der Pflanzen, die hier gewachsen waren, als das

Gebäude neu war. Wurzeln hatten die Seiten anderer Kübel schon lange gesprengt, und die Erde war vom Regen in einem Schlammfilm herausgewaschen worden; nur dem Apfelbaum war es gelungen, sich neu zu säen.

Das Dach war ein Zuschauerraum. An dem Ende, das der Treppe gegenüberlag, befand sich eine Kammer mit einem Schirm aus durchbrochenem Alabaster als nach außen gebogener Frontmauer. Garric ging darauf zu – seine Füße trugen ihn, wohin er ohnehin gegangen wäre.

Der durchscheinende Alabaster war nicht mehr als fingerdick. Das Licht wurde von dem milchigen Stein sowohl gebrochen als auch gespiegelt und ließ die Luft schimmern wie eine Seifenblase. Die Löcher waren nicht einfache Rundungen, nicht einmal ein sich wiederholendes Muster. Als Garric näher kam, entdeckte er Spuren von Bildern, jedes so einzigartig wie die Stare in einem Schwarm, der im Herbst umherfliegt.

Die ausgeschnittenen Formen hatten eine Bedeutung – da war Garric sicher. Allerdings war es ihm nicht möglich, diese Bedeutung zu erfassen. Würde Tenoctris es verstehen?

Dieser Schirm gestattete es den Bürgern, ihren Herrscher aus der Nähe zu sehen und zu hören, verhinderten aber immer noch, daß sie ihn berührten – oder sie, nahm Garric an. Der Schirm war aus einer nahtlosen Alabasterplatte gearbeitet und hatte keine Tür. Ein Zweig mit ein paar getrockneten Blättern hatte sich in einem der kleineren Löcher verfangen.

Im alten Carcosa hatte der König der Inseln die versammelten Menschen auf dem Heldenfeld von einem hohen Balkon auf der Rückseite des Palastes angesprochen. Als Herzöge von Ornifal König der Inseln wurden, praktizierten sie eine kühlere Art von Königtum. Die Bevölkerung hatte Valence III. bei Prozessionen und Zeremonien auf den Stufen der großen Tempel gesehen, aber er hatte sie niemals direkt angesprochen. Alles, was der König seinem Volk mitzuteilen hatte, erfuhr es durch den Mund von Beamten.

Das sollte sich ändern. Es hatte sich bereits geändert, beginnend mit dem Tag, an dem eine Kombination aus Pragmatismus und Angst Valence gezwungen hatte, Garric als seinen Sohn und Nachfolger zu adoptieren. Garric hielt ein Podium oder einen hohen Balkon für eine bessere Wahl als diesen Schirm, aber es war ein interessanter Gedanke.

Die abgeschirmte Audienzkammer hatte an den drei anderen Seiten feste Mauern. Die Fenster an den Seitenmauern hatten Gitter aus Elektronfiligran, und in dem Guckloch der Tür an der Rückseite befand sich ebenfalls ein Gitter. Der Raum war leer, wenn man von dem Staub und einer Bahre aus Travertin absah. Verfärbte Flecken auf dem Boden zeigten, wo Bronzegegenstände zerfallen waren.

Garric trat durch den Alabaster hindurch wie durch die Tür des Besprechungsraumes zu Beginn seiner Reise. Er verspürte eine gewisse Überraschung, aber dann war er zu beschäftigt damit, die veränderte Umgebung zu betrachten, als daß ihm die Zeit geblieben wäre, darüber zu staunen.

Nun, da Garric sich drinnen befand, sah er einen dicklichen alten Mann in einem quastenbesetzten Hemd auf der Bahre. Über ihm erschien und verschwand eine schlangenartige Gestalt immer wieder; sie war nie vollständig sichtbar, aber sie warf einen Schimmer wie eine goldene Decke.

Der alte Mann öffnete die Augen. Er erhob sich mit vergnügtem Lächeln und zog dabei eine Schleppe gesteppten Samts hinter sich über den Steinboden.

»Guten Tag!« sagte er und streckte die Hand aus, um Garrics Unterarm zu umfassen. »Und wer seid Ihr?«

Der alte Mann hielt inne. Sein Lächeln wich einer halb mißtrauischen, halb gereizten Miene. »Oder sind wir uns schon einmal begegnet? Kenne ich Euch? Sagt es mir!«

Es war später Abend. Der Himmel, der durch die Gitter deutlich zu sehen war, hatte ein mürrisches Rot angenommen. Menschenmengen blickten von den Straßen nach oben. Schiffe lagen dichtgedrängt im Hafen, an manchen Stellen in mehreren Reihen hintereinander, aber kein Fahrzeug bewegte sich mehr.

»Nein, ich glaube nicht, daß wir uns kennen«, sagte Garric. Er trat vor und streckte den Arm aus, obwohl der alte Mann den seinen zurückgezogen hatte, als der Zweifel ihn überfiel. »Ich bin Garric or-Reise aus Haft.« Er schluckte. »Aber ich glaube, ich träume.«

Das Lächeln des alten Mannes kehrte wieder wie die Sonne nach einem Sommerregen. Sie schlossen die Hände um die Unterarme. Der Griff des alten Mannes war fest, sein Fleisch elastisch, die Haut warm.

»Träumen?« sagte er zu Garric. »Unsinn! Ihr seid hier, oder nicht? Wie könnt Ihr träumen?« Der Raum war derselbe, den Garric von außen durch den Alabasterschirm gesehen hatte, wenn man von dem Zeichen der Benutzung absah. Die Bahre war mit einem Polster bedeckt, und hölzerne Regale überzogen alle drei Mauern: flache Regale für Kodizes und Halterungen für Schriftrollen.

Die Regale waren leer. Hier und da hing ein Brett schief – weggerissen, als sei die Bibliothek mit brutaler Hast geplündert worden.

Garric trat einen Schritt zurück.

Der alte Mann sah sich mit staunendem Begreifen um. »Darf ich fragen, wie Ihr heißt?« sagte Garric höflich.

»Wie?« sagte der alte Mann wieder so nörglerisch wie zu Beginn. »Ich bin selbstverständlich Ansalem!«

Er warf einen Blick zu der schimmernden Gestalt, die über der Bahre erschien und verschwand. Es schien eine Schlange mit einem kurzen, dicklichen Körper zu sein, aber manchmal war der Kopf an einem, manchmal am anderen Ende.

Ansalem hielt inne und betastete eine Mauernische, die groß genug war für eine lebensgroße Statue. Ebenso wie die Bücherregale war sie leer. »Das denke ich zumindest«, sagte er. »Aber ich verstehe das nicht. Wenn ich Ansalem der Weise bin ...«

Er wandte sich Garric zu und verzog sein Gesicht zu einem Ausdruck der Sorge, der ihm fremd zu sein schien. »Wenn ich das bin, wo sind dann meine Bücher? Und wo sind die Schätze, die ich im Laufe der Jahre gesammelt habe?«

Plötzlich wurde Ansalems Miene so kalt und unmenschlich wie das Eis auf einem Teich im Winter. »Habt Ihr sie genommen?« wollte er wissen. »Ihr müßt sie sofort zurückgeben! Es sind Gegenstände der Macht. Es ist gefährlich, wenn ein anderer sie besitzt. Ich weiß, wie man sie benutzt, aber jemand anders könnte« – er schnippte seine dicklichen Finger zu einem so lauten Geräusch wie naher Donner – »die Welt in Staub verwandeln! Das ist kein Witz, junger Mann. Ihr müßt sie sofort zurückgeben!«

»Herr«, erwiderte Garric, »ich habe Euren Besitz nicht genommen und auch nicht den anderer. Ich bin gerade erst eingetroffen, und ich weiß nicht einmal, wo ich mich befinde.«

Sein Mund war trocken. Ansalem war so unberechenbar wie der Sommerhimmel, der von Sonne zu Gewitter wechselt, bevor ein Hirte Zeit hat, seine Herde in Sicherheit zu bringen.

Und trotz seines freundlichen Wesens war Ansalem gefährlicher als jedes Gewitter. Garric erkannte den Namen nicht, aber er wußte, daß der alte Mann ein Zauberer war. Wenn er Garric hierher gebracht hatte, war er ein Zauberer von unberechenbarer Macht.

»Wo Ihr seid?« fragte Ansalem, und seine gute Laune kehrte

wieder. »Ihr seid natürlich in Klestis in meinem Palast. Wißt Ihr das nicht?«

Er machte eine ausholende Geste. Das bewirkte, daß er wieder die leeren Regale bemerkte; sein Gesicht verzog sich abermals zu einer beunruhigten Grimasse. »Wo können ...«

Ansalem hielt inne. Er bedachte Garric mit einem forschenden Blick und nahm das Kinn des jungen Mannes zwischen Zeigefinger und Daumen. Er drehte Garrics Kopf von einem Profil zum anderen.

Garric ließ sich das gefallen, obwohl er ein Aufflackern von Zorn verspürte, als man ihn behandelte wie ein Schaf auf dem Markt. Ansalem war ein alter Mann und offensichtlich verwirrt.

Ansalem war allerdings nicht verwirrter als Garric, wie sich herausstellen sollte.

»Seid Ihr sicher, daß ich Euch nicht kenne?« fragte Ansalem, nicht barsch, aber mit deutlichem Interesse. »Wir sind uns sicher schon begegnet! Ich frage mich nur, wo?«

Er wandte sich dem Bücherregal zu seiner Rechten zu, offensichtlich, um nach einem Band zu greifen, der sich nicht mehr dort befand. Er erstarrte, und seine Miene nahm die schreckliche, eisige Härte an, die Garric zuvor schon gesehen hatte.

»Und wo sind meine Schüler?« wollte Ansalem wissen. »Habt ihr sie gesehen, Meister Garric? Purlio wird wissen, was hier passiert ist.«

»Herr, ich weiß überhaupt nichts«, erwiderte Garric. »Ich habe nie von Euch gehört, und das einzige Klestis, das ich kenne, ist ein Fischerdorf an der Südküste von Cordin.«

»Ein Fischerdorf, wie?« sagte Ansalem im erstaunten Ton. Er winkte Garric zum Fenster, das auf den Hafen hinausging. »Sieht das wie ein Fischerdorf aus?«

»Nein«, erwiderte Garric. »Aber ...«

»Aber was ist da unten los?« sagte Ansalem, der nun selbst aus dem Fenster spähte und nicht die Aussicht vorfand, die er erwartet hatte. »Alle stehen auf der Straße und starren nach oben ...«

Mit einem weiteren Aufflackern von Mißtrauen wandte er sich wieder Garric zu. »Was habt Ihr mit meinen Schülern gemacht?« sagte er. »Purlio, komm sofort her!«

»Ich ...«, begann Garric.

Ansalem ging zu der Bahre, auf der er bei Garrics Eintreten gelegen hatte. Er fuhr mit der Hand durch die Luft, als streichelte er die flackernde Schlange. »Die Amphisbaena ist hier«, sagte er, »aber nicht die anderen Gegenstände. Einige von ihnen sind zu gefährlich, um sie zu benutzen, sogar für mich! Versteht Ihr das denn nicht?«

Ansalem berührte wieder die Nische in der Wand und dann andere Nischen, dann fuhr er mit den Fingern über einen Marmorsockel, der leer neben der Tür auf der Rückseite der Kammer stand. Er bewegte sich rasch und krampfartig wie eine Kröte, die springt, verzweifelt in seinem Schrecken.

»Ihr müßt sie zurückgeben!« sagte Ansalem. »Sie werden Euch nichts Gutes bringen, das versichere ich Euch. Sie bringen jedem, der sie benutzt, nur Zerstörung!«

Die Kammer wurde durchscheinend, als eine andere Welt begann, sie zu durchdringen. »Bringt sie mir ...«, rief Ansalem mit einer Stimme so schrill wie ein entfernter Möwenschrei.

Die Worte verklangen. Garric spürte, wie seine Seele auf demselben Weg zurückeilte, den sie genommen hatte. Er war ein Schimmern in der Existenz wie die Strömung eines rasch fließenden Baches.

»Garric?« sagte eine Stimme. Es war nicht Ansalem, sondern ...

Garric öffnete die Augen. Er lag auf einer Bank im Besprechungszimmer. Liane stand neben ihm und hielt eine Lampe;

das Licht, das durch die offene Tür einfiel, war das letzte Rot des Sonnenuntergangs. Seine Freunde beobachteten ihn mit beherrschter Sorge: Cashel und Sharina, Tenoctris und Ilna und Liane, der die Sorge in die dunkel glänzenden Augen geschrieben stand.

»Ich habe geträumt«, sagte Garric, während er sich vorsichtig aufsetzte. »Und ich bin *sehr* froh, euch alle zu sehen.«

»Du wolltest nicht aufwachen«, sagte Sharina. »Wir dachten – nun, Tenoctris sagt, es geschieht etwas Gefährliches.«

»Zumindest etwas sehr Machtvolles, das ich nicht verstehen kann«, erklärte die alte Zauberin. Sie bedachte Garric mit einem schiefen Grinsen. »Und ich fürchte schon, daß es gefährlich sein könnte.«

Dann wurde sie wieder ernst. »Ich muß herausfinden, wo die Quelle der Macht liegt. Es entstehen bereits Störungen in diesem Teil des Universums. Es ist ein Kraftknoten in der Nähe; irgendwo in Valles.«

»Ich gehe mit Tenoctris, um ... nun ja, schwere Lasten zu tragen und so«, sagte Cashel mit einem Grinsen. Um die alte Frau zu beschützen, meinte Cashel; er hatte den Hickorystock dabei, den er mit seinen eigenen, fähigen Händen bearbeitet hatte. »Sharina und Ilna kommen ebenfalls mit. Wir wissen, daß du sehr beschäftigt bist, aber wir dachten, wir sollten dich auf jeden Fall fragen, ob du ebenfalls mitkommen willst. Wie in alten Zeiten.«

»Du bist heute abend mit Kanzler Royhas zum Essen verabredet«, sagte Liane und sah Garric direkt an, bemühte sich aber sehr um einen neutralen Tonfall. »Ich wollte ohnehin vorschlagen, daß ein entspannterer Abend eine gute Idee wäre.«

»Ich habe dich schon oft gesehen, nachdem du den ganzen Tag in der heißen Sonne gepflügt hast«, meinte Cashel. »Du warst müde und verschwitzt, aber du hast niemals so schlecht ausgesehen wie jetzt.«

Ilna nickte. Sie war eine Armeslänge hinter den anderen stehen geblieben, weil sie nicht wollte, daß jemand dachte, sie wollte sich in den Vordergrund drängen, obwohl sie und Garric ein ganzes Leben lang Freunde gewesen waren. »Du hast es übertrieben«, meinte sie. »Das kann jeder sehen. Ich kann mir nicht vorstellen, wieso ein Essen mit einem Kanzler anstrengend sein könnte, aber du bist offenbar dieser Ansicht. Und nur ein Narr würde es riskieren, zusammenzubrechen, weil er zu einem Essen gehen will, statt sich den Schlaf zu nehmen, den er braucht.«

»Ich müßte nicht unbedingt mit Tenoctris gehen«, warf Sharina ein. »Garric, warum ruhst du dich nicht ordentlich aus, und ich werde mit Royhas essen, wenn es nur eine förmliche Mahlzeit ist.«

Garric sah seine Freunde an. »Es ist nicht nur eine förmliche Mahlzeit«, sagte er. »Es ist Teil des größten Problems, das ich hatte, seit ... seit ich geworden bin, was immer ich jetzt sein mag.«

»Seit du König der Inseln bist, Junge«, flüsterte Carus durch die Zeitalter. Der König war wieder in Garrics Geist; so aufrecht wie eine alte Tanne und eine ebenso große Stütze für den jungen Mann, den er anleitete. *»Das bist du jetzt.«*

»Das größte Problem, das ich hatte, seit ich König der Inseln bin«, korrigierte sich Garric mit einem bedauernden Lächeln. Falsche Bescheidenheit war hier fehl am Platze. »Und es stimmt, ich brauche Schlaf, aber was ich gerade hatte, soll genügen. Und ich muß unbedingt mit meinen Freunden über das Königreich sprechen.«

»Garric, ich habe nicht die geringste Ahnung von Königreichen«, sagte Cashel. »Vielleicht könnte Sharina ...?«

Garric trat einen Schritt vor und umarmte Cashel. Es war, als umarmte man einen warmen Felsblock. Garric war größer als sein Freund – wenn auch nur ein wenig –, aber Cashel hatte eine solide Kraft, die über die eines jeden anderen Menschen hinausging, den Garric je kennengelernt hatte.

»Ich muß mit Menschen sprechen, denen ich vertraue«, sagte Garric. »Ihr fünf seid die einzigen auf der Welt, bei denen ich mich darauf verlassen kann, daß ihr genau dasselbe wollt wie ich – Frieden für das Volk der Inseln.«

Er trat zurück und sah die Zauberin an. »Tenoctris?« sagte er. »Kann, was immer du suchst, warten, bis wir gegessen und uns unterhalten haben?«

»Ja«, meinte Tenoctris. Angestrengt von dem Versuch, Menschen, die nicht wie sie die Kräfte sehen konnten, die das Universum durchströmten, etwas zu erklären, fuhr sie fort: »Es ist kein feindliches Eindringen – nichts, das mit Malkar oder einem mit Malkar verbündeten Zauberer zu tun hätte.«

Mit Malkar: mit dem Bösen, der Kraft vollkommenen, schwarzen Übels, der Leugnung alles Hellen und Guten.

»Es ist einfach nur sehr machtvoll«, fügte Tenoctris mit einer unsicheren Geste hinzu.

Garric nickte. »Die Hälfte der Gebäude auf dem Palastgelände sind noch nicht renoviert worden«, sagte er. »Suchen wir uns einen ruhigeren Fleck in einem von ihnen, und ich mache uns etwas zu essen, als würden wir über Nacht die Herden auf der Nordweide hüten. In Ordnung?«

»Essen?« sagte Liane. Dann schlug sie sich verlegen die Hand vor den Mund.

»Essen«, erwiderte Ilna nachdrücklich. »Wenn die Diener Prinz Garric nicht sofort mit Mehl, Käse und Zwiebeln beliefern können, nehme ich an, daß der Kämmerer sie noch vor dem Morgengrauen entläßt.«

»Und eine Seite Schinkenspeck«, fügte Garric hinzu, lachend vor Erleichterung, daß er an diesem einen Abend nicht Prinz Garric von Haft sein sollte. »Wir werden heute abend wie reiche Leute essen, mit Fleisch!«

Er reckte sich, um seine Muskeln zu lockern. Er nahm sich vor, wieder öfter zu trainieren, als es ihm in der letzten Zeit möglich gewesen war.

»Nachdem wir uns unterhalten und etwas gegessen haben«, sagte Garric, »werden wir den Kraftknoten suchen, von dem Tenoctris sprach. Und wenn es ein Problem gibt, dann kümmern wir uns darum.«

»Wie schon zuvor«, dröhnte König Carus. Er hatte die Daumen in den Schwertgürtel gehakt und grinste den jungen Mann an, dessen Geist er teilte. *»Und wie wir es weiter machen werden, bis die Inseln den Frieden haben, den ich ihnen nicht alleine geben konnte!«*

3

Die große Küche hatte zu den Schlafsälen der Diener gehört, als alle Palastdiener noch auf dem Gelände wohnten. Das war unter Valence II. gewesen, eine Generation zuvor; seitdem war dieses Gebäude verlassen. In der vergangen Woche hatten ein paar Gärtner die Geißblattranken von dem lang gezogenen Gebäude entfernt und zu einem mehr als mannshohen Haufen aufgeschichtet.

Die Gärtner würden die Ranken verbrennen, sobald sie trocken waren.

Zwei Küchenhelfer hatten einen Korb mit Lebensmitteln und einen Krug Bier hier abgestellt – auf Ornifal bewahrte man Flüssigkeiten in geteerten Steingutkrügen auf und nicht in Holzfässern. Nun warteten die Diener mit mißtrauischer Miene auf Befehle. Liane warf Garric einen Blick zu, aber er und Sharina waren zu sehr damit beschäftigt, sich die Feuerstelle anzusehen, um die Diener zu bemerken. »Ihr könnt gehen«, sagte Ilna zu ihnen. »Wir werden uns um alles weitere selbst kümmern.«

Garric blickte auf und nickte, aber die Diener hatten sich bereits wieder zu dem Ort aufgemacht, wo sie normalerweise auf ihren Händen saßen. Es hatte keinen Sinn, sich weiter *hier* aufzuhalten und albern dazustehen. Ilna nahm nicht an, daß einer von ihnen Möhren von Rüben unterscheiden konnte.

»Garric, ich kann das Kochen übernehmen«, sagte Sharina und richtete sich von ihrer Inspektion der Feuerstelle auf. Sie warf Ilna einen Blick zu und lächelte. »Oder Ilna kann es tun.«

Die schweren Eisengitter des Grills waren immer noch fest, obwohl sie mit Rost und altem Fett überzogen waren. Ilna nahm an, daß selbst zu Zeiten, als die Küche noch täglich im

Gebrauch war, die Sauberkeitsmaßstäbe der Köche geringer gewesen waren als alles, was sie – oder Reises Kinder – erlaubt hätten.

»Und ihr könntet es besser, ich weiß«, sagte Garric. »Aber ich werde schon zurechtkommen, und mir ist einfach danach.«

Sharina grinste ihren Bruder an. »Dann werde ich Feuerholz hacken«, sagte sie vergnügt. »Hier gibt es keinen Mangel an abgebrochenen Ästen, oder?«

Feuerholz war hier wertvoll, aber dieses große Gelände war königliches Eigentum. Während Valence immer nachlässiger geworden war, hatte man zugelassen, daß totes Holz am Boden verrottete, statt sinnvollem Gebrauch zugeführt zu werden.

Sharina trug ein dünnes Hemd und einen schwarzen, knielangen Leinenumhang. Das war in Valles eine verbreitete Ausstattung für Frauen mittleren Ranges, wenn sie bequem gekleidet einkaufen gehen wollten.

Töpfe und Pfannen waren weggeräumt worden, als die Küche nicht mehr benutzt wurde, aber es gab genügend irdenes Geschirr für einen überfüllten Gemeinschaftsraum, gar nicht zu sprechen von diesen sechs Personen. Sharina öffnete den emaillierten Goldverschluß ihres Capes und hängte es an einen Haken, der für eine Pfanne gedacht war. Um ihre Taille, bisher verborgen unter dem Umhang, trug sie eine sehr undamenhafte Waffe: ein Pewlemesser in einer Scheide aus schwarzem Seehundleder.

Die schwere Klinge des Messers war gerade und so lang wie Sharinas Unterarm, mit einem tiefen Bauch, der die ganze Schwere des Stoßes in die Spitze legte. Mit einem Pewlemesser konnte man ebenso gut Holz hacken wie mit einer Axt und ein Leben so rasch zum Ende bringen wie mit einem Schwert. Sein früherer Besitzer, der Eremit Nonnus, hatte das Messer zu beiden Zwecken benutzt, bis zu jenem Abend, als er starb, um Sharina zu beschützen.

Seitdem hatte Sharina das Messer getragen. Mehr zur Erinnerung denn als Waffe, nahm Ilna an, aber sie hatte nie gefragt, und Sharina hatte nie über dieses Thema gesprochen. Es war jedenfalls gut, das Messer zu haben, denn es gab hier nicht wie in den wohlhabenderen Häusern zu Hause eine Axt neben der Hintertür.

Ilna lachte. Alle sahen sie an, selbst Cashel, der sich gerade eine umgekippte Schüssel ansah, um nachzusehen, ob er sie säubern mußte, bevor er sie zum Wasserholen benutzte.

»Es ist schwierig, in einem Palast auf normale Weise zu leben«, erklärte Ilna. »Alles, was man normalerweise gewohnt ist, gibt es hier nicht, es sei denn, man bittet darum.«

Garric lächelte, aber er sah müde aus, und diese Müdigkeit reichte tiefer als in Muskeln oder selbst Knochen. Ilna hätte ihn gerne in die Arme genommen, wenn ... wenn sie nicht Ilna os-Kenset gewesen wäre. Und daran war niemand außer ihr selbst schuld.

»Ich weiß nicht einmal mehr, was überhaupt normal ist«, sagte Garric. »Aber ich weiß, daß ich froh sein kann, Freunde zu haben, die mit dem auskommen, was da ist. Wenn es mehr solche Menschen in Valles und im Königreich gäbe, die ...«

Er unterbrach sich. »Nun, vielleicht wird es ja so sein, wenn die Menschen erst erkennen, daß es eine wirkliche Chance für Einheit und Frieden gibt«, fuhr er fort. »Und wenn nicht, nun, dann kommen wir auch zurecht, oder?«

Liane warf Garric einen Blick zu, besorgt von seinem Tonfall. Sie griff nach seiner Hand und drückte sie.

»Ich habe im Küchengarten Luffas gesehen«, meinte Ilna und wandte sich ab. »Ich hole welche, dann können wir den Grill putzen.«

Rasch ging sie um das Gebäude herum und blinzelte die

Tränen weg. Der Garten war verlassen worden, als man die Küche stillegte, aber ein paar Pflanzen hatten überlebt. Die Spargelreihen waren zu einem Dickicht geworden, und die Kürbisse hatten sich immer wieder selbst ausgesät. Ilna hockte sich nieder und griff nach dem kleinen Messer, das sie in ihrer Schärpe trug.

»Ich helfe dir«, sagte Liane.

Ilna schaute über die Schulter. Liane kniete neben ihr. Sie hatte einen zweischneidigen Dolch aus einer verborgenen Scheide gezogen. Die Klinge war nur einen Finger lang, aber der Stahl war besser als alles, was Ilna je in Barcas Weiler gesehen hatte. Das war die Art von Waffe, die eine reiche Dame bei sich trägt, wenn sie reist – eine Versicherung, falls ihr Gefolge von Wachen und Dienern nicht genügte, das Unerwartete zu verhindern.

Trotz des edelsteinbesetzten Griffs und des Goldfiligrans auf der Klinge konnte man damit Kürbisse ebenso gut aufschneiden wie mit dem Messer, das Ilna für Küchen- und Haushaltsarbeit benutzte.

Lianes Hemden, das obere und untere, waren einfach geschnitten, bestanden aber aus Seide. Ihre Sandalen waren aus zinnoberrotem Leder mit Dekorationen in Goldfaden; mit einem Fuß war sie knöcheltief in den weichen Boden eingesunken, als sie auf dem Weg zu diesem abgelegenen Haus war. Ilna gab sich auf dem Palastgelände nicht mit Schuhen ab, obwohl sie Holzschuhe anzog, wenn sie sich auf die harten, gepflasterten Straßen der Stadt begab.

Aber ebenso wie der feine Dolch durchaus nützlich war, war es auch mit seiner feinen Besitzerin.

»Ja, gut«, sagte Ilna, drehte eine Ranke und schnitt dann durch die holzigen Fasern, die immer noch den Kürbis hielten. »Ich werde ein Dutzend davon brauchen, denke ich, so schmutzig, wie dieser Grill aussieht.«

Liane schnitt eine Luffa ab, indem sie nachahmte, was sie bei Ilna gesehen hatte. »Und ich werde dir auch beim Putzen helfen, obwohl du mir wahrscheinlich zeigen mußt, was ich tun soll«, sagte sie, als sie nach einer weiteren Ranke griff.

Ilna schluckte. »Mir fällt gerade etwas ein ...«, sagte sie und ließ den Blick nicht von den Pflanzen weichen. »Gestern hast du ein Gedicht vorgelesen. Etwas über Bienen?«

»Ich habe einen Krug Wein in seinem neunten Jahr, und in meinem Garten weben die Bienen Kronen ...«, sagte Liane. »Ja, ist es nicht wunderschön? Es ist von Celondre.«

»Könntest du das vielleicht ein paarmal für mich wiederholen, bis ich es mir merken kann?« bat Ilna und ließ einen dritten Flaschenkürbis in ihr oberes Hemd fallen. Wieder räusperte sie sich. »Es ging darin auch darum, seinen Platz zu kennen.«

»Nun, Celondre hielt sich selbst für einen Aristokraten«, sagte Liane entschuldigend. »Aber ich würde es dir gerne noch einmal aufsagen. Ich kann es sofort tun, wenn es dir gefällt.«

Ilna lächelte müde. »Ja, gerne«, sagte sie.

»Geh nur den Dingen nach, deren du würdig bist«, ging Liane die Verse noch einmal durch. »Weise von dir, was zu hoch für dich ist.«

Irgend jemand oder etwas mit größeren Fähigkeiten als denen, über die Ilna verfügte, webte ein Muster, in dem sie ein Faden war. Ilna konnte das Ende noch nicht sehen; vielleicht würde das nie der Fall sein.

Aber sie war sicher, daß dieses Muster existierte.

Cashel rührte den Haferbrei mit einem Löffel, den er mit seinem Eisenmesser geschnitzt hatte, nachdem Sharina ihm einen Weidenzweig abgeschnitten hatte. Er hatte sich nicht ihr Pewlemesser leihen wollen, denn er wußte, daß Sharina mehr als kräftig genug war, selbst mit dem weichen Holz zurechtzukommen – und außerdem fühlte sich Cashel ein wenig unbehaglich, wenn es um dieses Messer ging. Nonnus, der Eremit, hatte Sharina behandelt, als wäre sie seine eigene Tochter. Er hatte sie beschützt, als Cashel weit weg gewesen war, und war dabei gestorben. Cashel war dankbar für das Opfer des Eremiten, aber manchmal hatte er das Gefühl, sich an einem Heiligen messen zu müssen; und Cashel konnte sich nicht davon überzeugen, daß er bei dem Vergleich sonderlich gut wegkam.

»Was mich wirklich quält ...«, sagte Garric und hielt inne, um einen Streifen Schinkenspeck mit dem Dolch umzudrehen. Der versilberte Stahl glitzerte im Licht der Laterne, die Liane an einem Haken in einer nicht benutzten Feuerstelle gehängt hatte. Die lange, gezähnte Klinge war ziemlich elegant, aber durchaus als Fleischgabel zu verwenden.

»Es ist nicht die Krise selbst«, fuhr Garric fort, als der Schinkenspeck zu spucken begann und sich ein salziger Geruch in den Holzrauch mischte, der Cashel an zu Hause erinnerte. »Obwohl der Hirte allein weiß, daß es ein Problem nach dem anderen gab. Und jetzt diese Geschichte, die du herausgefunden hast, Tenoctris.«

Er grinste, um anzudeuten, daß er es der alten Zauberin keinesfalls übel nahm, ihn gewarnt zu haben. Garric sah hier fünf Jahre jünger aus als zu dem Zeitpunkt, als Cashel und die anderen ihn am frühen Abend aufgeweckt hatten.

»Die neueste Nachricht ist, daß sowohl der Graf von Sandrakkan als auch der von Blaise planen, sich zum König auszurufen. Zum König ihrer eigenen Insel, nicht aller Inseln, aber eins macht so viel Ärger wie das andere. Valence III. hat vor zwanzig Jahren am Steinernen Wall den Grafen von Sandrakkan besiegt, aber das Königreich hat sich von dieser Belastung nie erholt.«

»Kann man diesen Gerüchten vertrauen?« fragte Sharina

ihren Bruder, warf aber dabei Liane einen Seitenblick zu, weil diese für vertrauliche Gerüchte zuständig war.

Liane schaute Garric an; er nickte. »Ja«, sagte sie. »In diesem Fall können wir das. Das einzige, das beide noch zurückhält, ist die Tatsache, daß jeder Angst hat, der erste zu sein. Auch sie erinnern sich an den Steinernen Wall.«

»Selbst ohne Spione«, fügte Garric hinzu, »ist es das, was man von ihnen erwarten sollte. Der Titel war nicht so wichtig, solange sie den Mann ignorieren konnten, der auf dem Thron von Valles saß. Jetzt, nachdem es so aussieht, als würden die Inseln sich tatsächlich wieder vereinigen, werden sie vermutlich handeln.«

»Wenn die Kräfte, die das Universum in Bewegung halten, ihren Höhepunkt erreichen«, meinte Tenoctris nachdenklich, »ist das für alle Gesellschaften, als würde man einen Kessel auf ein heißes Feuer setzen. Einmal in tausend Jahren gerät alles ans Kochen. Es ist nicht nur, daß Zauberer jetzt mehr Kraft haben, als sie es sich vor ein paar Jahren hätten träumen lassen.«

Sie grinste und fügte hinzu: »Einige von uns haben selbstverständlich auch jetzt noch wenig davon.«

Cashel glaubte Tenoctris, wenn sie sagte, daß sie keine mächtige Zauberin war, aber er wußte – ebenso wie sie –, daß Macht häufig weniger wichtig war als das Wissen darum, wie man die Macht, die man hatte, einsetzen sollte. Tenoctris sah und verstand die Kraftquellen, während andere Zauberer sie blind benutzten. Es gab vieles, was die alte Frau nicht tun konnte, aber Cashel hatte noch nie gesehen, daß sie etwas tat, was sie nicht geplant hatte.

Er grinste breit. Cashel wußte besser als die meisten, wie wichtig es war, vorsichtig zu sein. Wenn man nicht vorsichtig war, zerbrach man Dinge, und manchmal zerbrach man sich selbst.

Garric nickte. »Es *könnte* sein, daß ich über eine Armee verfüge, die einen von beiden besiegen könnte«, meinte er. »Aber ich habe nicht die Mittel, sie sowohl nach Sandrakkan als auch nach Blaise zu schicken. Und überhaupt, ein Sieg würde im Augenblick für das Königreich ebenso schlecht sein wie eine Niederlage. Köpfe gegeneinanderzustoßen ist keine Lösung.«

»Wir brauchen Zeit«, meinte Liane besorgt. »Ein paar Monate würden vielleicht genügen. Wenn die Regenten anderer Inseln sehen, daß es Ornifal unter einem echten König besser geht, wird sie das vielleicht eher ruhig halten als die Bedrohung einer Armee allein.«

Cashel fragte sich flüchtig, wen sie mit *»wir«* meinte. Vielleicht »die Inseln«, und außerdem war es nicht seine Angelegenheit, sich darüber Gedanken zu machen.

Ilna, die in einer Ecke saß und Binsen zu Matten flocht, schnaubte. »Solange du die Armee noch hast. Es gibt ein paar Köpfe, die gestoßen werden *sollten.*«

Garric nickte mehr, um anzuzeigen, daß er lauschte, als weil er irgend etwas gehört hatte, das er als Lösung betrachtete. »Wir – die Regierung der Insel, *meine* Regierung – könnten eine Möglichkeit finden, mit Blaise und Sandrakkan umzugehen.«

Er seufzte und begann den Rest des Schinkenspecks umzudrehen, während er fortfuhr: »Das Problem ist, daß mein Rat sich selbst bekämpft, und ich weiß nicht, was ich tun kann, um das zu ändern. Nichts wird erledigt, oder auf die richtige Weise erledigt, weil Menschen, die auf derselben Seite sein sollten, sich miteinander streiten. Wir brauchen uns erst gar nicht wegen des Bösen zu sorgen, wenn die Leute auf unserer Seite die Arbeit des Bösen tun.«

Cashel dachte einen Augenblick lang nach. »Sprichst du davon, daß Attaper und Waldron sich wegen der Führung der

Armee an die Kehle gehen?« fragte er. Er hatte keine Ahnung von Politik, aber er wußte, wie rivalisierende Männer sich benehmen. Niemand verstand das besser als ein Mann vom Land.

Garric lachte, erleichtert, daß er nun so frei reden konnte. »Nicht unbedingt«, erklärte er, »weil Attaper und Waldron beide zu gefährlich sind. Keiner wird auch nur einen Zoll nachgeben, aber sie spielen keine albernen Spiele. Sie wissen beide, daß der andere mehr Männer getötet hat, als sie sich erinnern können. Sie fordern einander nicht heraus, weil sie wissen, daß der andere nach dem Schwert greifen wird, wenn er bedrängt wird, und beide haben davon schon zu viel hinter sich, um aus kleinlichen Gründen einen Kampf zu provozieren.«

Sharina setzte sich auf einen Hackklotz, den sie mit einer Binsenmatte bedeckt hatte, die Ilna geflochten hatte. »Es sind also Lord Tadai und der Kanzler, die einander bekämpfen?«

»Und wie!« stimmte Garric ihr zu. Er schob den Schinkenspeck vom Grill, um ihn ein wenig zu trocknen, während er den Rest briet. »Jedes Projekt, das Royhas vorschlägt, muß ewig warten, bis es finanziert wird. Alle Steuervorschläge, die vom Finanzminister kommen, erhalten keine Leute, die sie durchsetzen, oder solche, denen man nicht einmal ein Hühnchen zum Rupfen anvertrauen würde. Dinge, die dringend getan werden müßten, werden nicht getan.«

»Aber du bist der König«, sagte Cashel laut – weniger, um eine Antwort darauf zu erhalten, als weil er manchmal Dinge besser verstand, wenn er sie aussprach. »Du kannst ihnen sagen, was sie tun sollen.«

»Als könnte ich einer Schafherde sagen, welchen Weg sie zur Weide nehmen soll!« meinte Garric. »Und meine Chance, daß sie mir gehorchen, wäre ebenso groß. Die Schafe werden ihren eigenen Weg nehmen, weil sie wissen, was das Beste für sie ist. Es braucht mehr als ein bißchen Gebrüll, daß sie ihre Meinung ändern.«

Cashel lächelte. Garric begriff seine unausgesprochenen Gedanken und sagte: »Es stimmt, der Weg, den die Schafe nehmen, *ist* wahrscheinlich der beste. Das Problem ist, ich habe es hier mit zwei verschiedenen Anführern zu tun. Vielleicht haben sie beide gute Ideen, aber ich kann nicht beides gleichzeitig tun, und die Inseln können es auch nicht verkraften.«

»Manchmal hat man zwei solcher Schafe«, fuhr Cashel fort, laut über das Problem nachzudenken. Er zog den Löffel heraus und leckte ihn ab; der Haferbrei war warm bis in die Mitte. »Wenn sie beide etwas wert sind, verkaufst du das eine. Wenn eines davon nicht sonderlich gute Milch gibt ... man muß die Herde vor dem Winter ohnehin verringern, nicht wahr?«

Er nahm den Topf vom Feuer. Sie hatten keine Platten aus hartem Brot, aber Sharina hatte, als es noch hell draußen war, Birkenrinde geschnitten, die sie zum Essen benutzen konnten. Liane würde nicht daran gewöhnt sein, daß jeder einfach in den Topf langte.

»Du hast von weiblichen Schafen gesprochen, Cashel«, sagte Liane. »Kämpfen Widder auch?« Liane war nicht nur Garrics Freundin, sondern ein echte Dame, aber sie war immer nett zu Cashel. Er hatte das Gefühl, daß viele im Palast hinter seinem Rücken über ihn lachten. Er war daran gewöhnt. Die Leute zu Hause waren ganz ähnlich gewesen. »So groß wie ein Ochse und genauso dumm«, hatte er oft genug gehört, schon bevor er ganz ausgewachsen gewesen war, und er wußte, daß sie es immer noch sagten, aber inzwischen nur noch, wenn er es nicht hörte. Vielleicht hatten sie sogar recht, aber es gefiel Cashel nicht; und er mochte die Leute nicht, die ihn so behandelten. Liane war anders, also schnaubte er nicht einfach verwundert, sondern warf Garric einen Blick zu – der zuckte die Achseln.

»Man braucht nur einen Bock für eine Herde«, sagte Cashel. »Es ist sinnlos, Futter an etwas zu verschwenden, das ohnehin nur Ärger macht.«

»Oh«, sagte Liane und blinzelte. Sie war fraglos ein kluges Mädchen, aber Cashel war schon aufgefallen, daß Stadtleute normalerweise nicht verstanden, wie schwer das Leben auf dem Land war und wie hart folglich die Landleute sein mußten.

»Tatsächlich sind Tadai und Royhas *beide* wertvoll«, meinte Garric. »Und was vielleicht noch wichtiger ist, sie sind beide zu mächtig, als daß man sie einfach rauswerfen könnte, ohne daß es echten Ärger im Königreich gäbe. Sie haben sich gegen Valence verschworen, als sie glaubten, daß es notwendig war, obwohl er in früheren Jahren ihr Freund gewesen war. Keiner von beiden ist *mein* Freund.«

Cashel versuchte die Situation zu erfassen. Liane bemerkte sein Stirnrunzeln und sagte mit freundlicher Stimme – nicht von oben herab, sie sagte es nur: »Viele Leute auf Ornifal wollen keine Regierung, die das Richtige tut; sie wollen eine *bestechliche* Regierung. Mit einem Mann wie Tadai oder Royhas, der sie anführt, könnten diese Leute eine Gefahr darstellen.«

Cashel nickte. »Und du willst sie auch nicht töten«, sagte er, was keine Frage und *ganz bestimmt* kein Vorschlag war; er versuchte nur, sich die Tatsachen vor Augen zu führen.

»Nein, das will ich nicht«, meinte Garric schlicht. »Ich halte es ohnehin für schlechte Politik, aber die Wahrheit ist, daß ich es einfach nicht will. Ich töte niemanden, weil er unbequem ist.«

Er zwang sich zu einem Lachen, um das Thema zu wechseln. »Ich glaube, das Essen ist fertig«, sagte er und schob den letzten Schinkenspeck vom Grill. »Fangen wir an!«

Sharina hockte sich zum Essen hin, die Schulter gegen Cashel gestützt, der neben ihr saß. Das Feuer war bis auf blinzelnde Kohlen niedergebrannt. Das Holz war auf dem feuchten Boden schnell gealtert und brannte nun eher mürrisch als mit einer sauberen, heißen Flamme; es war gut genug für Haferbrei und Schinkenspeck gewesen, aber es brannte zu rasch nieder, um die Feuerstelle in einer Winternacht warm zu halten.

»Lerdoc, Graf von Blaise, hat begonnen, in der Öffentlichkeit eine Art Krone zu tragen«, sagte Garric, als er den Haferbrei auf den Weidenlöffel schob, den Sharina geschnitzt hatte, während ihr Bruder kochte. »Er hat seinen Titel noch nicht offiziell zu König geändert; er fragt sich wahrscheinlich noch, was ich tun werde. Das frage ich mich auch.«

Er grinste. Garric klang müde, aber er war nicht mehr so bitterlich *abgehärmt* wie in den letzten zwei Wochen.

»Lerdoc hofft vielleicht, daß seine Krone den Grafen von Sandrakkan dazu bringen wird, einen offenen Schritt zu tun«, sagte Liane. Cashel hatte einen großen Topf umgekippt, auf dem sie nun saß; Liane hatte nie richtig gelernt, sich auf den Boden zu hocken, und sie war wahrscheinlich auch nicht gewöhnt, längere Zeit im Schneidersitz zu sitzen.

»Damit hat er vielleicht recht«, meinte Garric. »Graf Wildulf hat für den Zwanzigsten des nächsten Monats ein Musterung der Miliz von Sandrakkan befohlen. Unsere Agenten glauben, er will überprüfen, wie viele seiner Adligen mit ihren Truppen auftauchen, bevor er entscheidet, ob er sich zu König Wildulf I. ausruft. Das hat sein Großonkel getan ... ein Jahr, bevor er am Steinernen Wall starb.«

Sharina schmeckte der Haferbrei, obwohl der Geschmack sie überraschte. Es war zum ersten Mal seit ihrer Ankunft in Valles, daß sie eine Mahlzeit zu sich nahm, wie sie die meisten Leute hier aßen. Sie war auf subtile Weise anders als das, woran sie gewöhnt waren. Der Lauch und die Zwiebeln waren dasselbe, was sie zu Hause in Barcas Weiler verwendet hatten, aber der Käse, den Cashel hineingerührt hatte, war aus Ziegenmilch und nicht aus Schafsmilch.

»Carus stand demselben Problem gegenüber, als man ihn zum König der Inseln krönte«, fuhr Garric mit einem schiefen Grinsen fort. »Usurpatoren, Rebellen, Abspaltungen – auf Haft und überall auf den Inseln. Carus trat seinen Problemen mit einem Schwert in der Hand und mit einer Armee entgegen, denen keiner seiner Feinde die Stirn bieten konnte ... bis ein Zauberer ihn eines Tages mitsamt der Armee auf den Meeresgrund schickt.«

Tenoctris betrachtete Garric aufmerksam. Zuvor an diesem Abend hatte sie sich in eine Ecke zurückgezogen, um einen Bann zu sprechen. Sharina hatte rotes Zauberlicht in den zu einer Schale gebogenen Händen der alten Frau flackern sehen, aber sie hatte nicht nach dem Zweck oder dem Ergebnis gefragt.

»Ich habe keine so gute Armee«, sagte Garric. »Außerdem möchte ich nicht gerne ertrinken.«

Wieder lächelte er, obwohl Liane, die neben ihm saß, bei seinen Worten das Gesicht verzog. Seit Garric die Medaille von König Carus trug, hatte er einen gewissen schwarzen Humor. Er hatte Sharina einmal gesagt, daß man auf einem Schlachtfeld Lachen mehr brauchte als irgendwo anders, also sollte man lieber imstande sein, darüber zu lachen, was man dort vorfand.

»Ich habe daran gedacht, die Armee nach Sandrakkan und dann nach Blaise zu führen«, fuhr Garric nachdenklich fort. »Nicht um Wildulf und Lerdoc anzugreifen, nur um mit genügend Männern vor ihrer Tür aufzutauchen, daß sie nicht einmal darüber nachdenken, die Unabhängigkeit ihrer Inseln zu erklären.«

»Das mag funktionieren, solange deine Truppen *auf* Sandrakkan verweilen«, sagte Liane. Sie klang, als hätte sie mit Garric schon öfter darüber gesprochen. »Aber was, wenn sie nach Blaise weiterziehen, was wird dann passieren? Und was geschieht hier auf Ornifal?«

»Aber ich werde bald etwas tun müssen«, sagte Garric ein wenig gereizt. »Wenn nicht das, was dann?«

»Schicke Botschafter«, meinte Sharina. Alle sahen sie überrascht an. »Statt deiner Armee.«

Sharina hatte über den Plan nachgedacht, seit Garric sein Problem beschrieben hatte. Ihre Lösung paßte. Die Leere ihres Daseins hatte sie fast wahnsinnig gemacht, aber genau das gab ihr auch den Schlüssel zu Garrics Problemen, die erheblich größer waren als ihre eigenen.

»Wir haben bereits Botschafter in Erdin und Piscine, Sharina«, sagte Garric. »Und Wildulf und Lerdoc haben auch Botschafter in Valles.«

»Und die sind bereit, jeden auf Ornifal zu finanzieren, der genug Mut zur Rebellion hat«, fügte Liane mit einer gewissen Schärfe hinzu. »Wir beobachten sie sorgfältig.«

»Nein«, sagte Sharina. »Du hast Berufsdiplomaten geschickt, niedere Adlige, die ihr Leben damit verbracht haben, ungefährliche Dinge in geschmeidige Sätze zu fassen.«

Cashel nickte. Er wischte gerade die letzten Fettspuren von seinem Dolch und hatte den Wetzstein aus dem Beutel an seinem Gürtel schon bereit, um die Waffe zu schleifen.

»Du solltest jemanden zu Graf Wildulf schicken, dem er zuhören wird, weil er weiß, daß diese Person zu den wichtigsten Menschen an deinem Hof gehört«, erklärte Sharina. »Schicke Tadai oder Royhas.«

»Oh!« keuchte Cashel entzückt. »Oh, Sharina!«

»Beim Hirten, Sharina«, sagte Garric leise, »das könnte *tatsächlich* funktionieren. Keine offene Drohung, sondern jemand, dem er zuhören muß.«

Er wandte sich Liane zu. »Ich werde Tadai schicken«, sagte er und bat damit das Mädchen eher um Bestätigung als um Erlaubnis. »Ich kann ihn eher entbehren – obwohl ich mir wirklich wünschte, daß er und Royhas zusammenarbeiten könnten.«

»Wird er deinem Befehl gehorchen?« fragte Ilna mit der distanzierten Neugier, die so sehr Teil ihrer Persönlichkeit war.

»In dieser Sache?« fragte Garric. »Ja. Tadai weiß, daß ich rasch handeln muß, damit das Königreich überleben kann. Er kann Royhas gegenüber nicht nachgeben ...«

»Er will nicht«, meinte Liane.

Garric zuckte die Achseln. »Er kann nicht, er will nicht, es ist dasselbe. Aber Tadai wird einen ehrenhaften Weg aus dem Durcheinander nehmen, in das er und Royhas sich verwickelt haben, wenn man ihm einen anbietet. Ich werde ihn zum Botschafter in Erdin machen, mit Vollmacht, die Stellung Sandrakkans innerhalb des Königreichs zu verhandeln – das ist eine königliche Stellung, und er wird sie annehmen.«

Garric stand auf und stellte sich in die Tür, um in die Nacht hinauszuschauen. Er steckte seinen langen Dolch ein, ohne überprüfen zu müssen, wo sich die Spitze im Verhältnis zur Öffnung der Scheide befand. »Tadai wird auch gehen, weil er weiß, daß ich ihn aus dem Rat entfernen muß, wenn er es nicht tut. Auf eine oder die andere Art wird er gehen.«

Garrics Stimme war so distanziert wie Ilnas, und es lag eine Härte darin, die Sharina überraschte. Sie erinnerte sich an ihren Bruder in Barcas Weiler, wie er immer dann, wenn er nicht gerade lächelte, eine vergnügte Melodie gepfiffen hatte. Aber sie waren nicht mehr in Barcas Weiler ...

»Und schick mich nach Blaise, Garric«, sagte Sharina und spürte einen Schauder, als sie die Worte aussprach. Sie bedauerte sie allerdings nicht. »Schick die Lady Sharina, deine Schwester.«

Cashel war der einzige, der nicht auf Sharinas Worte reagierte. Sein Arm war so fest wie ein Eichenstamm und stützte ihre Schulter, wie Cashel sie immer gestützt hatte.

Sharina drehte sich um und umarmte ihn. »Cashel, es tut mir leid«, sagte sie. »Ich hätte mit dir darüber sprechen sollen, bevor ich etwas gesagt habe, aber es ist mir gerade erst eingefallen.«

Cashel lächelte. Er errötete entweder, oder das Feuerlicht ließ seine Wangen rot aussehen. »Schon gut Sharina«, sagte er. »Ich habe nichts gegen Valles, aber ich habe auch nichts dagegen, hier wegzugehen. Ich bin hier, weil du hier bist.«

Garric räusperte sich. »Äh, Sharina?« sagte er. »Gibt es irgendeinen Grund, wieso du nach Blaise willst? Denn Pitre bor-Perial würde einen noch besseren Botschafter abgeben als Tadai, nur daß keine Notwendigkeit besteht, Pitre loszuwerden.«

»Ich verliere noch den Verstand, wenn ich mit dem weitermachen muß, was ich hier tue«, erklärte sie offen. Sie stand auf; Cashel erhob sich neben ihr, so daß sie aussahen wie eine Weide, die neben einem Felsblock wächst. »Jeden Tag sehe ich Menschen, die etwas wollen, was sie nicht haben können. Wenn es ein Gebet gäbe, das ihnen verschafft, worum sie bitten, würden sie lieber jemandem mit wirklicher Autorität gegenüberstehen.«

»Es ist ein wichtiges ...«, setzte Garric an.

»Ja, ich weiß«, sagte Sharina und setzte sich über den Widerspruch ihres Bruders hinweg. »Es ist ein wichtiges Amt, aber das könnte König Valence besser erledigen, oder nicht?«

Garric kniff die Lippen zusammen. Liane, die immer noch saß, sagte: »Nicht besser, nein, aber er kann es tun. Valence vertraut Lord Royhas – womit er ganz recht hat –, und er wird dem Kanzler erlauben, ihm Anleitungen zu geben.«

Liane kniff die Augen ein wenig zusammen, als sie Sharina

ansah. »Weißt du, eine Aufgabe, die den König in den Kontakt mit seinen Bürgern bringt, könnte gut für seinen Zustand sein. Ebenso wie für das Königreich.«

»Und wie du gerade sagtest, Garric«, meinte Sharina, »wäre es eine echte Aufgabe, mit solcher Verhandlungsvollmacht zum Grafen in Piscine zu gehen. Ich will dich nicht allein lassen ...«

Sie sah sich um. »Ich möchte mich von keinem von euch trennen«, fuhr sie fort; Cashel lächelte ruhig weiter. »Aber wenn wir die Inseln vor dem Chaos retten wollen, gibt es wichtigere Dinge für mich zu tun, als einer Delegation aus dem Brückenviertel zuzuhören, wenn sie sich über nächtliche Geräusche beschwert.«

»Schon gut«, erklärte Garric wieder mit königlicher Entschlossenheit. Er hatte zugehört, hatte sich überzeugen lassen und handelte prompt infolge dieser Entscheidung, anstatt denselben Boden noch weiter zu beackern. »Wir werden uns morgen mit Royhas zusammensetzen, um genau zu entscheiden, was wir Blaise anbieten wollen. Aber du wirst die Vollmacht haben, selbst Entscheidungen zu treffen, je nach deiner Einschätzung der Situation.«

Er setzte ein seltsames Lächeln auf. »Es ist allerdings merkwürdig, daß du das Brückenviertel erwähnst. Als ihr mich geweckt habt, habe ich von einer Brücke geträumt. Von einer Brücke und einem Mann namens Ansalem ...«

»Ansalem?« sagte Tenoctris und hob den Kopf. Sie hatte der vorherigen Diskussion gelauscht, aber nun schien es Garric, als wäre sie plötzlich sehr aufmerksam geworden. »Sprichst du von Ansalem dem Weisen?«

Garric nickte und spürte, wie sein Mund trocken wurde. »So hat er sich vorgestellt«, erklärte er. »Er sagte, die Stadt, in die ich mich geträumt hatte, sei Klestis. Und ich glaube ...«

Er räusperte sich.

»... daß er ein Zauberer ist.«

Tenoctris nickte und setzte dazu an, etwas zu sagen. Bevor sie das konnte, durchfluteten Erinnerungen Garric: nicht *seine* Erinnerungen, sondern jene von König Carus, die sich wie ein Fenster in Garrics Geist öffneten.

Schiffe und Boote bildeten eine doppelte Linie in dem Hafen, den Garric aus Ansalems Fenster gesehen hatte. Flaggen hingen an ihren Masten und der Takelage, und an Deck jubelten die Menschen und winkten mit kleinen Fähnchen, als die Trireme mit Carus, dem König der Inseln, zwischen den Reihen hindurchfuhr.

»Ich kam mit einer Gesandtschaft nach Klestis, Junge«, sagte Carus. *»Das war im Herbst vor dem Sommer, in dem ich ertrunken bin. Ich dachte, wenn ich alleine käme und selbst mit Ansalem spräche, könnte ich ihn überzeugen, mir zu helfen. Ich sagte ›Helft dem Königreich‹, und vielleicht ging es auch darum; aber damals war ich mitunter ein wenig zu forsch zu glauben, daß was immer ich wollte, genau das war, was das Königreich brauchte.«*

Die Boulevards, die Garric nur in Ruinen gesehen hatte, waren jetzt voll jubelnder Bürger in gestreifter Kleidung. Das Sonnenlicht auf den Metallfassaden der Gebäude warf ein blendendes Licht über die Stadt.

Carus marschierte zusammen mit den zwanzig Marinesoldaten von seinem Schiff. Die restliche Mannschaft der Trireme, die zwei Dutzend Seeleute, die sich um die Takelage kümmerten, wenn das Schiff unter Segeln fuhr, und die hundertsiebzig Ruderer blieben im Hafen. *Die Marinesoldaten trugen bestickte Hemden und keine Rüstungen, aber selbst als*

Ehrengarde waren sie mit ihren Schwertern bewaffnet. Sie waren die einzigen Bewaffneten, die zu sehen waren; vielleicht die einzigen bewaffneten Männer in ganz Klestis.

»Ansalem hatte Klestis durch seine Zauberkraft groß werden lassen«, sagte Carus. *»Das Volk arbeitete für seinen Lebensunterhalt, aber sie lebten hundertmal besser als anderswo. Gebäude erhoben sich über Nacht, und die Straßen waren jeden Morgen sauber.«*

Statt durch den Treppenturm nach oben zu steigen, näherten sich Carus und seine Wachen dem Eingang des Palastes selbst. Junge Mädchen in pastellfarbenen Kleidern standen vor der Tür und warfen kichernd Blütenblätter auf die bewaffneten Männer. Die Tür hinter ihnen blieb verschlossen.

»Ein großer Zauberer, dieser Ansalem«, sagte Carus grimmig, *»und ein großer Herrscher, obwohl er keinen weiteren Titel als ›Bürger von Klestis‹ hatte. Und er weigerte sich, irgend etwas mit Gewaltanwendung zu tun zu haben.«*

Ein älterer Mann in einem Hemd aus weiß gebleichter Wolle – für Klestis eine recht nüchterne Gewandung – trat zwischen den Mädchen hervor, verbeugte sich respektvoll vor Carus und sagte dem König unter den finsteren Blicken der Soldaten etwas ins Ohr.

Carus nickte knapp und schnallte die Doppelschnalle seines Schwertgürtels auf. Der ergraute Hauptmann seiner Wachen protestierte mit zunehmender Vehemenz. Carus starrte ihn mit eiserner Miene an und sagte nur ein Wort. Der Hauptmann und die anderen Soldaten erstarrten.

Carus wollte Gürtel und Schwert dem Palastbeamten reichen, aber der Mann wich zurück, als hätte der König ihm eine

Giftschlange zugeworfen. Statt dessen reichte Carus die Waffe also seinem Hauptmann.

Die Tür öffnete sich, und die immer noch kichernden Mädchen wichen zu beiden Seiten zurück. Der Beamte nötigte Carus unter Verbeugungen in den Palast.

»Mit dem Wert der Metallverkleidungen eines einzigen Gebäudes in Klestis hätte ich eine Flotte von zweihundert Kriegsschiffen bauen können«, sagte Carus nachdenklich. *»Und mit dem Metall eines anderen hätte ich die Mannschaften ein ganzes Jahr bezahlt. Ich haßte schon den Gedanken an Zauberer, aber ich hätte so getan, als wüßte ich nicht, daß der Wohlstand der Stadt von Zauberkraft herrührte, wenn ich sie nur hätte in meine Hände bekommen können.«*

Die Eingangshalle des Palastes hatte keine Fenster, aber Bänder schwachen Lichts hingen über den Torbögen in der Luft. Die Kassettendecke war mit Szenen ländlicher Feste geschmückt, Bauern, die tanzten und ihren Freunden bei Wettrennen, Ringkämpfen und Steinwurfwettbewerben zujubelten.

Die Erinnerung – jetzt auch Garrics Erinnerung – ließ ihm Tränen in die Augen treten, wenn er an die Welt dachte, die er für immer verlassen hatte. Aber das Leben in Barcas Weiler hatte nicht nur aus Festen und angenehmen Tagen bestanden, und ohne daß Garric und seine Freunde es schützten, würde es für das Volk der Inseln bald überhaupt keine Freude mehr geben.

Sieben Zauberer in langen Gewändern, die mit Zeichen der alten Schrift bestickt waren, erwarteten Carus in der Halle. Es waren keine Diener oder gewöhnliche Würdenträger anwesend. Der Anführer der Zauberer wirkte geschlechtslos und war vollkommen kahl, obwohl Garric annahm, es handle sich um einen jungen Mann ... wenn er tatsächlich ein Mann war und kein geschlechtsloses Wesen.

Der Anführer nickte dem König zu, statt sich zu verbeugen. Er drehte sich um und führte Carus zu einer Treppe, die hinter einer Säule verborgen war, die aus einem Block aus Calzedon in Form von drei miteinander verwobenen Stämmen eines Feigenbaums gemeißelt war. Die anderen Zauberer, vier Männer und zwei Frauen, folgten schweigend wie Pagen, die die Schleppe einer Dame tragen.

»Niemand konnte mich je als feige bezeichnen«, meinte Carus schlicht. *»Aber ich hätte lieber meine Hände voller Spinnen gehabt, als mich irgendwo in der Gesellschaft dieser Sieben hinbegeben.«*

Die Treppe führte im Zickzack zum Dach des Gebäudes. Stufen und Geländer waren aus Myrrhin. Lichtbänder schimmerten durch den Stein und beleuchteten blaue und purpurfarbene Kristalle, ebenso wie weiße Kalziteinschlüsse, größer als eine Faust. Der weiche Stein schimmerte, die polierte Oberfläche war unbeeinträchtigt von den Füßen jener, die hier entlanggegangen waren.

Am Ende der Treppe befand sich der kleine Vorraum der Audienzkammer, in der Garric Ansalem begegnet war. Ein hagerer Türhüter saß dort auf einem Hocker und hielt einen etwa zweijährigen Jungen auf dem Schoß. Er erhob sich, als Carus und die Zauberer eintraten, und setzte den lächelnden Jungen auf den Boden neben sich. An einer Kette um den Hals des Türhüters hing eine hohle Scheibe mit angedeuteten Sonnenstrahlen am Rand.

Der Mann war mindestens sieben Fuß groß. Er war dünn, aber seine Arme und Beine hatte die knotigen Muskeln einer Ziege. Obwohl der Türhüter keine Waffe trug, hätte Garric lieber keinen Ringkampf mit ihm begonnen; selbst Cashel wäre bei dem Gedanken vielleicht beunruhigt gewesen.

Der Türhüter betrachtete Carus mit einem Maß von Verständnis, das niemand sonst in dieser Enklave des Friedens gezeigt hatte, seit der König eingetroffen war. Der Anführer der Sieben gab einen kurzen Befehl. Der Türhüter ignorierte ihn. Er trat zurück gegen die Wand und rief eine Frage durch das vergitterte Guckloch. Die Antwort war wohl zustimmend gewesen, denn er öffnete den Riegel und dann die Tür.

Der kleine Junge stand aufrecht, indem er sich mit beiden Händen an der Wand festhielt. Er lächelte den König an.

Carus betrat die Audienzkammer allein. In der Tür blieb er stehen und verbeugte sich vor dem Türhüter.

»Er hieß Castigan«, sagte Carus. *»Ich habe später gefragt. Als ich Castigan sah, wußte ich, daß Ansalem kein vollkommener Narr war, ganz gleich, wie friedlich er sich gab.«*

Die Audienzkammer war, wie Garric sie aus seinem Traum in Erinnerung hatte, obwohl die Bücherregale beinahe überquollen. In vielen der kleineren Löcher steckten zwei Schriftrollen, oder sogar drei, wenn sie dünn genug waren. Zusätzliche Codices lagen quer über den Reihen auf den Regalen.

Auch Ansalem war derselbe vergnügte Mann, dem Garric begegnet war. Er trat vor und umfaßte Carus' Arm. Die mit Kissen belegte Travertinbahre war die einzige Sitzgelegenheit in der Kammer. Ansalem führte seinen Gast dorthin und setzte sich neben ihn, wobei er Carus' Hand weiter festhielt.

»Es war seltsam«, sagte Carus. *»Hast du je versucht, mit jemandem zu reden, der neben dir sitzt, statt dich anzusehen? Es fühlt sich irgendwie falsch an. Es klingt albern, aber mir wäre*

weniger unbehaglich zumute gewesen, wenn er mir die ganze Zeit einen Dolch an die Kehle gehalten hätte. Nicht, daß ich in der Lage gewesen wäre, diesen Zauberer davon zu überzeugen, mir zu helfen – ganz gleich, was ich sagte.«

Eine Membran aus dünnem, festem Stoff war außen über den Alabasterschirm gezogen und schützte die Kammer vor dem Wetter und den grellsten Sonnenstrahlen. Die hineingeschnittenen Symbole hoben sich weiß von der cremigen Struktur des Steins ab.

In der großen Nische gegenüber der Bahre stand die Mumie eines Geschöpfs mit schuppiger Haut und lang gezogenen, reptilienähnlichen Kiefern.

Vom Alter vergilbte Bandagen banden die Arme der Mumie über ihrer Brust, und Bernsteinperlen ersetzten die eingesunkenen Augen. Die Mumie beobachtete Carus und seinen Gastgeber mit kaltem, gelblichem Glitzern – nicht böswillig, aber eindeutig nicht menschlich.

»Ansalem war so freundlich, wie man sich nur wünschen konnte«, erinnerte sich Carus. *»Es war allerdings, als spräche man mit einem Dreijährigen. Er hörte mir zu, ignorierte aber all meine Argumente darüber, wieso er mir helfen sollte, die Inseln zusammenzuhalten. Ich war wütend. Er stimmte zu, daß ich König der Inseln war, aber das interessierte ihn nicht mehr als der Name eines Vogels aus Shengy. Beides interessierte ihn, hatte aber keine Bedeutung.«*

Carus entriß dem rundlichen Zauberer die Hand und stand abrupt auf. Er ging zur Tür, die Fäuste geballt. König Carus war in all den Monaten, in denen Garric die Königsmedaille um den Hals trug, ein Gast in Garrics Geist gewesen.

Garric hatte den König inmitten von Metzeleien lachen sehen und war Zeuge gewesen, wie er sich Gefahren der Seele und auch des Körpers stellte. Nie hätte er sich Carus mit der Art enttäuschtem Zorn vorstellen können, die den König nun erfüllte.

Auf dem Säulenfuß, den Garric in seinem Traum nur leer gesehen hatte, befand sich ein versteinerter Ammonit. Die gewundene Schale bestand nun aus Makasitkristallen, die in dem Sonnenlicht, das durch den Schirm fiel, in einer schwefeligen Bronzefarbe schimmerten. Das Geschöpf war kein großes Exemplar seiner Art: Die Spirale maß nicht mehr als einen Fuß im Durchmesser, während Garric Wesen dieser Art gesehen hatte, die die Größe eines Hauses erreichten.

Es lag allerdings eine geistige Tiefe in diesem Fossil; es war eine Grube, die direkt in das feurige Herz des Bösen führte. Carus hatte das Ding nicht bemerkt, als er die Kammer betreten hatte. Als er zornig hinausstapfte, wäre er beinahe mit dem Podest zusammengestoßen. Er wich zurück, dann schlug er fest mit der Faust auf die Schale.

Der Ammonit regte sich nicht. Carus drückte gegen die Tür, aber sie war von draußen verriegelt. Erst als der Türhüter durch das Guckloch gesehen hatte, öffnete er die Tür, um den König herauszulassen.

»Schlag bloß nicht auf irgendwas, bloß weil du wütend bist, Junge«, sagte Carus, immer noch voller Erinnerungen. *»Mein Arm war nach dieser Dummheit noch eine Woche lang taub. Selbstverständlich nur, weil dieses Ding war, was es war – Stein hätte mich nicht auf solche Weise verletzt.«*

Die lebhaften Erinnerungen waren verblaßt und Garric wurde wieder in die Gegenwart versetzt, bevor seine Freunde auch nur bemerkten, daß er sie verlassen hatte. Im Hinterkopf hörte er König Carus murmeln: *Zauberei!*

»Ansalem war ein Zauberer meiner Zeit«, sagte Tenoctris

gerade. »Ich bin nie wieder jemandem wie ihm begegnet, nicht damals und nicht seitdem.«

»Du hast ihn tatsächlich kennengelernt?« fragte Garric. Er war ein wenig schwindelig von all den Erinnerungen, die er gerade absorbiert hatte. Carus, aufmerksam in seinem Hinterkopf, war eine Säule, die Garric stützte, während Zeit und Raum zur gegenwärtigen Wirklichkeit verschmolzen.

»Ich hatte gehört, daß er ein großer Gelehrter und Zauberer war«, sagte Tenoctris mit einem Nicken. »Er herrschte in Klestis an der Südküste von Cordin. Er ließ andere seine Bibliothek benutzen, wenn sie wollten, also fuhr ich nach Klestis.«

Sie lächelte und spielte mit einer Locke ihres kurz geschnittenen, grauen Haares. »Ich reiste dorthin, nachdem es mir gelungen war, das Geld für die Überfahrt von Blaise aus, wo ich wohnte, zusammenzusparen. Ich war nicht gut genug als Zauberin, um große Summen heraufzubeschwören, und ich konnte auch keine Vorführungen geben, um meinen Lebensunterhalt mit Tricks zu verdienen.«

»Aber du verstehst Dinge, Tenoctris«, sagte Liane.

»Ja«, stimmte die alte Zauberin ihr zu, »aber Weisheit allein hat noch nie jemanden ernährt. Das ist in Ordnung – ich brauchte nicht viel, nur bescheidenes Essen und ein paar Bücher, um meine Studien fortzusetzen. Ich brauchte nur ein wenig länger, um Ansalem aufzusuchen, als es ansonsten gedauert hätte.«

Sie lächelte abermals und sah Jahrzehnte jünger aus als einen Augenblick zuvor. »Und da ich die Insel beinahe sofort wieder verließ, brauchte ich noch weniger Geld, als ich erwartet hatte.«

»Was hat Ansalem dir angetan?« fragte Cashel. Er beugte sich ein wenig vor, eine Bewegung, die Menschen, die ihn nicht kannten, nichts bedeutet hätte, seinen Freunden allerdings schon.

Sharina hatte an Cashels Kraft Schutz gesucht; jetzt legte sie ihm die Hand auf die Schulter, um ihn zu beruhigen. Beleidigungen glitten an Cashel ab wie Wasser an einem Felsen, aber niemand tat seinen Freunden in *seiner* Anwesenheit zweimal etwas.

»Ich denke nicht, daß Ansalem jemanden oder etwas verletzten könnte«, sagte Tenoctris. Sie sprach ruhig weiter, als sei sie sich des Sturms, den ihre vorherige Bemerkung in Cashels Herz ausgelöst hatte, nicht bewußt. »Er war von wahrlich kindlicher Unschuld. Das muß die Quelle seiner Kraft gewesen sein. Er war ein wenig eitel – aber nur ein wenig, wenn man seine Macht bedenkt. Und manchmal auch nörglerisch, aber nie genug, um wirklich Schaden anzurichten.«

Tenoctris senkte den Blick, lächelte bei der Erinnerung, aber dann schüttelte sie auch staunend den Kopf. »Ich habe Ansalem ›kindlich‹ genannt«, fuhr sie fort, »aber er war auch ein wahrer Gelehrter. Meinesgleichen, glaube ich.«

Sie schob die Unterlippe vor. »Vielleicht meinesgleichen«, milderte sie die vorherige Äußerung ab und mußte über ihre Prahlerei lächeln.

Garric und die anderen grinsten zurück. Stolz war die menschlichste aller Emotionen. Tenoctris war immer sehr rasch damit, anzumerken, daß sie keine mächtige Zauberin war; aber obwohl ihr Wissen und ihre Fähigkeiten eher denen eines Juweliers als eines Schmieds entsprachen, hatte sie vieles erreicht, worauf sie stolz sein konnte.

»Ansalem hatte Bücher von sämtlichen Inseln gesammelt«, fuhr Tenoctris fort. »Werke über alle möglichen Themen, nicht nur über Zauberei. Und ich denke, er muß auch in der Zeit, nicht nur im Raum gesucht haben, denn es gab Gegenstände in seiner Sammlung, die ohne die Kunst eines Zauberers, sie zu pflegen, keine Stunden überlebt hätten, erst recht nicht die Zeitalter, seit sie niedergeschrieben wurden. Es gab ein Gedicht, das in Schuppen von Schmetterlingsflügeln auf ein Spinnennetz geschrieben war ...«

»Ein Zauberspruch?« wollte Sharina wissen.

»Nur ein Gedicht«, sagte Tenoctris und schüttelte erneut den Kopf in Staunen über eine Welt, in der es die Dinge gab, die sie gesehen hatte. »Ein Epitaph denke ich. ›Das fromme Kind, das ich nährte, wuchs heran und rettete mich vor dem Zorn des Feindes. Als friedlicher Tod mich erreichte, errichtete jemand ein Grabmal auf diesen grünen Hügeln.‹«

»Aber warum besaß ein Zauberer so etwas?« fragte Cashel. Er hatte die Finger verschränkt und runzelte vor Konzentration die Stirn.

Tenoctris zuckte die Schultern und lächelte ein wenig müde. »Das weiß ich nicht«, sagte sie. »Und ich weiß auch nicht, wieso es jemand in Spinnennetz und Schmetterlingsflügeln geschrieben hat, statt es in Stein zu meißeln ... aber ich habe die Verse nie vergessen, Cashel, obwohl ich nicht weiß, um wen oder was es darin ging.«

Sie wurde wieder ernst. Lampenlicht betonte die vom Alter eingravierten Linien auf ihren Wangen. »Es gab Bannsprüche in Ansalems Bibliothek, die selbst die mächtigsten Zauberer meiner Ansicht nach nicht hätten wagen sollen; aber es war nicht das, was mich beunruhigte. Ansalem sammelte auch Gegenstände, die als Knotenpunkte gewaltiger Kraft dienten.«

Tenoctris erhob sich in unruhiger Reaktion auf die Ereignisse, an die sie sich erinnerte. »Ansalems Palast war ein Sturm von Energien, die den Kosmos selbst verzerrten. Niemand außer Ansalem selbst konnte in der Nähe solcher Gegenstände in Sicherheit sein. Ich ganz bestimmt nicht.«

Garric dachte an die Gegenstände, die er in der Audienzkammer gesehen hatte: die Reptilienmumie, einen Athame aus einem Metall, das einen bläulichen Schein in die Nische warf, in der es ruhte, eine faustgroße Kugel, die glühte wie erstarrte Flammen; und selbstverständlich der Große aus Makasit.

»Warum hat das Ansalem nicht gestört?« fragte Cashel. »Weil er so mächtig war?«

Tenoctris schüttelte den Kopf. »Weil er so unschuldig war«, sagte sie. »Ich glaube nicht, daß man mächtig genug sein kann, um sich solchen Kräften zu widersetzen, aber an Ansalem gab es nichts, das sie packen und verzerren konnten wie bei einem normalen Menschen. Zumindest einem normalen Zauberer.«

»Selbst bei dir, Tenoctris?« frage Liane.

»Selbst bei mir«, sagte die alte Frau. »Es gab nichts Klügeres als die Flucht.«

Sie drückte die Handflächen aufeinander und schloß die Augen, als sie sich erinnerte. »Einer der Gegenstände, die Ansalem gesammelt hatte, war die Schale eines der Großen, die sich in den Zeitaltern vor der Menschheit zu Makasit verwandelt hatte. Es war so nah an reinem Bösen, wie etwas in der wachen Welt nur sein kann.«

Garric nickte zustimmend. Nicht einmal Tenoctris wußte, wie vollkommen er verstand, wovon sie sprach.

»Ich hätte Ansalems Bibliothek gerne benutzt«, sagte Tenoctris. »Selbst der winzige Einblick, den ich erhalten hatte, war eine Freude, an die ich mich immer noch gerne erinnere. Aber wenn ich nicht sofort wieder gegangen wäre, wäre ich von dem Sturm des Bösen, der den Palast umtobte, zerrissen worden.«

»Aber es gab andere Zauberer in Ansalems Nähe, nicht wahr?« sagte Garric. Er hatte die Hände flach auf die Oberschenkel gelegt. Durch die Erinnerungen in seinem Kopf, die von Carus stammten, schimmerte auch etwas von Carus' wildem Haß auf Zauberer und Zauberei durch.

Zauberei war nur ein Werkzeug. In Tenoctris' Händen war

sie ein kunstvoller Schlüssel, der verborgene Wahrheiten aufschloß. Es war nicht die Schuld des Werkzeugs, daß die meisten Zauberer ihre Kunst wie den Schmiedehammer eines blinden Wahnsinnigen benutzten.

»Ja«, meinte Tenoctris ruhig. »Zu dem Zeitpunkt, als ich Klestis besuchte, waren es sieben. Ansalem nannte sie seine Schüler. Ich bin sicher, daß sie nicht von irgend etwas verzerrt waren, das sie von ihm gelernt hatten, aber ...«

Sie schüttelte den Kopf und verzog das Gesicht. »Hätte ich auch nur den geringsten Zweifel über die Gefahren eines Aufenthalts im Palast gehabt«, sagte sie, »hätte mich das überzeugt, was mit diesen sieben geschehen war. Sie waren alle mächtige Zauberer, besonders derjenige, der sich Purlio von Mnar nannte.«

Einen Augenblick lang sagte niemand etwas. Ilna stand auf und ging zur Tür; sie sah nach dem Stand des Mondes. Als sie an Garric vorbeikam, streckte sie die Hand aus, als wollte sie eine Berührung vermeiden – entweder das, oder als wollte sie ihn streicheln, ohne ihn zu berühren.

»Wir haben fertig gegessen«, sagte sie. »Tenoctris, du hast uns zusammengerufen, damit wir uns etwas im Brückenviertel ansehen. Wenn wir das noch tun wollen ...?«

Tenoctris verbeugte sich leicht vor Ilna. »Ja«, sagte sie. »Das sollten wir tun. Nichts, was ich heute abend gehört habe, läßt darauf schließen, daß diese Berichte *weniger* wichtig sind, als ich befürchtete.«

4

Der Kutscher rief »Ho!« und brachte die Kutsche unter Gerumpel zum Stillstand. Es gab ein letztes Rucken, als ein Vorderrad mit einem Knirschen in die Ritze zwischen den Pflastersteinen rutschte.

Garric riß die Tür auf und sprang hinaus, ohne die Stufe zu benutzen. Er war niemals froher gewesen, die Füße wieder auf dem Boden zu haben.

Die Kutsche hatte auf dem ganzen Weg geschwankt und geknarrt. Garric war immer noch taub vom Dröhnen der Eisenräder auf den Pflastersteinen, obwohl er sich nun, als die Kutsche stand, des Gemurmels einer Menschenmenge auf dem Platz bewußt wurde. Hunderte von Menschen standen in kleinen Gruppen dort und schauten zum Fluß hin.

Das Fahrzeug trug kein königliches Wappen, aber in einem Arbeiterviertel wie diesem war keine Kutsche unauffällig. Die Leute hinten in der Menge wandten sich den Neuankömmlingen zu. Cashel stieg vom Bock, wo er neben dem Fuhrmann gesessen hatte. Sein Stock paßte nicht in eine Kutsche, in der schon fünf andere Menschen saßen, und er hatte ihn nicht zurücklassen wollen. Er lächelte Garric an und sagte: »Ich wäre lieber gelaufen, aber wahrscheinlich war es schneller; und der Fahrer wußte, wohin er fährt. Hast du schon Pläne?«

»Wir konnten nicht denken!« sagte Sharina und stieg aus der Kutsche. Der Kutscher half Liane und Tenoctris auf der anderen Seite heraus; Ilna wartete, bis Sharina das Gefährt verlassen hatte, dann stieg sie ebenfalls aus, und auf ihrer Miene spiegelte sich die Verachtung für die gerade gemachte Erfahrung. »Was für ein schrecklicher Lärm!«

»Tenoctris hätte nicht so weit laufen können«, sagte Garric,

»und Liane wollte in ihr Buch mit Segelanweisungen schauen. Ich hatte angenommen, wenn wir in einer Kutsche fahren, statt daß die beiden in Sänften sitzen und der Rest von uns läuft, würden wir miteinander reden können.«

Er schüttelte bedauernd den Kopf. »Nächstes Mal werde ich es besser wissen.«

Während der Zeit des Alten Königreiches war das Gasthaus in Barcas Weiler ein Haltepunkt auf der Kutschenstraße an der Ostseite der Insel gewesen. Die Straße war gepflastert gewesen – Garric konnte den breiten Weg in Carus' Erinnerungen sehen –, aber die Stürme von tausend Wintern hatten alles bis auf ein paar geschützte Strecken ins Meer gerissen.

Reiche Kaufleute ritten manchmal auf Pferden zum Schafsmarkt, und hin und wieder kam ein übergewichtiger Viehhändler in einer Sänfte, die von sechs oder acht Trägern über den hügeligen Weg von Carcosa zur Westküste getragen wurde. »Kutsche« war bisher für Garric nur ein Wort gewesen, und selbst nachdem er sein Zuhause verlassen hatte, hatte er nie erwartet, jemals in einer zu fahren.

»König Carus ist einmal in Klestis gewesen«, sagte Garric zu Tenoctris. Er erwähnte nicht, woher er das wußte, obwohl die anderen es vermutlich inzwischen erraten hatten. Garric fand es einfach peinlich, mit einem Mann zu sprechen, ja mit ihm zu *leben*, der seit tausend Jahren tot war. »Damals gab es dort keine Brücke.«

Der Kutscher und der Beifahrer konnten ihn hören; ebenso wie die Leute hinten in der Menschenmenge, obwohl sich viele wieder ihren eigenen Gesprächen zugewandt hatten. Andere lauschten und beobachteten Garric. Dagegen konnte man nichts tun, und überhaupt gehörte es zum Leben.

Niemand, der in einem Palast – oder einem kleinen Dorf – lebte, erwartete ernsthaft so etwas wie Privatsphäre. Ob man nun Diener hatte oder in einer Hütte aus Flechtwerk und Lehm wohnte, alles, was einen selbst betraf, ging auch jeden anderen an, wenn es nur interessant genug war, daß es jemand bemerkte.

»Wenn wir eine Brücke sehen wollen«, sagte Ilna nicht grob, aber kühl und leidenschaftslos, »müssen wir dichter ans Wasser.«

»Gut«, sagte Garric und überlegte, ob sie sich den Weg zum Ufer wohl erzwingen müßten. »Gehen wir.«

Selbstverständlich konnten sie sich mit ihm und Cashel an der Spitze nach vorn drängen. Garric hatte keine Wachen mitgebracht, weil er kein Aufsehen erregen wollte. Ihm wäre nicht eingefallen, daß seine Regierung zwar noch nicht die geringste Ahnung davon hatte, was im Brückenviertel geschah, die Bürger von Valles aber bereits alles wußten.

Und nicht nur die Städter. Einige der Zuschauer waren offensichtlich Leute vom Land, in dunklen Wollhemden und Hüten mit Lederkrempen. Es gab auch Leute – die meisten Seeleute, aber nicht alle – in den Trachten von mindestens sechs anderen Inseln, darunter sogar ein Dalopaner mit Knochenschmuck.

Einige Zuschauergruppen waren Familien, andere warteten mit ihren Freunden. Zum größten Teil standen Männer bei Männern und Frauen bei Frauen. Kinder spielten einigermaßen lässig, aber ihre Mütter hielten ein besorgtes Auge auf sie. In diesen Haushalten gab es keine Dienstboten, die auf die Kinder aufpaßten, wenn die Eltern abends ausgingen.

Cashel betrachtete die Menge. »Dort ist Platz«, sagte er. Er ging vorwärts.

Weil die Beobachter in unterschiedlichen Gruppen beisammen standen, war es nicht so schwierig, sich hindurchzudrängen, wie Garric erwartet hatte. Die Menschen sprachen mit ihren Freunden und hatten ähnlichen Gruppen von Leuten den Rücken zugewandt. Sie fanden das Ereignis, auf das sie warteten, beunruhigend, aber das hatte die Menge noch nicht in einen Pöbelhaufen verwandelt. Es war nur etwas, was sie in der Gesellschaft jener erleben wollten, die ihnen am nächsten standen.

»So wie Bäume im Wald sich nicht ganz mit ihren Zweigen berühren«, sagte Cashel mit einem Lächeln über die Schulter hinweg.

Er schob sich seitwärts, aber selbst auf diese Weise entstand hinter ihm ein Pfad. Hin und wieder schob er mit Arm oder Brust Leute ein Stück weg, aber der Kontakt war nicht deutlich genug, um jemanden zu erzürnen. Einige sahen sich um, aber Cashels Größe und Breite erstickten selbst den wilden Protest, der sonst vielleicht entstanden wäre.

»Klestis hat aufgehört, dem Herzog von Cordin Steuern zu zahlen, als Ansalem dort Herrscher wurde«, sagte Garric zu Tenoctris, die Cashel direkt auf dem Fuß folgte. Garric war direkt hinter ihr. So geschützt zwischen den beiden hochgewachsenen jungen Männern, bestand keine Gefahr, daß die alte Frau zerquetscht würde. »Die Geschenke, die Ansalem dem Herzog nach Ragos schickte, waren ein Vielfaches von dem wert, was die Steuern eingebracht hätten, aber er machte deutlich, daß er Cordin oder den Inseln nichts *schuldete.*«

»Das war auch meine Erfahrung«, stimmte Tenoctris zu. »Ansalem war ein ausgesprochen freundlicher Mensch und sehr erfreut, eine Mitgelehrte zu treffen, aber ausgesprochen eigensinnig. Man hatte mir gesagt, das Ansalem keinen Bezug zur Welt hatte, aber er ignorierte sie nicht wirklich. Er hatte sich nur entschieden, sich ihr in jeder möglichen Weise zu entziehen.«

Sie sah Garric an. Das einzige Licht auf dem Platz war das des Sichelmondes, aber das genügte, daß Garric erkennen konnte, wie besorgt sie war. »Für einen so mächtigen Zauberer wie Ansalem könnte beinahe alles möglich sein«, sagte sie. »Aber selbst er kann auch Fehler gemacht haben.«

Cashel hatte das Ufer erreicht und drehte sich um. Die Menschenmenge war hier, direkt am Beltis, weniger dicht als zwanzig Fuß entfernt von der Uferbefestigung. Außerdem stammte niemand von den Leuten, die Garric in diesen Reihen bemerkte, aus dem Brückenviertel. Die meisten kamen von anderen Inseln, und es gab mehrere Gruppen von Adligen, die von einem Gefolge von Wachen und Dienern begleitet wurden.

Garric trat zur Seite und schuf damit eine Nische, in die Liane, Ilna und Sharina neben Tenoctris paßten. Er und Cashel hatten so häufig bei Dingen zusammengearbeitet, bei denen die Abstimmung perfekt sein mußte, um Gefahr zu verhindern – zum Beispiel beim Bäumefällen und anderen Aufgaben, die mit schwerem Gewicht zu tun hatten –, daß sie den Frauen beinahe reflexmäßig Platz schafften.

»Entschuldigung«, murmelte Garric zu einem Seemann mit einem Smaragd im Ohrläppchen und drückte ihn mit der Brust und nicht der Schulter weiter. Mit der Schulter zu schubsen wäre Arroganz und Herausforderung gewesen; eine andere Berührung war zufälliger Kontakt und hatte mit zu wenig Platz zu tun.

Cashel schaffte von der anderen Seite Platz, in dem er über einen Lakaien mit Spitzen am Hemdsaum aufragte, ihn zwar nicht berührte, aber rein durch seine Ausmaße zwang, zurückzuweichen. Der Lakai huschte zur anderen Seite der Gruppe, zu der er gehörte, und warf über die Schulter einen finsteren Blick auf Cashel. Liane drängte sich dicht an Garric. Er grinste zu ihr hinunter – wie Ilna reichte sie ihm nur bis zur Schulter. Sharina war nur eine Handbreit kleiner als Cashel, und Cashel nicht viel kleiner als Garric selbst. Liane lächelte zur Antwort, aber unter ihrer vergnügten Miene war die Sorge deutlich.

Sie wußten alle, daß Zauberei Gefahr barg; aber Liane hatte miterlebt, wie ihr Vater sein Leben verdarb und es dann verlor, durch Fehler, die er in »seiner Kunst« machte. Garric hatte nie erlebt, daß Liane vor einer Gefahr geflohen wäre, ob sie natürlicher oder anderer Art war; aber es brauchte für sie größere Willensanstrengung, sich mit Zauberei abzugeben.

»Die Segelanleitungen, die ich durchgesehen habe, sind serianisch«, sagte sie. Sie sprach mit ihnen allen, aber besonders mit Garric und Tenoctris, die links und rechts von ihr standen. »Sie folgen einer anderen Tradition als die der restlichen Inseln.«

Garric nickte. Lianes Vater war viel gereist. Er hatte mit serianischen Banken zusammengearbeitet und häufig serianische Schiffe genutzt, also hatte seine Tochter Verbindungen, die für Garric selbst als Prinz der Inseln unzugänglich gewesen wären.

Die Segelanleitungen standen in einem Notizbuch aus dünnen Bambusblättern, das Liane mitgenommen hatte, um es auf dem Weg vom Palast zum Fluß zu lesen. Die Öllampen auf beiden Seiten der Kutsche hatten den Innenraum beleuchtet, aber es mußte enorme Konzentration gekostet haben, während der dröhnenden, rumpelnden Fahrt zu lesen.

»Serianische Segelanleitungen sind kaum mehr als eine Auflistung von möglichen Ankerplätzen«, sagte sie und hob das kleine Buch aus dem Ärmel. »Dann folgt ein Kapitel über die politischen Umstände, aber nur in der Hinsicht, die einen Kaufmann interessieren würde, und eine Liste von Import- und Exportwaren für jeden Hafen.«

Garric nickte, um anzuzeigen, daß er Liane zuhörte, aber er hatte den Blick dem Fluß zugewandt. Der Beltis floß hier ein wenig schneller als ein paar Meilen südlich, wo er sich zu einem Delta ausdehnte, das durch drei Mündungen das Innere Meer erreichte. Auf der Flußoberfläche bewegte sich nichts außer Mondlicht und Treibgut.

»Dieses Buch ist jahrhundertealt«, fuhr Liane fort. »Zu alt, um noch nützlich zu sein, aber ein Schiffsunternehmer, der meinen Vater kannte, hatte es immer noch in seiner Bibliothek, und hier steht, Klestis sei ein kleiner Fischhafen von nur geringer Bedeutung ...«

»Ja«, meinte Garric. Das hatten auch Kapitäne aus Ornifal den königlichen Kurieren mitgeteilt, als Garric sich durch sie erkundigt hatte.

»Aber es heißt auch, daß Klestis einmal der größte Hafen an der Südküste war«, meinte Liane. »Und daß die alte Stadt ins Meer sank, und zwar mit dem gleichen Seebeben, das Yole verschlang.«

Tenoctris schürzte die Lippen. Ihre Miene erinnerte Garric an ein Rotkehlchen, das überlegt, wo es nach einem Wurm suchen soll.

»Das ist durchaus möglich«, meinte sie. »Und ich würde selbstverständlich von dem Seebeben aus Yole weggerissen, also habe ich keine direkte Kenntnis davon, was zur gleichen Zeit geschehen ist. Aber ich glaube nicht, daß Ansalem einen solchen Fehler gemacht hat, der Klestis auf diese Weise zerstört hätte.«

Sie hielt inne und überlegte, wie sie erklären sollte, was sie empfand. Mit einem verlegenen Lächeln fuhr sie fort: »Ansalem war tatsächlich Ansalem der Weise, aber seine Weisheit ging über reine Gelehrsamkeit wie die meine hinaus. Er verfügte über ein Verständnis des Kosmos, das nicht einfach menschlicher Natur war. Darin erinnert er mich sehr an Cashel und Ilna.«

Tenoctris sah die beiden an und nickte ihnen zu, damit es nicht den Eindruck machte, als würde sie hinter ihrem Rücken über sie sprechen. Cashel hatte sie nicht gehört; Ilna verzog das Gesicht, den Blick weiter auf den Fluß gerichtet.

Über dem Wasser hing ein kühler Schimmer. »Es passiert!« rief eine junge Frau mit von Wein und Aufregung bebender Stimme.

»Ja«, sagte Ilna, als sich Spuren blauen Lichts bildeten, die sich vom Ufer in unendliche Ferne erstreckten. »Ja.«

Tenoctris setzte sich auf die Pflastersteine. Sie bewegte sich ruckartig, wie ein Baum, der endlich von der Fäulnis zerrissen wird. Sie war zu alt und zerbrechlich, um sich noch anmutig zu bewegen, wenn sie schnell sein wollte. Ilna streckte die Arme nach ihr aus, aber Liane stand zwischen den beiden und war noch schneller.

Es war alles in Ordnung. Sobald sie saß, holte Tenoctris ein Bündel jener dünnen Bambusstöcke aus der Tasche, mit denen sie häufig ihre Zauber wirkte. Andere Zauberer benutzen speziell für sie hergestellte Werkzeuge, häufig einen Athame, der mit Hilfe von Bannsprüchen erstellt und beschriftet war, um seine Kraft zu erhöhen. Tenoctris nahm einfache Stöcke – Bambus, auch einen Grashalm – und warf sie nach der Benutzung weg, damit sie einen Bannspruch nicht mit den Resten des letzten verunreinigte.

Ilna war mit dieser Sorgfalt sehr einverstanden. Wäre Tenoctris eine Weberin gewesen, wären ihre Muster klein, perfekt und vollkommen ausgeführt gewesen.

Tenoctris zeichnete etwas auf das schmutzige Pflaster – die Steine waren so unregelmäßig, daß Ilna nicht erkennen konnte, ob es ein Kreis oder ein Quadrat sein sollte – und schrieb um den äußeren Rand. Der Zauber, den sie wirken wollte, würde keine unbeabsichtigten Ergebnisse haben.

Ilna wandte ihre Aufmerksamkeit wieder dem Rahmenwerk aus blauem Licht zu, das über dem Fluß schimmerte. Manchmal berührte es die Pfeiler, die den ersten Bogen der alten Brücke getragen hatten. Die einzelnen Leuchtpunkte hatten nicht mehr Richtung als das Schimmern eines Glühwürmchens, aber wenn Ilna das Gesamtmuster betrachtete, konnte sie eine glatte Biegung erkennen, die sich nicht zum anderen Ufer des Beltis, sondern eher zum entfernten Horizont hinzog.

Sie war nicht sicher, ob sie es eine Brücke genannt hätte, wenn nicht jeder davon so überzeugt gewesen wäre. Für Ilna fühlte es sich mehr wie eine Angelschnur an, die von irgendwo anders hierher geworfen worden war. Es war nicht unbedingt bedrohlich, aber dieses Ding war aus einem bestimmten Grund hier – und dieser Grund war nicht, Ilna oder denen, die ihr nahe standen, zu nutzen.

»Und wer bist *du*, meine Schöne?« sagte ein Mann. Sein Tonfall bewirkte, daß sich die Haare an Ilnas Nacken sträubten, obwohl der Mann nicht sie angesprochen hatte. Sie drehte sich um und zog gleichzeitig mit der rechten Hand den Strang Schnüre aus ihrem linken Ärmel.

Der junge Mann war nicht älter als Sharina, in deren Nakken er nun seine Hand legte. Sein blondes Haar wäre schulterlang gewesen, hätte er es offen getragen, aber an diesem Abend hatte er es mit Duftöl eingerieben und in eine Rosenkappe aufgesteckt. Direkt auf der Haut trug er ein halb durchsichtiges Seidenhemd, was man deshalb sehen konnte, weil er statt eines gewöhnlichen Oberhemds ein durchbrochenes Gewand aus vergoldetem Leder darüber gezogen hatte.

Diese Mode war Ilna neu, aber offensichtlich war sie teuer. Der junge Mann gehörte offenbar zu einer Gruppe – einer *Bande* – von drei weiteren ähnlichen jungen Männern, vier Frauen mit der Haltung teurer Konkubinen und einem Dutzend Dienern. Die jungen Männer trugen alle Schwerter, aber jede ernsthafte Gefahr würde von ihren vier Leibwachen drohen.

Ilna erwartete, daß Sharina dem parfümierten *Wurm* eine Ohrfeige verpaßte, aber statt dessen schüttelte sie ihn nur ab und trat hinter Cashel, als wäre er ein Felsen auf einer Ebene. »Kehrt zu Eurer eigenen Gruppe zurück, mein Herr«, sagte sie.

Der junge Mann folgte ihr. Tenoctris murmelte einen Bannspruch und hatte die Augen geschlossen; sie bemerkte nicht, was um sie herum vorging. Liane breitete die Arme zwischen der alten Frau und dem jungen Mann aus, um Tenoctris davor zu schützen, überrannt zu werden. Garric zog den rechten Rand seines Umhangs über die Schulter und enthüllte den Griff seines langen Schwertes. Er berührte es nicht.

Cashel packte den jungen Mann am Hals und hob ihn dahin zurück, wo er zuvor gestanden hatte. Es war eine recht sanfte Geste, so wie eine Katzenmutter ihr Junges trägt. Ilna hatte schon gesehen, wie ihr Bruder Pecannüsse zwischen den Fingern knackte.

»Verschwinde«, sagte Cashel. Er klang eher amüsiert als zornig. Ein kleiner Bursche wie der da war für Cashel nur ein kläffender Welpe. »Ich will dir nicht wehtun.«

»Emrich!« kreischte der junge Mann zu seinem Leibwächter. »Schaff mir diesen Pöbel vom Hals!«

Die Umstehenden – darunter die Huren und gewöhnlichen Diener der Gruppe – waren ein wenig zurückgewichen. Sharina und die anderen in Garrics Begleitung hatten sich bewußt schlicht gekleidet und hatten keine Diener dabei, also hatte der junge Mann sie für Bewohner dieses Arbeiterviertels gehalten. Das bedeutete für ihn, daß er mit ihnen tun konnte, was er wollte. Diese Vorstellung war für das, was Ilna aus Barcas Weiler her kannte, so fremd, daß es sie entsetzte.

Ein klügerer Mann – oder zumindest ein nüchternerer Mann – hätte bemerkt, daß Garric zwar ein schlichtes Hemd trug, sein Schwert aber die Jahreserträge eines Bauernhofs auf Haft gekostet hätte. Die vier Leibwachen *hatten* das bemerkt, aber sie zogen dennoch die eigenen Waffen. Sie würden vielleicht versuchen, über die Sache zu reden, aber von einer – wie sie glaubten – überlegenen Position aus: vier Männer gegen zwei.

Ilna bezweifelte nicht, daß Garric und ihr Bruder mit der Angelegenheit fertig werden konnten, aber sie konnte es besser. Sie knotete vier Schnüre zusammen. Das Muster bildete sich, während sie sie in die Luft warf.

Sie hätte besseres Licht bevorzugt, aber die gebleichte Wolle fing genug Mondlicht ein, um die Aufmerksamkeit der Männer auf sich zu lenken. Wie ein einziger Mann schrien sie auf und stürzten aufs Pflaster, krallten die Hände an Gesicht und Oberkörper, als wären sie in einem Netz gefangen.

»Die Spinne, die Spinne!« schrie Emrich. »Laßt nicht zu, daß sie mich holt!«

Der junge Mann drehte sich um und starrte die sich am Boden windenden Leibwachen an, die ihre Waffen vergessen hatten. Seine drei Begleiter beobachteten die Szene mit mehr Interesse als Sorge; einer trank einen Schluck aus einem silberbeschlagenen Trinkhorn. Immerhin waren sie hier, um etwas Spektakuläres zu sehen, und dies erwies sich sogar als noch besser als die übernatürliche Vorstellung, die sie erwartet hatten.

Der junge Mann berührte sein eigenes Schwert, vermutlich weil ihm sonst nichts einfiel. Cashel legte die linke Hand über die des jungen Mannes, drückte einen Augenblick zu und hob die Hand des Adligen dann vom Schwertgriff weg. Garric trat einen Schritt vor und packte den Schwertgürtel des Mannes in beide Hände. Er drehte ihn und brach die silberne Schnalle auf wie einen trockenen Maiskolben, statt sich die Mühe zu machen, sie aufzuschnallen.

»Wer seid ...«, sagte der junge Mann. Cashel schob ihn ein wenig nach hinten. Der junge Mann taumelte einen oder zwei

Schritte, dann fiel er um. Garric warf das Schwert – Gurt, Scheide und alles in den Beltis. Garric und Cashel begannen zu lachen. Cashel nahm den Stock von der rechten Hand in die linke, damit er den Unterarm seines Freundes greifen konnte. Sie arbeiteten zusammen wie die beiden Steine einer Mühle.

»Wißt Ihr, wieviel dieses Schwert wert war?« kreischte ein Diener, den das, was gerade geschehen war, so verblüfft hatte, daß er sich nicht mehr um seine eigene Sicherheit sorgte.

»Es wäre beinahe das Leben dieses jungen Gecken wert gewesen«, sagte Garric und schubste den jungen Mann mit dem großen Zeh. Der Bursche begann, sich rückwärts über die Pflastersteine zu schieben, und starrte dabei mit großen Froschaugen nach oben.

Garric wandte sich mit einem trägen Lächeln Ilna zu. »Wird ihnen auch nichts passieren?« fragte er und wies mit der linken Hand auf die Leibwachen. Mit der *linken* Hand, bemerkte Ilna, denn mit der rechten umklammerte er immer noch den Schwertgriff und ließ ihn dann wieder los, als könne er kaum widerstehen.

Sie sah die vier Leibwachen an. Sie lagen nun reglos da. Einen erstarrten Augenblick lang dachte Ilna, ihre Finger hätten einen weiteren Knoten ins Muster gewoben, den Knoten, den ihr Hirn nicht hatte weben wollen ...

Die Männer atmeten noch. Sie hatten sich einfach nur im Kampf mit dem Netz, das nur sie sehen konnten, erschöpft. Ilna wurden vor Erleichterung die Knie weich.

»Garric, halt sie fest«, rief eine Stimme, Lianes Stimme und dann fiel Ilna nicht mehr. Garrics Arme umfaßten sie, und sie spürte, wie sein Herz mit dem wilden Zorn klopfte, der ihn ebenso beherrschte wie Ilna selbst.

»Es wird ihnen wieder gut gehen, sobald die Knoten gelöst werden«, hörte Cashel seine Schwester gegen Garrics breite

Brust stöhnen. »Aber oh! Ich wollte sie töten; ich hätte sie beinahe umgebracht!«

Cashel hockte sich neben die Männer und sah sie sich an. Sie starrten zurück. Keiner regte sich; sie hatten die Arme fest an die Seiten gedrückt, als wären sie in feuchte Tücher eingewickelt. Emrich, selbst eine Art Modegeck mit silberbeschlagenem Harnisch und einen Seidenschal um den Hals, flüsterte: »Bitte ...«

»Aber du hast sie nicht getötet«, sagte Garric und tätschelte Ilnas Rücken mit der rechten Hand. »Und weil du da warst, brauchten Cashel und ich sie auch nicht zu töten.«

Garrics Blick war direkt nach dem Aufruhr auf etwas gerichtet gewesen, das sich tausend Meilen weit entfernt befand, aber jetzt kam er wieder zurück. Cashel selbst hatte sich über die Angelegenheit nicht sonderlich aufgeregt. Es war einfach zu albern gewesen.

Er griff nach den Schnüren, die Ilna verknotet hatte. Das Muster bedeutete nichts für ihn – es kam ihm so zufällig vor, als hätte ein Wind die vier Schnüre miteinander verwickelt, weil sie nebeneinander baumelten. Er setzte dazu an, sie seiner Schwester zu reichen. Aber dann sah er, daß sie immer noch schluchzte, also löste er die Knoten selbst.

Cashel wußte, wie anstrengend es war, zu tun, was Ilna getan hatte. Es war keine Zauberei von der Art, wie sie Tenoctris mit Worten und geschriebenen Symbolen bewirkte, aber es erreichte ähnliche Dinge.

Und mehr. Cashel hatten echten Zauberern gegenübergestanden, und nach einem Schlagabtausch war *er* es gewesen, der immer noch stand. Cashel verstand selbst nicht, was er tat – es war anders als Ilnas Kunststücke mit Stoffasern, da war er sicher –, aber es gab Kräfte, deren sie sich beide bedienen konnten, wenn sie mußten.

Cashel grinste bei seinem nächsten Gedanken: Es war

schwerere Arbeit, als den ganzen Tag lang Felsbrocken den Hügel hinaufzurollen, das war sicher. Aber nun gut, er hatte nichts gegen Arbeit, ebensowenig wie Ilna.

Die Knoten waren fest, lösten sich aber gleich unter der Berührung von Cashels großen Fingern.

Ilna sah Muster, Cashel sah das Gleichgewicht oder Ungleichgewicht der Dinge. Er nahm an, es war beinahe dasselbe.

Er stand auf. Die Leibwächter schauderten, als Cashel die Schnüre in die Handfläche einer Hand mit dem Zeigefinger der anderen glattstrich – der Hand, in der er den Stock hielt. Er fragte sich, ob es wirklich zum Töten gekommen wäre, hätte Ilna nicht getan, was sie getan hatte. Das war schon möglich: Die Leibwachen hatten Schwerter, und es war keine Zeit für Zurückhaltung gewesen.

Cashel schüttelte verblüfft den Kopf. So etwas Albernes!

Ilna stand nun allein; Liane bot ihr die Hand an, aber Ilna winkte ab.

Garric ging hinüber zu dem Adligen, der mit dem ganzen Ärger begonnen hatte. Der Bursche war gerade dabei, aufzustehen, dann überlegte er es sich anders und ließ sich wieder auf die Pflastersteine sinken. Er legte seine Hände schützend ... ausgerechnet zwischen die Beine!

»Wer seid Ihr?« fragte Garric recht freundlich, aber doch so, als erwartete er eine Antwort. König zu sein, oder beinahe König, paßte wirklich gut zu ihm!

»Ich bin Lord Mos bor-Moriman«, erklärte der Bursche mit quäkender Stimme. »Meine Freunde und ich ...«

Er warf einen Blick über die Schulter und suchte verzweifelt nach Unterstützung. Die anderen Adligen und ihre Begleiter beobachteten den liegenden Mann wie Möwen, die darauf warten, einen gestrandeten Fisch zu Tode zu picken.

Cashel behielt die Leibwachen im Auge, nur für den Fall,

daß einer versuchen sollte, Garric von hinten anzugreifen. Das wäre ziemlich dumm von ihm gewesen – Garric sah, wenn er aufmerksam war, alles, was um ihn herum vorging, und Ilna schaute mit grimmiger Miene zu und hatte weitere Schnüre in der Hand –, aber es waren schon genug Dummheiten passiert, daß Cashel die Gefahr nicht eingehen wollte.

»Nun, Lord Mos«, sagte Garric. »Wißt Ihr, wer ich bin?«

Einer der Männer, die noch zu Cashels Füßen lagen, murmelte: »Die Schwester soll mich holen! Das kann nicht sein.«

»Bei der Herrin!« sagte Emrich. »Er ist es! Prinz Garric, wir wußten es nicht!«

Emrich zog die Arme unter sich und warf Cashel einen Blick zu; Cashel nickte und erlaubte ihm damit, auf die Beine zu kommen. Zumindest Emrich war klüger als ein Schaf, obwohl Cashel das von seinem adligen Herrn nicht behauptet hätte.

Nachdem er sich erhoben hatte, kniete Emrich wieder vor Garric nieder. »Euer Majestät«, sagte er an die schmutzigen Pflastersteine gewandt. »Unsere Leben gehören Euch ... aber wir haben es nicht gewußt.«

Auch die anderen Leibwachen erhoben sich vorsichtig. Cashel bemerkte amüsiert, daß zwei von ihnen unsicherere Blicke zu den Schnüren in Ilnas Hand warfen als zu seinem eisenbeschlagenen Stock. Und damit hatten sie vielleicht sehr recht.

»Ihr seid Prinz Garric von Haft?« fragte Mos. Dann sagte er: »Ihr seid Prinz Garric! Nun, ich verstehe nicht, wie Ihr erwarten konntet ...«

»Still«, sagte Garric. »Oder ich werfe Euch Eurem Schwert hinterher, was ich ohnehin vorziehen würde.«

Garric trug wie immer, wenn er sich auf die gepflasterten Straßen von Valles wagte, schwerbesohlte Stiefel. Er zeigte mit der Spitze eines Stiefels auf Mos' Lippen, berührte ihn aber nicht. Mos schwieg.

»Lord Mos«, fuhr Garric fort, »Ihr habt Euch gerade entschieden, ein Heim für die Waisen dieses Viertels einzurichten. Ein Vertreter des Kanzleramtes wird Euch morgen aufsuchen, um über die Einzelheiten zu sprechen.«

»Entschieden?« quiekte Mos. Er sah aus wie ein Käfer, der auf dem Rücken lag, was der Wahrheit recht nahe kam. »Wieso sprecht Ihr von einer Entscheidung? Ihr gebt einfach einen Befehl!«

Garric grinste. »Es ist wirklich eine Entscheidung, oder genauer gesagt, Ihr habt eine Wahl getroffen«, sagte er. »Glaubt mir, die andere Möglichkeit wird Euch nicht gefallen.«

Nur, um das zu unterstreichen, stieß Cashel mit dem unteren Beschlag seines Stocks auf das Pflaster, daß die Funken sprühten.

Garric zwinkerte ihm zu, dann wandte er sich mit einer Miene, die so bedrohlich war wie eine Gewitterwolke, den anderen Adligen zu und sagte: »Ihr werdet nun gehen und Euren Freund hier mitnehmen.« Er stieß Mos mit dem Fuß an; nicht fest, aber fest genug, um die Aufmerksamkeit des jungen Mannes weiter auf sich zu ziehen. »Ich schlage vor, daß Ihr nicht zurückkommt.«

Er sah die vier Männer an. »Nun zu Euch«, fügte er hinzu. »Euch habe ich mehr zu sagen.«

Die Adligen starrten einander an. Einer von ihnen gab ein paar Dienern einen Befehl. Die Diener warfen Garric einen Blick zu, dann halfen sie Lord Mos auf die Beine. Das Gefolge drängte sich zurück durch die Menge, zunächst schweigend, aber dann mit zunehmend lauter werdendem Gemurmel.

»Prinz Garric?« sagte Emrich. Seine Miene war die Angst anzusehen, was Garric wohl als nächstes sagen würde. Die vier Männer standen so aufrecht, als würden sie von ihrem Befehlshaber inspiziert.

»Morgen früh«, meinte Garric freundlich, »meldet Ihr Euch im Arsenal in Lord Waldrons Büro. Ihr werdet es dort wahrscheinlich eher mit den Schreibern des Adjutanten als mit dem Kommandanten selbst zu tun bekommen, aber das ist gleich. Sagt ihnen, daß Ihr Euch meldet, um einem der neuen Regimenter zugeteilt zu werden.«

Sharina trat dichter zu Cashel, obwohl sie sich nicht bei ihm einhakte, wie er gehofft hatte. Damit würde sie zwar im Weg sein, wenn er seinen Stock benutzen müßte, aber inzwischen war er sicher, daß dieser Fall nicht eintreten würde.

Sharina hatte ihren Umhang zurechtgezupft und damit das große Messer bedeckt, das sie wieder eingesteckt hatte.

»Ihr werdet nach Eurer Erfahrung und Euren Fähigkeiten bezahlt werden«, fuhr Garric fort, »aber ich nehme nicht an, daß der Sold so hoch sein wird wie das, was Ihr bis heute abend bekommen habt.«

»Allerdings werdet Ihr zumindest für einen *Mann* arbeiten«, warf Ilna ein, und ihre Worte klangen so trocken, als würde man Bretter zusammenschlagen. »Das könnte eine angenehme Abwechslung sein.«

»Ihr vertraut uns, daß wir hingehen, Euer Majestät?« fragte ein anderer der – ehemaligen – Leibwachen, ein älterer Mann als Emrich. Sein Schnurrbart und seine Koteletten waren sehr buschig. Seine Mütze lag immer noch auf dem Pflaster, wo er sich gewunden hatte, und man sah nun, daß er vollkommen kahl war.

»Ihr werdet dort sein oder Ornifal bis morgen abend verlassen haben«, erklärte Garric. »Ich verlasse mich darauf, daß Ihr wißt, daß Ihr Euch auf dieser Insel nicht vor mir und meinen Freunden verbergen könnt.«

Ilna grinste wie ein Schädel. Sie ließ die Schnüre einen Augenblick lang vor den Nasen der Männer baumeln, dann steckte sie sie wieder in den Ärmel.

»Möge der Hirte mich beschützen«, flüsterte einer der Männer. Er war kreidebleich geworden. »Möge die Herrin mich in den Mantel ihrer Gnade hüllen.«

»Kommt mit«, murmelte Emrich seinen Genossen zu. Der ältere Mann griff nach seiner Mütze. Statt sie sofort aufzusetzen, drehte er sich noch einmal zu Garric um und schlug sie mit angewinkeltem Arm gegen die Brust.

Zu Cashels Überraschung reagierte Garric, indem er sich mit der geballten rechten Faust auf die linke Schulter schlug. Es war wohl eine Art militärischen Grußes, nahm Cashel an; ein Salut oder vielleicht zwei verschiedene Arten von Salut. Garric war wirklich mitunter seltsam, seit sein Vater ihm diese Medaille gegeben hatte!

Die Leibwachen zogen sich dicht aneinander gedrängt und schweigend zurück. Die Unruhe hatte rings um Cashel und seine Freunde Platz geschaffen. Cashel grinste. Das hätte vielleicht nicht genügt. Der Hirte allein wußte, wie weit ein Schwert flog, wenn Cashel es jemandem mit dem Stock aus der Hand schlug.

Garric warf einen Blick auf die Menge und rief: »Passiert so etwas oft? Daß reiche Gecken hierher kommen, um zu prahlen, und ihre Leibwachen jeden bestrafen lassen, der etwas dagegen hat?«

Einen Augenblick lang sagte niemand etwas. Dann trat ein Mädchen vor. Cashel hatte sie schon öfter gesehen, wenn auch aufwendiger gekleidet als jetzt. Es war Sharinas Zofe Diora. Sie zerrte eine ältere, rundlichere Frau hinter sich her.

»Komm schon, Mutter!« sagte Diora. »Sag es ihm! Sag Prinz Garric die Wahrheit!« Die ältere Frau öffnete und schloß den Mund mehrmals, aber sie konnte die Worte nicht herauszwingen. Diora wandte sich mit angewidertem, zornigem Blick von ihrer Mutter ab. Mit schriller Stimme sagte sie: »Nicht jeden Abend, aber solche wie die kommen oft genug hierher und machen, was sie wollen, und niemand tut etwas dagegen!«

»Es macht ihnen Spaß, einen Kettenhund zu schikanieren!« rief eine Männerstimme von weiter hinten. »Sie wissen, sobald ein paar von uns sich zusammentun und zur Antwort Pflastersteine werfen, wird die Armee ins Viertel einmarschieren und den Aufstand niederschlagen!«

Garric nickte. »Also gut«, sagte er. Seine Stimme hallte von den Fassaden der Mietshäuser wider. »Ich werde morgen mit dem Stadtpräfekten sprechen. Demnächst wird hier nachts eine Wachtruppe stationiert, um dafür zu sorgen, daß *alle* Bürger der Inseln sich höflich verhalten.«

Garric lachte laut und sah sich um, die Fäuste auf den Hüften. In diesem Augenblick war er älter als der Junge, mit dem Cashel aufgewachsen war, und sah sehr, sehr stark aus.

»Und wenn das nicht funktioniert«, rief er, »wird es einen neuen Stadtpräfekten geben, und der wird dann im Distrikt Zwölf *wohnen*, bis er eine Möglichkeit gefunden hat, das Problem zu lösen. Das hier ist ein Königreich aller Bürger, nicht nur von Narren, die zuviel Geld und einen Titel haben!«

Die Leute begannen zu jubeln. Garric schaute verblüfft und verlegen drein, als wäre ihm plötzlich eingefallen, wer er war.

Cashel grinste seinen Freund vergnügt an. Er war Prinz Garric – das war er wirklich. Niemand hätte dieser Rede lauschen und es bezweifeln können!

Garric hob die Arme, um den Jubel entgegenzunehmen, dann drehte er der Menge den Rücken zu. »Und irgendwie«, fügte er leise hinzu und schaute zu der Erscheinung über dem Fluß, »werden wir auch mit diesem Ding da zurechtkommen. Aber ich hoffe, daß mir jemand sagen kann, wie!«

Sharina glaubte einen Augenblick lang, Diora würde zu ihr kommen, aber im letzten Augenblick verlor das Mädchen den Mut und drängte sich tiefer in die Menge, wo sie nicht mehr zu sehen war.

Ihrer Herrin insgeheim von der Brücke zu erzählen war eine Sache gewesen. Diesmal jedoch hatte Diora Prinz Garric persönlich und vor aller Welt angesprochen. Kein Wunder, daß sie sich fürchtete.

Mit einem Lächeln wandte sich Sharina wieder der Brücke zu, die über dem Beltis schwebte. Morgen würde sie Diora beruhigen und ihr klarmachen, daß sie ein Recht gehabt hatte zu sprechen – was schließlich der Wahrheit entsprach. Heute konnte sie nichts mehr tun, das das Mädchen nicht noch mehr verschrecken würde. Sharina legte die Fingerspitzen leicht auf Cashels Unterarm.

Die seltsam leuchtende Brücke schien in Pastellfarben gerahmt. Während des kältesten Winters, an den sich alle erinnern konnten, hatte es in Barcas Weiler Nordlichter gegeben. Die Brücke sah nur ein klein wenig solider aus als sie. Sie war nicht unbedingt angsteinflößend, aber mit Sicherheit unheimlich.

»Ich sehe dort Menschen, die sich bewegen«, sagte Cashel. Er kniff die Augen ein wenig zusammen. »Zumindest glaube ich das.«

Garric warf Tenoctris einen Blick zu. Sie saß immer noch auf dem Boden und murmelte vor sich hin, während sie mit dem kleinen Bambusstock auf die Pflastersteine tippte. Liane war bei der alten Frau geblieben und hatte sich schützend über sie gebeugt, während die anderen sich um Lord Mos und seine Leibwachen kümmerten. »Hat sie ..?« fragte Garric.

Liane drehte die Handflächen in einer ratlosen Geste nach oben. Mit einem verlegenen Gesichtsausdruck steckte sie den kleinen Dolch wieder ein. »Sie hat kein Wort gesagt, Garric«, meinte Liane. »Wenn man von dem Bannspruch einmal absieht.«

»Die Brücke hat nichts mit der zu tun, die hier einmal den Beltis überquerte«, meinte Garric. Er sprach laut genug, daß alle ihn hören konnten, aber Sharina kam es so vor, als dächte ihr Bruder nur laut. »Mit der Brücke, die König Carus kannte. Sie sieht nicht einmal aus wie eine Brücke, obwohl es eine war, als ich sie in meinem Traum überquerte.«

»Hier hast du Ansalem besucht?« fragte Liane.

»*So* habe ich Ansalem besucht«, meinte Garric lächelnd. »Ich bin nicht sicher, ob es wirklich ein ›wo‹ gibt, weder hier noch in meinem Traum.«

Ein Schrei, der nicht menschlich sein konnte – er war zu laut, sogar zu laut für ein Pferd –, schrillte durch die Nacht. Cashel fuhr herum, aber das Geräusch kam nicht aus der Nähe.

Sharina nahm die Hand vom Griff des Pewlemessers. Vielleicht war der Schrei nicht einmal aus dieser Welt gekommen, nicht mehr als diese schimmernde Struktur in der Luft.

Tenoctris seufzte leise und legte den Bambusstab hin. Sie schwankte ein wenig und wäre zusammengesackt, hätte Ilna sich nicht hingekniet und rechtzeitig den Arm um sie gelegt.

Ilna blickte kühl auf. Sharina begegnete diesem Blick ihrer Freundin und grinste. Liane hatte die alte Zauberin davor beschützt, niedergetrampelt zu werden, aber Ilna hatte Tenoctris selbst beobachtet.

»Bitte hilf mir hoch«, sagte Tenoctris. Ilna erhob sich und stützte die alte Frau mit dem Arm um ihre Schultern. Garric streckte die Hand aus; Ilna nickte ihm zu, aber sie brauchte keine Hilfe und hatte nicht vor, sie entgegenzunehmen.

Sharina versuchte sich eine Welt vorzustellen, in der alle wie Ilna waren. Es wäre ein höflicher Ort, und alles würde angemessen erledigt.

Es wäre auch eine sehr furchteinflößende Welt; ganz ähnlich, als ginge man über eine Steinkruste und wüßte doch, daß direkt darunter Lava glühte. Nicht, daß Ilna je den Zorn und die Macht, die in ihr waren, freilassen würde ...

Sharina streckte die Hand aus und drückte Ilnas Arm. Nur eine freundliche Berührung, die Berührung einer Freundin. Ilna grinste schief, als verstünde sie, was Sharina gedacht hatte, und sei derselben Ansicht.

Tenoctris richtete sich auf und holte tief Luft. »Weißt du, um was es geht?« fragte Garric. Er konnte seine Ungeduld nicht verbergen, aber es gelang ihm, ein wenig verlegen zu klingen.

»Das werde ich noch sehr lange nicht wissen«, erwiderte Tenoctris. Sie versuchte zu lächeln, war aber zu erschöpft. Einige Dinge konnten nur durch Zauberei erfahren oder erreicht werden, aber der Einsatz dieser Möglichkeiten verlangte ungeheure Anstrengung und stellte eine große Gefahr dar, selbst wenn der Zauberer keinen Fehler machte.

Wenn Zauberer sich tatsächlich irrten, blieb nur noch die Frage, wie viele andere sie mit in die Hölle rissen. Es war ebenso sehr Irrtum als Absicht gewesen, was das Alte Reich in blutige Trümmer gelegt hatte, und das Versagen eines weiteren Zauberers würde nun jeglicher Hoffnung auf Zivilisation für die Inseln ein Ende machen können.

Da die Menschenmenge nach dem Schrei still geworden war, konnte Sharina die anderen Stimmen hören. Sie waren zu schrill, um menschlich zu sein; sie hätte nicht sagen können, ob sie lachten oder vor Angst babbelten. Die Brücke selbst driftete wie die Geräusche ins Bewußtsein und wieder hinaus.

Die Frösche, die normalerweise am Flußufer ihren Chor anstimmten, waren ebenfalls still geworden. Ein Fisch sprang draußen in der Strömung, um einer Gefahr zu entgehen.

»Ich habe heute abend versucht herauszufinden ...«, setzte Tenoctris an. Mit jedem Wort sammelte sie neue Kraft. Nun tätschelte sie Ilnas Hand dankend, ließ los und stand dann allein. »... ob die Kraft, deren Zeuge wir hier werden, zyklisch ist oder an Stärke zunimmt. Wenn ich der Ansicht wäre, es würde von selbst wieder weggehen, würde ich dazu neigen, darauf zu warten.«

Sie lächelte müde. »Leider wird sie weiterwachsen, bis man sie entfernt, und sie zu entfernen wird so schwierig sein, als wolle man Valles an die Nordküste von Ornifal versetzen. Oder vielleicht sogar nach Haft.«

Cashel reckte seine Arme hoch und hielt den Stock quer über den Kopf, wo er die Menschen ringsumher nicht bedrohen würde. Er grinste. »Und«, sagte er. »Versetzen wir Valles Haus um Haus, oder muß es alles auf einmal passieren?«

Tenoctris lachte, und das veränderte sie vollkommen. Sie war immer noch offensichtlich müde, aber sie sah nicht mehr so verzweifelt besorgt aus. Cashel hatte die alte Zauberin daran erinnert, daß sie unter Freunden war und daß diese Freunde – *ihre* Freunde – schon zuvor das Chaos aufgehalten hatten.

»Nun, ich denke, wir sollten uns Hilfe holen«, erklärte Tenoctris. »Genauer gesagt, sollten wir den Zauberer finden, der für diese Erscheinung verantwortlich ist, und ihn überreden, sie zu entfernen.«

»Ansalem?« fragte Garric.

Tenoctris zuckte die Achseln. »Es könnte Ansalem sein«, meinte sie, »wenn er am Leben wäre. Ansalem war anders als jeder, als *alles,* das ich je gesehen habe. Es ist nicht genau eine Brücke; so nehmen unsere menschlichen Geister es nur wahr. Es ist ein Punkt, an dem die Ebenen des Universums verschwimmen. Es ist nicht wirklich etwas Böses, aber der Schaden, der entstehen kann, einfach indem ...«

Wieder erklangen Schreie, und diesmal waren sie menschlich. Ein Mann warf sich unter entsetztem Gebrüll in den Fluß. Ein Ding aus rosigem Licht sprang durch die Menge und sah ebenso verängstigt aus wie die Menschen, die versuchten, vor ihm zu fliehen.

Es hatte die Größe eines Menschen und war auch – beinahe – wie einer gebaut. Es hatte zwei Arme und zwei Beine, aber sie waren zottig, und die Beine waren außerdem krumm. Sie endeten in Ziegenhufen, die auf dem Pflaster klackten, wenn das Geschöpf einigermaßen solide aussah.

Der Faun verblaßte zu einem blauen Leuchten und flakkerte durch eine Sänfte und die juwelengeschmückte junge Frau, die darin saß. Sie schrie, aber sie hatte bereits vorher geschrien. Soweit Sharina erkennen konnte, sah sie nicht aus, als ginge es ihr sonderlich schlecht.

Zwei Schritte hinter der Sänfte wurde der Umriß des Fauns wieder deutlicher und wirkte wie eine rötliche Statue. Er – der Faun war unbekleidet, und an seinem Geschlecht bestand kein Zweifel – rannte die Esplanade entlang, auf Sharina und ihre Freunde zu.

Er sprang. Ein untersetzter Mann mit der Lederschürze eines Metzgers wich in dieselbe Richtung aus. Sie stießen zusammen. Es war der Mann, der zu Boden stürzte, obwohl der Faun ein jämmerliches Blöken von sich gab, während er weiterrannte.

Er rannte direkt auf Sharina zu. Sein Gesicht war eine Maske des Entsetzens. Sie zog ihr Pewlemesser, aber Cashel trat vor sie und begann, seinen Stock zu drehen. Der Faun sprang hoch wie ein Hirsch ...

... und verschwand mitten in der Luft und ließ nur ein paar rote Funken zurück.

»Oh ...«, sagte Sharina und spürte, wie sich die Muskeln über ihren Rippen wieder entspannten. Sie kam sich vor wie an dem Tag, als eine Hornisse – schnell, ohne jeden Verstand und ungemein gefährlich – ihr ins Gesicht geflogen war.

Der Metzger lag auf den Steinen, ächzte und versuchte, das Blut mit den Händen zu stillen. Die scharfen Hufe des Fauns hatten durch die Schürze und tief in seinen linken Oberschenkel geschnitten wie Doppelmesser. Eine Frau und ein Junge halfen dem Metzger – die Frau riß einen Verband aus ihrem Hemd, der Junge hielt den Kopf des älteren Mannes im Schoß und murmelte ihm tröstende Worte zu, während ihm Tränen über die Wangen liefen.

Die meisten anderen Zuschauer waren vom Flußufer weg geflohen. Die Adlige stand in ihrer Sänfte und schluchzte. Ihre drei Leibwachen umringten sie, sie hatten die Schwerter gezogen, aber die Träger, die die Sänfte tragen sollten, waren geflohen. Nach einem kurzen Gespräch gingen alle zu Fuß weiter. Zwei der Leibwächter halfen ihrer Herrin über das unebene Pflaster.

Cashel entspannte sich nicht, senkte aber seinen Stock. »Was war das?« fragte er leise.

»Jemand, der nicht hier sein durfte«, erwiderte Tenoctris. »Eigentlich keine Gefahr, aber ein Symptom des Problems, das diese Brücke darstellt. Solange diese Verbindung besteht, werden Gegenstände und Wesen durch Löcher im Universum fallen. Und einige von ihnen könnten erheblich gefährlicher sein.«

Sharina sah etwas am Himmel oberhalb der Brücke. Zuerst hielt sie es für einen Überrest der Funken, in die der Faun sich aufgelöst hatte. Es schimmerte wie der Dunst bei Sonnenaufgang, dann nahm es eine geflügelte Gestalt an: ein Vogel, der langsam auf Sharina und ihre Freunde zugeflogen kam.

Das rote Licht verglühte. Der Vogel verschwamm kurz, dann erschien er wieder.

»Ich denke, wir können jetzt in den Palast zurückkehren«,

sagte Tenoctris. »Ich habe alles erfahren, was hier heute nacht zu erfahren war.«

Sie lächelte matt. »Zum Teil auch, weil ich einfach zu müde bin, um noch mehr zu tun.«

Sharina schaute zurück. Ihre Kutsche wartete am Ufer, das nun allgemein verlassen war. Der Metzger hinkte davon, gestützt von der Frau und einem Mann seines eigenen Alters, der zurückgekehrt war, um ihm zu helfen.

Liane sprach mit Garric. Sharina hielt Ausschau, ob der Vogel ebenso wie der Faun verschwunden war. Er war immer noch am Himmel – und riesig.

»Also gut –«, sagte Garric.

»Was ist das?« fragte Sharina und zeigte nach oben. Sofort fühlte sie sich unbehaglich, als hätte sie unangemessen die Aufmerksamkeit auf sich gelenkt.

Cashel blickte auf und runzelte die Stirn. Er trat zwischen Sharina und den Vogel. War das Geschöpf nicht zu groß, um es noch einen Vogel zu nennen? Als Sharina es zum ersten Mal gesehen hatte, hatte sie es für eine Möwe gehalten. Aber es wuchs. Nun hatte es eine Flügelspannweite von vierzig Fuß.

Garric hatte bereits begonnen, sein Schwert einzustecken. Er zögerte, dann rammte er die Klinge doch in die Scheide. Es war unbequem, ein Schwert in der Hand zu halten. Garric hatte oft genug demonstriert, daß er die Waffe innerhalb eines Herzschlages ziehen konnte, sollte das notwendig sein.

Der Vogel schlug abermals mit den Flügeln. Die träge Bewegung brachte ihn nicht näher heran, aber er wuchs ganz gewaltig, die Flügel waren schuppig und maßen nun hundert Fuß. Das Geschöpf hatte einen gezähnten Schnabel und drei klauenbesetzte Finger am Ellenbogengelenk jedes Flügels. Es legte den langgezogenen Kopf schief und betrachtete Sharina mit einem glühenden Auge.

»Runter!« rief Garric und zog wieder sein Schwert. »Cashel, du und ich!«

Liane nahm Tenoctris in die Arme und legte sich nieder, bedeckte die alte Frau mit ihrem Körper. Sharina zog das Pewlemesser, aber ihr wurde klar, daß Garric recht hatte: Er und Cashel brauchten ein klares Feld, um ihre Kraft und die Waffen einsetzen zu können. Sie legte sich aufs Pflaster, das Gesicht zur Seite gedreht, so daß sie den Himmel beobachten konnte. Ihr eigenes Messer, die kleine scharfe Klinge, die Liane trug, und Ilnas Schlinge waren unter den richtigen Umständen wirkungsvoll; aber nicht im Kampf gegen ein Ungeheuer wie das, das nun den Nachthimmel ausfüllte.

Sharina bezweifelte, daß Garrics Schwert viel ausrichten könnte. Cashel jedoch ...

Cashel begann mit der Entschlossenheit eines kunstfertigen Handwerkers den Stock zu drehen. Er hielt das Hickoryholz auf beiden Seiten des Mittelpunkts und kreuzte dann die Handgelenke, damit der Stock sich drehte und wieder und wieder und ...

Diese Drehtechnik war beim Stockkampf durchaus verbreitet. Das feste Hickoryholz schützte den Kämpfer, und wenn der Feind näher kam, konnte Cashel mit den Stockenden zuschlagen.

In Cashels Händen war dieser Stock allerdings mehr als eine schlichte Waffe. Funken aus blauem Feuer wirbelten von den Eisenbeschlägen an beiden Enden, dann zogen sich knisternde Lichtspuren im Kreis. Cashel hatte sich breitbeinig hingestellt, entschlossen, die Gefahr zu bekämpfen oder zu sterben. Der Vogel wurde langsamer. Ein Aufblitzen rötlichen Feuers zeigte die massive Reptiliengestalt so edelsteinglitzernd detailliert wie der Tau auf einem Spinnennetz am Morgen. Der Vogel öffnete den Schnabel.

Jetzt war er über ihnen. Garric schwang das Schwert, Cashels Stab war eine Scheibe festen saphirblauen Lichts, und der Vogel ...

... der Vogel verschwand, als hätte es ihn nie gegeben.

Sharina stand auf. Liane hatte sich auf die Handflächen gestützt, immer noch über Tenoctris gebeugt. Sie hob den Kopf, um sich zu überzeugen, daß die Gefahr vorüber war, dann begann sie, der älteren Frau aufzuhelfen.

Ilna erhob sich anmutig und rollte die Seidenschlinge wieder um die Taille. Sie bemerkte Sharinas Blick und grinste ihre Freundin schief an. »Ich weiß auch nicht, wozu es gut sein sollte«, sagte sie, »aber ich fühle mich besser, wenn ich sie in der Hand halte.«

Sharina grinste und steckte zur Antwort das Pewlemesser wieder ein.

Der Kutscher war dabei, mit den Zügeln zu kämpfen, und der Beifahrer klammerte sich an das Geschirr des Leitpferdes. Die Tiere wieherten entsetzt, auch jetzt noch, nachdem die Gefahr vorüber war. Nur der Mut und die Fähigkeiten der beiden Männer hatten verhindert, daß das Gespann in eine der schmalen Straßen, die zum Ufer hin führten, geflohen war. Die Kutsche wäre dann unvermeidlich an einer Hausecke zertrümmert worden.

Garric hatte die Augen immer noch weit aufgerissen. Er hatte sich auf den Fußballen herumgedreht, als erwartete er, den Vogel hinter sich zu finden. Aber er war einfach verschwunden, wie der Faun zuvor. Garric schauderte.

»Ich glaube nicht, daß ich mich an so etwas gewöhnen kann«, sagte er leise. »Obwohl ich denke, daß es besser ist, als gegen etwas kämpfen zu müssen, das größer ist als eine Scheune.«

Cashel seufzte tief. Er setzte ein Ende des Stocks auf dem Boden ab und stützte sich dagegen. Er sah so müde aus, als hätte er gerade versucht, die ganze Welt auf den Schultern zu tragen.

Sharina ging zu ihm und schlang beide Arme um seinen rechten Arm. Cashels Haut war heiß, und sie konnte spüren, daß die Haare auf seinem Arm gesträubt waren.

»Ich habe nicht gesehen, wo es hingegangen ist«, sagte er. »Ich weiß nicht genau ...«

»Er ist einfach verschwunden«, sagte Garric. Er steckte das Schwert ein und schien sich zu fragen, ob er Cashel vielleicht stützten sollte. »Tenoctris, weißt du, was das war?«

»Noch etwas, das durch den Riß, den diese Brücke bewirkt hat, hereingekommen ist«, meinte Tenoctris. »Es wird andere Besucher geben, und das immer häufiger, fürchte ich, bis wir dem Universum die Last abnehmen.«

»Ich dachte, er würde uns angreifen«, sagte Liane ruhig.

Ilna nickte. »Uns oder einen von uns«, sagte sie. »Das dachte ich auch.«

»Also gut, kehren wir zurück ...«, sagte Garric.

Heisere Schreie erklangen. Sharina blickte auf. Der Vogel segelte über ihnen über die Mietshäuser. Er hatte auf jener anderen Ebene des Universums, auf der er verschwunden war, einen Kreis gezogen; nun kam er von hinten zurück. Scharlachrotes Zauberlicht zuckte über die riesige dunkle Gestalt. Der laute Ruf wirbelte im Fluß schäumende Wellen auf.

Sharina drehte sich um und versuchte, sich zwischen das Ungeheuer und Tenoctris zu stellen. Cashel schwankte und hob erneut seinen Stock; Garric zog sein Schwert. Wenn der alten Zauberin etwas geschehen sollte, würde der Rest von ihnen nicht wissen, was sie tun sollten, und schon gar nicht dazu imstande sein, irgend etwas zu unternehmen.

Der Himmel wurde schwarz. Es klang wie in einem Wald im Frühling, als die Luft an den Flügeln des Ungeheuers vorbeirauschte.

»Sharina!« schrie Cashel.

Hornige Krallen von der Größe von Menschenarmen klammerten sich von hinten um Sharina. Sie versuchte ihr Messer zu ziehen, aber ihre Arme wurden an die Seiten gepreßt. *Wie eine Maus, die von einer Eule gefangen wird,* dachte sie, aber die Klauen hielten sie nur und zerrissen sie nicht, wie die Eule es mit ihrem Opfer getan hätte.

Sie blickte nach unten. Der Boden verschwand. Der Beltis lag tief unter ihr, die Brücke schimmernd über das Wasser gespannt.

Der Vogel schlug mit den ledrigen Flügeln, und das gesamte Universum verschwand mit einem Donnerschlag.

5

Sharina wand sich, als graue Nebel über den Flügelschlägen des Geschöpfs aufwirbelten. Die Krallen des Vogels waren härter als hart; vielleicht sogar härter als Eisen. Sie hielten sie fester als Mühlsteine ein Weizenkorn, bevor sie es zerquetschten.

Der Nebel wurde wieder zur Realität, wenn auch zu einer, die nichts mit der Welt zu tun hatte, aus der man Sharina gerissen hatte. Dicht unter ihnen tobte das Meer. Die Sonne hing niedrig am Horizont, obwohl Sharina nicht erkennen konnte, ob sie auf- oder unterging.

Der Vogel wurde vom schwarzen Wasser reflektiert. Sharina konnte sich selbst als helles, verschwommenes Geschöpf dicht vor dem dunklen Körper erkennen.

Etwas erhob sich träge aus dem Wasser. Es hatte die stromlinienförmige Gestalt der Seewölfe, die Sharina von den seltenen Vorstößen dieser Tiere ans Ufer von Barcas Weiler kannte: See-Eidechsen mit flachen Schwänzen und Kiefern, die den Hüftknochen eines Schafs oder eines Menschen mit einem Biß zermalmen konnten.

Ein großer Seewolf war vielleicht zwölf Fuß lang. Dieses Geschöpf hier hatte die Größe eines Schiffes, vielleicht sogar noch mehr. Die Reißzähne blitzten in der roten Sonne.

Der Vogel veränderte das Tempo seines Flügelschlags nicht. Das Meer und das Ungeheuer darin zerbrachen in Scherben regenbogenfarbenen Lichts, das dann zu Grau verblaßte. Sharina war wieder allein mit dem riesigen Geschöpf, das sie gefangen hatte. Die schuppige, ledrige Haut des Vogels blieb immer deutlich zu sehen, obwohl alles andere verschwand.

Sharina wand sich abermals, aber die Krallen waren fest geschlossen. Sie waren nicht so eng, daß sie Sharina schmerzten, aber sie konnte nicht einmal die Hand freibekommen, um sich das Haar zurückzustreichen.

Langsam flog der Vogel abwärts. Sharina dachte an ihre Freunde. Ihre Haarsträhnen peitschten ihr ins Gesicht, und der Schmerz trieb ihr Tränen in die Augen ...

Ilna saß aufrecht in einer Ecke des Pavillons, während die anderen auf ihre jeweilige Art reagierten. *Sie* war ruhig und still, bis auf ihre Finger, die Muster webten und wieder lösten, die sie alle um den Verstand hätten bringen können.

»Wir müssen Sharina retten«, sagte Cashel. Auf einen flüchtigen Betrachter hätte er ruhig gewirkt, aber das hier war die angespannte Ruhe eines Ochsen, wenn eine große Bremse ihn umschwirrt und nach einem Landeplatz sucht. Cashel könnte jeden Augenblick in einen Zorn ausbrechen, mit dem er alles in seinem Weg niederreißen würde.

»Ich glaube nicht, daß Sharina in unmittelbarer Gefahr ist«, meinte Tenoctris. Sie kannte Cashel nicht so gut wie Garric oder Ilna selbst, aber sie versuchte immer noch, den kräftigen Mann nicht mehr zu reizen. »Ich weiß nicht, wer das Geschöpf geschickt hatte oder was es damit bezweckte, Sharina mitzunehmen ...«

So müde sie gewesen war, hatte die alte Zauberin doch noch am Flußufer einen Zauber gewirkt, bevor sie ihnen gestattet hatte, sie mit nach Hause zu nehmen. Sie erklärte, die Brücke aus Zauberlicht gebe ihr größere Kraft.

Nachdem sie den Bannspruch zu Ende geflüstert hatte, war Tenoctris zusammengebrochen. Ilna und Liane hatten sie auf dem Rückweg in der Kutsche im Arm gehalten und versucht, die hammerschlagartigen Vibrationen der Räder von der alten Frau fern zu halten.

»... aber wer immer den Vogel geschickt hat, hat mehr vor, als Sharina Schaden zuzufügen«, schloß Tenoctris.

Cashel schnaubte. »Was immer er vorhat, es ist nicht Sharinas Vorhaben«, sagte er. »Und beim Hirten! Es ist auch nicht das meine. Ich werde sie zurückholen, und es ist mir gleich, was ich dazu tun muß.«

Lampen mit silbernen Reflektoren hingen an jeder der Säulen, die das Schindeldach des Pavillons stützten. Motten schossen darauf zu und ließen die Flammen mit ihren Flügelschlägen flackern. Ilna staunte über so viel Licht mitten in der Nacht.

»Es wäre das Beste, zunächst den Riß zu schließen«, meinte Garric. Er wäre gerne auf und ab gegangen, aber er wußte, wie nervös ihn das wirken ließ. Nun saß er auf der Steinbank, die mitten im Pavillon stand, und hatte die Hände fest verschränkt. Er wirkte immer noch so angespannt wie ein Bogen. »Die Brücke loswerden, meine ich. Wenn Tenoctris sich wieder erholt hat, können wir einen Plan schmieden.«

Cashel sah seinen Freund an. »Ich habe dir schon gesagt, was ich tun werde«, meinte er mit ruhiger Stimme, aber knurrendem Unterton. »Ich werde Sharina finden und sie zurückholen. Wenn ich nur halb der Mann wäre, den sie verdient hat, wäre ich schnell genug gewesen, diesen Vogel aufzuhalten.«

Er drehte sich um und drosch die Faust in eine Säule. Die Säule war aus vergipstem Holz, nicht aus Stein, wie Ilna angenommen hatte. Die Säule wackelte gewaltig, und der Gips fiel in Brocken ab. Die Lampe flackerte, und Öl tropfte heraus. An der Säule blieb ein Blutfleck zurück.

Ilna stand auf und ging rasch zu ihrem Bruder. Die anderen waren so klug, sich nicht zu rühren. Cashel packte die Säule in beide Hände, als wäre sie eine Kehle, die er zudrücken wollte. Ilna legte die Hand auf seine Wangen und drehte nur durch die Berührung seinen Kopf zu sich. Keine Kraft hätte Cashels Zorn ablenken können.

»Es war meine Schuld«, sagte er mit einem erstickten Flüstern.

»Wenn du sonst nichts auf deinem Gewissen hast«, meinte Ilna grob, »als daß etwas hinter dir vorbeischlüpfte, als du dich erschöpft hattest, während du deine Freunde bewachtest – dann bist du ein Heiliger, kein Mensch! Bist du ein Heiliger, Cashel os-Kenset?«

Er starrte verlegen. »Nein«, sagte er. »Nein, Ilna, das weißt du.«

Ein kaltes Lächeln zuckte um Ilnas Lippen. Wenn ein Heiliger so gesegnet war, daß er durch Feuer und übers Meer gehen konnte, wie es in den Liedern zur Herrin immer heißt – nein, dann war Cashel kein Heiliger. Auch nicht, wenn es nur darum ging, den Göttern mehr Geld zu geben, als Kensets verwaiste Kinder sich je hätten vorstellen können, bevor sie Barcas Weiler verließen.

Es gab keinen sanftmütigeren Mann als Cashel, es sei denn, man strengte sich gewaltig an, ihn sich zum Feind zu machen. Er und Ilna waren Zwillinge. Es kam ihr so vor, als hätten sie beide mehr als den üblichen Anteil an Gefühlen erhalten, über die andere nur in geringerem Maße verfügten. Selbstverständlich waren es unterschiedliche Gefühle.

Sie ließ die Hände sinken und trat einen Schritt zurück. »Dann hör auf, auf das Haus einzuschlagen«, sagte sie sanfter. »Das tut ihm nicht gut, und dir auch nicht. Liane, würdest du dir bitte die Hand meines Bruders ansehen? Oder sollen wir einen Heiler rufen?«

»Schon gut«, murmelte Cashel und wurde noch verlegener. Ilna nahm sein Handgelenk in beide Hände und zerrte es auf Liane zu; Cashel widersetzte sich ihr nicht, obwohl er offensichtlich unglücklich war, daß man so ein Getöse um ihn machte.

Liane drehte Cashels Hand mit der Handfläche nach unten. Sie zog seine blutigen Knöchel unter eine der Lampen, damit sie sie genauer sehen konnte.

»Ich weiß, daß sie tot sein könnte«, sagte Cashel. Er starrte an den Säulen vorbei nach draußen. Im Dunkeln bewegte sich nichts außer dem gelbgrünen Flackern von Glühwürmchen. »Ich weiß, daß Sharina tot sein könnte.«

Sharina hing in einem grauen Nebel, der keine Temperatur hatte. Die Flügel des Vogels schlugen, und die Wirklichkeit um sie herum wurde wieder dichter. Die Luft war kühl, mit einem Hauch kürzlich niedergegangenen Regens. Sie flogen über Ebenen. Die Landschaft breitete sich aus wie zuvor das Meer und schien ebensowenig hervorstechende Merkmale zu haben.

Das hohe Gras war gelb, und bräunliche Samenköpfe bogen viele Halme zur Erde nieder. Der gewaltige Schatten des Vogels, in dessen Krallen Sharina hing, ließ ganze Schwärme kleinerer Vögel von ihrer Herbsternte ablassen und mit nörglerischem Geschrei davonfliegen.

Grasende Tiere, von denen einige aussahen wie Pferde, aber kaum größer als Schafe waren, spähten zu dem riesigen Vogel auf. Gemischte Herden begannen, in verschiedene Richtungen zu fliehen. Die Tiere blökten oder wieherten, gaben Geräusche von sich, die im einzelnen schon unangenehm waren und in der Kombination schier lächerlich.

Der große Vogel flog weiter. Die Landschaft löste sich in farblosen Nebel auf.

Die Flügel bewegten sich beinahe lautlos. Die Krallen zogen Sharina so dicht an den ledrigen Bauch, daß sie den Kopf des Tieres nicht sehen konnte. Konnte das Geschöpf denken? Konnte es auch nur hören?

»Wo bringst du mich hin?« rief sie. Ihre Worte waren flach und echolos. »Wer bist du?«

Der Klang ihrer Stimme war schlimmer als das Schweigen, das er ersetzte. In dieser grauen Zwischenwelt war Sharina auf eine Weise allein, wie niemand in der wachen Wirklichkeit allein sein konnte.

Sie und der Vogel glitten in eine Vision von Licht und Frühling. Türme aus in der Sonne blitzendem Kristall erhoben sich aus einer Landschaft von Teichen und Gärten. Pavillons schimmerten in der Luft, wo sie an so feinen Fäden hingen, daß nur das bebende Licht zeigte, wie sie an einen nahen Turm befestigt waren.

Es gab hier Menschen, die ersten, die Sharina sah, seit der Vogel sie ergriffen hatte. Sie schlenderten durch die Gärten, trugen geblümte Gewänder und lachten, wenn der Wind Wassertropfen von den Brunnen über sie sprühte. Einige ruhten sich in den Pavillons aus und tranken aus Kelchen. Ein Dutzend junger Leute tanzte und band Bänder um einen Pfahl, der sich aus einem schlangenförmigen See erhob. Sie tanzten nicht am Boden, sondern in der Luft.

»Helft mir!« rief Sharina. Sie konnte das Lachen der Leute unter sich hören, also wußte sie, daß auch sie sie hören mußten. »Helft mir, mich zu befreien!«

Ein paar blickten auf. Ein Mädchen in Sharinas Alter stand in einem kristallenen Turm, Hunderte von Fuß oberhalb des Bodens. Sie winkte mit einem roten Band und lächelte.

Die jungen Leute tanzten weiter. Wieder schlug der Vogel mit den Flügeln und hob sich und Sharina aus dieser Wirklichkeit.

»Helft mir!« wiederholte Sharina, aber nur sie konnte die Worte noch hören.

»Cashel«, sagte Garric, »es mag sein, daß ich deine Hilfe hier brauche. Das Königreich braucht deine Hilfe.«

Cashel sah seinen Freund verlegen an. Für ihn war alles ganz offensichtlich. Er wußte nicht, was er Garric noch erklären sollte, wenn der es nicht selbst verstand.

»Ich muß Sharina finden«, sagte er. »Ich komme zurück, sobald ich kann, aber zuerst muß ich sie finden.«

»Das Königreich ...«, sagte Garric. Er verzog das Gesicht, als hätte er eine schwere Arbeit vor sich und als wäre er sich nicht sicher, wie er sie durchführen sollte. Das taten die Menschen oft, wenn sie mit Cashel sprachen.

»Ich weiß nichts vom Königreich«, sagte Cashel. Er zuckte die Achseln. »Ich kenne mich nur mit Schafen aus, das ist alles. Und ich weiß, worin *meine* Pflicht besteht. Garric, du bist der König und du mußt dich um alles kümmern. Ich bin Sharinas Freund, und ich denke, sie braucht meine Hilfe mehr als du.«

Cashel hatte seinen Stock vor dem Pavillon gelassen, denn er wußte, daß er ihn nicht in der Hand halten sollte, wenn er so zornig war wie zu diesem Zeitpunkt. Inzwischen hatte er sich beruhigt, nachdem er wußte, was er zu tun hatte, und die vertraute Glätte des Holzes hätte sich gut angefühlt.

Aber er brauchte sie nicht. Er brauchte überhaupt nichts, er mußte nur Sharina zurückholen.

Plötzlich lachte Garric und schlug Cashel auf beide Schultern. Sie waren wieder die Freunde, die miteinander aufgewachsen waren; Freunde, die einander besser kannten, als sich jeder einzelne vielleicht selbst kannte.

»Selbst wenn ich so überzeugt davon wäre, daß du dich irrst, wie ich davon überzeugt bin, daß morgen die Sonne wieder aufgeht«, meinte Garric vergnügt, »könnte ich dich doch nicht umstimmen. Und so überzeugt bin ich nicht.«

»Manchmal habe ich schon meine Zweifel, was den Sonnenaufgang angeht«, meinte Liane, die auf der Mittelbank saß, die Hände im Schoß gefaltet. Sie lächelte Cashel freundlich zu. Liane war einer der nettesten Menschen, denen er je begegnet war.

Garric setzte sich wieder hin, ein wenig näher zu Liane als zuvor. Er seufzte müde, und als das Lachen aus seinen Zügen verschwand, sah er so enttäuscht aus, als könnte er in Steine beißen.

Garric war wirklich klug. Niemand hier in Valles hatte ihm in dieser Hinsicht etwas voraus ... aber das war nicht immer so vorteilhaft, wie die Menschen glaubten.

Garric und die anderen konnten alle möglichen Wege und Wendungen und Fragen erkennen. Häufig waren sie nicht sicher, wohin sie sich wenden sollten, weil sie wußten, wie viele verschiedene Wege es gab. Cashel ging einfach geradeaus. Wie bei dieser Angelegenheit, wo es darum ging, Sharina von dort zurückzuholen, wo dieses Wesen sie hingeschleppt hatte. Was bedeutete verglichen damit schon das Königreich?

Cashel wußte nicht einmal, was ein Königreich war. Selbst Barcas Weiler, so klein es im Vergleich mit Valles war, war nicht *ein* Ding: Es bestand aus mehreren Familien, aus vielen Menschen, die alle ihre eigenen Wege gingen. Garric mußte mehr als das sehen, und Cashel bezweifelte nicht, daß es, was auch immer es sein mochte, für seinen Freund wirklich vorhanden war. Aber es war nichts, das Cashel davon abbringen würde, einer Freundin zu helfen, die seine Hilfe brauchte.

»Ich weiß, du hältst es für wichtig, daß wir alle gegen das Böse ankämpfen«, sagte Cashel entschuldigend. »Aber es wird einiges brauchen, um mich davon zu überzeugen, daß dieser Vogel und wer immer ihn geschickt hat, gut sind.«

Sogar Ilna grinste. Ihre Miene wurde wieder nüchterner, als sie Garric und Liane zusammen auf der Steinbank sitzen sah. Laut sagte sie: »Cashel hat selbstverständlich recht. Dieses

Muster ist so gewaltig, daß du überhaupt nichts mehr tun kannst, wenn du versuchst, es vollständig zu verstehen. Und einiges ist es wert, getan zu werden.«

Sie lächelte freudlos. »Zumindest in menschlichen Begriffen«, fügte sie hinzu. »Was mich angeht, ich werde einen Wandbehang vervollständigen und dann nach Erdin weiterreisen. Ich habe dort noch ein paar Dinge, um die ich mich kümmern muß.« Garric verzog das Gesicht, widersprach aber nicht. Er wußte ebenso gut wie Cashel, daß man mehr Möglichkeiten hätte, einem Baum das Tanzen beizubringen, als Ilna dazu zu überreden, ihre Entscheidung noch einmal zu überdenken, wenn sie sie erst einmal gefällt hatte.

»Auch Lord Tadai wird bald nach Erdin reisen«, sagte Garric, »obwohl er das noch nicht weiß. Er ist kein Frühaufsteher, also denke ich, ich werde ihn heute abend sehen.«

Er grinste Cashel schief an. »Es ist immer am besten, die unangenehmen Dinge zuerst zu tun«, sagte er, »damit es einem dann nicht mehr im Nacken sitzt. Obwohl Duzi allein weiß, daß es bei diesem Königsamt so viel unangenehme Dinge gibt, daß sie mir bestimmt nicht bald ausgehen werden.«

Ilna stand auf und sah sich um. Sie gab jedem Gelegenheit, sie um Hilfe zu bitten, falls sie glaubten, sie zu brauchen. Ilna meldete sich nie freiwillig, aber Cashel hatte auch noch nie gesehen, daß seine Schwester eine Bitte ablehnte. Sie konnte der Person, die sie um etwas bat, vielleicht mit ihrer Zunge die Haut abziehen und ihr erklären, wie unglaublich dumm sie sei, Hilfe zu brauchen – aber sie würde helfen. Es war einfach die Frage, was einem wichtiger war.

Nun sagte niemand mehr etwas, aber Garric und Liane standen auf. Ilna nickte Cashel zu, dann Garric, dann Tenoctris – und dann umarmte sie Liane rasch. Cashel blinzelte. Das war die größte Überraschung der Nacht und eine erheblich angenehmere, als zuzusehen, wie dieser riesige Vogel aus dem

Nichts kam, um Sharina davonzutragen. Ilnas starre Miene war dieselbe, die Cashel bei ihr gesehen hatte, wenn sie den Taubenschlag der Mühle säuberte, aber sie versuchte wirklich, freundlich zu sein.

Ilna machte sich auf den Weg. Als sie bei Cashel vorbeikam, berührte er ihre Schulter und sagte: »He? Paß auf dich auf, ja?«

»Du, auch Cashel«, erwiderte sie. Sie lächelte, aber in ihrem Augenwinkel schimmerte eine Träne, als sie rasch auf das Haus zuging, das sie mit ihrem Bruder teilte.

Auch Garric und Liane waren bereit, sich auf den Weg zu machen. Cashel gab seinem Freund rasch ein Zeichen und sagte zu Tenoctris: »Darf ich dich zu deinem Haus bringen? Ich könnte dich tragen, wenn du möchtest.«

»Und das wäre nicht das erste Mal«, meinte Tenoctris und stand auf. »Aber es geht mir gut genug, um in deiner Begleitung nach Hause zu gehen.«

Cashel reichte der alten Zauberin den rechten Arm; der Stock lehnte gegen eine der Eingangssäulen, und er nahm ihn im Vorbeigehen mit der Linken mit. Diener warteten mit Laternen, bereit, dem Paar den Weg zu leuchten. Aber im Licht des Sichelmondes war genug zu sehen.

»Nein, wir brauchen euch nicht«, sagte Cashel mürrisch. Er hatte nicht so unfreundlich klingen wollen, aber er wollte nicht, daß jemand lauschte, wenn er um Hilfe bat.

»Ich kann nicht mit dir kommen, um Sharina zu suchen, Cashel«, sagte Tenoctris und beantwortete damit eine Frage, die er nie zu stellen gewagt hätte. »Ich wünschte, es wäre möglich, aber ich werde hier zu sehr gebraucht.«

»Oh, das wußte ich!« sagte Cashel. »Ich hatte nur gehofft, daß du mich in die richtige Richtung weisen könntest. Aber wenn das nicht möglich ist, verstehe ich das ebenfalls.«

Sie gingen durch einen vom Geißblatt überwucherten

Obstgarten. Die Ranken waren schreckliches Unkraut; sie erstickten sogar Bäume, wenn nicht mehr genügend Sonnenlicht übrig blieb, damit sie wachsen konnten, wie sie wollten. Aber Cashel liebte den Duft von Geißblatt im Frühsommer, also war er froh, daß die Gärtner noch nicht dazu gekommen waren, diesen Bereich zu säubern.

»Du denkst wahrscheinlich, daß ich das Falsche tue«, fügte er leise hinzu. Er haßte es, seine Freunde zu enttäuschen.

Tenoctris kicherte. »Ich glaube nicht, daß du in der Lage bist, das Falsche zu tun, Cashel«, sagte sie. »Die Entscheidungen, die du triffst, erweisen sich immer als die richtigen für dich.«

Cashel räusperte sich. Hinter einer Buchsbaumhecke plätscherte ein Springbrunnen. Cashel mochte die Wassergärten hier auf dem Palastgelände. Sie erinnerten ihn daran, wie der Fleckbach durch die Weiden südlich von Barcas Weiler strömte.

»Nun gut«, sagte er laut. »Es gibt vieles, was ich nicht verstehe.«

»Es gibt Dinge, die du nicht bewußt verstehst«, korrigierte Tenoctris. »Aber ich habe noch nie erlebt, daß du es mit etwas Wichtigem zu tun hattest und es nicht zumindest grundlegend verstanden hast. Ich wünschte, das könnte ich auch über mich selbst sagen.«

Nach einer kurzen Pause fügte sie hinzu: »Cashel, wenn du das Bedürfnis hast, jetzt zu gehen, dann hast du mit großer Wahrscheinlichkeit recht. Ich weiß nicht, warum, aber was immer du entscheidest, wird das sein, was wir brauchen – was, wenn du es so ausdrücken willst, das Gute braucht.«

»Du denkst, daß der Hirte mich leitet?« meinte Cashel.

»Nein«, sagte Tenoctris. »Aber wenn ich an die großen Götter glauben würde, dann wäre es möglich, daß ich das denke.« Eine mit Kies beladene Schubkarre stand quer über dem Weg, wo die Arbeiter sie bei Sonnenuntergang hatten stehen lassen. Cashel hob die alte Frau in die Armbeuge und trug sie um das Hindernis herum. Es war nicht notwendig, daß er seine Hilfe vorher anbot: Sie hatten schon in der Vergangenheit oft zusammengearbeitet. Cashel war daran gewöhnt, Tenoctris' Beine und starker rechter Arm zu sein.

Tenoctris hatte sich bewußt ein Haus ausgewählt, das ein wenig von den belebteren Bereichen des Palastgeländes entfernt lag. Die Arbeiter, die gegen Jahrzehnte von Vernachlässigung ankämpfen mußten, waren noch nicht so weit vorgedrungen, und die überwucherte Umgebung bedeutete, daß Tenoctris hier zurückgezogen leben konnte. Zauberei bewirkte, daß Menschen sich oft unbehaglich fühlten, selbst wenn sie in einem Palast arbeiteten und sich für weltgewandt hielten.

Cashel setzte Tenoctris auf der anderen Seite des Hindernisses wieder ab. Sie gingen Seite an Seite weiter. »Ich denke, es wäre das Beste«, begann sie, »wenn ich dich zu jemandem schickte, der dir besser helfen kann als ich. Das wäre auch der Fall, wenn die Brücke nicht meine Anwesenheit hier verlangte. Er heißt Landure.«

»Gut«, erwiderte Cashel. »Wie finde ich ihn?« Sie näherten sich jetzt dem Drei-Zimmer-Haus, das Tenoctris sich ausgewählt hatte. Die Hälfte der Dachziegel mußten ersetzt werden, aber es war Tenoctris gleich, daß Wasserschäden den Gips an den Innenwänden hatten reißen lassen.

Es hätte eigentlich eine Lampe auf der Veranda brennen sollen, doch Rimara, Tenoctris' Zofe, hatte nur einen einzigen Vorzug: Der Gedanke, einer Zauberin zu dienen, störte sie nicht sonderlich. Da Rimara die meiste Zeit schlief, war Cashel nicht einmal sicher, ob sie überhaupt wußte, daß Tenoctris eine Zauberin war.

»Ich muß dich zu ihm schicken«, sagte Tenoctris. »Er befindet sich nicht auf dieser Ebene, aber auch Sharina ist nicht hier, da bin ich sicher. Landure ist ...«

Während Tenoctris innehielt und nach dem richtigen Wort suchte, trat Cashel ein paar Schritte vor sie und öffnete die Tür. Das Dach der Veranda warf einen Schatten auf die Treppe. So müde, wie Tenoctris war, hätte sie leicht stolpern können.

»Ich bin Landure nie begegnet«, fuhr Tenoctris fort. »Ich kenne nur seinen Ruf. Er ist nach allem, was man mir erzählt hat, ein hochnäsiger, herrischer Mensch, aber auch ein entschiedener Gegner des Bösen. Und er ist ein sehr mächtiger Zauberer.«

Cashel hob sie über die Schwelle. »Ts, ts!« sagte sie, »ich kann immer noch laufen.«

»He!« rief Cashel, als er die alte Frau auf der Bank absetzte, von der er wußte, daß sie sich direkt hinter der Tür befand. »Rimara! Hol eine Lampe!«

»Müßt Ihr so schreien?« protestierte eine schläfrige Stimme aus dem Nebenzimmer. Eisen klickte gegen einen Feuerstein.

»Ich denke, Landure wird dir helfen«, sagte Tenoctris. Sie hatte zwar Einspruch erhoben, als Cashel sie die beiden Stufen zum Eingang hochgetragen hatte, aber sie klang nun so schwach wie der Rest von Mondlicht, der durch die Fensterläden drang. »Und ich fürchte, im Augenblick habe ich keine bessere Antwort für dich.«

Flackerndes gelbes Licht glühte im Nebenzimmer auf. Rimara kam in einem schmutzigem Kleid heraus. Sie trug einen talggetränkten Kienspan in einer Hand und rieb sich mit der anderen die Augen.

»Schon gut«, sagte Cashel und fuhr mit der rechten Hand über den Stock. Er überprüfte das polierte Hickoryholz nach Rissen, eine vertraute Geste und eine, die ihn immer beruhigte. »Ich brauche nicht viel Hilfe. Nur jemanden, der mir zeigt, wo Sharina ist. Um den Rest kann ich mich schon kümmern.«

Zeigt mir nur, wo Sharina ist, wiederholte er lautlos. Die Zofe bemerkte seine Miene, mißverstand die Grimmigkeit und begann schnell, sich zu entschuldigen.

Der große Vogel brach aus einer grauen Zwischenwelt heraus. Sharina zog die Nase kraus über den Schwefelgestank. Sie nieste und stieß sich die Rippen schmerzlich am unausweichlichen Griff der Krallen. Sie segelten über Dunkelheit, beleuchtet von Vulkanen am Horizont und Linien glühender Lava, die über die Ebene unter ihnen floß, wo Armeen kämpften.

Schwertkämpfer mit gehörnten Helmen und eisernen Schilden kämpften gegen Riesen mit sich windenden schlangenähnlichen Beinen und vier Armen, mit denen sie Keulen schwangen. Keulenschläge erklangen auf Schilden wie ein wildes Geläute.

Hin und wieder fiel ein Ungeheuer zu Boden, kreischend und heulend. Männer standen um das Opfer herum und schlugen mit dem mechanischen Zorn von Automaten darauf ein. Manchmal trafen die Schwerter einander, und rote Funken stiegen auf.

Auch Menschen fielen, die Schädel eingeschlagen oder die Rümpfe zerquetscht, wenn ein Keulenschlag durch ihre Harnische drang. Sie gaben keinen Laut von sich, nicht im Triumph und nicht in Todesqual.

Die Lava breitete sich weiter aus, zwang die Kämpfer von den Rissen zurück, die die Ebene durchzogen. Wenn geschmolzener Stein über die Gefallenen schwappte, brannte das Haar, und die Haut riß auf und verkohlte. In wenigen Tagen würde die gesamte Ebene von einem Horizont zum anderen ein Meer glühender Lava sein, aber diese Kämpfer schienen nicht an die Zukunft zu denken.

Sharina schloß die Augen. Sie spürte, wie sich die Flügel des riesigen Vogels mit der Majestät eines himmlischen Ereignisses hoben und senkten. Diesmal war der Übergang von der Wirklichkeit zu einem Platz außerhalb dieser Wirklichkeit ein Segen. Sharina schloß die Augen, bis die trockene Luft ihre Haut berührte.

Das Gelände, das der Vogel nun überflog, war unfruchtbar und steinig. In keiner Richtung war etwas vom Meer zu sehen, aber Sharina konnte über den gesamten Horizont das Glitzern eisiger Klippen erkennen.

Der Wind hatte die Landschaft glatt geschliffen. An den Rändern dieser kantigen Erhebungen schimmerten Bänder aus gelbem, leuchtend rosafarbenem und sogar purpurfarbenem Stein vor dem Braun und Gelbbraun, das Sharina vertrauter vorkam.

Diese Welt war trocken, aber nicht unbedingt eine Wüste. Der Nordabhang jeder Erhebung war mit Terrassen versehen, deren Mauern hoch genug waren, die schmalen Felder vor Wind zu schützen. Jeder Regen würde über diese drei oder vier Terrassen fließen und die verschiedenen Ernten bewässern. Das und der Tau, der jeden Morgen aus der Luft gedrückt wurde, genügte, um Gerste und verschiedene Arten von Bohnen zu bewässern.

Es gab keine Häuser oder andere Gebäude. Eine nackte Frau, die eine gewebte Tasche trug, drehte sich herum, als der große Schatten des Vogels über sie fiel. Sie gab einen durchdringenden Ruf von sich, etwa zwischen einem Pfeifen und einem Trompetenschmettern, und warf sich kopfüber in das Loch neben ihr. Warnschreie erklangen von jeder Erhebung über die unfruchtbaren Ebenen hinweg. Die menschlichen Gestalten – und sie *waren* ohne jeden Zweifel menschlich – paßten sich der Landschaft so gut an, daß Sharina sie nicht einmal als Gestalten bemerkte, nur als Bewegungen, wenn sie im Boden verschwanden.

Der Vogel flog weiter, ungerührt von der Panik, die er auf der Welt unter sich verursacht hatte. Er interessierte sich so wenig für seine Route durch das Universum wie eine Sandale für die Steine, auf die sie tritt. Ein Grau, das weder Licht noch lichtlos war, ersetzte die Einöde und die dort umherhuschenden Menschen.

Wie weit konnte der Vogel sie noch tragen? Würde sie hier in dieser Zwischenwelt verhungern, zwischen Szenen aus Welten, die nicht ihre eigenen waren?

Sharina fing an zu lachen. Sie wußte so viel über ihre eigene Zukunft wie jeder andere: überhaupt nichts. Sie würde weitermachen, ihr Bestes tun und dabei wissen, daß ihre Freunde dasselbe taten. Wenn die Götter mit ihnen waren, würde das genügen; und wenn nicht ... nun, niemand könnte ihnen nachsagen, sie hätten es nicht versucht.

Der Raum, in dem sich Lord Tadai sein Büro im Palast eingerichtet hatte, war eigentlich als Schlafzimmer einer üppig eingerichteten Suite gedacht gewesen. Von einer säulengeschmückten Veranda her blickte man auf einen Zierteich, der nun, da die Gärtner die Mimosen ausgedünnt und das erstickende Unkraut gejätet hatten, im Tageslicht hübsch anzusehen war.

Im Dunkeln war die Richtung, in der der Teich lag, dank des Fröschequakens nicht zu verfehlen. Garric lächelte. Ihm gefiel das ebenso gut wie der Anblick rosafarbener Blüten über den Lotusblättern. Lotus hatte es zu Hause nicht gegeben, Frösche schon.

König oder genauer gesagt Prinz zu sein bedeutete, daß Garric viel tun mußte, was ihm nicht gefiel; aber es bedeutete auch, daß er nicht in mehrstöckigen Gebäuden leben mußte, die dicht aneinander gedrängt standen, wie es das Schicksal der meisten Bewohner von Valles war. Es war nicht gerade eine Entschädigung: Garric wäre überhaupt nicht hier gewesen, wenn man ihm nicht gesagt hätte, daß die Inseln ihn brauchten.

»Und ich würde es dir wieder sagen, wenn du nicht lieber glauben würdest, was du selbst gesehen hast!« warf Carus in einem scharfen Flüstern ein.

»Ich glaube es ja«, meinte Garric lächelnd. Und so war es auch. Was er *nicht wirklich* glaubte, war, daß Garric or-Reise tatsächlich derselbe Mensch war, dessen Leben er gelebt hatte, seit er Barcas Weiler verließ.

»Was ist, Euer Majestät?« sagte Tadai, der sich hinter einem von verzweigten Lampen beleuchteten Schreibtisch erhob, als seine beiden Wachen Garric ins Büro führten.

»Ich dachte gerade daran, daß es mir hilft, bei Verstand zu bleiben, wenn ich von Bäumen und Fröschen umgeben bin«, meinte Garric, lächelte breiter und spürte, daß der König in ihm dasselbe tat. »Zumindest einigermaßen bei Verstand.«

»Ich selbst bin Städter«, sagte Lord Tadai. Er sah so glatt und weich aus, als wäre er aus Butter geformt. Auch jetzt noch, weit nach Mitternacht, an einem Tag, den er im Morgengrauen begonnen hatte, waren Tadais blaues Seidengewand und seine vergoldeten Sandalen mit der zum Stoff des Gewandes passenden Emailleverzierung makellos. »Ich habe eher daran gedacht, zu befehlen, daß man Wagen rund um das Gebäude fährt, während ich hier arbeite, aber ich denke, das wird nicht nötig sein.«

Er sah seine beiden Sekretäre an: der eine jung und von adliger Herkunft, der andere viel älter und wahrscheinlich nicht. »Aradoc und Murein, ihr könnt jetzt nach Hause gehen. Sagt den Wachen, sie sollen alle weiteren Besucher abweisen.«

Und mit einem so bitteren Lächeln, wie Garric es noch nie zuvor bei ihm gesehen hatte, fügte Tadai hinzu: »Jedenfalls *meine* Besucher.«

Der jüngere Sekretär starrte Garric an. Garric war ziemlich sicher, den Burschen schon öfter gesehen zu haben, wenn er bei Besprechungen hinter Tadai an der Zimmerwand wartete, aber er hätte dem Gesicht keinen Namen zuordnen können.

Der ältere Mann packte den Jungen am Ellenbogen und wandte selbst den Blick ab. Gemeinsam verließen sie das Zimmer durch die Tür, durch die Garric hereingekommen war. Die Wachen schlossen die Tür danach von außen.

»Ich habe Euch selbstverständlich erwartet«, sagte Tadai, der so aufrecht dastand wie ein von einer Lampe geblendetes Kaninchen. Er sah ein wenig albern aus; und wie in vielerlei Hinsicht war auch das bei Lord Tadai trügerisch. »Euch oder eine Abteilung von Blutadlern.«

Tadais Stühle waren aus Elfenbein, das zu eleganten Bögen geschnitzt und zu Spalieren geflochten war, die so zart waren wie ein Spinnennetz. Aber in Spinnennetzen konnten sich erstaunlich große Tiere verfangen, und Garric wußte, daß sein demnächst ehemaliger Finanzminister seinen Sinn fürs Praktische nicht vollkommen von seiner Liebe zum Kunsthandwerk ersticken ließ.

Garric nahm einen Stuhl, schob ihn in die Mitte des Raums, Tadai hinter dem Schreibtisch gegenüber, und setzte sich hin ... vorsichtig. Er zeigte auf den silbernen Behälter, der in einer Keramikschale ruhte, der mit feuchtem Moos gefüllt war, oder vielleicht gar mit Moos über einem Bett von Eis, das unter großem Aufwand aus dem letzten Winter gerettet worden war. »Ich würde ein Glas Wein trinken, wenn man es mir anböte«, sagte er und schlug die Beine übereinander.

Tadai hüstelte verlegen. »Es ist nur verdünnter Saft«, sagte er, drehte sich um und tauchte einen und dann zwei der winzigen zusammenpassenden Silberkelche in das Gefäß. »Wenn ich bei der Arbeit Wein trinken würde, wären meine Tage viel kürzer. Zumindest der Teil davon, an den ich mich erinnern könnte.«

Garric nahm den Kelch entgegen und trank einen Schluck, während Tadai den Stuhl an seinem Schreibtisch umdrehte und sich wieder hinsetzte. Der Saft war säuerlich und kühl, ein unvertrauter Geschmack, aber einer, von dem Garric sich vorstellen könnte, daß er ihn mögen würde. Er glaubte allerdings nicht, sich je daran gewöhnen zu können, beim Trinken Metall zu schmecken, ganz gleich wie kunstvoll ein Handwerker eine Szene aus dem Leben des Weingottes Fis ins Silber eingraviert hatte.

»Ihr glaubt doch nicht wirklich, daß ich dumm genug wäre, Truppen zu schicken, statt selbst zu kommen«, sagte Garric, nachdem er den Kelch wieder gesenkt hatte. »Außerdem hättet Ihr mehr als zwei Wachen hier, wenn Ihr das wirklich befürchtet hättet.«

Tadai schnaufte. »Hätten mehr Wachen denn einen Unterschied gemacht?« fragte er.

»Wenn Ihr die Situation so sehr mißdeutet hättet«, meinte Garric und ließ seinen Ärger zum ersten Mal in seinen Tonfall einfließen, »und Ihr dumm genug gewesen wäret zu glauben, Eure Männer könnten gegen die Blutadler kämpfen – ja! Und jetzt sollten wir uns lieber benehmen wie zwei Männer, von denen die Sicherheit der Inseln abhängt.«

Tadai erstarrte. Dann nickte er Garric zu. »Es tut mir leid, Euer Majestät«, sagte er leise. »Ich war die letzte Zeit sehr angespannt.«

»Mir wäre ›Garric‹ lieber«, sagte Garric nun wieder freundlich. Über den Rand des Bechers, den er an die Lippen gehoben hatte, sah er Tadai in die Augen. »Wenn ich das einmal nicht mehr so betrachten sollte, wäre es Zeit, eine Weile Ställe auszumisten, um mich daran zu erinnern, wer ich bin.«

Tadai lachte. »Niemand hier im Zimmer bezweifelt, wer Ihr seid, Garric«, sagte er. »Obwohl ich andererseits nicht bezweifle, daß Ihr sicher auch imstande seid, Ställe auszumisten. Ihr habt den Vorteil, Erfahrungen an beiden Enden des Lebens gesammelt zu haben.«

»Ich möchte, daß Ihr zu Graf Wildulf geht«, sagte Garric, »und Sandrakkan zurück ins Königreich bringt – unter den Bedingungen, die Ihr für die besten haltet. Unsere Armee könnte ihn schlagen, aber ich würde jede andere vernünftige Wahl vorziehen. Und ich würde mich als an Eure Entscheidung gebunden betrachten.«

Garric stellte den Becher neben seinen Stuhl. Es war ein winziges Ding, in zwei Schlucken leer zu trinken. Er richtete sich wieder auf. »Ich werde Euch Dokumente mitgeben, die dem Grafen genau das mitteilen, mit Siegel und Band und allem. Aber ich gebe Euch jetzt schon mein Wort.«

»Ah«, sagte Tadai tonlos. Er hielt seinen Becher noch in der Hand, erstarrt in der Bewegung, ihn zum Mund zu führen.

»Ich hatte vor, meine Schwester in einer ähnlichen Mission nach Blaise zu schicken«, fuhr Garric fort. »Ein Vogel hat sie heute nacht entführt, ein Ungeheuer von einem Vogel. Ich wäre froh, wenn Ihr eine Empfehlung für einen anderen Botschafter zu Graf Lerdoc machen könntet.«

Er benutzte das, was mit Sharina geschehen war – was auch immer mit Sharina geschehen sein mochte, Gefangenschaft oder Tod oder vielleicht noch Schlimmeres –, um Tadais Mitgefühl zu erhalten. Der Teil von Garric, der in Barcas Weiler aufgewachsen war, haßte sich dafür, aber der König in ihm und der König, der Garric sein mußte, um die Inseln retten zu können, wußte, daß Könige aus Pflichtgefühl noch viel Schlimmeres taten.

»Lady Sharina?« fragte Tadai. Eine ganze Reihe von Gefühlen zeichneten sich auf seiner Miene ab, Unglaube gefolgt von Zorn darüber, daß man ihn für dumm verkaufte – und dann ebenso schnell echte Zuneigung und Sorge. »Ein Ungeheuer hat Lady Sharina entführt?«

Alle mochten Sharina. Sie war höflich, schön und klug. Und was vielleicht wichtiger war, Sharina mußte nie Befehle geben, die andere nicht hören wollten.

»Ja, und das ist etwas, worum ich mich später kümmern muß«, sagte Garric, nicht unbedingt zornig, aber mit einer Sachlichkeit, die viel mit der Unzahl der Dinge zu tun hatte, die noch vor ihm lagen, und Duzi solle ihm helfen, wenn er wüßte, wie er damit zurechtkommen sollte. »Aber das ist nicht der Grund meines Hierseins.«

»Ich verstehe«, sagte Tadai nachdenklich. »Waldron hat einen jüngeren Bruder, um genau zu sein einen Halbbruder: Warroc bor-Warriman. Er ist mindestens so intelligent wie Waldron und erheblich klüger, was politische Angelegenheiten angeht. Eigentlich sogar zu klug. Er würde einen hervorragenden Gesandten abgeben.«

Garric zog fragend die Brauen hoch.

»Würdet Ihr nicht befürchten, daß es ein besserer Handel für ihn wäre, mit Graf Lerdoc gemeinsame Sache zu machen?« fragte er.

»Falls das überhaupt möglich ist«, sagte Tadai, »ist Warroc noch mehr Patriot als sein Bruder. Wenn man sich das auch kaum vorstellen kann. Er würde nichts tun, das seine Stellung bei den einzigen Menschen, die er wirklich als Menschen betrachtet, gefährden würde – den großen Landbesitzern von Nord-Ornifal. Selbst Graf von Blaise zu werden könnte ihn dafür nicht entschädigen.«

Tadai erhob sich und tauchte einen frischen Becher in das Gefäß. »Andererseits, mein Freund Garric, solltet Ihr vorsichtig sein, wenn Warroc nach den Verhandlungen mit Blaise als Held hierher zurückkehrt.«

Er reichte Garric den Becher und fügte hinzu: »Obwohl ich eher bezweifle, daß Warroc, so klug er auch sein mag, seine Aufgabe besser erledigt, als ich es in Erdin tun werde. Ich weiß einiges über die Finanzen des Grafen von Sandrakkan, was er vielleicht nicht einmal selbst weiß. Und was er eigentlich wissen sollte, aus Gründen, die ich in unseren privaten Gesprächen sehr deutlich machen werde.«

Und er hatte sich insgeheim gefürchtet, daß Tadai das Angebot ablehnen würde! Garric lachte schallend, was vermutlich in so zierlich dekorierten Räumen wie diesem hier selten zu hören war. Nun, das sollte eben anders werden!

»Lord Tadai«, sagte er, »Ihr werdet besser wissen als ich, was Ihr für diesen Auftrag braucht. Gebt mir eine Liste, und ich werde dafür sorgen, daß Ihr erhaltet, was notwendig ist.« Garric nahm den Becher aus Tadais ruhiger Hand und kippte das Getränk herunter. Er hatte nicht weiter darüber nachgedacht, aber die säuerliche Flüssigkeit machte ihm bewußt, was er gerade getan hatte.

»Dann wünsche ich Euch eine gute Nacht«, sagte er. »Ich habe ...«

Er und König Carus lachten zusammen. »Ja, wir haben alle viel zu tun. Das Königreich kann froh sein, einen so klugen und erfindungsreichen Minister zu haben wie Euch, Tadai.«

»Und es kann sich glücklich schätzen, einen Prinzen von Euren Eigenschaften zu haben, Garric«, erklärte Tadai, nahm die leeren Becher und stellte sie auf den Tisch, damit ein Diener sie abräumen konnte. »Es sind bemerkenswerte Eigenschaften für einen Mann jeden Alters, sollte ich sagen, und erst recht für jemanden von Eurer Jugend.«

Als Garric sich mit einem Lächeln zur Tür wandte, fügte

Tadai hinter seinem Rücken hinzu: »Es ist Euch zweifellos gelungen, mein Leben interessanter zu machen, als es je gewesen wäre, wäret Ihr niemals in Valles aufgetaucht!«

Der Vogel schlug mit den Flügeln. Eine froststarrende Ebene wurde mit der Geschwindigkeit einer Morgendämmerung in den Tropen schaudernd zur Wirklichkeit. Die Sonne, weit im Süden, war hell, aber winzig, und der Wind drang Sharina bis ins Mark.

Der Vogel glitt über einen Gletscher, der sich von einem Horizont zum anderen erstreckte. Schmutz und Felsbrokken lagen auf der weißen Oberfläche des breiten Eisflusses, aber durch die Risse in der Oberfläche konnte Sharina Kristall sehen, so rein und blau wie der feinste Saphir.

Das Eis zog sich zurück, wenn auch langsam. Graues Geröll bedeckte die Ebene südlich des Eises, die Spuren vergangener Jahrtausende, die zurückgeblieben waren, als der Gletscher, der sie mit sich trug, sich auflöste. Aus Tunneln am Sockel des Eises drang Schmelzwasser. Es floß in kurvenreichen Bächen an den Felsen vorbei über das Geröll und verschwand schließlich im Nichts.

Hin und wieder glitzerte die Sonne auf Metall – ein vergoldeter Helm, die Bosse eines runden Schildes, ein elfenbeinerner Schwertgriff, der mit Draht umwickelt war. Grünspan hatte die Klinge in dem blaugrünen Schatten der Steine verborgen, bis Sharina der Schmuck auffiel und sie die ganze Waffe entdeckte.

Es gab auch Kleidung: Brokat und mit Gold und Silber bestickte Stoffe. Metallfassungen, die man in den Stoff genäht hatte, enthielten Edelsteine. Das Licht, das von ihnen aufblitzte, rief einen trügerischen Schein von Leben hervor. Vom Wind über die Ebene gepeitschter Sand hatte Pelze und Webarbeit zerrissen.

Hin und wieder entdeckte Sharina auch Holz: einen zerbrochenen Speerschaft, einen Axtgriff, der schräg aus dem Kies ragte. Nirgendwo war eine Leiche oder auch nur ein Stück Knochen zu entdecken.

Der Vogel flog weiter, den riesigen linken Flügel ein winziges bißchen höher, um die Aufwinde der Eisfläche zu nutzen. Sonnenlicht, das durch den sich hebenden Nebel drang, zeigte unerwartete Verfärbungen der Schuppen auf der Haut zwischen den verlängerten Fingerknochen.

So lange wie hier hatte sich der Vogel noch in keiner Wirklichkeit aufgehalten, seit er Sharina aus dem Kreis ihrer Freunde gerissen hatte. Hatte er sein Nest hier in dieser leblosen ...

Es gab tatsächlich Leben. Eine Gestalt kam geduckt aus einem Tunnel und richtete sich auf, um den Vogel aus Facettenaugen anzustarren. Trotz der verkürzten Perspektive aus der Luft konnte Sharina sehen, daß die Gestalt mindestens acht Fuß groß war, vielleicht sogar zehn. Sie hatte ein Außenskelett wie ein Insekt und sechs Gliedmaßen, stand aber aufrecht auf den Hinterbeinen.

Die anderen vier Gliedmaßen hielten Menschenleichen, schon vor langer Zeit gestorbene Soldaten, die das Geschöpf aus dem Eis gegraben hatte. Sie waren reich geschmückt, und eine der Hände umklammerte immer noch einen Stab mit einem silbernen Eberkopf auf rotem Feld.

Als das Geschöpf den riesigen Vogel sah, ließ es die Leichen fallen und breitete die vier oberen Gliedmaßen aus. Sie endeten in Krebszangen, gekerbt wie das Gebiß eines Krokodils. Die Mundwerkzeuge des Geschöpfs bewegten sich, und es gab einen heiseren Schrei von sich.

Ähnliche Geschöpfe kamen aus Tunneln in der Nähe gehuscht. Sie strahlten geistlose Böswilligkeit aus, das Bedürfnis, um jeden Preis zu fressen.

Wieder schlug der Vogel mit den Flügeln, und die Szene verschwand. In dem darauffolgenden, leeren Grau mußte Sharina weiterhin an die gefrorene Welt denken, der sie gerade entkommen war.

Es war, als beobachtete man Würmer, die sich im Schweinedung wanden ...

6

Ilna warf einen Blick zurück durch den Innenhof, als sie hörte, wie die Haustür geöffnet wurde. Der Soldat, der hereinkam – die beiden, die heute morgen Dienst taten, kannte sie noch nicht –, rief: »Der Kämmerer ist hier, Herrin. Möchtet Ihr ihn sehen?«

Die Blutadler legten nicht jene feierliche Förmlichkeit an den Tag, die Sharinas Türhüter so liebte.

»Reise ist hier?« fragte sie. Sie ging auf die Tür zu. »Ja, ich möchte ihn gerne sehen.«

Garrics Vater kam herein. In Barcas Weiler war er ein hoch gewachsener, ungelenker Mann gewesen, geachtet für seine Bildung und den Erfolg mit dem zuvor so heruntergekommenen Gasthaus, aber nicht beliebt. Hier war Reise, obwohl er das Grau eines Palastdieners trug, ein anderer und viel beeindruckenderer Mann.

Er verbeugte sich und machte dabei eine komplizierte Geste mit der Hand, nicht weil Ilna das verlangte, sondern wegen seiner eigenen Stellung. Ilna wußte, sie hätte Reise nicht davon abhalten können, ihr den Respekt zu erweisen, von dem er glaubte, daß er jedem Bewohner des Palastes zustand. Ilna hielt nichts von höfischen Zeremonien, aber ihr fehlte die Entschlossenheit, mit der Reise seinen Prinzipien folgte, wo immer sie ihn auch hinführen mochten.

Und sie wußte, daß er das immer getan hatte. Ebenso, wie er seinen Sohn und seine Tochter dazu erzogen hatte, dasselbe zu tun.

»Ich komme in einer persönlichen Angelegenheit«, sagte er, als er sich wieder aufgerichtet hatte.

»Garric?« fragte Ilna, und ihre Muskeln waren plötzlich kalt und sehr angespannt.

»Nein, verzeiht, daß ich mich so mißverständlich ausgedrückt habe«, sagte Reise. Seine verlegene Miene zeigte, daß er mehr verstand, als Ilna sich gewünscht hätte. Aber das war offenbar bei allen so – wenn man von Garric selbst einmal absah. »Euer Onkel Katchin ist gestern hier im Palast gewesen. Es hat mit Eurem Bruder gesprochen, aber ich denke, auch Ihr solltet davon erfahren.«

Ilna schnaubte. »Ihr habt recht, es mir zu sagen«, meinte sie. »Möchtet Ihr mit in den Garten kommen? Ich zeige Euch die Arbeit, die ich gerade beendet habe.«

Auf dem Weg in den Säulengang fügte sie hinzu: »Und Ihr hattet recht anzunehmen, daß ich noch nichts von Katchins Anwesenheit erfahren habe. Cashel neigt dazu, Dinge zu vergessen, die nicht wichtig sind, und wir haben unseren Onkel beide nie für sonderlich wichtig gehalten.«

Ilna hatte die drei Stücke des Wandbehangs noch nicht zusammengenäht, weil sie keinen Raum hatte, der hoch genug war, das vollendete Werk aufzuhängen. Statt dessen hatte sie die Teile in die westliche, im Schatten liegende Seite des Säulengangs gehängt. Was sie zeigten, war ohnehin verständlich, und es war viel einfacher, die Einzelheiten hier zu betrachten, als es sein würde, wenn der Wandbehang erst vollständig vor der Statue des Schützenden Hirten hing.

Reise ging daran entlang. Anfangs hatte er die Hände aneinander gelegt, aber nach ein paar Schritten verschränkte er die Handgelenke auf dem Rücken, als wolle er sich davon abhalten, den Stoff zu berühren. Nachdem er das Ende des dritten Teils erreicht hatte, drehte er sich um und kehrte zu Ilna zurück. Er sagte kein Wort, und seine Miene war ausdruckslos.

»Ihr seid der erste, der meine Arbeit sieht, seit sie vollendet ist«, meinte Ilna. Sie hatte nicht unbedingt Lob erwartet, aber doch zweifellos irgendeine Reaktion. »Habt Ihr dazu nichts zu sagen?«

»Warum fragt Ihr?« entgegnete Reise mit bebender Stimme. »Ich empfinde genau das, was Ihr wollt, daß ich empfinde. Das wißt Ihr doch! Jeder, der diese Arbeit sieht, wird das empfinden, was Ihr wünscht.«

»Ich ...«, begann Ilna verlegen. Man erwartete von Reise dem Wirt nicht, daß er sich so gefühlvoll zeigte. Nun, man erwartete das auch nicht von Ilna, der Waisen, die neben dem Gasthaus gewohnt hatte. »Bei etwas so Kompliziertem war ich nicht sicher ...«

»Das hier ...«, sagte Reise. Er warf über die Schulter einen Blick zurück zu dem Wandbehang und schien sich nur unter Aufwendung von großer Willenskraft wieder losreißen zu können. »Das Bild meines ... meines ... von Prinz Garric, der gegen das Ungeheuer kämpft ...«

Reise rieb sich Tränen aus den Augen und fügte hinzu: »Herrin, ich habe nicht an die großen Götter geglaubt. Oh, ich habe die üblichen Opfer gebracht – so etwas ist an einem Ort wie Barcas Weiler unvermeidlich. Aber nun danke ich der Herrin, und ich danke Euch.«

»Ich glaube nicht an die großen Götter«, sagte Ilna barsch. »Und der Ort, an dem ich gelernt habe, so zu weben, hatte nichts mit der Herrin oder irgend etwas anderem, was man als gut bezeichnen könnte, zu tun.«

Sie lachte; es war kein angenehmes Lachen, aber dagegen konnte sie nichts tun. Im Gegenteil mußte sie sich anstrengen, daß es kein hysterisches Lachen würde, als sie sich an jenen grauen Ort und den Baum mit den Schlangenästen erinnerte.

»Herrin?« sagte Reise. Dann lauter: *»Ilna.«*

Ilna blinzelte. Sie schwankte wie ein Kreisel, der langsamer wurde. Der Kämmerer bot ihr seinen Arm; Ilna hielt sich fest. *Seltsam, sich ausgerechnet auf den ungeschickten, immer un-*

ter dem Pantoffel seiner Frau stehenden Reise zu stützen! Sie lachte, diesmal ehrlich amüsiert, und das brachte sie wieder in die Gegenwart zurück.

»Ich habe schwer gearbeitet«, sagte sie zur Entschuldigung. Das entsprach schließlich der Wahrheit, und sie nahm an, daß das tatsächlich ein Grund ihrer Schwäche war. Ilna hatte den Wandteppich schnell fertig stellen wollen, damit sie Valles verlassen konnte. Sie verübelte Garric und Liane das Glück nicht, das sie miteinander fanden – nein, sie verübelte es ihnen wirklich nicht! Die beiden waren wunderbare Menschen und verdienten jemanden, der so wunderbar war wie sie selbst.

Aber obwohl sie ihnen ihr Glück nicht verübelte, zerriß es ihr das Herz, sie dabei zu sehen. Außerdem hatte Ilna noch Schulden in Erdin abzubezahlen, wo sie mit den Fähigkeiten, die sie in der Hölle gelernt hatte, die Leben so vieler zerstört hatte.

»Der Wandbehang zeigt der Welt den Sohn, den Ihr aufgezogen habt, Reise«, sagte Ilna und betrachtete den Nachbarn, den sie seit ihrer Kindheit kannte, kritisch. »Ihr könnt stolz auf ihn sein und er auf Euch.«

»*Prinz* Garric«, betonte Reise. »Mein Pflegesohn.«

»Kommt mir nicht mit so etwas!« fauchte Ilna. »Glaubt Ihr, ich könne Abstammung nicht so sicher feststellen, wie ich Euch sagen kann, welche Maulbeerbäume es waren, an denen die Würmer fraßen, die die Seide Eures Gewandes gesponnen haben? Zweifellos ist Garric der Sohn von Gräfin Tera und Erbe des Blutes der alten Könige der Inseln; aber er ist zweifellos auch Garric, Sohn von Reise.«

Reise gab ein Geräusch von sich, das irgendwo zwischen einem Bellen und einem Keuchen lag. »Darf ich mich setzen?« fragte er und zeigte auf eine der Bänke zwischen den Säulen.

»Selbstverständlich«, sagte Ilna, obwohl sie ein wenig überrascht war. »Ich könnte Euch ein Bier anbieten und auch Brot und Käse, wenn Ihr wollt.«

Sie grinste angespannt. »Obwohl das Bier nicht so gut ist wie Euer eigenes.«

Reise lächelte vage, eine höfliche Erwiderung auf Worte, denen er nicht wirklich gelauscht hatte. Er hatte den Blick auf einen Fleck an der Wand gerichtet, auf den ein Ziegelmuster gemalt war; der Gips war gerissen, ein Teil war abgebröckelt, und nun konnte man die grobe Mauer darunter erkennen.

»Tera war eine reizende Frau«, sagte Reise. Er warf Ilna einen Blick zu. »Es gab niemanden, dem ich auch nur *das* erzählen konnte. Ich hätte es auch Euch nicht erzählen können, wenn wir beide in Barcas Weiler geblieben wären.«

Du brauchst es mir auch jetzt nicht zu erzählen, weil es mich nicht interessiert, dachte Ilna; aber mit einiger Willenskraft gelang es ihr, diesen Gedanken nicht auszusprechen. Zu Hause im Dorf hatte Reise sie und Cashel ebenso behandelt wie jeden anderen: mit barscher, scharfzüngiger Ehrlichkeit. Er war den Waisen kein Freund gewesen – und niemandem sonst in der Welt –, aber er hatte auch nicht versucht, sie auszunutzen. Es war nicht leicht, Reise gern zu haben, aber seine Tugenden waren echt und seine Makel von einer Art, die Ilna verstehen konnte.

»Und Graf Niard?« fragte Ilna – wie sie annahm aus Freundlichkeit. Sie gab Reise die Gelegenheit weiterzusprechen, wie er es offenbar brauchte, denn er hatte sie anständig behandelt, als andere es nicht taten.

»Er war Sharinas Vater«, sagte Reise leise. Nun sah er wieder den Wandbehang an und betrachtete die hochgewachsene, blonde, junge Frau, die an Ungeheuern und Dämonen aus Flammen vorbeitanzte. »Kein schlechter Kerl, dieser Niard, obwohl wir immer witzelten, daß ihm jedesmal, wenn er am selben Tag gleich zwei Gedanken hatte, ein Ohr abfallen würde ... und er hatte immer noch beide Ohren. Er hat mir befohlen, Lora zu heiraten, um seine Affäre mit ihr geheim zu halten, und das habe ich getan, weil es auch Tera schützte.«

Er schüttelte den Kopf angesichts all dieser Erinnerungen. »Lora tut, was sie kann«, sagte er.

»Das ist allerdings nicht gerade viel!« meinte Ilna. Lora mit ihrer Hochmütigkeit und ihrer Bosheit war schwerer zu ertragen gewesen als Onkel Katchin.

Reise drehte sich zu ihr um. »Ja, nicht viel«, sagte er. »Aber sie hat das Kind einer anderen Frau in Pflege genommen, ohne sich zu beschweren.«

Er lächelte dünn. »Das war vielleicht das einzige auf dieser Welt, oder der nächsten, worüber sie sich *nicht* beschwerte. Und ihr war selbstverständlich nicht klar, daß Sharina ihre eigene Tochter war und Garric das Pflegekind; das wußten nur die Hebamme und ich.«

»Sie hat Sharina wie eine Prinzessin behandelt«, sagte Ilna verbittert, »und Garric ebenso schlecht wie ...« Auch diesen Gedanken sprach sie nicht aus, aber es war knapp. Sie sah Reise an und verzog das Gesicht.

Er lachte und erhob sich schwerfällig von der Bank. »So schlecht, wie sie mich behandelt hat?« fragte er. »Ja. Mehr oder weniger. Aber es zeugt von Sharinas Kraft, daß Lora sie nicht verderben konnte ... und ich fürchte, Kraft ist nichts, was meine Kinder von mir geerbt haben.«

Reise nickte zu dem Wandbehang hin. »Ilna, ich weiß es zu schätzen, daß Ihr mir Eure Arbeit gezeigt habt. Ich fühle mich geehrt, Euch zu kennen.«

Ilna schnaubte und führte den Kämmerer zurück ins Haus. Er mußte gehen, und sie hatte vor, sich noch von Cashel zu verabschieden, bevor er sich auf die Suche nach Sharina machte. »Ich nehme an, Katchin hätte gern einen Posten bei Hof?« fragte sie, als sie durch den Innenhof gingen.

»Das denke ich auch«, meinte Reise. »Eine Stellung mit großen öffentlichen Ehren. Er wird sie hier nicht finden – nicht, solange mein Sohn hier herrscht.«

Reise verbeugte sich wieder, dann hielt er inne, die Hand schon am Riegel. »Katchin sollte nach Hause zurückkehren«, sagte er. »So, wie ich es getan habe.«

Er machte eine umfassende Geste zu dem Palast hin, wo er als junger Mann gearbeitet hatte, und zu der Stadt dahinter, wo er geboren war. »Und ich bin hier *viel* glücklicher.«

Ilna lachte leise, als sie ihrem Gast auf die Veranda folgte. Es war leicht, zu sagen, daß Reise im königlichen Palast gewaltige Macht hatte, während alles, worauf Katchin sich freuen konnte, die Position des wichtigsten Mannes in einem ländlichen Bezirk auf einer Insel war, für die sich ohnehin niemand interessierte. Aber die Pflichten eines Kämmerers verbanden diese Macht mit äußerlicher Untertänigkeit, und Katchin wäre nie in der Lage gewesen, damit zurechtzukommen. Und Reise war in Barcas Weiler erfolgreich gewesen, obwohl niemand jemals geglaubt hatte, daß er dorthin gehörte.

Reise ging ein Stück den Pfad entlang, dann drehte er sich noch einmal um. Die Blutadler links und rechts von Ilna verlagerten das Gewicht ein winziges bißchen, obwohl es nicht richtig gewesen wäre zu sagen, daß sie sich anspannten. »Ich hoffe, Ihr werdet eines Tages wissen, wo euer Zuhause ist, Ilna«, sagte er.

»Mein Zuhause ist meine Arbeit, Reise«, erwiderte sie. Und sobald sie die Worte ausgesprochen hatte, wußte sie, daß sie der Wahrheit entsprachen.

Sie wünschte sich nur, daß diese Wahrheit sie glücklicher gemacht hätte.

»Ich habe den Altar der Harmonie nie selbst gesehen, Junge«, sagte König Carus, als die Gruppe die Gerade Straße hinauf-

ging – die alles andere als gerade war, wenn man sie nicht in Abschnitten von halben Blocks betrachtete. *»Ich habe gehört, er sei wirklich kunstvoll – und er war selbst zu meiner Zeit schon uralt. Aber als ich nach Valles kam, hatte ich Wichtigeres zu tun, als die Sehenswürdigkeiten zu betrachten.«*

Durch Garrics Kopf zog eine Fülle von Carus' Erinnerungen: ein Bankett in der Halle der vereinigten Gilden – sie stand immer noch mitten in der Stadt, obwohl sie in dem vergangenen Jahrtausend zu einem Einkaufszentrum umgebaut worden war; eine Versammlung der Adligen von Ornifal in einem Tempel, wo die Stühle der Versammelten in Bögen rund um eine gewaltige Chryselephantin-Statue der Herrin aufgestellt waren; ein Dutzend der wichtigsten Bankbesitzer in einem üppig ausgestatteten Konferenzraum, wo sie Carus mit unergründlichen Mienen anstarrten.

»Obwohl ich genausogut gleich hätte auf Haft bleiben können. So viel Erfolg hatte ich bei meinem Versuch, die Leute davon zu überzeugen, daß sie nicht neutral bleiben konnten, wenn ich versuchte, das Königreich zusammenzuhalten, das mehr als zwanzig Usurpatoren in Stücke reißen wollten«, fügte Carus hinzu. *»Ornifal war überzeugt, es könne sich den Frieden erkaufen, indem es jeden Piraten oder Usurpator bezahlte – wen interessierte schon das Königreich?«*

»He, paßt auf, wo ihr hintretet!« rief ein Wasserverkäufer, der an einem kurzen Stab über seiner linken Schulter zwei Krüge trug. Er hielt inne, um einer Hausfrau mit dem kleinsten der drei Meßbecher, die an Ketten an seinem Kragen hingen, Wasser einzugießen. Der Tragestock ragte dabei in die belebte Straße vor, und einer der Blutadler war dagegengestoßen.

»Halt den Mund und gerate Leuten, die wichtiger sind als du, nicht in den Weg!« erwiderte der Soldat. Er und der Mann in der nächsten Reihe packten den Wasserverkäufer an beiden Armen und schoben ihn rückwärts auf die Buden am Straßenrand zu, wo alte Kleidung und altes – eindeutig *altes* – Gemüse verkauft wurde. Sowohl der Wasserverkäufer als auch die beiden alten Frauen, denen die Buden gehörten, kreischten protestierend.

»Das reicht!« rief Garric. »Herr, wir wollten euch nicht stören, aber das hier ist eine Straße. Und Hauptmann Besimon, erinnert Eure Männer daran, daß wir selbst eine Menge Platz einnehmen, also wäre ein wenig Freundlichkeit gegenüber anderen, die sich bedrängt fühlen, angesagt.«

Liane grinste Garric an und drückte ihm die Hand.

Sie sahen einer Prozession ähnlicher, als es Garric lieb war, aber es gab wohl kaum eine andere Möglichkeit. Vorn marschierten zehn Blutadler, zehn weitere folgten ihnen. Sie brauchten die Truppen, um den Altar abzusperren, wo Tenoctris den Zauber vollziehen wollte, der Cashel dorthin schicken würde, wo er mit seiner Suche nach Sharina beginnen konnte.

Die Zauberin selbst saß in einer Sänfte. Cashel ging daneben her, unterhielt sich mit ihr und sah genau aus wie das, was er war: ein Mann vom Land, der in der großen Stadt umhergeht. Sein Stock war im Gedränge hinderlich, aber niemand würde sich bei Cashel beschweren, wenn er zufällig angestoßen würde.

Ilna war direkt hinter ihrem Bruder. Sie war nah genug, um sich dem Gespräch anzuschließen, aber Garric hatte nicht bemerkt, daß sie das tat.

»Ich glaube, wir sind bald da«, murmelte Liane Garric zu. »Herrin Gudea hat uns bei unseren historischen Exkursionen nicht zu diesem Altar geführt, weil er sich in diesem Viertel befindet.«

Sie kicherte. »›Kein angemessener Ort für junge Damen‹, hat sie es ausgedrückt, obwohl ich gesehen habe ...«

Liane nickte in die Richtung der Balkone zu beiden Seiten einer Nebenstraße der Geraden Straße. Barbusige Frauen mit geschminkten Augen beugten sich dort vor und riefen den Soldaten, die mit reglosen Mienen vorbeigingen, Scherzworte zu.

»... daß es hier eine ganze Menge junger Damen gibt. Aber wir haben uns die Stadt auch von der Zitadelle herab angesehen, also weiß ich, daß wir ganz in der Nähe sind.«

»Wir sind da, Herr«, rief Besimon, der Kommandant der Wache. Eine Nische, halb natürlicher Herkunft, aber von Menschen ausgeweitet, höhlte den Felsen zur Linken aus. Die ersten Siedler in Valles hatten ihr ummauertes Dorf oben auf einem steilen Hügel errichtet, um es zu schützen.

Die Zitadelle war während der Fahnenkriege Mittelpunkt der Stadt geblieben. Nachdem Ornifal vereinigt war, hatten sich die Reichen und Wichtigen von der Zitadelle und dem schlecht entwässerten Viertel an ihrem Fuß zurückgezogen und sich in bequemeren Regionen angesiedelt. Der Tempel der Herren von Valles stand immer noch auf der Zitadelle; und am Fuß des Hügels hatte der erste Herzog von Ornifal den Altar der Harmonie errichten lassen, zum Zeichen der Einheit, die die Insel erreicht hatte, lange bevor Lorcan von Haft König der Inseln geworden war.

»Er muß schön gewesen sein, als er noch ganz war«, sagte Garric. Er hatte durch Carus' Augen viele beeindruckende Denkmäler gesehen und auch selbst nicht wenige betrachten können, sowohl auf den Inseln als auch auf entfernteren Welten, die er durchreist hatte, während er versuchte, das Chaos aufzuhalten; aber der Altar der Harmonie war einzigartig und in mancher Hinsicht von atemberaubender Schönheit. »Selbst jetzt ...«

Der Altar stand inmitten eines gemauerten, nicht überdachten Geländes, das man über eine Rampe betreten konnte. Die marmornen Mauern waren bedeckt mit Reliefs von Menschen und Göttern in Rahmen von Akanthusblättern. Die Jahre hatten den Stein schwarz werden lassen, wenn man einmal von Streifen Blasen werfenden, weißen Zerfalls absah.

Die Westmauer war vor langer Zeit schon eingestürzt. Ein Dach aus Binsen und eine Schutzwand aus Geröll auf beiden Seiten des kunstvollen Altars hatte den verbleibenden Platz zu einer Art Wohnhaus gemacht. Nein, einer Schenke ...

»Räumt diesen Bereich«, befahl Besimon. »Herrin Tenoctris braucht den Platz für ihre Arbeit.«

Die Blutadler trugen Halbrüstung – Harnische und Helme – und zusätzlich zu Schwert und Dolch auch noch ihre Speere. Sechs von ihnen stießen diese Speere mit dem stumpfen Ende in die Trennmauer und schoben sie auseinander.

»He, seid ihr verrückt geworden?« rief der Rausschmeißer, als er und vier verblüfft aussehende Gäste herausgerannt kamen. Der Mann hatte eine stachelbesetzte Keule dabei, ließ die Waffe aber sofort fallen, als er die Truppe sah.

Das Dach begann einzustürzen. Der schurkenhaft aussehende Schenkenbesitzer kam aus dem behelfsmäßig erscheinenden Gebäude stolziert, ein langes, krummes Messer in der Hand. Ihm fehlten drei Finger der linken Hand, und so, wie er sich das Haar in die Stirn gekämmt hatte, war anzunehmen, daß man ihn dort mit einem *D* für Dieb gebrandmarkt hatte. Letzteres war Sitte auf Blaise, bemerkte Carus auf dieselbe abwesende Art, mit der er auch einschätzte, wo der erste Schwertstreich zu führen wäre, falls es unangenehm würde.

»Was bildet ihr euch ein, mich rauszuwerfen?« fauchte der Wirt. Er ließ das Messer nicht fallen. Ein Blutadler packte ihn am Arm und drehte ihn ihm auf den Rücken; er hätte ihm beinahe die Knochen gebrochen. Aber dann schlug ein anderer Soldat dem Wirt fest mit dem Speerschaft auf die Handknöchel, und so fiel das gekrümmte Messer endlich zu Boden.

»Ich bin ein Bürger«, erklärte Garric, ein wenig überrascht über seinen eigenen Zorn. »Ihr habt Euch genommen, was der ganzen Stadt, dem ganzen *Königreich,* Ehre und Schmuck sein sollte, und nun behauptet Ihr, es gehöre Euch, weil Ihr ein Messer habt und einen Schläger, der Euren Anspruch verteidigt!«

Ein Blutadler trat einen Schritt vor, dann stampfte er mit seinem Nagelstiefel auf das Messer. Es brach in der Mitte durch; vom Griff fielen die Knochenschuppen ab.

Zehn Blutadler hatten sich so aufgestellt, daß sie die Straße im Auge behalten konnten, aber die Menschenmenge, die sich inzwischen versammelt hatte, jubelte angesichts der Unterhaltung ironisch. Der Wirt war offenbar nicht sonderlich beliebt.

»Arme Leute haben ebensoviel gegen Verbrecher als Nachbarn wie jeder andere«, sagte Liane neben Garric. Sie zählte zwei Silbermünzen aus ihrem Geldbeutel in die Handfläche, dann fügte sie noch stirnrunzelnd eine jener doppeltgewichtigen Bronzemünzen hinzu, die wegen der Abbildung auf ihrer Rückseite als Kronengarben bekannt waren. »Der Kundschaft nach zu schließen, war das hier eine üble Kaschemme.«

»Wie bitte?« fragte der Wirt. Er war ehrlich verblüfft. »Eh, ich habe dem einäugigen Kashim gute Bronze bezahlt, als ich diese Bude hier übernahm!«

Der Soldat ließ ihn los, obwohl Garric wußte, daß der Wirt nicht weit von einem weiteren Speerschaft entfernt war, der ihn diesmal in die Magengrube treffen würde. Das war nicht notwendig, aber ein Teil von Garric hätte es gerne gesehen.

Auf Besimons Befehl benutzten vier Soldaten ihre Speere als Hebel, um das behelfsmäßige Dach hinter die Mauer zu schieben. Drinnen befanden sich eine hölzerne Theke und zwei Weinkrüge. All das flog ebenfalls ohne größeren Aufwand über die Mauer.

Ein Soldat brachte sich in Stellung, um einen der gemeißelten Steinblöcke zu heben, die man als Hocker benutzt hatte.

»Laßt die hier«, wies ihn Tenoctris an. »Sie gehörten zur Ummauerung.«

Auf einem Stein war ein Priester zu sehen, der einen girlandengeschmückten Bullen führte, dessen Hornspitzen man mit Knäufen geschützt hatte. Das Bild gehörte vermutlich zu der Weiheprozession des Altars, die man hier dargestellt hatte.

»Der Altar der Harmonie wird bald wieder zu jenem Denkmal werden, als das er einmal gedacht war«, erklärte Garric. »Er gehört weder Euch noch mir. Er gehört dem Volk von Ornifal. Und in all den vergangenen tausend Jahren hat es keine Zeit gegeben, in denen jenes Volk Harmonie dringender brauchte als jetzt!«

Er trat einen Schritt vor, so daß es nicht aussah, als versteckte er sich hinter einer Reihe schwarz gerüsteter Wachen. Er sah zwar immer noch den Wirt an, sprach aber lauter, so daß er von der inzwischen beträchtlichen Menschenmenge gut verstanden werden konnte.

»He!« rief jemand entzückt. »Das ist Prinz Garric! Der Prinz ist hier!«

»Prinz Garric?« wiederholte der Wirt. »Was reden die da?« Die Frage stellte er dem Soldaten, der ihn entwaffnet hatte.

Die Bewohner des Viertels – sein Rausschmeißer unter ihnen – waren ein Stück zurückgewichen, als fürchteten sie, sich bei ihm anzustecken.

Wie soll ich diesen Wiederaufbau jemals bezahlen? dachte Garric verzweifelt. Er wußte nicht, warum er das gesagt hatte, aber nun mußte er zu seinen Worten stehen. Pterlion bor-Pallial, der neue Finanzminister, würde einen Anfall erleiden. *Es gibt so viel bessere Gelegenheiten, das wenige Geld auszugeben, das dem Königreich geblieben ist!*

»Dennoch, Junge«, flüsterte König Carus durch die Jahrhunderte, *»manchmal ist eine symbolische Handlung wichtiger. Man kann sein Geld ungeschickter ausgeben als mit einem*

Versuch, die Leute in den Armenvierteln zu überzeugen, daß auch sie zum Königreich gehören und der König sich um sie kümmert.«

»Aber das ist nur ein altes Gemäuer«, protestierte der Wirt, wenn auch mehr gegen den Gedanken als gegen den Verlust seiner Schenke. »Ich führe ein ehrliches Haus ...«

Ilna schnaubte. Der Wirt sah sie an. Er verstand vermutlich das Netz von Schnüren in ihrer Hand nicht, die sie bereithielt, um sie vor seinen Augen auseinander zu ziehen, aber ihre höhnisch-ungläubige Miene war so offensichtlich wie die Pflastersteine.

»Nun, jedenfalls«, murmelte er, »habe ich bezahlt ...«

»Und ich werde Euch Euren Verlust ersetzen«, erklärte Garric. »Aber mit dem Geld erhaltet Ihr auch eine Warnung: Wenn die Arbeiter morgen oder übermorgen hier eintreffen, solltet Ihr verschwunden sein.«

Konnte er die Arbeiten wirklich so schnell in Gang bringen? Wahrscheinlich. Das Seltsame am Königsein war, daß Garric zwar die meiste Zeit offenbar nicht imstande war, etwas zu tun, daß aber die wenigen Dinge, die tatsächlich geschehen konnten, beinahe schon geschahen, bevor er an sie gedacht hatte. Wäre es nur so einfach gewesen, Ornifals Steuerwesen zu harmonisieren, wie ein altes Gebäude renovieren zu lassen!

Liane trat vor und hielt die drei Münzen, die Kronengarbe und die beiden Herrinnen, zwischen Daumen und Zeigefinger. Der Wirt glotzte, als er das Silber aufblitzen sah. Er hätte ihr das Geld aus der Hand gerissen, aber dann fiel ihm auf, wie ein Soldat das Gewicht verlagerte, um ihm einen Schlag in den Bauch zu versetzen, und das ließ ihn respektvoller werden.

Also verbeugte er sich, behielt den Blick gesenkt und streckte die Hände aus. Liane ließ die Münzen in seine Handflächen fallen und trat wieder zurück, wobei sie sich unwillkürlich die eigenen Hände abwischte. Dieser Wirt war wirklich ein widerwärtiger Kerl, und selbst dieser geringfügige Kontakt mit ihm war unangenehm gewesen.

»Solltet Ihr noch hier sein, wenn die Arbeiter eintreffen«, fuhr Garric freundlich fort, »werdet Ihr Euch den Gefangenen anschließen, die die Stadtmauer wieder aufbauen. Für den Rest Eures Lebens.«

Er schnippte mit den Fingern. Der ehemalige Wirt steckte sich die Münzen in den Mund und machte sich davon. Oder zumindest verschwand er in der Menge; dort erschollen nun eine ganze Menge Stimmen, die behaupteten, er sei ihnen etwas schuldig. Der Bursche schaffte es bis in eine Seitengasse, aber den Geräuschen nach nicht mehr viel weiter.

Hauptmann Besimon grinste. Er hielt es für ebenso unnötig wie Garric, sich jetzt noch einzumischen. Nicht in diesem Fall.

Garric war beeindruckt, wie rasch und gründlich die Soldaten den Bereich gesäubert hatten. Unter Attaper waren die Blutadler zu mehr als einer Schautruppe geworden – sogar mehr als nur wahre Leibwächter, imstande, das Leben des Königs auch mit ihrem eigenen zu schützen. Sie waren in allen Bau- und Ingenieurskünsten ausgebildet, die eine Armee im Feld brauchte. Einen kleinen Bereich wie diesen von den Trümmern zu befreien war nichts für sie.

»Truppen, die ihr Lager nicht befestigen können, bevor sie sich nach einem Marsch schlafen legen«, bemerkte König Carus anerkennend, *»wachen noch vor dem Morgengrauen mit einem Feind im Bett auf.«*

Besimon warf Garric einen fragenden Blick zu. Garric hob die Hand, um anzuzeigen, daß er sich der Situation bewußt war, und sagte: »Tenoctris? Was sollen wir als nächstes tun?«

Die alte Frau hatte sich vorgebeugt, um die Überreste des Hauptaltars zu untersuchen. Cashel stand neben ihr, fest und ruhig mit seinem Stock in der Hand und einer Tasche am Gürtel. Er hatte das Kuhhorn mit dem hölzernen Mundstück nicht dabei, mit dem er Alarm gegeben hatte, als er noch Schafhirte war, aber ansonsten sah er aus wie an jedem anderen Morgen zu Hause.

Und schließlich war er ja auch derselbe Mensch; es war nur, daß mehr an Cashel war, als jeder in Barcas Weiler zuvor erkannt hatte. Garric nahm an, daß auch er noch derselbe Garric or-Reise war. Es fiel ihm manchmal schwer, sich daran zu erinnern, nachdem sich alles rings um ihn her so verändert hatte.

Liane lächelte ihn an. Nun, eine Veränderung war nicht immer eine Veränderung zum Schlechten.

»Wenn die Männer die Leute auf Abstand halten würden ...«, sagte Tenoctris, während Liane ihr half, sich wieder zu erheben, »... gibt es eigentlich nichts mehr zu tun, außer selbstverständlich für mich und Cashel.«

»Besimon«, sagte Garric und nickte, »Tenoctris wird dort arbeiten, wo sich der Altar befand. Laßt Eure Männer bitte die offene Seite abriegeln, damit sie Platz hat.«

Besimon bedachte Garric mit einem freudlosen Grinsen. »Das sollte nicht schwierig sein«, meinte er. »Nicht, wenn die Leute ...«

Er wies mit dem Kinn zu den Zuschauern. Straßenhändler mit Krapfen auf kurzen Stöcken, Obstkörben und einem Tablett mit Amuletten der Herrin und des Hirten hatten sich unter die Leute gemischt; die ganze Angelegenheit verwandelte sich rasch zu einem Straßenfest.

»... herausfinden, daß es hier um Zauberei geht.«

Die Blutadler bauten sich an der West- und Nordseite des Geländes auf. Sie hatten sich der Menge zugewandt und hielten die Speere quer in Taillenhöhe, um eine durchgehende Barriere zu bilden. Es gab kein ernsthaftes Gedränge. Garric stellte erfreut fest, daß die Soldaten ihrer Aufgabe freundlich nachgingen.

Er gesellte sich zu Tenoctris und den anderen in der Mitte des Altarbereichs. Die Altarplatte und die vier Seiten waren eingestürzt. Der Wirt oder ein ähnlicher Unternehmer hatte den Marmor auf dem Altarpodest aufgestapelt, um eine Art Stützmauer zu schaffen.

Auf der obersten Marmorplatte waren Menschen eingemeißelt, Männer, Frauen und Kinder, die spitze Hüte trugen und Rosengirlanden in den Händen hielten. Ein paar von ihnen spielten schlanke Trompeten, andere hatten Tamburine in der Hand. Die Kinder hatten die Münder zum Singen geöffnet.

Eines Tages werden auch wir wieder in Harmonie leben, dachte Garric. Der König in seinem Kopf grinste müde; Garric grinste zurück. *Oder sagen wir, wir werden so viel Harmonie haben, wie sie wirklich hatten, als sie den Altar errichteten.*

Tenoctris nahm einen Bambusstab aus dem Päckchen, das Cashel ihr gereicht hatte. Er trug immer die Sachen der Zauberin, wenn sie zusammenarbeiteten. Garric bemerkte, daß Cashel in seiner Tasche darüber hinaus nichts weiter hatte als einen runden Laib Brot und ein Stück in Blätter gewickelten Käse.

Jemand anderes, der sich auf einen Weg machte wie Cashel, würde vielleicht versuchen, alle Gefahren, denen er gegenüberstehen könnte, vorwegzusehen und sich darauf vorzubereiten. Cashel war nicht unvorsichtig; jeder, der ihn mit seinen Schafen gesehen hatte, hätte bemerken können, wie er die Dummheiten der Tiere so gut wie voraussah, weil er aus Erfahrung gelernt hatte.

Aber es gab auch vieles im Leben, das man nicht vorausplanen konnte und dem man sich einfach stellen mußte, wenn es geschah. Cashel hatte sein träges Grinsen, einen Stock und

Kraft, der niemand sonst gleichkam. Cashel konnte gut mit dem Unerwarteten umgehen.

»Dieser Ort hier ist ein Knotenpunkt der Macht«, erklärte Tenoctris. »Das macht es mir leichter, Cashel dort hinzuschicken, wo er hoffentlich mehr Hilfe finden wird. Dieser Ort ...«

Sie warf einen Blick zu den schwärzlichen Marmormauern hinauf, dann zu dem Hügel mit der alten Zitadelle. Gräser und Ranken überzogen den Kalkstein; hier und da hatte ein verkümmerter Baum seine Wurzeln in Spalten getrieben.

Entschuldigend wandte sich Tenoctris wieder ihren Freunden zu. »Ich habe nur geträumt«, sagte sie. »Ein Tagtraum über die Vergangenheit und die Zukunft. Ich denke, ich versuche den eigentlichen Zauber herauszuzögern. Aber wie ihr mir alle beigebracht habt, wird eine schwierige Arbeit nicht einfacher, wenn man sie hinausschiebt.« Sie tätschelte Cashels Arm. Er lächelte, aber sein Blick war auf den Horizont und auf die Zukunft konzentriert.

»Ich wollte gerade sagen«, begann Tenoctris wieder, »daß es an diesem Ort eine Verbindung zu Landure gibt. Deshalb sind wir hier.«

Tenoctris warf einen prüfenden Blick auf den kleinen Stab, den sie in der Hand hatte. »Cashel«, sagte sie, »würdest du mir bitte einen frischen Zweig abschneiden? Etwas, das du selbst hergestellt hast, würde meine Aufgabe erleichtern.«

Sie lächelte ihn an. »Und ich brauche alle Hilfe, die ich bekommen kann.«

Cashel schnitt eine Wegerichranke ab, die über die Mauer wuchs, und schnitzte sie mit dem einfachen Eisenmesser zurecht, das er am Gürtel trug. Dieses Messer war ein Vielzweckwerkzeug für jeden Bauern, mit dem er Brot schnitt, seinen Pflug reinigte oder ein Stück Leder für Zaumzeug zurechtstutzte.

Er reichte Tenoctris den Zweig. Das Holz war dünn, aber fest genug für ihre Zwecke. Die Zauberin kniete sich abermals nieder, um in die Höhlung des Altars einen Kreis und Worte der alten Schrift einzuzeichnen. Der Zweig hinterließ keine sichtbaren Markierungen auf dem Stein, aber was sie tat, genügte für Tenoctris. *Manchmal ist eine symbolische Handlung wichtiger ...*

Garric ging zu Cashel und umarmte ihn. »Ich wünschte, ich könnte mitkommen«, sagte er, als er seinen Freund wieder losließ. Es überraschte ihn, wie heiser seine Stimme klang.

Cashel lächelte. »Ich hätte nichts gegen Gesellschaft, aber du hast hier zu tun«, sagte er. Er klang nicht beunruhigt, aber das tat er schließlich nie.

Wenn man Cashel nicht kannte, hätte man nicht geglaubt, daß er sich der Gefahr nicht bewußt war. Garric kannte ihn besser als das. Cashel verstand genau, auf was er sich einließ; er ließ sich nur davon nicht von dem, was er tun mußte, abhalten.

Ilna verabschiedete sich mit leisen Worten. Sie stand so starr aufrecht wie Cashels Stock und wirkte ebenso hart. Und das war sie selbstverständlich auch. Was für eine Frau!

Garric warf Cashel einen Blick zu und dachte an andere Zeiten, als er andere Menschen in Gefahren geschickt hatte. Der König in seinem Kopf rührte sich und erinnerte Garric daran, wie oft König Carus in seinem längeren Leben dasselbe getan hatte. Es war so viel einfacher, selbst zu gehen, als einen Freund zu schicken. Und es war so viel einfacher Bauer zu sein als König.

Dennoch ... auch ein Bauer trifft Entscheidungen über Leben und Tod. In einer wohlhabenden Gemeinschaft, wie sie Barcas Weiler nach eigenen Maßstäben darstellte, halfen die Menschen einem Nachbarn, dem Schlimmes geschehen war, aber es gab Grenzen. Selbst in Barcas Weiler gab es Geschichten darüber, wie Kinder, die während eines besonders harten Winters zur Welt kamen, manchmal verschwanden.

»So«, sagte Tenoctris und richtete sich auf. »Cashel, würdest du dich bitte mitten in den Kreis stellen ...« Die Worte der Macht waren kaum mehr als ein Schatten auf dem Stein, aber der Altar selbst rahmte die Stelle ein. »... und wenn du bereit bist, werde ich beginnen.«

»Ich bin bereit«, sagte Cashel leichthin. Nun umarmte ihn auch Liane. Sie trat zurück, und Cashel stieg vorsichtig über die Markierungen und stellte sich mit dem Stock dicht am Körper so hin, daß nichts über die eingezeichnete Grenze hinausreichte.

»Cashel, noch eine letzte Warnung«, seufzte Tenoctris, »Landure ist ein mächtiger Zauberer, aber es heißt auch, er sei ein sehr schwieriger und arroganter Mann. Er wird sich vielleicht weigern, dir zu helfen.«

Cashel zuckte die Achseln. »Wenn Meister Landure mir nicht helfen will, dann wird es vielleicht andere geben«, sagte er. »Oder ich suche mir meinen eigenen Weg zu Sharina. Aber ich werde sie finden.«

Die Zauberin nickte – eine schnelle vogelhafte Bewegung. »Garric«, sagte sie, »ich muß den Zauberspruch selbst sprechen, aber du könntest dich zu mir knien und meinen Arm halten, damit ich nicht vornüberfalle. Das wäre eine große Hilfe. Vielleicht bin ich einfach auch nur übertrieben pessimistisch.«

Sie lächelte. Garric verstand, daß sie versuchte, die Angelegenheit so leicht wie möglich zu nehmen, aber sie war dabei nicht sonderlich erfolgreich. Er legte Tenoctris seine große Hand auf die Schulter und bemerkte dabei wie immer, wenn er die Zauberin berührte, daß sie nicht mehr Fleisch auf den Knochen hatte als eine Wachtel.

Tenoctris setzte sich im Schneidersitz hin. Sie schloß kurz

die Augen, um ihre Kraft zu konzentrieren, dann berührte sie die Silben im Rhythmus der Rezitation: »*Chai apoho apaphono …*«

Die Menschenmenge begann unruhig zu murmeln, als sie begriff, was hier geschah. Garric hatte den Zuschauern den Rücken zugewandt, aber er hatte schon öfter gesehen, wie Zauberei die Leute zurückweichen ließ. Vernünftige Menschen hatten etwas gegen Zauberei. Ein Zauberer konnte unendlich viele Fehler machen, und jeder dieser Fehler konnte Leben kosten.

»Echaipen panaitos epaipen …«, sagte Tenoctris, und ihre Stimme war so gemessen wie die Tropfen einer Wasseruhr. Ein schwacher, blauer Schimmer breitete sich über Cashel aus.

»Semon seknet thallassosemon …« Liane stand neben Garric und berührte mit ihren Fingerspitzen seine Schulter. Die Berührung gab ihm Kraft, wie es einem Fußsoldaten möglich war, mit einem Kavalleristen Schritt zu halten, wenn er das Leder des Steigbügels berührte.

Cashel stand so ungerührt da wie zuvor, aber nun umgab ihn eine Kugel blauen Feuers. Er schwebte in der Luft im rechten Winkel zu der Stelle, an der er sich zuvor befunden hatte. Man sah ihm nicht an, daß er die Veränderung auch nur spürte.

»Agra bazargra oreobazargra …!« sagte Tenoctris mit brechender Stimme. Der dünne Stock in ihrer Hand zersplitterte, als wären die Fasern von einer Kraft, die nicht von dieser Welt stammte, aufgerissen worden. Tenoctris begann vornüberzufallen. Garric streckte die Arme aus und hob sie hoch.

Cashel wirbelte in einem Ball aus Licht, das keinen Schatten auf den Stein warf. Er schien zu schrumpfen, als fiele er; seine Miene war immer noch ungerührt. Er hielt den Stock fest in den Händen.

Tenoctris seufzte erschöpft. Das Licht zog sich in sich zusammen und verschwand. Vor Garrics Augen erschien ein Nachbild seines Freundes, wie er wirbelte und immer kleiner wurde wie eine Puppe, die in tiefes, klares Wasser gefallen war.

Der große Vogel kam aus der Zwischenwelt heraus und flog einen Bogen. Unter Sharina war in einer dicht bewaldeten Bucht ein natürlicher Hafen zu sehen. Es war später Nachmittag. Zunächst sah Sharina kein Anzeichen menschlicher Aktivität, aber als der Vogel weiterflog, entdeckte sie mehrere Boote, die in der Bucht an das sandige Ufer gezogen waren. Auf einer Hügelkuppe war eine gezackte gelbe Narbe gerodet. Eine Palisade schützte die Lichtung; darin befanden sich ein Dutzend ovaler Hütten mit Strohdächern über niedrigen Felssteinmauern. Eine dieser Hütten war ein wenig größer als die anderen und von einem eigenen Zaun umgeben.

Menschen, die Gewänder aus Leder und grobem Gras trugen, blickten zu dem Vogel auf, dann rannten sie in die Hütten. Sharina hörte Warnschreie. Mütter griffen nach Kindern, die zu klein waren, um selbst laufen zu können.

Der Vogel kreiste weiter und verlor dabei merklich an Höhe. Die Baumwipfel waren nur noch fünfzig Fuß unterhalb. Es waren Harthölzer mit dem üppigen Laub des Hochsommers.

Die kleine Siedlung befand sich am Westrand des Landes. Der Vogel folgte dem Verlauf der Bucht. Üppige Vegetation zog sich bis zur Gezeitenlinie, wenn man von ein paar Sandflecken absah, auf denen nur Strandhafer Wurzeln schlagen konnte.

Plötzlich überflog der Vogel weitere Gebäude, einen riesigen Komplex behauenen Steins auf der Halbinsel gegenüber der kleinen Siedlung. Die Gebäude hatten kaum Ecken und Kanten, sondern schienen nur aus gebogenen Linien zu bestehen. Die einzelnen Steine waren kleiner, als Sharina erwartet hatte, und von unregelmäßiger Form, aber sie paßten mit der Präzision eines Mosaiks zueinander.

Bäume erstickten diese uralte Stadt, ihre Wurzeln zwängten sich in Risse, die zur Zeit der Erbauung dieser Anlage nicht einmal eine Messerklinge aufgenommen hätten. Viele Gebäude waren zu überwucherten Trümmerhaufen eingestürzt; Sharina hätte sie vermutlich nicht einmal bemerkt, wären sie nicht direkt darüber hinweggeflogen.

Dennoch wehrte sich das Steinwerk. Die Bäume, die dort wuchsen, waren verglichen mit ihren Artgenossen auf den umgebenden Hügeln, von wo sie ausgesät worden waren, von verkrüppeltem Wuchs. Ein Schwarm Stare flog von einem Baumwipfel zum anderen, bewegte sich wie ein einziges Geschöpf. Es gab kein Zeichen von Menschen.

Der große Vogel wendete mit einer Anmut, die so verblüffend war wie die eines Wals im offenen Meer. Er hob die linke Flügelspitze und senkte die rechte, daß sie beinahe zum Boden wies. Sharina, die sich in den Krallen des Geschöpfs nicht regen konnte, wurde in einem schwindelerregenden Bogen herumgeschwungen.

Eine starke Brise blies vom Hafen aus ins Land hinein. Der Vogel öffnete seine Flügel wie die Segel eines Schiffes, das unermeßlich größer war als jene, die Menschen selbst in ihren kühnsten Träumen bauten. Einen Augenblick lang schwebte er wie eine Möwe auf der Suche nach Abfällen, dann war er über den Bäumen am Rand des Hafens. Die kräftigen Beine, die er hochgezogen hatte, um Sharina gegen die schuppige Brust zu drücken, streckten sich nun aus.

Der Vogel hob sich wieder in die Luft; gleichzeitig öffnete er die Krallen, um Sharina auf den Strand fallen zu lassen. Das alles geschah mit der Sanftheit einer Katze, die eines ihrer Jungen an einen anderen Ort bringt.

Sharina war angespannt von dem langen Flug als Gefangene. Sie rollte sich ab. Als sie versuchte aufzustehen, versagten ihr die Beine den Dienst, aber sie hob ihr Pewlemesser, um nach dem Schnabel zu hacken, falls der Vogel sie nun töten wollte.

Der Vogel, der beinahe senkrecht aufgerichtet gewesen war, als seine Füße den Boden berührten, schwang sich wieder in den Wind und auf das offene Meer hinter dem Hafen zu. Die Flügel schlugen mit der trägen, zermürbenden Kraft eines Gletschers.

Der Vogel, ein Schatten am Himmel, glitt weiter. Er flog direkt über den Hafen, fing die abendliche Brise zwischen dem Wasser und seinen Flügeln ein. Mit weißer Gischt gekrönte kleine Druckwellen schauderten über die milde Dünung.

Noch bevor der erste träge Flügelschlag vollendet war, verschwand der Vogel wie eine Sandburg unter der Flut. Sharina war allein zwischen Meeresufer und Waldrand.

In der Nähe erklang ein Horn.

Ilna betrachtete kritisch die gewebte Gestalt Sharinas. Sie hatte ihre Freundin dargestellt, wie sie sich einem in Stein gemeißelten Ungeheuer entzog, und das feinste Seidengarn für Sharinas Haar benutzt. Das Ergebnis wurde ihrer Freundin immer noch nicht gerecht.

Ilna fragte sich, wo Sharina nun wohl war, und sie wünschte sich, wie sie es manchmal tat, daß sie genug an die Götter glaubte, um ohne Heuchelei um die Rückkehr ihrer Freundin beten zu können. Sie wußte nicht, was sie sonst tun konnte.

»Hier sind Leute, die Euch wegen des Wandbehangs sehen wollen«, rief ein Blutadler vom Innenhof her durch den Garten. »Sollen wir sie hereinschicken?«

»Ja, tut das«, entgegnete Ilna. Sie verzog das Gesicht und fügte ein »Bitte« hinzu.

Sie hätte sich die Mühe sparen können; der Soldat rief bereits dem anderen Blutadler an der Haustür die Antwort zu. Das Gute an Soldaten war, daß sie sich nicht an barschen Befehlen störten. Jedenfalls war das eine gute Seite, wenn man dazu neigte, gedankenlos unhöflich zu sein.

Es würde Sharina schon gut gehen. Sie war klug und fähig und in der Lage, Freunde zu finden, die Dinge tun konnten, die sie nicht schaffte. Zum Beispiel Freunde wie Cashel.

Ilna lächelte. Die Delegation aus dem Tempel des Schützenden Hirten bezog das Lächeln auf sich. Meister Velio entspannte sich deutlich, was Ilna breiter lächeln ließ.

Sie wollte wirklich niemanden erschrecken ... jedenfalls meistens nicht.

Der Blutadler trat beiseite, um Velio und einen Fremden vorbeizulassen, denen Casses und Ermand folgten, und *ihnen* wiederum folgte Lord Tadai mit einem etwa neunjährigen Mädchen, das ihm irgendwie ähnlich sah. Seine Tochter vielleicht? Ilna erkannte den – ehemaligen – königlichen Finanzminister, weil er Garric bei einigen Anlässen begleitet hatte. Ilna hätte an den Ratssitzungen teilnehmen können, aber sie konnte sich nicht vorstellen, wieso sie so etwas wünschen sollte.

»Herrin Ilna os-Kenset ...«, begann Velio. Er sah Ilna nicht direkt an, aber immerhin zitterte seine Stimme nicht. »Darf ich euch Lord Jalo bor-Jarial von der Kommission für religiöse Angelegenheiten vorstellen ...«

Jalo war der Fremde, ein säuerlich dreinschauender, hagerer Mann von etwa dreißig. Seine Hemden waren neu und von anständiger Qualität – die Stickerei war mehr teuer als gut, aber auch nicht so schlecht. Sein Umhang allerdings war gewendet und wieder gefüttert worden, um zu verbergen, wie abgetragen er war. Sich seinem Titel entsprechend zu kleiden, drohte Lord Jalo zu zerbrechen, und wenn er brach, würde es vermutlich die meisten erfreuen, die sich mit diesem unangenehmen Burschen abgeben mußten.

Er verbeugte sich nicht vor Ilna; immerhin war sie keine Adlige. Ilna kannte Jalo nicht gut genug, um ihm etwas Böses zu wünschen. Aber sie ging davon aus, daß dies gegen Ende des Besuchs anders sein würde.

»Und Lord Tadai bor-Tithain, Minister des Prinzen, hochmächtiger Gesandter …«

Tadai trat vor und brachte Velio mit einer Geste zum Schweigen. Tadais Fingernägel waren zu vollendeter Mandelform manikürt.

»Herrin Ilna weiß so viel von mir, wie nötig ist, Velio«, sagte er. »Und ich kenne ihren Ruf, daher habe ich keine Lust, mich zum Narren zu machen, indem ich versuche, sie mit leeren Titeln zu beeindrucken.«

Tadai verbeugte sich tief, wenn auch ohne die Handgesten Reises – oder eines Speichelleckers. Ilna kniff die Augen ein wenig zusammen. Tadai hatte die Grenze zwischen dem, was Ilna als Respekt betrachte und als beleidigendes Übermaß ansehen würde, genau eingeschätzt. Das bedeutete vermutlich, daß er – oder seine Untergebenen – sie mit der gleichen kühlen Distanziertheit studiert hatten, wie sie selbst einen Garnstrang betrachten würde.

Wahrscheinlich sollte sie sich geschmeichelt fühlen. Aber tief drinnen wollte Ilna ganz bestimmt nicht erkannt werden. Sie lebte von der Wahrheit, aber sie war überzeugt davon, daß sie nichts zu gewinnen hatte, wenn andere die Wahrheit über sie erfuhren.

»Herrin«, begann Tadai wieder. Er hatte die Unbeschwertheit eines Menschen, der immer zumindest mit allen, die ihn umgaben, gleichgestellt gewesen war und daher wußte, daß er nichts beweisen mußte.

»Gestattet mir, meine Nichte und Helferin, Lady Merota bos-Roriman, vorzustellen.«

Das Kind vollzog einen Knicks mit komplizierter Fußarbeit in der Mitte. Es gelang Ilna gerade eben noch, das Gesicht nicht unwillig zu verziehen. Sie verbeugte sich zur Erwiderung, denn Merota war nur höflich gewesen und verdiente ihren Hohn nicht, nur weil sie imstande war, eine Geste zu vollführen, die Ilna für albern hielt.

Sharina konnte knicksen. Lora hatte darauf bestanden, daß ihre Tochter all den höfischen Unsinn lernte, den Lora selbst beherrschte.

»Merota wird mich begleiten, wenn ich mich auf den Weg nach Erdin mache«, erklärte Tadai, »und das wird geschehen, sobald die Schiffe bereit sind. Daher möchte ich auch gerne für die sofortige Ablieferung Eures Wandbehangs sorgen.«

Er lächelte. Die Unruhe unter dem Lächeln war unmißverständlich. »Ich reise nicht gern«, sagte er. »Ich hoffe, Euer Geschenk wird uns den Schutz des Hirten gewähren. Wenn nicht, wird es vielleicht wenigstens die Erinnerung an mich noch eine Weile lebendig erhalten.«

Ilna trat zurück, so daß die Delegation den Wandbehang betrachten konnte. Sie winkte ihnen zu, vorwärts zu gehen. »Ich übernehme die Verantwortung für die Webarbeit«, sagte sie. »Alles andere ist nicht meine Sache.«

Tadai ging zum ersten der drei Stücke. Merota begleitete ihn, aber als sie an Ilna vorbeikam, wandte sie sich ihr zu. Das Mädchen hatte große, braune, kluge Augen. Sie hatte eine klare Haut und wie ihr Onkel die Tendenz, weich zu wirken, was Ilna unnötig und grundlos reizte.

Die drei Mitglieder des Tempelrats folgten Tadai mit nervöser Ungeduld zum Wandbehang. Es fehlte ihnen an der sorglosen Haltung des Adligen, denn sie hatten sich keinesfalls vor jemanden gedrängt, der gesellschaftlich über ihnen stand.

Lord Jalo allerdings bedachte Ilna mit einem höhnischen Blick, als er vorbeischlenderte. »Ich denke, es wäre ein Fehler, Euch mit dieser Tucharbeit einzulassen, Lord Tadai«, sagte er. »Für einen Mann Eurer Stellung gibt es bessere Möglichkeiten, an Eure Großzügigkeit zu erinnern. Zum Beispiel ...«

»Wir haben bereits alle Vorkehrungen getroffen, Jalo«, erklärte Ratsherr Ermand. Ilna lächelte dünn, und das war die einzige Spur von Gefühlen, die sie sich anmerken ließ. Jalo war eine Schnecke, und ihn zu zertreten würde nur ihren Fuß beschmutzen.

»*Ihr* habt es vielleicht getan«, sagte Jalo. »Und zwar ohne es mit der Kommission für religiöse Angelegenheiten abzusprechen ...«

»Es ist nicht nötig, eine Bande zweifelhafter Adelssöhne zu bestechen!« zischte Casses. Hätte er einen Beleghaken dabeigehabt, dann hätte Jalo nun riskiert, daß sein schütteres blondes Haar blutig wurde.

Der Blutadler, der die Gruppe eskortierte, grinste Ilna zu. Solange sie nicht bedroht war, konnten die anderen Anwesenden sich gegenseitig abschlachten. Soldaten neigten dazu, Befehle wörtlich auszuführen – eine notwendige Sicherheitsmaßnahme, wenn man davon ausging, daß ihre Pflicht vielleicht verlangen konnte, diesen Befehlen bis zu einem schrecklichen Ende zu folgen.

Tadai ging an dem Wandbehang entlang. Seine Miene, ein vages Lächeln, blieb unverändert. Seine Nichte zog sich mehr und mehr in sich zurück. Als sie zwischen dem Mittelteil des Wandbehangs und dem letzten Stück angekommen war, warf sie Ilna einen Blick zu. Ilna zog die Braue hoch, um eine Frage zu ermutigen, aber Merota wandte sich statt dessen wieder dem Wandbehang zu.

»Der neue Tempel der Herrin der Meere hat in der letzten Zeit ausgesprochen profitable Abschiedsgeschenke erhalten,

Lord Tadai«, sagte Jalo. Er reagierte nicht mit Worten auf Casses' Beleidigungen, aber die roten Flecken auf seinen Wangenknochen zeigten, daß entweder die Bemerkung über Bestechungen oder – wahrscheinlicher – die Behauptung, Jalo sei ein unehelicher Sohn, ihn getroffen hatte. »Es ist immer zu befürchten, daß eine Stiftung an einen unterfinanzierten Tempel nur genutzt wird, um für den Wein bei der Ratsherrensitzung zu zahlen, und nicht für den Zweck, für den sie gedacht war.«

»Jetzt hört mir aber mal zu!« sagte Casses. Er hob die Hand.

Velio hatte den Wandbehang angestarrt, sich aber nicht von dem ersten Stück wegbewegt. Er drehte sich um und berührte Casses' Arm. »Damit haben wir nichts zu tun«, sagte er zu seinem Kollegen.

Er sah Ilna an und verbeugte sich. »Uns geht es nur um das Abkommen, das wir mit Herrin Ilna abgeschlossen haben«, fügte Velio hinzu und sah sie weiterhin an, obwohl er angeblich mit Casses sprach.

Ilna nickte knapp und zustimmend.

Jalo wirkte zusehends verärgert. Lord Tadai achtete nicht auf ihn, und er verstand nicht, was zwischen Ilna und dem Tempelrat geschah.

Jalo hatte, wie Ilna mit einigem Amüsement bemerkte, ihrer Webarbeit keinen einzigen Blick gegönnt. Ihn interessierte nur, daß die Übereinkunft bezüglich des Wandbehangs ohne seine Organisation getroffen worden war, die Kommission, die die Aktivitäten der religiösen Gemeinschaften von Valles zu koordinieren versuchte, damit sie nicht zu offensichtlich miteinander konkurrierten.

»Ich verstehe das nicht«, sagte Ermand. Er war Tadai und Merota gefolgt und hatte sich die Szenen auf dem Wandbehang intensiv angesehen. »Es ist ein wunderbares Kunstwerk – ich hätte nichts dagegen, es selbst zu besitzen. Aber nirgendwo ist der *Hirte* zu sehen.«

Tadai drehte sich um. Er hatte die Fingerspitzen vor der Brust zusammengelegt. Das war mehr als eine Geste. Trotz der entschlossenen Ruhe des Adligen zogen sich weiße blutlose Bänder unter seinen hervorragend manikürten Nägeln entlang.

»Niemand kann diesen Wandbehang betrachten, ohne von der Macht der großen Götter bewegt zu sein«, sagte er zu Ermand. Seine Stimme war ein wenig heiserer geworden.

Tadai sah Ilna an. *»Niemand«,* wiederholte er.

»Es ist ganz gleich, was dieses Tuch darstellt«, sagte Velio. »Alle werden sich in dem Tempel, wo es hängt, segnen lassen wollen. Versteht ihr das nicht, Ermand, Casses? Unser Tempel wird berühmt werden!«

»Das fehlte gerade noch, ihr *Parfüm*händler!« explodierte Jalo. Der wahre Grund seines Zorns war vermutlich nicht, daß Tadai keine Notiz von ihm nahm, aber die Tempelräte waren ein sichereres Ziel. »Wenn die Kommission für religiöse Angelegenheiten euren kleinen Misthaufen mißbilligt, werdet ihr erfahren, was eure Hintertreppenabkommen mit dieser Weberin wert sind!«

»Lord Jalo«, warf Tadai ein. Er hatte die Stimme nicht erhoben, aber sie schnitt wie eine Axtklinge. »Die Kommission für religiöse Angelegenheiten hat öffentliche Pflichten, steht aber nicht unter Aufsicht eines Regierungsministeriums, nicht wahr?«

»Ja«, sagte Jalo. »Wir sind eine vollkommen private Organisation und finanzieren uns von den Beiträgen unserer Mitglieder.«

Jalos Lächeln war intensiver geworden, weil dieser wohlhabende Adlige ihn nun schließlich doch angesprochen hatte.

Er war kein sonderlich kluger Mann, und die Richtung, die die Unterhaltung nun nehmen würde, war ihm noch nicht klar.

Ilna verstand es dafür um so besser, und sie lächelte ebenfalls.

»Wenn man bedenkt, daß Ihr offensichtlich sowohl korrupt als auch ein Narr seid«, fuhr Lord Tadai mit freundlichem, leicht ironischem Tonfall fort, »sollte das sofort geändert werden. Würde ich in Valles bleiben, dann würde ich Eure Kommission dem Finanzministerium unterstellen; da das aber nicht der Fall ist, werde ich Kanzler Royhas vorschlagen, sich sofort darum zu kümmern. Ich bin sicher, daß mein Freund Royhas mir diesen Gefallen tun wird.«

»Wie bitte?« fragte Jalo. »Was hat ...«

Er sah die anderen an. Casses sah aus, als würde er gleich zu jubeln beginnen; Ermand war so verwirrt wie Jalo, und Velio hatte eine vollkommen ausdruckslose Miene aufgesetzt.

»Was sagt Ihr da!« schrie Jalo Tadai an. »Das könnt Ihr nicht tun!«

»Herrin?« wandte sich Tadai an Ilna. Seine Nichte war vor Jalos Ausbruch ein wenig zurückgewichen. »Mir ist klar, daß Eure Wachen von mir keine Befehle entgegennehmen werden, aber ich würde es zu schätzen wissen, wenn diese Person dort ...«

Er wies auf Jalo und rümpfte die Nase.

»... aus unserer Gegenwart entfernt würde. Ich weiß nicht einmal, wer ihn eingeladen hat. Ich war es bestimmt nicht.«

»Er hat sich selbst eingeladen«, erklärte Velio. »Er meinte, wir hätten ohne die Zustimmung der Kommission nichts unternehmen dürfen, und er wolle dafür sorgen, daß wir das nächste Mal wissen, wo wir hingehören.«

»Die Schwester soll mich holen. Ich werde mich schon um ihn kümmern!« meinte Casses. Der kräftige, ehemalige Seemann packte Jalo an Handgelenk und Schulter und drehte dem Adligen gekonnt den Arm auf den Rücken. Er ignorierte Jalos Protestgeschrei und schob ihn aufs Haus zu.

Der Blutadler zog fragend die Brauen hoch. Ilna zuckte die Achseln. Der Blutadler grinste und rief seinem Kameraden zu: »Laß Lord Jalo raus, Rames. Er ist hier nicht mehr willkommen.«

Tadai ignorierte diese Szene, sobald er sicher war, daß alles den gewünschten Verlauf nahm. »Auch Ihr seid hier nicht abgebildet, Herrin Ilna«, sagte er leise. »Dabei heißt es doch, Ihr wäret bei dem Kampf gegen das Ungeheuer von äußerster Wichtigkeit gewesen.«

»Wer das behauptet, muß dumm sein«, fauchte Ilna. »Und Ihr seid dumm, wenn Ihr es glaubt.«

Tadai lächelte. »Ich bin nicht so dumm, es vollkommen von der Hand zu weisen, Herrin«, meinte er.

»Es ist alles mit ihren Augen betrachtet«, warf das Kind unerwartet ein. Sie beobachtete Ilna, während sie weitersprach. »Der Wandbehang *ist* sie, Onkel.«

»Ja, ich nehme an, so ist es«, stimmte Tadai mit einem Nicken zu. Er sah Ilna in die Augen. Sie fragte sich, was er dort erblickte. »Jedenfalls«, fuhr Tadai fort, »werde ich die Kosten der Aufhängung des Wandbehangs im Tempel des Schützenden Hirten tragen. Und die weiteren Kosten für seine Instandhaltung.«

Er nickte Ilna zu. »Werdet Ihr Euch darum kümmern, Herrin?« wollte er wissen. »Es wäre mir sehr recht, wenn es bald geschähe, weil wir uns danach gleich auf den Weg machen werden. Aber es muß selbstverständlich alles richtig gemacht werden.«

»Selbstverständlich«, stimmte Ilna ihm zu. »Wenn diese Herren willens sind ...«

Die Ratsherren wären willens gewesen, den ganzen Weg zum Tempel radschlagend zurückzulegen, wenn sie es von ihnen verlangt hätte. Casses kehrte gerade zufrieden in den Garten zurück.

»... dann können wir sofort damit beginnen.«

»Ich werde gleich einen Boten zum Tempel schicken«, sagte Velio. »Dann werden dort alle auf unsere Ankunft vorbereitet sein.«

»Mir ist klar, daß Ihr das nicht für Geld getan habt«, sagte Lord Tadai. Er sprach mit der Sorgfalt eines Menschen, der weiß, daß er sich auf gefährlichem Boden bewegt. »Aber wenn Ihr mir erlauben würdet, Euch zumindest die Kosten zu ersetzen, würde ich gerne ...«

»Nein«, sagte Ilna. Sie fauchte nicht, denn sie wußte, daß das Angebot ebenso gut gemeint wie höflich war. »Das hier ist mein Denkmal für jene, die gestorben sind, während ich überlebte. Ich kann Euer Geld nicht annehmen, nicht mehr, als ich imstande wäre, ihre Knochen zu verkaufen.«

Sie lächelte. Es war ein schreckliches Lächeln. »Nicht, daß ihre Knochen noch irgendwo gefunden werden könnten.«

Einen Augenblick lang sagte niemand ein Wort. Ilna räusperte sich und fuhr fort: »Ihr könntet mir allerdings einen Gefallen tun, wenn das möglich ist. Auch ich würde gern schnell nach Erdin reisen.«

Im Geist verspottete sie ihre eigenen Worte. Die Wahrheit war, daß sie Valles verlassen wollte, wo der Anblick von Garric und Liane als Paar an ihren Gedärmen fraß wie ein Krebs.

»Gibt es noch Platz auf Eurem Schiff, daß ich eine Passage erwerben könnte ...?«

»Nicht erwerben, nein«, sagte Lord Tadai, »aber Ihr seid als geehrter Gast willkommen. Das Schiff sticht allerdings bereits morgen nachmittag in See.«

»Es kann mir nicht schnell genug gehen«, sagte Ilna grimmig. »Das ist keinen Augenblick zu früh.«

7

Zieht für die Frau, die froh ist, euch von hinten zu sehen!« sang der Seemann mit dem Narbengesicht. Er gehörte nicht zu den Offizieren des Schiffs: Ilna war aufgefallen, daß jeder von denen als Zeichen seiner Autorität einen breiten Ledergürtel trug. Sie nahm an, der Mann hatte einfach Erfahrung und eine gute Stimme.

»Zieht!« brüllten die Männer an den Seilen.

Die beiden Triremen waren vom Arsenal ausgestattet und mit dem Gepäck von Tadai bor-Tithain und seinem Gefolge beladen worden. Nun zogen die Seeleute das erste Schiff über die Rampe ins Hafenbecken.

Ilna stand am Pier, wo sie mit den anderen Passagieren wartete, an Bord gehen zu können. Sie trug ihr Gepäck selbst – einen Umhang, den sie mit einem frischen Hemd zusammengerollt hatte, und ein wenig Käse und Trockenbrot, da sie keine Lust hatte, im Fall eines Schiffbruchs ohne Vorräte dazustehen. Außer Lebensmitteln war das einzige, was sie im Leben brauchte, Garn und ein Webstuhl. Das würde sie in Erdin kaufen können.

»Zieht für das Kind, das euch nie sehen wird!« sang der Seemann. Die Schuppen, in denen die Schiffe untergebracht waren, hatten Dächer, die von Säulen und nicht von Mauern getragen wurden, so daß die Luft die schlanken Fichtenrümpfe der Kriegsschiffe direkt erreichte. Die Stimme des Mannes hallte die Säulenhallen entlang und wurde schließlich zu einem flüsternden Diskant ihrer selbst.

»Zieht!« riefen die Männer an den Seilen.

Der Kiel der Trireme rauchte und quietschte, obwohl die Arbeiter die Rampe mit Talg eingerieben hatten, bevor man begann, das Schiff abwärts zu ziehen. Ilna lächelte dünn, als sie ihre Aufmerksamkeit auf den Mechanismus richtete, der das Schiff knarrend vorwärts zog, während die singenden Seeleute sich in die Seile legten. Das Muster aus Seilen und Rädern war nicht zu kompliziert wie die Muster, die sie webte, aber das reine Ausmaß der Taue verlieh ihm ja etwas Gewaltiges. Vielleicht webte hier ja etwas oder jemand mit Menschenleben. Ilna konnte nur hoffen, daß wer es immer sein mochte, Gott oder das Schicksal oder der Zufall, wußte ...

Sie lächelte breiter.

... was *sie* tat.

»Zieht für das Mädchen, das im anderen Hafen wartet!« sang der Mann. Er war nicht sonderlich groß, kaum eine Handbreit größer als Ilna selbst, aber er hatte breite Schultern über einer schmalen Taille, und er bewegte sich wie ein Hahn.

Er bemerkte, daß Ilna in seine Richtung schaute. Er riß sich das Stirnband ab, das er statt einer Mütze trug, und winkte ihr damit zu. Ihre Miene wurde eisig.

»Zieht!« riefen die Seeleute und zogen an den Seilen.

Lord Tadai stand bei einer Gruppe von Sekretären und den beiden Schiffskapitänen. Die Letzteren trugen Helme und Halsbänder aus poliertem Messing. Sie sahen beide nicht nautischer aus als Ilna selbst, und dabei *mochte* sie Seereisen nicht einmal.

Sie dachte: *Sei nicht ungerecht. Du magst das meiste nicht.*

Tadais Nichte, Merota, trug, was ihre Kinderfrauen ihr als angemessen für eine Seereise angeraten hatten: ein Hemd und Kniehosen aus fest gewebtem Leinen, gewachst und an Hand- und Fußgelenken mit Schnüren gesichert. Das arme Kind schwitzte sich wahrscheinlich zu Tode! Man mußte schon reich sein, um sich so dumm anzustellen.

»Zieht für die Fische, die euch fressen werden!«

Merota stand unter Aufsicht einer streng dreinblickenden Dame, deren schwarze Gewänder ebenso unbequem aussahen, aber zumindest nicht wasserdicht gemacht waren. Die Gouvernante drängte sich plötzlich durch den Trupp von Blutadlern, der die Delegation umgab, und rief einem Seemann auf der sich langsam bewegenden Trireme etwas zu. Offensichtlich stellte er etwas mit ihrem Gepäck an, oder zumindest glaubte die Dame dies.

»Zieht!«

Merota warf ihrem Onkel einen Seitenblick zu, bemerkte, daß er in seiner Diskussion verstrickt war, und duckte sich unter den Wachen durch. Ein Blutadler setzte dazu an, sie zu packen, dann zog er die Hand zurück. Sie waren keine Kinderfrauen, und Lady Merota bos-Roriman war eine Adlige, wenn auch eine junge.

Der Pier bestand aus rauhem vulkanischem Gestein. Jahre von Schritten und Wagenrädern hatten ihn abgetragen, aber die poröse Oberfläche des Steins machte ihn trittsicher, selbst wenn er, wie jetzt, von einem Morgenregen feucht war. Merotas Sandalen hatten goldene Verzierungen und Glöckchen an den hoch gebogenen Zehen als Zugeständnis an die Mode, selbst wenn der Rest ihrer Aufmachung so absurd »praktisch« war. Bei jedem Schritt machte es knirsch/klirr, knirsch/klirr, als sie rasch auf Ilna zugetrabt kam.

»Guten Morgen, Herrin Ilna«, sagte Merota mit einer kleinen Verbeugung. »Ich freue mich, daß Ihr mit uns reist.«

»Guten Morgen«, erwiderte Ilna. Sie hatte nicht vor, dieses Kind mit seinem Titel anzusprechen. Die plötzliche Erkenntnis, daß Merota das vielleicht erwartete, ließ Ilnas Zunge zu Eis erstarren, obwohl sie nicht vorgehabt hatte, unfreundlich zu sein.

Das Mädchen sah nervös und unglücklich aus. Mit künstlicher Fröhlichkeit, die sie in ihrem Alter noch nicht hätte beherrschen sollen, sagte sie: »Werdet Ihr auf demselben Schiff sein wie Onkel Tadai und ich? Es ist die *Schrecken.*«

Ilna sah Merota verwirrt an. Solche Fragen ließen sie auf eher unangenehme Weise aufmerksam werden, aber das Mädchen schien es ganz ernst zu meinen. »Das weiß ich wirklich nicht«, sagte Ilna. »Das hängt von Eurem Onkel und, wie ich annehme, den Offizieren ab. Ich hätte angenommen, daß ich mit den Soldaten auf dem anderen Schiff reise.«

Tadais Gesandtschaft brauchte zwei Triremen. Es wurden Kriegsschiffe eingesetzt, um die Passagiere zu befördern, damit sie nicht vom Wind abhingen, der im Hochsommer auf dem Inneren Meer bestenfalls launenhaft war. Das Problem bei Triremen – von den Kosten einmal abgesehen – war, daß eine volle Mannschaft von hundertsiebzig Ruderern plus Offizieren und Männern für die Segel den Rumpf des Schiffes vollkommen füllte. Tadai – oder eigentlich Garric – hatte das umgangen, in dem er nur eine von drei Ruderbänken bemannte, aber dennoch waren all die Dinge, die ein hoher Adliger mit sich führen mußte, mehr, als ein einzelnes Schiff aufnehmen konnte.

Zusätzlich zu einem Dutzend ziviler Sekretäre begleiteten Tadai noch dreißig Blutadler – ein Zehntel der königlichen Leibwache. Nicht, daß sie imstande gewesen wären, den Gesandten vor einem wirklichen Angriff zu schützen. Der Graf von Sandrakkan hatte mehrere tausend Soldaten in seiner Armee, und es wäre dem Mut und der Fähigkeit von Garrics Leibwachen nicht abträglich gewesen, wenn man behauptete, daß selbst sie bei einem Verhältnis von hundert zu eins keine Chance hatten.

Ihre Begleitung war eher dazu angetan, Lord Tadais Stellung hervorzuheben: Nur jene, die Prinz Garric am nächsten standen, wurden von seiner schwarz gerüsteten Elitetruppe begleitet. Dennoch wünschten Tadai und seine Freunde während der Reise nicht, von diesen Männern belästigt zu werden. Selbstverständlich konnten sie gegen die Anwesenheit von Seeleuten nichts unternehmen.

Ilnas Lächeln hatte nichts mit Merota zu tun, aber das Mädchen nahm es als Freundlichkeit und sagte mit offensichtlicher Erleichterung: »Wollt Ihr nicht lieber zu uns kommen? Ich würde mich so darüber freuen!«

»Wie kommt Ihr denn darauf?« fragte Ilna. Die Überraschung ließ sie all die vorherigen grimmigen Gedanken über Rang und Gesellschaft beiseite schieben.

Merota setzte zu einer Antwort an. In diesem Augenblick bemerkte die schwarzgekleidete Frau, daß ihr Schützling verschwunden war. Sie stieß einen wortlosen Schrei aus, dann rief sie: »Lady Merota! Lady – oh, da seid Ihr ja!«

Sie drängte sich durch die wartenden Blutadler. »Entfernt Euch sofort von dieser Person!«

Ilna lächelte. Das Mädchen drängte sich dichter zu ihr, aber Ilna war sich ihrer einen Augenblick lang kaum bewußt. »Verzeiht, aber habt Ihr mich gerade als ›diese Person‹ bezeichnet?« fragte Ilna freundlich.

»Ich ...«, sagte die Gouvernante. Ilna war ihr entgegengegangen. Die ältere Frau war vielleicht doppelt so groß wie Ilna, hoch gewachsen und schwerknochig, aber diesen Augenblick lang sah sie aus wie eine Zikade, die einem kleinen, wütenden Skorpion gegenübersteht.

Die Gesellschafterin hielt inne. »Ich bin Herrin Kaline, Lady Merotas Lehrerin«, sagte sie. »Ich bin verantwortlich für die Sicherheit und die Bildung des Kindes.«

Ihr Schrei hatte auch Tadais Aufmerksamkeit geweckt. Er sah sich um, runzelte die Stirn, erkannte dann die Konfrontation als das, was sie war, und schlenderte mit berufsmäßig nichtssagender Miene auf die beiden Frauen zu. Seine Leute und die Wachen folgten wie der Schaum im Kielwasser eines Schiffes.

»Herrin Ilna«, sagte Tadai und schob sich an Kaline vorbei, »ich hoffe, man hat Euch nicht belästigt?«

»*Sie* belästigt!« schnappte die ältere Frau.

»Nicht im geringsten«, sagte Ilna. »Eure Nichte und ich haben uns unterhalten. Ist das ein Problem?«

»Selbstverständlich nicht«, erklärte der Adlige erleichtert. »Kaline, kommt bitte mit mir.«

Er machte eine knappe Bewegung mit der rechten Hand, als hielte er ein Seil darin, und zerrte die Lehrerin mit sich.

»Aber ...«, setzte Kaline an. Tadai warf ihr einen Blick zu. Einer der Sekretäre, selbst ein älterer Mann, streckte die Hand nach ihr aus. Sie sprang von Ilna weg, um die Berührung zu vermeiden. »Ich verstehe das nicht«, jammerte sie.

»Offensichtlich nicht, nein«, murmelte Ilna zufrieden. Merota kicherte und kam wieder hinter ihr vor.

»*Ihr* versteht die Dinge«, sagte das Mädchen. »Das wußte ich, sobald ich Euren Wandbehang sah. Ich verstehe überhaupt nichts.«

Ihre Ruhe und künstliche Überlegenheit waren verschwunden. »Oh!« jammerte sie. »Ich habe solche Angst. Sie sagen, sie würden mir in Erdin einen Mann suchen und, und ...«

»Hat dein Onkel das gesagt?« fragte Ilna. Ihr wurde wieder kalt, und ihr Blick folgte Lord Tadai, der sein Gespräch mit den Kapitänen wieder aufgenommen hatte.

»Kaline hat es gesagt«, erwiderte das Mädchen. »Aber es ist wahr. Meine Eltern sind tot. Wir hatten ein Haus in Valles. Die Königin hatte versucht, es zu kaufen, aber meine Eltern wollten es nicht verkaufen. Dann ist das Haus verbrannt und alle darin mit ihm, aber ich war in der Schule ... und die Königin hat das Land gekauft, um ihr Herrenhaus zu bauen.«

»Ah«, meinte Ilna. »Davon habe ich gehört. Die Königin ist nun tot.«

»Aber meine Eltern auch«, meinte Merota sachlich. »Nachdem alles verbrannt war, war nicht mehr viel Geld übrig. Onkel Tadai hat sich um mich gekümmert, aber Kaline sagte, es wäre nur vernünftig, wenn er mich mit einem reichen Mann verheiratet, der eine adlige Frau will.«

»Ah«, wiederholte Ilna. Ihre Miene hatte nicht mehr Ausdruck als ein Marmorblock. Wieder sah sie Lord Tadai an, der sich mit den anderen unterhielt. Die Gouvernante hatte den anderen den Rücken zugekehrt und tat so, als interessierte sie nicht, was um sie herum vorging.

Nach dem Urteil anderer war Tadai kein schlechter Mensch. Was Ilna nur bewies, wie niedrig die Maßstäbe waren, wenn sie ihm gestatteten, seine kleine Nichte an einen neureichen Fremden zu verkaufen, um sich nicht selbst um das Kind kümmern zu müssen.

Die erste der beiden Triremen war nun im Wasser. Die Seeleute warfen die Zugseile an Land und vertäuten das Schiff mit Bug und Heck am Pier. Einige der Sekretäre machten sich daran, an Bord zu gehen.

»Wartet!« rief einer der Kapitäne. »Wartet, bis auch die *Wüterich* im Wasser ist und die Mannschaften an Bord gegangen sind. Wenn Ihr das nicht tut, werden sie einfach über Euch hinwegklettern.«

Die Sekretäre wichen zurück und murmelten dabei leise vor sich hin. Hatten sie geglaubt, die Ruderer würden irgendwie auf ihre Bänke schweben können, ohne dabei die Passagiere zu stören, die sich auf dem begrenzten Decksraum des Schiffes drängten? »Was haltet Ihr davon, daß ich heiraten soll?« fragte Merota und starrte auf zu Ilnas reglosem Gesicht.

Ilna schaute sie an. »Ich halte nicht viel davon«, meinte sie. »Aber ich glaube auch nicht, daß es mich etwas angeht.«

Die Männer der Besatzung trugen die Seile zu der anderen Trireme. Sie machten einen mürrischen Eindruck. Da die Schiffe nur zum Teil bemannt waren, war es für die wenigeren Männer eine größere Anstrengung, sie zu Wasser zu bringen. Aber das schien nicht das einzige Problem zu sein.

Der Seemann, der den Rhythmus sang, bemerkte Ilnas Blick und bedachte sie mit einem weiteren ironischen Gruß. Sie ignorierte ihn.

Ein Trupp Blutadler näherte sich dem Pier. Noch mehr Passagiere? Das schien sinnlos, aber Ilna tat nicht einmal so, als verstünde sie Dinge, die nur zu Zwecken der Prahlerei dienten und nicht nützlich waren.

Mehrere hundert Zuschauer hatten sich auf beiden Seiten der Schuppen angesammelt. Einige davon waren die notorischen Eckensteher, die nichts Besseres zu tun hatten, aber die meisten waren Freunde und Verwandte der Seeleute, die an Bord gehen sollten. Die Frauen und Freunde der Mitglieder von Tadais Gefolge standen mit den Männern am Pier, aber die Wachen hielten alle anderen in größerer Entfernung.

Ilna dachte an ihre Freunde. Sharina war davongetragen worden, und Cashel hatte sich aufgemacht, um sie zu suchen. Damit blieb noch Garric übrig, aber Garric hatte wichtigere Dinge zu tun.

Und Garric hatte Liane ...

»Darf ich Euch ›Ilna‹ nennen?« fragte das Mädchen. Ihre leise Stimme riß Ilna aus ihren trostlosen Gedanken.

»Selbstverständlich!« fauchte sie, »wie sonst solltest du – oh, es tut mir leid.«

Ilna hockte sich hin, so daß sie nun aufblicken mußte, um dem Mädchen in die Augen zu schauen. »Freunde brauchen keinen Titel«, sagte sie. »Du kannst mich gerne Ilna nennen, Merota.«

Sie räusperte sich. »Oder sollte ich Euch lieber mit Lady Merota ansprechen?« fragte sie.

Das Mädchen lachte fröhlich. Ilna hatte nicht gewußt, daß sie dazu in der Lage war. »O nein!« rief sie. »Kaline nennt mich die ganze Zeit so, und ich würde am liebsten laut schreien!«

Ilna erhob sich wieder. »Und was die Hilfe angeht«, sagte sie, »ich komme von einem Ort, wo man von Menschen erwartet, daß sie einander helfen. Ich werde für dich tun, was ich kann, und du tust dasselbe für mich. So funktioniert das.«

Die Soldaten waren bei ihren Kameraden in der Nähe von Lord Tadai stehen geblieben. Ihr Befehlshaber war Hauptmann Besimon; Ilna erkannte ihn von früheren Begegnungen her.

Einer der Blutadler kam auf Ilna und das Mädchen zu, den Schild auf den Rücken geschnallt und einen Speer mit breiter Spitze in der Hand. Was um alles in der Welt hatte er ...

»Oh«, sagte Ilna. Sie lächelte; der hochgewachsene Soldat erwiderte das Lächeln. »Ich habe nur die Uniform gesehen«, sagte sie.

»Deshalb habe ich sie angezogen«, meinte Garric. Er nahm sie in die Arme und zog sie an seine geharnischte Brust.

»Selbst Tadai hat mich nicht erkannt«, sagte Garric kopfschüttelnd. »Ich hätte den Palast ohne diese Verkleidung nicht verlassen können. Jeder hat irgend etwas, was er Prinz Garric unbedingt erzählen muß.«

»Jeder will ein Stück vom König«, stimmte Carus zu. *»Das ist einer der Gründe, wieso ich so viel Zeit mit Kämpfen verbracht habe ... bis die Fische alle Stücke bekamen, die noch von mir übrig waren.«*

Er lachte dröhnend in Garrics Kopf. Garric lächelte. Die Bereitschaft, über den Tod zu lachen, war nicht die einzige Tugend auf der Welt, aber es war eine nützliche Tugend für einen König, und es war eine, an der es Garric nie mangeln würde, solange er den Geist seines Urahnen in sich trug.

»Möchtest du mich deiner Freundin nicht vorstellen, Ilna?« sagte Garric und trat einen Schritt zurück. Er wußte, daß er ein wenig zitterte, als wäre er ein unruhiges Pferd, das das Gebiß zwischen die Zähne nahm.

Carus, der beste Krieger seiner Zeit, war immer in der Nähe wenn Garric eine Rüstung trug oder ein Schwert in der Hand hielt. In solchen Fällen kostete es Kraft, den uralten König davon abzuhalten, sich Garrics Körper zu bedienen und Garric sein Leben nur noch als Zuschauer durch seine eigenen Augen betrachten zu lassen.

»Ich heiße Merota«, sagte das Mädchen. Wie alt war sie wohl? Der Wechsel der Emotionen, der sich auf ihrem Gesicht abzeichnete, hätte zu Acht- bis Zwölfjährigen gepaßt. »Und ich weiß, wer Ihr seid: Ihr seid Prinz Garric, und Ihr seid Ilnas Freund.«

»Was das erste angeht, zweifle ich manchmal«, meinte Garric mit einem müden Lächeln. »Aber das zweite stimmt.«

Die zweite Trireme war auf dem Weg ins Wasser. Kriegsschiffe waren zerbrechlich, schwer zu erhalten und absurd teuer im Bau und was die Besatzung anging, aber im Wasser waren sie wunderschön anzusehen, schlank und anmutig.

Er sah Ilna an. »Ich werde erst gar nicht versuchen, dich zu überreden«, sagte er. »Nicht, was das hier angeht, und auch nicht bei anderen Dingen. Aber du wirst mir fehlen, wenn du weg bist.«

Ilna zuckte die Achseln sanfter als üblicherweise. »Das Leben geht weiter, ganz gleich, was die Menschen sich wünschen«, sagte sie. »Vielleicht gibt es eine andere Welt, in der die Regeln anders sind. Obwohl ...«

Sie bedachte Garric mit einem Lächeln, das entweder traurig war oder so grausam wie ein Haken in die Eingeweide. Bei Ilna konnte man niemals sicher sein, und beides war eine Überlegung wert. »Ich glaube nicht, daß ich mit jemandem tauschen möchte, nicht einmal mit der Ilna in dieser anderen Welt, falls es eine gibt. Aber manchmal frage ich mich schon, wie es wohl sein würde.«

Die zweite Trireme hatte das Wasser erreicht. Die Besatzungen begannen, die Seile und Flaschenzüge zu den Schuppen zurückzutragen, wo sie bis zum nächsten Gebrauch aufbewahrt würden. Ein paar der Männer gingen bereits an Bord des ersten Schiffes.

»Die Besatzungen haben bei der Revolte Admiral Nitkers mitgemacht, als die Königin noch an der Macht war«, meinte Garric und betrachtete die Ruderer mit grimmiger Sorge. »Das kann man ihnen nicht vorwerfen – Lord Royhas und wir anderen haben ebenfalls revoltiert, oder doch zumindest beinahe. Aber seit Nitker es geschafft hat, die meisten ihrer Genossen umbringen zu lassen, sieht es mit der Moral der Überlebenden nicht gut aus, und ich halte sie nicht gerade für die treuesten Untertanen der neuen Regierung.«

Seine Lippen lächelten, aber das Lächeln erreichte seinen Blick nicht. Ilna, die ihn beobachtete, war ernst geblieben.

»Ich wünschte, die Ausbildung der neuen Männer wäre weit genug fortgeschritten, um dir ein paar hundert von denen mitgeben zu können«, sagte Garric, »aber im Augenblick halte ich es für die bessere Wahl, mich der Überlebenden der alten Flotte zu bedienen.«

Ilna schnaubte. »Wir müssen nutzen, was wir haben«, sagte sie. »Im allgemeinen genügt das auch.«

Ihre üblicherweise kühle Miene hellte sich zu einem Lächeln auf. »Und es hat für uns beide genügt, Garric.«

Zu seiner Überraschung umarmte sie ihn, wie er sie zuvor umarmt hatte. Dann ließ sie ihn wieder los, schulterte ihr Gepäck und streckte die freie Hand nach Merota aus. »Komm, Mädchen«, sagte sie. »Es ist Zeit, an Bord zu gehen.«

Ihr Rücken so gerade wie ein Speerschaft, ging Ilna davon, ohne Garric noch einen Blick zu gönnen. Er beobachtete, wie sie zwischen den Ruderern auf der äußeren Bank über das schmale Mitteldeck ging. Gepäck füllte die Höhlung des Rumpfes, wo der Rest der Besatzung normalerweise zwei weitere Ruderbänke bemannt hätte.

Als Ilna und Lord Tadais Nichte den Bug erreichten, in dem im Kriegsfall ein Katapult befestigt gewesen wäre, drehten sie sich um. Garric winkte mit seinem Helm. Merota winkte mit ihrem Schal zurück.

Und nach einem langen Augenblick winkte auch Ilna.

Sharina hatte geglaubt, sie könne die Siedlung erreichen, indem sie an der Küste entlangging, aber es war Flut. Also würde sie entweder in taillenhohem Salzwasser durch den Schlick stapfen oder sich den Hügel hinauf durch die üppige Vegetation kämpfen müssen, die im ungestörten Sonnenlicht vom Meer her wucherte.

Auf dem letzteren Weg brauchte sie über eine Stunde, um sich auch nur hundert Schritte weit vom Rand des Sandstrandes zu entfernen, wo der Vogel sie abgesetzt hatte, und einen Teil des Weges mußte sie sich mit dem Pewlemesser freihacken. Dann stieß sie auf den Bambus.

Keuchend hielt sie inne. Am liebsten hätte sie vor Müdigkeit geweint. Der lange Flug im Griff des Vogels hatte bewirkt, daß sie verkrampft und durchgefroren war. Es war bisher schon mühsam gewesen, einen Weg zu finden, und aus langjähriger Erfahrung mit Bambus wußte sie, daß sie einem Gehölz dieser Ausdehnung gegenüber keine größere Chance hatte als bei einem Versuch, sich durch Felsen zu bohren.

Immer wieder erklangen langgezogene Horntöne. Sharina

wußte, wo die Siedlung sich befand, aber der Klang hallte von den gegenüberliegenden Halbinseln zu ihr wider. Hätte sie die Hütten und die Palisade nicht aus der Luft gesehen, dann hätte sie sich in die falsche Richtung gewandt.

Aber nun kam sie auch in der richtigen Richtung nicht mehr weiter.

Sie betrat den Wald und versuchte den Bambus zu umgehen. Zu ihrer Überraschung stellte sie fest, daß es einfacher war, sich unter den Bäumen zu bewegen als entlang der Küstenlinie, wo die Vegetation dicht wucherte.

Sharina erkannte keine einzige Baumart, aber es schienen ganz gewöhnliche Harthölzer zu sein. Ranken überzogen viele von ihnen, aber es gab weniger Unterholz als in den heimischen Wäldern auf Haft. Der Bambus war eine hellgrüne Masse, die sich in das Schwarz und dunklere Grün der größeren Bäume vorschob, aber solange sie sich davon fernhielt, kam sie schnell vorwärts.

Das Problem war, daß sie nicht in die Richtung vorwärtskam, in die sie gehen wollte.

Am Nordrand des Bambusdickichts stieß sie auf einen Weg. Sie zögerte nur einen Augenblick, bevor sie ihn betrat. Das hier war nicht einfach nur ein Wildpfad, den die Hufe von Wildschweinen im Wald zurückgelassen hatten, obwohl er vielleicht auf diese Weise begonnen hatte. Danach war er mit Hilfe von Axtschlägen verbreitert worden. Junge Bäume lagen abgehackt neben ihren Stümpfen, und an einer Stelle hatte man ein Stück aus einem umgestürzten Baum gehauen, damit der Weg gerade weiterführen konnte.

Nun hörte Sharina nur noch die tiefsten Horntöne. Eine Richtung konnte sie überhaupt nicht ausmachen. Da die Sonne über den Baumwipfeln nicht mehr zu sehen war, war sie nicht sicher, wohin sie ging. Aber der Weg mußte schließlich zur Siedlung führen – oder direkt von ihr weg.

Es mußte größere Tiere hier geben, denn manchmal fand sie Dung, der für Vögel zu groß war – oder zumindest doch für Vögel, die klein genug waren, in diesem Wald zu fliegen. Das Zirpen und Rufen über ihr hätte von allem Möglichen kommen können – Vögeln oder Eichhörnchen oder Eidechsen, oder vielleicht noch anderen Geschöpfen. Vielleicht stiegen Fische an diesem Ort hier auf Bäume.

Sharina berührte den Griff ihres Pewlemessers. Sie erwartete nicht, in diesem Wald etwas Gefährlicherem als sich selbst zu begegnen. Zumindest nicht, bevor sie die Siedlung erreichte. Die Leute dort waren vielleicht unruhig wegen einer Fremden, selbst einer einzelnen Frau, aber Sharina sah keine andere Möglichkeit, als sie aufzusuchen.

Vielleicht würden sie ihr sagen können, wo sie sich befand. Es war allerdings recht unwahrscheinlich, daß sie wüßten, wie sie nach Hause finden würde.

Sharina ging um eine Eiche herum, die alle anderen Bäume derart überragte, daß sich unter ihren Zweigen eine Art Lichtung befand. Ein weiterer Pfad verband sich mit dem, dem sie folgte. Drei Frauen, die nervös aufeinander einschwatzten, kamen dort entlang. Sie blieben stehen und starrten Sharina mit weit aufgerissenen Augen an.

Sharina ließ die Hände an die Seiten sinken. »Hallo?« sagte sie. Ihre Stimme war freundlich, brach aber mitten in dem kurzen Wort.

Die Frauen schrien und liefen davon, wobei sie einige ihrer Werkzeuge fallen ließen. Sie verschwanden hinter der nächsten Biegung, ihre Stimmen verklangen beinahe ebenso rasch in der Vegetation. Sharina schluckte. *Das* hatte sie nicht erwartet. Hatten sie das Messer gesehen? Selbst wenn – sie hatte sich angestrengt, die Hände vom Griff zu halten. Niemand hätte ihren Gruß als feindselig betrachten können, es sei denn, die Menschen hier waren ohnehin verängstigt.

Sie sah sich eines der Werkzeuge an, die am Boden lagen. Es war ein Grabstock, der aus einem Aststück bestand, das man gespalten und mit einer Feuersteinklinge versehen hatte. Eine andere Frau hatte einen Korb aus Rinde fallen lassen. Darin befanden sich Bambusschößlinge, abgetrennt mit einem Werkzeug mit gezähnter Kante. Eine der Frauen hatte ein Hackwerkzeug in ihrer Schärpe gehabt, ein Stück knorrige Wurzel, in das man Haizähne gehämmert hatte.

Sharina ging weiter den Pfad entlang. Sie wäre gerne gelaufen, aber das würde aussehen, als jagte sie den Frauen hinterher. Hatten sie Angst vor dem Vogel, der sie hergebracht hatte? Oder gab es noch etwas anderes, wovon sie nichts wußte?

Wovon sie *noch* nichts wußte.

Die Horntöne hatten aufgehört. Sharina ging weiter und strengte sich bewußt an, die Hand vom Messer zu nehmen.

Der Weg zog sich langsam den Hügel hinauf, und der Boden wurde felsiger. Der Wald veränderte sich ein wenig; nun gab es außer den Harthölzern auch Koniferen, wenn auch wieder keine Arten, die Sharina hätte benennen können.

Sie kam in einen Bereich, in dem man die Rinde von den Bäumen geschält hatte. Die Stämme standen noch, aber die blattlosen Zweige ließen genug Sonnenlicht durch, um die Gerste wachsen zu lassen, die man hier angepflanzt hatte. Die abgestreifte Rinde hing von den toten, grauen Stämmen wie Haar von Leichen.

Die von einer Palisade eingezäunte Siedlung befand sich ein Stück weiter oben. Vorbei an den toten Bäumen ging Sharina auf das Haupttor zu.

Man hatte die Getreidefelder nicht gepflügt: Der Boden war zu steinig und zu sehr von Wurzeln durchzogen. Die Bauern hatten das Getreide angepflanzt, indem sie einzelne Löcher in den Boden bohrten. Die Gerste kam Sharina nicht sonderlich gesund vor, aber vielleicht hatte sie die Jahreszeit hier falsch eingeschätzt, und es war gar kein Spätsommer. Sie wußte nur mit Sicherheit, daß der große Vogel sie ein weites Stück von ihrer Welt und ihren Freunden weggebracht hatte.

Alles hier sah unfertig aus. Die Bäume waren noch kein Jahr lang tot. Der nackte Boden war orangefarben und ungesund und von kürzlichem Regen aufgeweicht.

Die Bäume, die der Siedlung am nächsten standen, hatte man gefällt und nur die Stümpfe stehenlassen. Zum größten Teil hatte man das Holz allerdings auf eine Weise verschwendet, die Sharina so schockierend vorkam wie ein Menschenopfer.

Gab es hier so etwas wie Menschenopfer?

Jemand mußte sie von hinter der Palisade her beobachtet haben, denn ein Warnschrei erklang nur einen Augenblick, nachdem sie den Wald verlassen hatte. Sharina hörte Stimmengewirr, konnte aber die Worte nicht verstehen. Sie war nicht einmal sicher, ob diese Menschen eine vertraute Sprache sprachen, obwohl ihr der Rhythmus ganz normal vorkam.

Ein Haikopf war hoch über dem Palisadentor als Standarte aufgepflanzt. Er war echt und schlecht erhalten. Sharina näherte sich im Wind. Sie rümpfte die Nase, aber es war nicht wirklich der tote Fisch, der sie störte, sondern der säuerliche Gestank menschlicher Abfälle, der aus der Siedlung drang.

Drei Männer in voller Rüstung traten ins Tor und füllten es mit ihren großen, fellbezogenen Schilden. Jeder von ihnen trug einen Bronzehelm mit Helmschmuck, rotgefärbte Adlerfedern für die Männer zu beiden Seiten und Pfauenfedern für den in der Mitte. Sie waren barfuß, hatten aber bronzene Platten über den Unterschenkeln; die des Mannes in der Mitte waren mit Dämonenköpfen geschmückt. Das Metall war erst kürzlich poliert worden, also schimmerte es in der Sonne.

Sie senkten die Speere mit den Bronzespitzen und gingen

auf Sharina zu. Der Mann in der Mitte machte größere Schritte als die beiden anderen und setzte sich ein Stück vor sie.

Mehr Menschen kamen hinter den Kriegern heraus. Ein paar Männer trugen primitive Bögen, die meisten anderen hatten Stöcke oder Werkzeuge – Äxte mit Steinköpfen, Haken, sogar Dreschflegel. Die Frauen hatten Steinmesser oder hielten Steine zum Werfen bereit. Es gab auch ein Dutzend Kinder in einer Menge von insgesamt etwa achtzig Menschen. Sie waren noch hundert Schritt von Sharina entfernt, was sie außer Reichweite eines geschleuderten Steins und vielleicht sogar eines Bogens von dieser Qualität hielt; aber sie kamen näher.

Sharina blieb stehen und hob die rechte Hand mit der Handfläche nach vorne. »Ich bin eine Fremde, die eure Freundin sein will«, rief sie mit klarer Stimme. »Ihr braucht keine Angst zu haben!«

Wieso *hatten* sie Angst? Sie war nur eine einzelne Frau.

Die Gruppe – die Menschenmenge –, die auf sie zukam, war überwiegend in Rindentuch gekleidet, aber einige trugen auch Felle, und es gab ein paar Kleidungsstücke von mehr bearbeiteten Stoffen. Der Umhang des Kriegers an der Spitze war aus hervorragender Wolle, aber in einem schlammigen Rostbraun gefärbt.

Eine der Frauen, die Sharina auf dem Weg gesehen hatte, hob ihr Hackmesser mit den Haizähnen. »Drachenbrut!« rief sie in einem beinahe unverständlichen Akzent.

Die Frau hinter ihr – diejenige, die den Korb mit den Bambusschößlingen hatte fallen lassen, warf einen Stein. Er prallte von einem Baumstamm ab und hätte beinahe einen der Krieger getroffen, der unter seinem Helm, dessen Wangenplatten nur einen T-förmigen Ausschnitt zum Sehen und Atmen freiließen, kaum zu erkennen war.

Die drei Krieger schlugen mit den Speerspitzen gegen die

Schilde und brachen in wildes Geschrei aus. Sie hoben die Speere und begannen vorwärtszustampfen, und jedesmal, wenn sie den linken Fuß hoben, stießen sie ihren Kriegsschrei aus.

Der Rest der Gemeinschaft folgte und verteilte sich nach beiden Seiten. Steine flogen, und ein paar Pfeile wurden auf Sharina abgeschossen. »Tötet sie!« und »Sie soll sterben!« war zu hören, aber immer wieder auch »Drachenbrut!«

Sharina drehte sich um und lief davon, auf dem Weg, den die Siedler sich gebahnt hatten. Direkt in den Wald zu rennen wäre Selbstmord gewesen, eine Einladung für jeden Verfolger, ihr nachzusetzen, bis sie von Brombeerranken oder einer anderen undurchdringlichen Bambusmauer aufgehalten würde.

Sie spähte über die Schulter zurück. Alle verfolgten sie, mutig geworden durch ihre Überzahl und die Tatsache, daß die Beute floh. Die Unbewaffneten waren schneller und ließen die Krieger hinter sich.

»Drachenbrut!«

Keine Frage, sie brachten Sharina mit dem riesigen Reptilienvogel in Verbindung. Hatten die Siedler einen Grund für ihre Angst?

Sharina lief mit der langbeinigen Anmut, die seit ihrer frühen Kindheit eines ihrer Kennzeichen gewesen war. Niemand im Dorf hatte so schnell sein können wie sie, wenn sie ein wenig Vorsprung hatte, nicht einmal ihr Bruder. Und ganz bestimmt keiner von diesen untersetzten, schmutzigen Leuten, die sie jetzt verfolgten.

Aber sie wußte nicht, wie weit sie ihr folgen würden. Und obwohl Sharina sich von den Leuten in der Siedlung nicht viel Hilfe bei einem Versuch, nach Hause zu kommen, erhofft hatte, waren sie doch ihre einzige Hoffnung gewesen.

Zweige peitschten sie. Bei jeder Pumpbewegung ihrer Arme berührten ihre Fingerspitzen den schwarzen Horngriff des

Pewlemessers. Sollten sie sie einholen – sie überholen, sie fangen, sie umzingeln, während sie schlief, da sie irgendwann auch würde schlafen müssen ... in diesem Fall würden sie erfahren, daß das die Angelegenheit noch nicht beendete.

Cashel sah zu, wie sich alles um ihn herum drehte, und fragte sich, wann es wohl ein Ende haben würde. Er stand reglos. Er *wußte* das, so sicher wie er seinen eigenen Namen wußte. Alles rings um ihn her veränderte sich innerhalb von Augenblicken.

Seine Freunde wirbelten umher und verschwanden. Ein blauer Schimmer wurde deutlicher und verschwand dann ebenfalls wie Tau im Sonnenschein. Cashel stand am Fuß desselben Hügels wie zuvor, aber die Vegetation am Boden hatte eine bräunliche Färbung. Flaches Wasser voll bläulicher Algen befand sich dort, wo die Straße einmal gewesen war. Zwei Augen blickten von der Wasseroberfläche zu ihm auf, aber der Körper des Wesens blieb eine gewaltige dunkle Masse, die die Algen verbargen.

Dann veränderte sich wieder alles. Das Wasser schwamm in die Vertikale; der Hügel hinter ihm war einen Augenblick lang eine flache Ebene, bevor ein blendender, rubinroter Glanz ihn umschlang und alles vollkommen verschwand.

Cashel trieb in einem hellgrünen Meer. Ein Fisch kam auf ihn zugeschwommen und verharrte mit bebenden Bewegungen seiner Brustflossen. Der Druck von vierzig Fuß Wasser preßte gegen Cashel und begann, ihn zu heben.

Er drehte sich und fragte sich, ob er wohl ertrinken würde, bevor er die Oberfläche erreichte. Der Hügel hinter ihm war mit Schwämmen und weichen Korallen bedeckt, deren Fächer in der Strömung wedelten.

Erneut war Cashel von rotem Licht umgeben. Er atmete heiße, trockene Luft ein, und sein Stock ruhte nun wieder fest auf steinigem Boden. Seine Haut und seine Kleidung waren klatschnaß, und er konnte Salzwasser auf den Lippen spüren.

Drei Gestalten starrten ihn an. Sie sahen aus wie Kröten, die auf den Hinterbeinen stehen, ihre breiten lippenlosen Mäuler klappten weiß auf. Sie trugen Kupferbänder um Hand- und Fußgelenke und um die Verdickung unter ihren Köpfen, die bei Menschen ein Hals gewesen wäre. Die Kröten hatten keine Werkzeuge oder Waffen, aber eine hielt einen Wedel aus etwas in der Hand, das vielleicht ein Tierschwanz, Gras oder sogar fibröses Mineral gewesen war.

Der blaue Schimmer umgab Cashel noch, dann öffnete er sich, um ihn freizulassen. Er stand in einer Waldlichtung unter demselben felsigen Hügel wie in jeder anderen Szene. Diesmal taumelte er und mußte sich auf den Stock stützen, um sich abzufangen.

In den Hügel eingelassen war ein dreißig Fuß hohes Tor, gerahmt von Säulen aus rosagrauem Granit, wie Cashel ihn nie in Valles gesehen hatte. Er blickte auf. Aus diesem Winkel konnte er nicht sicher sein, was auf dem dreieckigen Türsturz oberhalb abgebildet war, aber es sah aus wie Menschen und Dämonen, die miteinander kämpften oder einander vielleicht auch nur folterten. Die Gestalten waren aus demselben Stein gemeißelt; es mußte beinahe so schwierig gewesen sein, wie Kristall zu bearbeiten.

Das Tor selbst bestand aus Bronze und war nur angelehnt. Die Oberfläche war mit Schrift in den geschwungenen Schriftzeichen bedeckt, die Cashel als Alte Schrift kannte. Er selbst konnte nicht lesen und kaum seinen Namen in modernen Buchstaben schreiben, aber er hatte diese Schriftart oft genug gesehen. Zauberer benutzten sie, um ihre Bannsprüche niederzuschreiben, bevor sie sie aussprachen.

Cashel holte tief Luft. Der Wald um ihn herum sah ganz gewöhnlich aus, obwohl er noch nie an diesem Ort gewesen war. Es gab Eichen, Buchen und Hickory; wo das Licht gut genug war, bildeten Weißbuchen eine tiefere Ebene. In der Luft hing der schwere natürliche Geruch von Verfall, der Geruch des Spätsommers, wenn das Wachstum innegehalten hat und die ersten Blätter beginnen, sich zu verfärben.

Cashel drehte seinen Stock erst mit einer Hand, dann mit beiden. Er lockerte seine Muskeln und überzeugte sich, daß alles – sein Körper ebenso wie der Hickorystock – im Gleichgewicht war.

Über ihm begann ein Eichhörnchen zu keckern. Cashel hielt den Stock wieder ruhig und erwiderte den Ruf. Verblüfft schwieg das Eichhörnchen.

Cashel sah sich um. Es war angenehm, wieder einmal außerhalb der Stadt zu sein, obwohl er Wiesenland bevorzugt hätte. Wenn Schafe sich im Wald verliefen, gab es für gewöhnlich Ärger. Es gelang ihnen selbstverständlich auch, auf den Wiesen Ärger zu machen – es gab kaum ein alberneres Tier als ein Schaf –, aber in offenem Land konnte man sie schneller erreichen, bevor es ihnen gelang, zu ertrinken oder sich in einer Astgabelung zu erhängen.

Er grinste. Er wußte alles über Schafe, aber er konnte nicht behaupten, daß sie ihm fehlten, seit er seine Heimat verlassen hatte.

Cashel nahm an, das dies der Ort war, an den Tenoctris ihn hatte schicken wollen, aber er sah keine Spur von Landure. Die offene Bronzetür war eine Möglichkeit weiterzugehen, und es gab drei Pfade durch den Wald, die hier aufeinandertrafen.

Die Höhle atmete, wie es Höhlen tun, wenn die Luft draußen kühler ist als die in der Tiefe. Aber Cashel fand, daß der Wald nicht *so* kühl war, und der Schwefelgeruch aus der Höhle gefiel ihm nicht.

Er zog die Nase kraus. Er würde wohl lieber einen der Pfade versuchen.

Zumindest war dies hier ein besserer Ort als die anderen, durch die er auf seinem Weg hierher gekommen war. Die Krötenmenschen hatten nicht unfreundlich ausgesehen, aber das Meer wäre ein echtes Problem für jemanden gewesen, der nicht besser schwimmen konnte als Cashel.

Er ging den erstbesten Weg entlang, aus keinem anderen Grund, als daß er sich schließlich für einen von ihnen entscheiden mußte. Er hatte noch keine zwei Schritte zurückgelegt, als eine Frau, die Hand auf ihren blutenden Oberschenkel gedrückt, aus einem Buchengehölz gerannt und an ihm vorbeigelaufen kam. Sie sah Cashel im selben Augenblick, als er sie entdeckte. »Helft mir bitte!« rief sie verzweifelt. »Er will mich umbringen!«

Sie war eine der schönsten Frauen, denen Cashel je begegnet war. Ihr Haar war schwarz und lang, aber sie trug es in zwei Zöpfen um den Kopf geschlungen wie einen Turban. Ihre Haut war weiß, wenn man von den Lippen und den Nägeln ihrer Finger und nackten Zehen absah, die wohl mit etwas bemalt waren, um diese metallisch rote Farbe zu erreichen.

Die Wunde war offenbar nicht allzu schlimm, obwohl das Blut einen Teil des Leinenhemdes durchtränkte, das sie als einziges Kleidungsstück trug. Wäre sie tief genug gewesen, die Arterie zu erreichen, wäre die Frau so rasch gestorben, als hätte man ihr die Kehle durchgeschnitten, und sie lief zu gut, als daß einer der großen Muskeln hätte durchtrennt sein können.

Cashel senkte seinen Stock und hielt ihn quer vor sich. »Bleibt hinter mir«, sagte er. Seine Stimme war plötzlich heiser. Er wußte nicht, was hier los war, aber er konnte nicht einfach davongehen. Landure und dann Sharina zu finden konnte ein wenig warten.

Die Frau warf ihm einen dankbaren Blick zu und flüchtete sich gehorsam hinter ihn. Er hoffte, daß sie ein ganzes Stück hinter ihm blieb, denn ein Stock von sieben Fuß brauchte eine Menge Raum, wenn er für ernsthafte Arbeit benutzt wird. Er konnte jetzt keine Zeit mehr damit verschwenden, sich um die Frau zu kümmern; ein Mann mit einem langen, blutigem Schwert in der Hand kam durch das Buchengehölz gestürmt.

»Hallo da!« sagte Cashel, der den Stock in der Mitte gefaßt hatte, bereit, ihn zu wirbeln oder zuzuschlagen. »Was habt Ihr hier vor?«

Der Mann hielt inne. Plötzliches Staunen wich dem Zorn. Er war ein hochgewachsener Bursche mit einem dichten schwarzen Bart und schulterlangem Haar. Er trug ein Stirnband aus rotem Leder, auf das in Gold Symbole gezeichnet waren, und eine Art roter Schürze über dem Hemd, die ebenfalls mit Gold bestickt war. Am Mittelfinger seiner linken Hand hatte er einen Ring mit einem purpurschwarzen Stein, beinahe undurchsichtig, aber größer als eine Walnuß.

Er betrachtete Cashel forschend. »Mischt Euch nicht in Angelegenheiten, die Euch nichts angehen«, sagte er. Seine Worte schienen aus dem offenen Tor hinter Cashel widerzuhallen.

Er zeigte mit dem linken Zeigefinger auf die Frau. »Komm sofort her, Colva«, befahl er. »Oder du wirst bekommen, was du verdienst!«

»Noch einen Schritt mit diesem Schwert ...«, sagte Cashel. Er mußte sich zwingen, die Worte auszusprechen; sein Zorn war, als hätte er den Mund voller Kiesel, die ihn erstickten. »Und dann werde ich das hier zu meiner Angelegenheit machen.«

»Die Herrin schütze mich vor solchen Narren!« fauchte der Mann. Er ballte die linke Faust und richtete sie auf Cashel, als wäre der große Ring ein Schutzschild. »Schlag ihn nieder!«

sagte er. Eine Blase roten Lichts drang aus dem Stein wie Saft aus einer verwundeten Fichte. Die Lichtblase nahm die Größe einer Zuchtsau an, flammendurchzuckt und sich immer noch weiter ausdehnend, um die Entfernung zwischen Cashel und dem Fremden zu füllen.

Cashel stieß mit seinem Stock zu. Es war eine instinktive Bewegung. Der Eisenbeschlag traf mit einem blauen Flackern auf die Blase, und es fühlte sich für Cashel an, als hätte er den Stock auf einen Felsen krachen lassen.

Die Blase verschwand. Der Zauberer – daran hatte Cashel keinen Zweifel mehr – stürzte rückwärts, obwohl er bei Cashels Schlag noch gut zehn Fuß entfernt gewesen war.

»Eine schlechte Idee, Meister!« rief eine dünne Stimme, die Cashel nicht identifizieren konnte. »Wirklich eine schlechte Idee! Knie nieder und flehe – *das* solltest du jetzt tun!«

Der Zauberer achtete ebensowenig auf diese körperlose Stimme wie Cashel selbst. Er kam mit den glatten, trägen Bewegungen eines Mannes, dessen Vorsicht sich über seinen offensichtlichen Zorn hinwegsetzte, wieder auf die Beine. »Das glaubt Ihr wohl, wie?« sagte er heiser zu Cashel. »Bei der Herrin, es wird Euch nicht gelingen!«

Er trat vor und führte einen Schwertstreich gegen Cashel. Cashel riß den Stock wieder herum, diesmal mit dem linken Beschlag nach vorn, und fing das Schwert ab.

Die Klinge klirrte auf dem Eisenbeschlag. Der Zauberer behielt die summende Waffe in der Hand, aber der Aufprall bewirkte, daß er zu Boden fiel.

»Ihr seid wohl nicht daran gewöhnt, gegen Leute zu kämpfen, die sich wehren, wie?« knurrte Cashel mit einer Stimme, die er kaum als seine eigene erkannte. »Kümmert Euch um Eure eigenen Angelegenheiten, Mann, und ich meine damit nicht Eure Angelegenheiten mit dieser Dame!«

Wieder kam der Zauberer auf die Beine und beobachtete

Cashel mit kaltem Zorn. Seine Augen waren so schwarz wie Jet.

Er bewegte sich nach rechts. Bei seinem zweiten Sturz hatte er sein Stirnband verloren, also hing ihm das Haar in Strähnen ins Gesicht. Er strich es mit der linken Hand zurück; die Schwertspitze bebte in kleinen Kreisen auf der Höhe von Cashels Herz.

Cashel bewegte sich mit seinem Gegner; die Frau blieb hinter ihm. Sie hatte den Saum ihres Hemdes abgerissen und verband sich damit die Wunde im Oberschenkel, während sie sich weiterbewegte.

Der Zauberer mußte ein kräftiger Mann sein, um sein Schwert so lange so hoch zu halten, aber er hatte keine große Kampferfahrung. Die Klinge glitzerte wie poliert. Sie hatte geklirrt wie Stahl, als Cashel sie beiseite stieß, aber der Schimmer des Metalls ließ mehr auf Silber oder sogar Glas schließen.

Die schrille Stimme spottete: »Weißt du, er hat recht, Herr. Du schubst immer alle herum und sagst ihnen, was sie tun sollen. Und jetzt ist die Zeit gekommen, wenn du ...«

»Halt den Mund!« sagte der Zauberer mit einer Stimme wie Donnergrollen.

»Aber sicher«, zirpte die körperlose Stimme. »Du bist mein Herr, also bin ich still. Aber du bist nicht der seine, das ist ...«

Der Zauberer machte einen Schritt vorwärts, streckte den rechten Arm aus und stieß mit dem Schwert zu. Cashel rammte ihm den Stock entgegen, die rechte Hand führte das Holz, und die linke war für die Kraft zuständig.

Der Stock war doppelt so lang wie die Klinge des Zauberers. Der Beschlag traf den Mann auf den Nasenrücken, zerschmetterte ihm den Schädel und stieß ihn zurück in die offene Tür im Hügel. Cashel spürte den Aufprall überall im linken Arm. Er trat zurück, keuchend von der Anspannung des Kampfes.

»Ihr habt ihn getötet«, sagte die Frau. Trotz ihrer Wunde

trat sie mit schlangenhafter Anmut hinter Cashel hervor. Dabei berührte sie mit den Fingerspitzen die Muskeln seines linken Armes, so sanft wie eine Brise.

»Bleibt zurück!« sagte Cashel. »Er könnte noch ...«

Aber der Zauberer war wirklich tot. Das wußte Cashel so sicher, wie er wußte, daß die Sonne morgens aufging.

»Ich hatte ihn nicht töten wollen«, murmelte Cashel. »Ich weiß nicht einmal, wer er war.«

Die Frau kniete neben der Leiche. Cashel glaubte, daß sie die Hand des Mannes hielt, aber als sie sich wieder Cashel zuwandte, sah er, daß sie den Ring mit Erde bedeckt hatte.

»Er war ein Ungeheuer aus der Grube«, sagte sie und kam geschmeidig wieder auf die Beine. »Er ist geflohen, während mein Mann Landure ein paar Tage weg war. Ich habe versucht, ihn in die Unterwelt zurückzuzwingen, aber er war zu stark für mich. Wäret Ihr hier nicht aufgetaucht, Fremder, hätte er mich zweifellos getötet – oder mich zu einem schlimmeren Schicksal verschleppt.«

Sie bückte sich und wischte sich mit der Schürze des Toten den Dreck von den Händen. Als sie Cashel nun ansah, bemerkte er, daß ihre Augen honigfarben waren.

»Der Ring ist ein Dämon«, erklärte sie, als sie sich wieder aufrichtete. »Er spricht, und er ist beinahe so gefährlich wie der Dämonenlord, der ihn trug.«

Sie leckte sich über die Lippen. »Ich heiße Colva«, fügte sie hinzu.

Cashel räusperte sich. »Ich bin Cashel os-Kenset«, sagte er. Er hatte Schwierigkeiten, sich zu konzentrieren. »Eine Freundin, die Zauberin Tenoctris, hat mich hierher geschickt, um mit Eurem Mann zu sprechen. Ich ... äh ... ich suche nach meiner Freundin Sharina.«

Colva lächelte ihn an. »Die Götter müssen Euch geschickt haben«, sagte sie. »Glaubt Ihr nicht, Cashel?«

Der Klang ihrer Stimme bewirkte, daß er sich vorkam, als hätte ihn eine Katze geleckt, mit warmer und kratziger und klebriger Zunge. Es fiel ihm immer schwerer zu denken.

»Ich weiß nichts von Göttern«, sagte Cashel. »Ich – könnt Ihr mich zu Meister Landure bringen?«

»Kommt«, sagte Colva, ergriff seine linke Hand mit ihrer rechten und führte ihn zu dem Weg, auf dem sie hierher gekommen war. »Ich bringe Euch zu unserem Haus, und dort könnt Ihr darauf warten, daß Landure zurückkehrt. Es wird nur ein paar Tage dauern.«

Cashel warf einen Blick über die Schulter. »Was ist mit dem ... dem Toten?« fragte er.

Colva sah ihm in die Augen. »Laßt ihn da liegen«, sagte sie. »Das ist vielleicht eine Warnung für andere seiner Art, die vorhaben, die wache Welt zu verseuchen.«

Sie zog an Cashels Hand. Unter der weichen, hellen Haut hatte Colva die Muskeln einer Katze. »Kommt mit«, wiederholte sie.

Hand in Hand ging sie mit Cashel den Weg entlang. Keine Vögel oder Eichhörnchen zwitscherten in den Baumwipfeln; es war still geworden. Colva begann zu singen, aber es war ein Lied in einer Molltonart, und Cashel konnte die Worte nicht verstehen.

8

Sobald es genügend dunkel war, kroch Ilna aus dem luxuriösen Zelt, das Lord Tadai ihr aufgezwungen hatte. Sie wollte den Adligen nicht beleidigen, aber sie hätte lieber auf einer Matratze aus Menschenknochen geschlafen.

Knochen sprachen nicht zu Ilna. Stoffasern schon, und diese seidigen Teppiche, die von den Fingern kleiner Kinder geknotet worden waren – die Knoten lagen dichter beieinander, weil die Hände, die sie knüpften, so klein waren –, sprachen von Not und Elend. Ilna war alles andere als romantisch. Die Arbeit auf einem Bauernhof war schwer, und die Kinder im Dorf arbeiteten fast von dem Zeitpunkt an, wo sie nicht mehr gestillt wurden. Dennoch zog sie es vor, draußen zu schlafen, in den Umhang gewickelt, den sie selbst gewebt hatte, statt auf schimmernden Teppichen unter einem Baldachin aus Seide und Goldlamé.

Die beiden Triremen waren auf die Ruder gestützt, so daß sie bei Flut nicht kippen und sinken würden. Die Anker waren hoch ans Ufer geschleppt und tief eingegraben worden, um dem Zug des Wassers zu widerstehen. Sie befanden sich auf einer der unzähligen namenlosen kleinen Inseln im Inneren Meer, wo die Ebbe gerade begonnen hatte.

Ein Sandstreifen erstreckte sich bis zum Wasser, aber die Mitte der Insel wurde von üppiger Vegetation gebildet. Normale Bäume hätten die Springfluten nicht überstanden, aber eine Anzahl niedrig wachsender Gehölze banden den Boden mit ihren Wurzeln.

Auf der Ostseite des Inselchens gab es Mangroven, die ihre Wurzeln in das seichte Wasser hängen ließen. Ihre knorrigen Stämme und Treibholz von weit entfernten Inseln nährten die

Feuer der Seeleute auf dem feuchten Sand, während die Passagiere in von Lampen erleuchteten Zelten zu Abend aßen. Salz färbte die Funken der Lagerfeuer blau und grün und manchmal auch purpurn.

Mit ihrem Umhang über dem Arm – die Luft war warm, aber nicht so warm, daß sie es riskiert hätte, nur im Hemd unter offenem Himmel zu schlafen – ging Ilna von dem Kreis der Zelte weg. Wachen und Diener bemerkten sie vielleicht, aber niemand sprach sie an. Sie hatte sich gefragt, wie es Lord Tadai und seinen Begleitern gelungen war, die Schiffe so voll Gepäck zu stopfen, aber als sie die Zelte sah, mit all ihren Quasten und dem Brokatstoff, hatte sie es verstanden.

Ilna hatte nach einem abgeschiedenen Ort gesucht, aber als sie von einem Abhang, wo der Sand selbst bei Ebbe noch beinahe flüssig war, weiter nach oben gegangen war, hatte sie bemerkt, daß sich auf der anderen Seite der Insel ebenfalls Seeleute niedergelassen hatten. Sie hatten ein Feuer entzündet, aber nur ein kleines, und Ilna war schon ganz in der Nähe des Gehölzes auf dem Hügelkamm, bevor sie die Funken sah.

Sie hielt inne und fragte sich, welche Richtung sie wohl einschlagen sollte. Die Besatzungsmitglieder waren ihr als Gesellschaft noch weniger lieb als die Leute aus Tadais Gefolge.

»Der Reichtum ist unermeßlich«, sagte eine Stimme, die auf dem Wind zu ihr hingeweht wurde. »Das Gold liegt auf der Straße, Armreifen und Broschen und Diademe aus edelsteinbesetzter Goldfolie. Und wenn ihr noch mehr wollt, gibt es da die Schatzkammern der Adligen und von Kaufleuten, die reicher waren als alle, die heute noch leben.«

Ilna kniete nieder und legte den Umhang hinter sich ab, damit er sie nicht behinderte. Sie arbeitete sich weiter durch das Unterholz zu einer Stelle, wo sie besser sehen konnte. Ihr Gesicht war eine ausdruckslose Maske. Ohne nachzudenken, zupfte sie die Seidenschnur los, die sie über der Schärpe trug. Am einen Ende befand sich eine Schlinge, die in Ilnas Händen so gut wie alles tat, außer zu sprechen.

In der Senke hockten dreißig Seeleute. Die gleichmäßige Form dieser Senke schützte sie von allen Seiten. Vonculo, der Navigator der *Schrecken*, hockte neben dem Feuer. Auf der Trireme führte er die Navigationsberechnungen durch, aber die *Schrecken* stand offiziell unter dem Befehl ihres adligen Kapitäns, Lord Neryal.

Auch hier hatte Vonculo nichts zu melden. Neben ihm stand Mastyn, der Bootsmann, um zu den Männern zu sprechen. Mastyn war Ilna bereits zuvor aufgefallen: ein untersetzter Mann, der sich den Kopf rasierte und die Adligen mit zorniger Verachtung beäugte, wenn er glaubte, daß niemand ihn sah.

Ilna hatte nichts gegen Mastyns Ansicht, aber die Verstohlenheit des Mannes widerte sie an. Jeder, der wissen wollte, was Ilna os-Kenset dachte, brauchte sie nur zu fragen.

Ein Seemann in der Menge stellte eine Frage, aber er tat das so leise, daß Ilna ihn nicht verstand. Das Feuer spuckte einen Schwall weißer Funken aus, als wollte es die Äußerung betonen.

Mastyn hakte die Daumen in seinen breiten Gürtel. »Ja!« sagte er. Seine Stimme war heiser vom Brüllen von Befehlen bei Sturm, wo ein Mißverständnis Tod und Zerstörung bedeuten könnte. »Was ist mit den Kapitänen und den Adligen, die Wein trinken, während wir hier bei altem Brot und schlechtem Wasser hocken? Sie haben uns nur deshalb nicht hingerichtet, als wir Admiral Nitker folgten, weil sie uns noch einige Zeit brauchen. Wie lange, glaubt ihr, wird es noch dauern, wenn dieser Usurpator Garric erst seine eigenen Mannschaften ausgebildet hat?«

»Wir wurden begnadigt«, rief ein Seemann, aber mit mehr Zweifel als Widerspruch in der Stimme. »Alle, die überlebt haben.«

»Die ganze Handvoll Überlebender!« zischte Mastyn. »Diese Begnadigungen sind so gut wie das Wort der Adligen, die lachten, als die Ungeheuer unsere Freunde töteten und *gefressen* haben! Mehr sind diese Begnadigungen nicht wert!«

»Er hätte Politiker werden sollen, unser Mastyn, nicht wahr?« murmelte eine Stimme an Ilnas Seite. Sie schaute zur Seite, und ihre Finger zuckten, um die Schlinge zu werfen, aber die Finger des Seemanns mit dem vernarbten Gesicht schlossen sich um ihr Handgelenk, bevor sie sich bewegen konnte. Nicht sonderlich fest, aber es lag Eisen unter der Berührung.

»Vorsichtig, Mädchen«, sagte der Mann. Er grinste. Im Licht des tiefstehenden Mondes schien die Narbe auf seiner rechten Wange die Linie seines Mundes so zu erweitern, daß er wie ein lachender Frosch aussah. »Ich denke, es wird ihnen nicht gefallen, daß man sie beobachtet; sie werden uns beide nicht dafür danken, aber Euch ganz bestimmt nicht.«

Ilna nickte zustimmend und wandte sich entschlossen wieder den Seeleuten zu. Der Mann ließ ihr Handgelenk los. Die Schwielen an seinem Daumen und Zeigefinger waren so fest wie Stiefelleder.

»Ich heiße Chalcus«, sagte er. Seine Stimme war leise, aber klar. »Und Ihr seid Ilna die Zauberin.«

»Das behaupten andere«, sagte Ilna. »Aus meinem Mund habt Ihr diesen Unsinn nicht gehört.«

»Die Herrscher auf dieser Insel wissen, wie man tapfere Männer belohnt«, sagte Mastyn. Er bückte sich nach einem Bündel, das vor seinen Füßen lag. Das Bündel war in Ziegenfell eingewickelt, mit der Haarseite nach innen, aber darin gab es eine Schicht von Seide, die im Feuerlicht scharlachrot schimmerte. »Sie brauchen Seeleute, und jene, die früh zu ihnen stoßen, werden leben wie die Könige anderer Inseln.«

»Ja, genau«, murmelte Chalcus. »In den Flüssen wird Wein fließen, und gebratene Enten springen auf deinen Teller und flehen dich an, sie zu essen.«

Ilna mußte gegen ihren Willen lächeln. Chalcus' Worte waren ihren eigenen Gedanken so nah, daß sie aus ihrem Mund gekommen sein könnten.

Ein Seemann stellte eine Frage; an die Ohren jener, die von weitem lauschten, drang nur der besorgte Unterton.

»Wir kümmern uns schon um die Wachen«, sagte Vonculo. Er kam mit der Unbeholfenheit eines Mannes auf die Beine, der zu lange am Boden gehockt hatte. Er fluchte leise, dann fuhr er fort: »Es wird keine Kämpfe geben. Wir werden ihnen nicht einmal Schaden zufügen, falls Ihr euch Sorgen um jene macht, die nie etwas auf euch gegeben haben.«

Mastyn hatte jetzt den Gegenstand, den er in der Hand hielt, vollständig ausgewickelt. Es war ein Kasten aus Gold und Perlmutt, der in den Händen des Bootsmannes erstaunlich zart aussah. Er hob den Deckel, dann steckte er einen Schlüssel in die Seite und begann ihn zu drehen.

Chalcus beugte sich vor und beobachtete genau, was geschah. In seinem linken Ohr trug er einen goldenen Ring. Von nahem konnte Ilna sehen, daß er mehr Narben hatte, als die meisten Männer wohl je annähernd erwerben würden. Und es waren ehrliche Narben. Der Halbkreis kleiner Gruben auf Chalcus' Schulter stammte zweifellos von den Zähnen eines Tieres. Mastyn nahm den Schlüssel heraus. Die sich langsam lockernde Feder trieb den Mechanismus an. Winzige silbrige Töne erklangen über den Sand und erweckten falsche Erinnerungen an Ilnas Gedanken. Versunkene Paläste, Straßen, durch die Fische schwammen. Schätze lagen auf dem Straßenpflaster, all der Wohlstand, von dem Mastyn gesprochen hatte, und noch mehr ...

Die Musik wurde langsamer und endete mit einem letzten Klimpern. Die versammelten Seeleute schwiegen, und Mastyn selbst schien wie erstarrt.

Dann schüttelte er sich. »Also, Jungs«, meinte er, »was haltet ihr davon? Wählt ihr mehr Gold, als ihr tragen könnt, oder wollt ihr euch weiter vor Narren wie Neryal verbeugen, bis sie sich entscheiden, euch aufzuhängen?«

Ein Seemann stellte eine Frage. Mastyn warf Vonculo einen Blick zu. Der nickte zweimal und sagte: »Noch nicht. Wir müssen erst mit dem Rest der Männer sprechen. Wenn es an der Zeit ist, werdet ihr es erfahren.«

Ilna schob sich langsam vom Hügelkamm zurück. Getrocknete Blätter knisterten unter ihr, aber in der Entfernung wäre dieses Rascheln nicht zu hören gewesen. Auch Chalcus wich zurück und machte dabei so wenig Geräusche wie ein Wiesel.

»Nun, Mädchen«, flüsterte der Seemann. »Wofür habt Ihr Euch entschieden? Für ganze Berge von Reichtum?«

»Der Reichtum ist vielleicht da«, meinte Ilna, »aber ich frage mich, was man zusätzlich bekommt. Nichts, wovon diese Affen, die dort von Gold schwätzen, reden würden, da bin ich sicher.«

Sie hatte ihren Umhang wiedergefunden und sich ihn unter den linken Arm geklemmt, was die rechte Hand mit der Schlinge freiließ.

»Ja«, erwiderte Chalcus mit wissendem Grinsen. »Versprechungen, die zu gut sind, um wahr zu sein, sind nach meiner Erfahrung genau das: zu gut, um wahr zu sein. So etwas hätte mich beinahe einmal meinen Hals gekostet ...«

Er lächelte weiter, aber mit dem Zeigefinger folgte er einer Narbe, die von seinem rechten Ohrläppchen über die Kehle und in den V-Ausschnitt seines Hemdes führte.

»Und ich habe nicht vor, diese Lektion noch einmal zu wiederholen. Aber ich denke, die meisten Besatzungsmitglieder werden mitmachen.«

»Es ist mir gleich, was andere tun«, fauchte Ilna. Das Grinsen des Seemanns ärgerte sie irgendwie. Sie hatte das Gefühl, daß Chalcus tatsächlich verstand, worüber er da spottete – unter anderem auch Ilna os-Kenset.

Ilna drehte sich um und ging rasch in die Richtung zurück, aus der sie gekommen war. Sie wollte nicht von den Verschwörern erwischt werden, wenn diese zu den Schiffen zurückkehrten.

Trotz all ihrer tapferen Worte war sich Ilna wohl bewußt, daß sie das, was andere taten, sehr wohl etwas anging. Ebenso wie die kleine Merota.

Garric lag auf einer Couch, deren Bronzerahmen mit Ebenholz und Elfenbein in einem komplizierten, verflochtenen Muster eingelegt war. Die schwarzweiß gestreiften Roßhaarkissen sollten vermutlich dazu passen, aber eine Farbe von beiden hätte genügt. Der Stoff sah im Vergleich mit den kunstvollen Einlegearbeiten eher grob aus, als Garric auf seinen schlafenden Körper niederblickte.

Er verließ den Palast durch festverschlossene Türen, Mauern und Holztore. Nichts hielt ihn auf.

Es mußte gerade Mitternacht sein, denn ein neuer Trupp Blutadler löste die Wachen vor seinem Schlafzimmer ab. Er ging durch die Männer hindurch, die weiter seinen schlafenden Körper bewachen würden.

Die Zeit drängte sich dichter, oder jedenfalls verlief sie nicht auf dieselbe Art wie in der wachen Welt. Jeder Schritt, den Garric machte, führte ihn in eine andere Stunde des Tages.

Garric erreichte die Brücke. Er wußte, daß er auf dem Weg

dorthin gewesen war, obwohl er seine Bewegungen nicht beherrschte und nicht darüber nachgedacht hatte, was sie bedeuteten. Es erzürnte ihn ein wenig, hin und her geschoben zu werden wie eine Spielfigur, aber die Kraft, die Garric beherrschte, hatte ihm jeden Willen genommen.

Die Brücke war für Garric in seinem derzeitigen Zustand kein Gewebe aus Licht mehr, sondern fester, grauer Sandstein, gebunden mit Eisenbeschlägen, die rote Rostflecken absonderten. Garrics Füße traten fest auf das Pflaster, was er sogar in seinem Traum spürte.

Er hörte andere Schritte zu seiner Linken. Er drehte sich um und sah Carus, der sich zu einem Lächeln zwang. Der König wurde deutlicher und dann wieder undeutlich. Er öffnete den Mund, um etwas zu sagen, aber die Worte waren nicht zu hören.

Garric schloß die Augen und faßte nach der Krönungsmedaille, die an seiner Brust hing. Einen Augenblick lang hielt er die dünne Goldmünze, die von seinem eigenen Körper gewärmt war; dann hielt er die schwielige rechte Hand eines Schwertkämpfers.

Garric öffnete die Augen und grinste. Er und König Carus gingen nebeneinander her, Hand in Hand über den festen Steinboden. Blitze zuckten in den Wolken auf, aber kein Donner erreichte die Brücke.

Sie näherten sich der in Trümmern liegenden Stadt, die Garric schon einmal auf diese Art aufgesucht hatte. »Das ist tatsächlich Klestis«, sagte Carus. Seine Stimme wirkte tiefer, als wenn Garric sie in der Stille seines eigenen Kopfes hörte. »Ziemlich heruntergekommen, nicht wahr?«

Er öffnete die Hand und ließ Garrics Handgelenk los. Sie gingen weiter, Seite an Seite. Carus strich über seinen Schwertgriff und sagte: »Obwohl sich Klestis in besserer Verfassung befindet als Carcosa heutzutage, Junge. Auf dem Feld der Denkmäler wühlten Schweine, als du dort warst, nicht wahr?«

»Zumindest gibt es in Carcosa Leben«, sagte Garric. »Klestis hat nur Steine und wuchernde Pflanzen. Und vermutlich Ansalem.«

Seine linke Hand kribbelte noch von Carus' festem Griff. Garric fragte sich, welche Anstrengung es gekostet hatte, den König durch die Barriere in einen Zauber zu ziehen, der für Garric allein gedacht war. Selbst Carus' schlimmste Feinde hatten wahrscheinlich nie die Kraft des Königs und seine Entschlossenheit angezweifelt.

Die Brücke endete an der Esplanade mitten in Klestis. Garric bewegte sich wieder normal, obwohl er sich fragte, was wohl geschehen würde, wenn er versuchte, sich umzudrehen und davonzulaufen.

Seine Miene wurde kälter, obwohl er immer noch lächelte. Er hatte nicht vor, davonzulaufen, nicht vor Ansalem und vor niemandem sonst. Besonders dann nicht, wenn der Blick seines Urahnen auf ihm ruhte.

»Es gab Menschen, die Ansalem so gut wie anbeteten«, sagte Carus. »Ich hörte sie sagen, der Gelbe König habe die Menschheit aus Staub gemacht, und sie würde zu Staub zurückkehren, wenn Ansalem stürbe.«

Er lachte, aber in seiner Stimme lag ungewöhnliche Bitterkeit, als er hinzufügte: »Es war allerdings nicht unbedingt Staub, zu dem das Königreich geworden ist; es war nur nahe dran. Vielleicht hätte ich diesen verängstigten Zukunftsdeutern besser zuhören sollen.«

»Es gibt nicht viele, die behaupten würden, daß Ansalems Tod das Alte Reich zerstört hatte«, meinte Garric. »Außerdem schien Ansalem recht lebendig zu sein, als ich ihn das letzte Mal sah. Und ich habe von dir gelernt, daß es niemals gut ist, der Angst zu lauschen.«

»Oh, das habe ich nicht gesagt«, meinte König Carus vergnügt. »Angst kann nützlich sein, Junge; sie verhindert, daß du dich zu sehr auf dich selbst verläßt. Aber du darfst dich von ihr nicht beherrschen lassen. Nicht, wenn du immer noch ein Mann bleiben willst.«

Sie gingen auf den Palast zu, mutigen Schrittes, um zu vermeiden, daß man sie trieb. Stolz war nicht viel wert, wenn man vollkommen von einem anderen beherrscht wurde, aber es war alles, was Garric hatte, Stolz auf sich selbst und auf seinen Urahnen, der sich ihm gegen den Willen eines großen Zauberers zugesellt hatte.

»Klestis hat all seine Lebensmittel selbst angebaut«, sagte Carus, als er und Garric den Palast betraten, diesmal durch die kleine Vordertür. »Vom Dach aus kannst du die Felder sehen; ich habe nur einen kurzen Blick darauf werfen können, als ich Ansalem besuchte. Weizenkörner von der Größe meines Daumennagels und Orangen so groß wie Melonen. Ich nehme an, auch das war Ansalems Werk.«

Das Alter hatte das Gebäude von innen zerstört. Ein paar Fetzen von Wandbehängen – überwiegend die Metallfäden, die hineingewebt gewesen waren – hingen noch an Haken unter den Deckensimsen, aber zum größten Teil lagen die Wandbehänge in Form von Staub auf dem Boden. Auch die Möbel waren zerfallen. Statuen und Vasen in Mauernischen waren geblieben, obwohl einige in den Jahrhunderten, seit man sie hierher gebracht hatte, umgekippt waren.

Seit Jahrzehnten, vielleicht auch seit Jahrhunderten hatte niemand mehr diesen Palast betreten. Garric spürte, wie der Staub an seinen nackten Füßen klebte. Er und Carus hinterließen Fußabdrücke. Der König folgte Garrics Blick und nickte.

Sie nahmen die Treppe, über die die Diener Carus in der Vergangenheit zu Ansalem geführt hatten. War es die Vergangenheit gewesen? Es war doch sicher an diesem Ort so viel Zeit vergangen wie auf den Inseln.

Der König lachte plötzlich. »Es wirkt überhaupt nicht gefährlich, nicht wahr?« sagte er. »Wieso fühle ich mich dann so seltsam?«

Garric zuckte die Achseln. Die Treppe wendete sich nach links, dann nach rechts, so daß die beiden Männer abwechselnd größere Schritte machen mußten.

»Auch ein Huhn hat ein recht gutes Leben«, meinte er. »Es hat nichts Besseres zu tun, als an die Küchentür zu kommen, wo die Bäuerin morgens das Korn ausstreut, und den Rest des Tages noch nach dem einen oder anderen Leckerbissen zu scharren. Aber eines Morgens dreht die Bäuerin ihm den Hals um, und dann ist es Abendessen.«

Garric warf Carus einen Blick zu. »Ob wir wohl auch ein gutes Abendessen abgeben?« fügte er hinzu. »Aber es gibt auch nicht viel, was ich dagegen tun könnte, wenn man dies mit uns vorhätte.«

Carus lachte erneut. »Wir werden schon sehen«, meinte er.

Garric bemerkte, daß der König sein Schwert einen Fingerbreit gezogen hatte, um sich zu überzeugen, daß es locker in der Scheide saß. Es war eine unwillkürliche Geste; keiner von beiden glaubte wirklich, daß Waffen gegen die Kraft, die sie beherrschte, nützen konnten. Aber sie zeigte dennoch, daß Carus der Ansicht war, daß die Gefahr ihnen beiden drohte und nicht nur Garric alleine.

Garric packte die Schulter des Königs und drückte sie. Beide Männer lächelten, obwohl keiner ein Wort sprach.

In dem Vorraum am Ende der Treppe wartete niemand. Die Tür, die der hochgewachsene Mann bewacht hatte, war von ihrer Seite her verriegelt. Carus zog den guterhaltenen Riegel ohne Schwierigkeiten zurück, zog die Tür auf und ließ Garric mit einer ironischen Verbeugung den Vortritt.

Ansalem saß wieder auf der Steincouch und bemerkte offenbar nicht einmal die zweiköpfige Schlange, die Amphisbaena, die durch ihn hindurchschimmerte. Er blickte erfreut auf, dann runzelte er die Stirn, als er Garric und Carus sah.

»O je«, sagte Ansalem als er sich zur Begrüßung erhob. »Ich habe Euch bereits kennengelernt, nicht wahr? Euch beide. Oder seid Ihr dieselbe Person? König Carus, nicht wahr?«

»Ich bin Carus«, sagte der König mit bereitwilligem Lächeln. »Das hier ist mein Viele-Male-Urenkel Garric.« Mit einem raschen Blick sah er sich um. Die Morgensonne drang durch den Alabaster und durch die Löcher darin, was ihr einiges von der blendenden Helligkeit nahm.

»Und wir haben uns ebenfalls schon kennengelernt«, erklärte Garric. »Als Ihr mich zum ersten Mal hierher brachtet, Meister Ansalem.«

»Habe ich das getan?« sagte Ansalem und sah sich verwirrt in dem unordentlichen Raum um. »Oh, das glaube ich kaum, mein Junge. Das hätte ich gar nicht tun können. Diese Kammer ist vom Rest des Kosmos abgeschlossen. Es gibt Euch nicht wirklich: Ihr befindet Euch nur in meinem Traum.«

Statt einer Antwort klopfte er Carus mit dem Fingerknöchel an das Fenstergitter neben ihm. Der Rahmen schepperte.

Ansalem nickte und schaute noch verwirrter drein als zuvor. »Ja«, sagte er, »das ist tatsächlich seltsam. Aber Ihr könnt nicht echt sein.«

Er streckte die Hand zu einem Bücherregal aus und hielt angewidert inne, als ihm klar wurde, daß seine Bücher verschwunden waren. »Purlio!« schrie er. »Purlio, komm sofort her!«

Außer dem Echo seiner Stimme war nichts zu hören.

»Ich denke, meine Schüler haben mich hier eingeschlossen«, sagte Ansalem. Er klang eher interessiert als besorgt. »Warum sollten sie so etwas tun? Ihr habt sie gesehen, nicht wahr, Purlio und die anderen? Aber nein, das könnt Ihr nicht. Es gibt Euch nicht wirklich.«

»Ich habe Euren Purlio kennengelernt, als ich zum ersten Mal hier war«, sagte Carus barsch. »Ich hielt ihn für einen unangenehmen Kerl und die anderen sechs für nicht viel besser.«

»Wie bitte?« fragte Ansalem überrascht. »Oh, sie sind nicht so übel. Sie sind alle recht klug, obwohl ...«

Er verzog unwillig das fröhliche, rundliche Gesicht.

»... sie hätten mich wirklich nicht hier einschließen sollen, als ich so müde davon war, Klestis aus der wachen Welt zu entfernen. Ich wollte ...«

Plötzlich starrte er Carus an. Garric, der den alten Mann beobachtete, entdeckte, daß sich unterhalb der kindhaften Unschuld ein Kern befand, der so machtvoll und ohne jegliche Vorstellung von Moral war wie der Blitz.

»Ihr wart sehr zornig, daß ich mich nicht Eurem großen Feldzug anschließen wollte, den Ihr gegen all Eure Feinde begonnen hattet, nicht wahr Carus?« fragte der alte Mann.

Carus zuckte grimmig die Achseln. »Sie waren die Feinde der Zivilisation, aber« – er lächelte, wenn auch nicht sonderlich erfreut –, »ja, ich habe in jenen Tagen dazu geneigt, mich selbst für die Zivilisation zu halten. Und was den Zorn angeht, nein. Zumindest war ich nicht zornig auf Euch.«

Carus wandte sich den Fenstern zu und spähte hinaus. Auf den Straßen drunten standen die erschrockenen Bürger des alten Klestis.

»Ich hielt Euch für einen kurzsichtigen Narren«, sagte der König und wandte seine Aufmerksamkeit wieder Ansalem zu. »Was Ihr ja auch tatsächlich wart. Aber mit dem Vorteil, nun über die Jahrhunderte zurückzuschauen, ist mir klar, daß ich ein ebenso kurzsichtiger Narr war, wenn ich versuchte, all meine Probleme mit meinem Schwert zu lösen.«

»Ich wußte, daß ich nicht genug Macht hatte, alle Inseln zu retten«, widersprach Ansalem recht freundlich, statt einen der nörglerischen Wutanfälle zu erleiden, die Garric bei seinem ersten Besuch in diesem Palast erlebt hatte. »Außerdem war das Königreich nicht meine Angelegenheit. Ich hatte nur Pflichten gegenüber Klestis und seinen Bürgern, also habe ich die Stadt gerettet.«

»Ihr habt sie nicht gerettet«, sagte Garric. »Die Stadt ist so tot wie der Meeresboden. Ganz gleich, was Ihr von Eurem Fenster aus seht.«

»Tatsächlich?« fragte Ansalem. Er setzte sich wieder auf die Couch und verschränkte besorgt die Finger. »Ich war nicht in der Lage, meinen Plan zu Ende zu führen, weil ich immer noch hier schlafe. Wieviel Zeit ist vergangen? Ich fürchte sehr viel, oder?«

»Tausend Jahre«, erklärte Carus. »Garric hier ist mein Nachkomme, und er herrscht tausend Jahre, nachdem ich ertrunken bin, Ansalem.«

Der alte Zauberer seufzte. »Ja, das hatte ich befürchtet«, meinte er. »Es war wirklich notwendig, daß ihr auf diese Weise in meine Träume eindringt. Nur wenn die Kräfte ihren alltausendjährigen Höhepunkt erreichen, ist das möglich.«

Ansalem stand auf und zeigte zum ersten Mal die Müdigkeit hohen Alters. Er berührte Stellen an seinen Bücherregalen, streichelte hier einen verschwundenen Kodex, berührte da den Behälter, in dem sich eine Rolle hätte befinden sollen. »Wißt Ihr«, fuhr er fort, »als Ihr starbt, Carus ...«

Er wandte sich dem König mit der Geschwindigkeit eines Frosches zu, der sich seine Beute schnappt.

»Ihr seid nicht gestorben, nicht wahr?« fragte Ansalem mit der Schärfe eines Mannes, der erwartet, eine ehrliche Antwort zu bekommen, und das sofort.

Carus zuckte die Achseln. »Mein Körper ist ertrunken«, sagte er. »Ich bin kein Philosoph oder Priester und kann Euch über den Rest nichts sagen. Aber nun bin ich hier.«

»Hier in meinem Traum, ja«, meinte Ansalem nun wieder freundlich. »Ich brauchte keine Kristallkugeln oder Zaubersprüche, die mich in die Zukunft sehen ließen, um zu wissen, was aus den Inseln werden würde, solltet Ihr schließlich versagen. Ich habe Klestis aus der Zeit herausgeholt, um es vor dem Chaos zu retten. Und dann ...«

Er drehte sich um und betrachtete die leeren Bücherregale und die Nischen, in denen Gegenstände gestanden hatten, die in der Lage gewesen waren, die Kräfte zu konzentrieren, die jetzt das Universum beherrschten. Diesmal versuchte er nicht, seine verschwundenen Schätze zu berühren. Seine Miene war einen Augenblick lang auf eine ganz und gar unmenschliche Weise hart und alt wie ein Berg.

»Ich war sehr, sehr müde«, fuhr er leise fort. »Es war schwere Arbeit. Ich alleine war dazu imstande!«

Er warf Garric und Carus einen Blick zu, als forderte er sie heraus, ihm zu widersprechen. Der alte Zauberer war wieder ein Kind, mit der Neigung eines Kindes zu prahlen – und der Macht, eine Stadt der Zeit zu entziehen, wie er es eindeutig getan hatte.

Garric faltete die Hände auf der Höhe der Schärpe seines Nachthemdes aus einfacher Wolle, des einzigen Kleidungsstücks, das er in diesem Traum trug. Er nickte zustimmend. Es war, als stünde man einem Krater voll brodelnder Lava gegenüber und fragte sich, ob im nächsten Augenblick vielleicht Feuer aufsteigen würde, um einen selbst und alles andere ringsumher zu entzünden.

Ansalem seufzte und sackte in sich zusammen. »Ich war müde und schlief«, sagte er leise. »Ich ging davon aus, daß Klestis, wenn ich erwachen würde, tausend Jahre in der Zukunft wäre, wenn Frieden und Stabilität wieder erreicht sein würden. Ich wollte nicht, daß mein Volk die vollkommene Zerstörung erleiden muß.«

Garric lächelte. »Ich würde die Gegenwart – meine Gegenwart«, sagte er, »weder friedlich noch stabil nennen, aber ich muß zugeben, daß es besser ist als das, was direkt nach dem Zusammenbruch des Alten Königreiches geschah. Zumindest im Augenblick. Das Problem besteht darin, es so zu erhalten, und Eure Brücke von Klestis in unsere Welt macht das schwieriger.«

»Brücke?« fragte Ansalem. »Ich kann mich nicht erinnern, eine Brücke gebaut zu haben. Aber es gibt so vieles, woran ich mich nicht erinnern kann. Wer sagt, da draußen ist alles verschwunden?«

Er zeigte nicht auf das Fenster zur Stadt hinaus, sondern zum Alabasterschirm, von dem aus der wohlwollende Despot, Ansalem der Weise, dem Volk von Klestis seine Audienz gewährt hatte. Von drinnen konnte Garric die Obstbäume in den Pflanzenkübeln und die Blumenbeete sehen, deren Blüten in einer leichten Brise wehten. Aber es waren keine Menschen dort.

»Ja«, sagte Carus. »Es ist alles weg. Es ist nur noch eine Einöde. Es gibt nicht einmal Ziegen, die in den Straßen das Gras fressen.«

»Es liegt daran, daß ich nicht aufgewacht bin«, sagte der alte Zauberer und schüttelte den Kopf in dem Versuch zu verstehen, was geschehen war. »Warum, glaubt Ihr, haben Purlio und die anderen mich hier in meinen Träumen versiegelt? Sie müssen doch gewußt haben, daß Klestis ohne mich nicht überleben konnte, oder nicht?«

»Vielleicht war es ihnen gleich«, sagte Carus. Er schob die Daumen in den Schwertgürtel und betrachtete Ansalem wie die grimmige Statue eines Kriegsgottes. »Es war ihnen zweifellos gleich.«

»Ansalem?« sagte Garric. »Wir müssen den Zauber brechen und Euch dorthin zurückbringen, wo Ihr hingehört. Könnt Ihr uns sagen, wie das zu tun ist?«

»Das könnt Ihr nicht, Junge«, tat der alte Zauberer seinen Vorschlag ab. »Nur die Amphisbaena könnte das, und ...«

Mitten in Ansalems Worten spürte Garric, wie eine Kraft ihn mit der Plötzlichkeit einer losgelassenen Bogensehne packte. Die Kammer verschwamm vor seinen Augen. Garric wurde durch Zeit und Raum gerissen und sah, wie sich der Kosmos um ihn herum verdrehte.

Nur noch leise hörte er Ansalems Stimme durch das graue Dunkel: »... und die Amphisbaena ist hier bei mir!«

Sharina hatte Seitenstechen, wo sie sich gegen die reglosen Krallen des Vogels gewehrt hatte. Es war ihr in ihrer Erleichterung, als das Tier sie schließlich auf den Strand abgesetzt hatte, nicht aufgefallen, aber nun war es überdeutlich.

Die Rippenmuskeln waren jedesmal, wenn sie ihr rechtes Bein ausstreckte, eine Lanze bohrenden Schmerzes, und es gab einen schmerzlichen Ruck, wenn ihre Zehen den Boden berührten.

Sie wich einem Gebüsch wilder Rosen aus. Wenn sie blühten, waren sie wunderschön – die Blütezeit war allerdings vorüber –, aber sie hatten auch die schlimmsten Dornenranken der Welt. Weil Sharina müde war und Schmerzen hatte, achtete sie nicht darauf, weit genug auszuweichen. Eine Ranke riß ihr drei lange Wunden in den linken Unterarm und zog ein paar Fäden aus ihrer scharlachroten Schärpe.

Das wird ihnen zeigen, daß ich hier vorbeigekommen bin, dachte sie. Aber die Dorfbewohner folgten ihr ohnehin so gnadenlos wie Wespen, und mit ebenso mörderischer Absicht. Sharina hörte sie nicht weit hinter sich, wie sie einander höhnisch zuriefen.

Die bewaffneten Krieger würden zurückgefallen sein. Aber das war gleich, denn wenn zwanzig Bauern mit Steinen und Hacken ihr Opfer erreichten, würde selbst ein Schwertkämpfer wie Garric nicht gegen sie ankommen – wenn sie willens wären, den Preis zu zahlen.

Das Pewlemesser hing an einem breiten, enggeschnallten Gürtel, so daß es nicht wackelte, wenn der Träger sich heftig bewegte. Sharina berührte den Griff nicht bei diesem Gedanken – es hätte sie aus dem Tritt gebracht –, aber sie lächelte grimmig. Auch jene, die diese einzelne Frau einholten, würden einen Preis zahlen müssen.

Der Weg, der sie von der Siedlung weggeführt hatte, war eine halbe Meile zuvor nach und nach verschwunden. Sharina lief weiter, wählte sich ihren Weg mit einem Blick, der an Wälder gewöhnt war; aber nicht an *diese* Wälder, und es wurde dunkel.

»Herrin«, flüsterte sie. Sie war zu müde für ein richtiges Gebet. »Herrin, hilf deiner Dienerin.«

Eine Lichtung schnitt sich diagonal zu Sharinas Weg durch den Wald. Sie bog nach links ab und nicht in den schärferen Winkel nach rechts, der sie wieder in die Richtung ihrer Verfolger zurückgebracht hätte. Die Dorfleute wußten zweifellos von diesem relativ leicht begehbaren Streifen. Vielleicht hatten sie bereits ein paar Leute quer durch den Wald geschickt, um ihr den Weg zu blockieren, falls sie versuchen sollte, darauf zurückzukehren.

Sharina versuchte nicht, sich in dem höheren Unterholz auf der anderen Seite zu verstecken. Ihr Umhang war nicht lang genug, um ihr Hemd aus gebleichter Wolle zu bedecken, und der helle Stoff würde im mondbeleuchteten Wald wie Feuer aufschimmern. Ihre Haut war noch bleicher und ihr Haar wie eine hellblonde Fahne, die allen, die es sehen wollten, ein Signal gab.

Sie glaubte zunächst, einem Streifen dichten, vulkanischen Felsens zu folgen, der weniger Wasser durchließ und auf dem die Pflanzen nicht so gut Wurzeln ziehen konnten wie in dem Kalkstein, der den Unterboden dieser Gegend bildete. Aber der Weg war zu gerade und zu breit: zwanzig Fuß und regelmäßiger als die meisten Straßen in Valles.

Das hier war ein Boulevard: eine uralte Straße, die so geschickt gepflastert war, daß Wurzeln nur in der dünnen Schicht Erde Halt fanden, die während Jahrhunderten über das Pflaster geweht worden war.

Sharina schob eine Krüppelkiefer beiseite und stapfte durch das Efeubett, das sich wie ein Teppich über große Teile des Pfades streckte. Ihre Zehen rissen an den Stielen und hinterließen eine Spur loser, weicher, breiter Blätter.

Vögel erhoben sich in einem Chor von Schwirren und Flügelflattern von den überhängenden Zweigen. Sharina hatte ein paar Tauben oder vielleicht auch Wachteln aufgeschreckt, die sich bereits für die Nacht niedergelassen hatten.

Die Straße stieß nun auf eine überwachsene Mauer und einen Torbogen, der einmal dreißig Fuß hoch gewesen sein mußte. Der obere Teil war allerdings eingestürzt. Der Kopf, der einmal auf jene, die durch diesen Eingang trafen, hinabgestarrt hatte, lag nun auf einem Haufen der kleinen behauenen Steine, in die er eingelassen gewesen war.

Es war der Kopf einer Schlange gewesen, auf eine kantige Weise behauen, die ihn für unvertraute Augen wie die Sharinas noch erschreckender aussehen ließ. Die Kiefer waren groß genug, um sie zu verschlingen, wäre das Tier nicht aus Stein gewesen; eine gespaltene Zunge stieß daraus hervor. Weitere lebhafte Steinmetzarbeiten, einige von kleineren Köpfen, bedeckten die gesamte Oberfläche der gewaltigen Büste.

Sharina berührte mit der Hand den kalten Stein, als sie daran vorbeischlüpfte, und bewegte sich ein wenig langsamer, damit sie sich zwischen den überwucherten Steinen nicht die Knöchel verrenkte.

Sie hatte den großen Komplex eingestürzter Gebäude erreicht, den sie gesehen hatte, als sie noch in den Krallen des Vogels hing. Sie konnte nun nicht mehr abbiegen. Der Boulevard schlug eine Kerbe in die Baumwipfel und ließ mehr Sonnenlicht bis zum Boden durch als anderswo im Wald. Dadurch waren auf beiden Seiten Geißblatt und Dornenranken undurchdringlich dicht gewachsen.

Es war gleich: Sharina hätte mit diesem Brennen in ihrer Seite nicht lange weiterrennen können, und vielleicht war es ohnehin Zeit stehenzubleiben und sich zu wehren.

Sie trat aus dem direkten Blickfeld ihrer Verfolger und sah sich um. Das Gebäude direkt rechts von ihr war eine Ruine, dessen ursprüngliche Anlage sie sich nicht mehr vorstellen konnte. Eine riesige Eiche wuchs auf einem Trümmerhaufen, dessen scharfe Kanten der einzige Beweis seiner unnatürlichen Herkunft waren.

Hinter dieser Ruine befand sich ein Gebäude, das zumindest hundertfünfzig Fuß lang war. Wie die äußeren Mauern und alle anderen sichtbaren Gebäude war es aus Granit und nicht aus dem Kalkstein gebaut, den Sharina am Strand und an den Felsen der Lichtung der Siedler gesehen hatte. Einschlüsse aus Mineral glitzerten im schwächer werdenden Licht.

Rosen und Kiefern wuchsen an der hohen Fassade des Gebäudes; an vielen Stellen hatten die Wurzeln den Stuck von der Oberfläche gesprengt. Haufen üppig verzierter Säulenkapitelle, einige von ihnen beim Absturz zerbrochen, lagen vor der vorderen Mauer und blockierten zwei der Eingänge und auch beinahe den dritten, der Sharina am nächsten lag.

Ein besseres Versteck würde sie nicht finden. Sie tätschelte ihr Messer, dann kletterte sie über den Steinhaufen zu der Öffnung weit oben an dem Torbogen. Sie kletterte auf allen vieren, klammerte sich an Stämme mit grober Rinde, während ihre Zehen in den gemeißelten Gesichtern von Affen, Eidechsen und weniger identifizierbaren Geschöpfen Halt fanden.

Ein weiterer Schlangenkopf ragte aus dem Torbogen hervor. Sharina zwängte sich darunter hindurch in das dunkle Innere des Gebäudes.

Auf dieser Seite war der Trümmerhaufen viel steiler. Um nicht kopfüber herunterzufallen, packte Sharina den Balken, der Jahrhunderte zuvor einen hölzernen Türrahmen gehalten haben mußte. Vorsichtig drehte sie sich um und fand Halt auf den Trümmern, so daß sie mit dem Messer in der Hand direkt hinter der Öffnung warten konnte. Sie öffnete den Mund weit, damit ihr Keuchen sie nicht verriet.

Obwohl die Dorfleute erfahren würden, wo sie sich befand, sobald einer von ihnen versuchte, durch dieses Loch zu kriechen. Sie würden es allerdings einer nach dem anderen tun müssen, es sei denn, sie beschlossen, die Steine abzutragen, die mit Dornenranken und Baumwurzeln miteinander verbunden waren. Das wäre keine leichte Aufgabe und keine, die sich in kurzer Zeit erledigen ließe, nicht einmal bei Tageslicht.

Und es würde auch nicht leicht sein, durch das bereits existierende Loch zu kriechen, während Sharina auf der anderen Seite mit einem Messer wartete, das mit einem Schlag durch einen armdicken Ast drang. Sie lächelte finster. Sie hatte sie nicht darum gebeten, sie zu verfolgen.

Als Sharinas hämmernder Pulsschlag langsamer wurde, hörte sie, wie die ersten Verfolger eintrafen. Stimmen, alle männlich, stritten sich keuchend und unruhig. Sie konnte die Worte nicht verstehen. Die Männer schienen immer noch ein Stück entfernt zu sein.

Sie beschloß, daß eine Möglichkeit, ihre Feinde zu sehen, das Risiko wert war, und hob den Kopf langsam über den

Rand des Trümmerhaufens. Das schlechte Licht und der helle Stein dieser Stadt würden sie mehr oder weniger verbergen, selbst wenn einer der Dorfleute direkt zu der Öffnung hinschaute.

Wie angenommen, waren ihre Verfolger bei den Trümmern des Torbogens stehengeblieben. Sie spähten durch die Öffnung, versuchten aber, sich vor dem Schlangenkopf fernzuhalten. Es waren ein halbes Dutzend junger Männer und ein Bursche mit einem grauen Bart und gut ausgeprägten Muskeln an Armen und Oberschenkeln. Mehr Dorfleute trafen ein, während Sharina zusah.

Der Streit setzte sich fort und führte offenbar nirgendwohin. Jeder Neuankömmling sagte etwas, und jene, die bereits anwesend waren, antworteten zunehmend gereizt. Es wurde immer dunkler. Der ältere Mann hockte sich mit einem Feuersteinmesser und einer Handvoll Stöcken hin, die er am Rand des Boulevards gesammelt hatte. Mit einem raschen Schlag erreichte er, daß Funken sprühten, verteilte die Späne über den wartenden Zündeln und blies die Funken zu flackerndem Leben an.

Nun waren auch die Krieger da, und endlich erschienen etwa zwanzig der Dorffrauen. Jeder Krieger hatte seinen eigenen Speer, aber ihre Helfer trugen die Helme; die fellbezogenen Schilde hatten sie offenbar in der Palisade gelassen. Es war wohl kaum notwendig, daß sich drei Männer in eine vollständige Rüstung hüllten, um gegen eine einzelne Frau zu kämpfen.

Die Krieger setzten ihre großen Helme auf und rückten das Gewebe von Lederstreifen zurecht, das sie auf ihren Köpfen abpolsterte. Der grauhaarige Mann erhob sich mit einem Kiefernast, den er entzündet hatte, und hielt diesen weit vom Körper weg, als er die Öffnung betrachtete, hinter der Sharina wartete. Sie widerstand dem Impuls, sich zu ducken: Eine Bewegung würde sie verraten, ihr verschwommenes Gesicht nicht.

Der grauhaarige Mann lächelte. Er hatte sich nicht dem Disput der anderen angeschlossen. Wenn sie sie angriffen, wäre *er* derjenige, auf den sie achten müßte. Obwohl sie annahm, daß er ein viel zu kluger Jäger war, um sich selbst an die Spitze eines Angriffs zu setzen, wie seine Genossen ihn zweifellos planten.

Einer der Krieger trat vor. Mit einem Aufschrei stieß er den Speer durch den Torbogen, aber er vermied dabei sorgfältig, die Linie zu überschreiten, wo sich das Tor befunden hatte. Dann wich er, immer noch aufgeplustert, zurück.

Sharina schaute hinter sich. Ihre Augen hatten sich genügend an die Dunkelheit gewöhnt, um zu erkennen, daß der Raum leer war, wenn man von ein paar Steinen absah, die aus dem Dach gefallen waren, und von den Bröckchen des Verputzes, der einmal die Mauern von innen überzogen hatte. Eine Quermauer mit einer weiteren Türöffnung teilte den anliegenden Rest des langgezogenen Gebäudes ab. Dies war vermutlich der Raum, in den das mittlere der äußeren Tore führte.

Wieder erhoben sich draußen die Stimmen. Sharina hob vorsichtig den Kopf. Die Dorfleute versuchten, an dem brennenden Kiefernast weitere Fackeln zu entzünden. Der grauhaarige Mann schien der einzige zu sein, der sich im Wald wirklich wohl fühlte. Er sah staunend zu, als seine Genossen versuchten, abgerissene Äste anzuzünden, die bereits verrottet waren, oder Setzlinge die zu grün waren, um richtig zu brennen.

Die Dorfleute machten sich auf, sich zurückzuziehen. Der Krieger mit dem Pfauenfedernschmuck drohte mit dem Speer zu den Ruinen hin und brüllte mit kaum verständlichem Akzent: »Du sollst in der Hölle verfaulen, Drachenbrut!«

Er drehte sich um und gab dem grauhaarigen Mann einen

knappen Befehl. Der Mann nickte und griff nach seiner Fackel, die er in den Boden gesteckt hatte. Nach einem letzten, langen Blick zu Sharinas Versteck hin machte er sich mit hocherhobener Fackel auf den Rückweg zur Siedlung. Er leuchtete den Kriegern den Weg, wobei sie Glück haben würden, nicht über ihre eigenen Füße zu stolpern, wenn sie die Helme nicht wieder absetzten.

Die Lichter verschwanden rasch im Wald. Die Dorfleute beschwerten sich, wenn sie gegen Bäume stießen oder Dornen sie verletzten. Sharina war sicher, daß sie aufgegeben hatten, aber sie wartete an der Toröffnung noch eine Weile, während der Mond, über den ausgestreckten Arm betrachtet, zwei weitere Fingerbreit aufstieg.

Sie seufzte, steckte das Pewlemesser wieder ein und kletterte dann ins Gebäude hinab. Sie hatte Durst, und wahrscheinlich würde sie am Morgen Hunger haben, aber sie konnte sich im Dunkeln hier nicht umsehen. Im besten Fall würde sie nur ihre Zeit verschwenden, und es bestand eine gute Möglichkeit, daß sie sich den Knöchel verrenkte oder Schlimmeres.

Die Leute, die sich auf der gegenüberliegenden Landspitze niedergelassen hatten, fürchteten den reptilischen Vogel, der sie hergebracht hatte, sie fürchteten diesen Ort mit seinen reptilischen Steinmetzarbeiten, und sie fürchteten Sharina selbst. In einer freundlicheren Stimmung hätte Sharina vielleicht gesagt, daß sie es ihnen nicht übelnehmen konnte, aber sie tat es.

Die Tür im Inneren zeichnete sich als Rechteck ab, das um ein Geringeres heller war als die vollkommene Finsternis. Sharina runzelte die Stirn. Das Mondlicht, das durch die Baumwipfel drang, umriß kaum noch die Öffnung, durch die sie hier eingedrungen war. War das Dach einer der entfernteren Räume eingestürzt und hatte es zum Himmel hin geöffnet?

Sharina ging über knirschende Verputzbrocken auf die Verbindungstür zu. Sie trat vorsichtig auf, dann stieg sie über eine Statue, die aus ihrer Wandnische gefallen und am Boden zerbrochen war. Die Rückseite der Statue war ebenso gemeißelt wie die Vorderseite.

Sie betrat den Hauptraum. Das Licht – es war eigentlich zu schwach, um es als »Licht« zu bezeichnen, es sei denn im Vergleich mit der absoluten Dunkelheit – fiel durch eine weitere Tür auf der anderen Seite. Weiter hinten im Raum stand eine Statue aus butterglatter Jade der Außentür gegenüber, die jetzt von Trümmern blockiert war. Die gemeißelte Gestalt war zweimal so groß wie Sharina: mehr als lebensgroß, schätzte sie, aber sie konnte nicht sicher sein.

Die Statue stellte keinen Menschen dar, sondern eine schuppige, menschenartige Gestalt mit spitzen Zähnen in einem langen, reptilischen Kiefer. Die Augen aus Felskristall glitzerten Sharina an. Sie nahm an, daß der Rest der Gestalt aus einem einzigen Block gemeißelt war.

Drachenbrut, dachte sie. Sie ging an der Statue vorbei. Das Reptilienwesen versuchte nicht, sie zu töten, aber die Menschen dort draußen hatten das mit Sicherheit vorgehabt.

Es gab hier keine Fledermäuse, wie Sharina eigentlich erwartet hatte. Sie hätte sie gerochen, selbst wenn sie sich bereits auf die Jagd gemacht hätten. Die Luft hatte einen trokkenen Geruch, den sie nicht identifizieren konnte; es hatte nichts mit Pflanzen zu tun, kam aber vielleicht vom Stein selbst.

Einer der Türpfosten der Innentür war schräg in die Öffnung gefallen. Sharina duckte sich darunter hindurch und betrat das dritte Zimmer.

Das Dach war noch ganz und die Außentür eine feste Masse aus Wurzeln und Trümmern. Das Licht – wenn es überhaupt eine Farbe hatte, war es bläulich – kam von einer Nische an der hinteren Wand des Gebäudes. Darin bewegten sich Gestalten, oder es sah zumindest so aus. Sharina trat vor. Unwillkürlich zog sie wieder das Pewlemesser. Als sie näher kam, konnte sie festes, mörtelloses Mauerwerk hinter dem Licht erkennen – es gab eigentlich keine Nische.

Sharina warf einen Blick zurück, falls sie hier nur die Reflexion von etwas sah, das sich eigentlich hinter ihr befand. Es gab nichts außer der Tür, die so verschwommen war, daß sie schon nicht mehr den Pfosten ausmachen konnte, von dem sie wußte, daß er quer darin lag.

Wieder drehte sie sich um, mehr verwundert als verängstigt, und sah in, auf oder durch die feste Mauer, eine Gestalt hinter einem Schreibtisch. Sie hatte Menschengröße und vage Menschengestalt, aber sie war reptilisch und hatte Augen aus blauem Feuer.

»He!« rief Sharina und hob das Messer, um dem Geschöpf den Schädel zu spalten, falls es sie anspringen sollte.

»Ich bin nicht dein Feind, Sharina os-Kenset«, sagte die Gestalt. Der lippenlose Mund bewegte sich, aber sie hörte diese Worte nur in ihrem Geist. Sie hatten eine trockene Kühle, der sie an den Geruch erinnerte, den sie im Gebäude bemerkt hatte.

Die Gestalt machte eine Geste mit einer dreifingrigen Hand. Eine Steinbank war in die Mauer dieses Raums eingelassen, in einem rechten Winkel zu dem körperlosen Schreibtisch aus Licht und Schatten.

»Setzt dich doch«, sagte die kalte Stimme. »Ich habe dir einen Vorschlag zu machen.«

Colva umklammerte Cashels linken Arm, als sie den stillen Wald verließen. »Ich hatte solches Glück, daß Ihr gekommen seid, um mich zu retten«, sagte sie. »Keine Belohnung könnte für einen Helden wie Euch groß genug sein.«

Cashel hielt seinen Arm so starr wie den Stock in der anderen Hand. Er konnte sie schließlich nicht einfach wegschleudern. Außerdem wollte er das nicht. »Ich bin kein Held«, murmelte er.

Landures Palast war ein großes, strenges Gebäude an der Felswand, die sich aus einem sanfteren, grasbewachsenen Abhang erhob. Die Fassade war flach, aber die Seiten und die Rückwand bildeten einen glatten Halbkreis, als hätte man einen gigantischen Steinbaum mitten durchgeschnitten. Die oberen Stockwerke waren leicht von der Felswand abgesetzt, was sie zu einer Art Turm machte, obwohl das Kuppeldach nicht ganz so hoch aufragte wie die Felsen dahinter.

Der Blick über das Tal hätte bemerkenswert sein sollen, aber Cashel entdeckte keine Fenster, es sei denn diese schmalen, vertikalen Schlitze reichten durch die gesamte Mauer. Öffnungen oder nicht, sie waren der einzige Schmuck an diesem strengen Gebäude.

Colva löste sich ein wenig von ihm. Beide waren stehengeblieben, als sie den Turm sahen. »Er hat es als Nadel gebaut, um die Struktur dieser Ebene festzuhalten«, sagte sie mit leidenschaftsloser Stimme. »Ich meine Landure, meinen Mann. Was haltet Ihr davon, Cashel?«

Cashel räusperte sich. »Interessant«, sagte er. Er wußte sonst nicht, was er sagen sollte. Das Gebäude war so schlicht und nützlich wie ein Wassertrog. Das spürte Cashel, obwohl er nicht sicher war, wieso. »Gehen wir hinein?«

Er hätte etwas zu trinken brauchen können, am liebsten Buttermilch. Von einem Kampf bekam er immer einen trokkenen Hals, selbst wenn er nicht schrie. Jetzt, wenn er darüber nachdachte, nahm er an, daß er tatsächlich geschrien hatte. Danach konnte er sich nie erinnern, was alles geschehen war.

»Ja, selbstverständlich, Cashel«, sagte Colva und drückte wieder seinen Arm. »Das werden wir tun.«

Die Tür in der flachen Vorderseite des Palastes hatte eine bequeme Höhe für einen hochgewachsenen Mann, war aber nicht dazu gedacht, Besucher zu beeindrucken. Aus der Ferne hatte Cashel geglaubt, die Tür sei aus altersdunklem Holz, aus der Nähe bemerkte er, daß sie mit Silber oder einem anderen schwarz angelaufenen Metall überzogen war. Der Griff, ein vertikaler Riegel, schimmerte, wo die Hände von Benutzern ihn abgerieben hatten.

»Würdet Ihr mir die Tür öffnen, Cashel?« sagte Colva. Sie lächelte und legte den Kopf ein wenig schief. Ihre Fingerspitzen ruhten sachte wie ein Spinnennetz auf seinem linken Bizeps.

»Wie?« fragte Cashel. »Sicher. Verzeiht.«

Er schüttelte den Kopf, verärgert über sich selbst. Er konnte nicht mehr denken. Er hatte darauf gewartet, daß Colva die Tür öffnete, weil es ihr Haus war, wo er sich doch hätte erinnern sollen, daß sie ein so zartes Wesen war. Die Tür war so schwer, wie sie aussah. Cashel drückte fest; man reißt nicht an einem heftigen Gewicht, es sei denn, man will etwas zerreißen, das genauso gut die eigenen Rippenmuskeln sein konnten. Es gab ein saugendes Geräusch; dann bewegte sich die Tür so glatt wie Milch, die aus einem Eimer fließt. Cashel fragte sich, wie eine so glatte Bewegung möglich sein konnte.

»Danke, Cashel«, sagte Colva, als sie hoch über die Schwelle trat. Der Türsturz, die Schwelle und der Türrahmen waren aus demselben glatten Material wie die Tür selbst, aber es gab keinen Riegel.

»Es gibt kein Schloß«, sagte Cashel und betrachtete die Tür interessiert. Die wohlhabenderen Häuser im Dorf hatten Schlösser gehabt, und selbst an den Türen der Hütten der Armen hatte es innen Riegel gegeben.

»Die Geschöpfe der Unterwelt könnten die Tür nicht öffnen«, sagte Colva und sah sich mit glitzernden Augen im Palast um. »Und Landure fürchtet nichts anderes.«

»Aber wenn Ihr allein seid ...?«

Auch er trat ein und hob seinen nackten Fuß, wie Colva zuvor, um nicht die Schwelle zu berühren. Er nahm an, daß sie vielleicht auf diese Weise das enge Metall-an-Metall-Siegel schützen wollte.

»Oh, Ihr meint das Ungeheuer, das mich verfolgt hat?« fragte sie lächelnd. »Er hat mich draußen gefunden. Aber dann seid Ihr gekommen und habt mich gerettet, mein Held.«

Wieder streifte sie seinen Arm mit der Hand. Cashel wußte nicht, was er mit den ... nun ja, Scherzen dieser Frau anfangen sollte. Er war daran gewöhnt, die Witze anderer nicht zu verstehen. Das einzige war, er war nicht sicher, ob Colva überhaupt Witze machte.

Er räusperte sich. »Könntet Ihr mir etwas zu trinken geben?« sagte er. »Wasser wäre gut. Meine Kehle ist wirklich trocken.«

»Selbstverständlich«, murmelte die Frau. Sie sah sich mit der großäugigen Neugier einer Maus, die die Vorratskammer betritt, im Zimmer um, dann ging sie mit kleinen, raschen Schritten zu einem Metallbehälter.

Cashel sah sich ebenfalls um und versuchte dabei, nichts mit seinem Stock umzustoßen. An diesem Ort war es schwierig festzustellen, was echt und was nur eine Reflexion war. Die Schlitze auf der Außenseite des Gebäudes waren tatsächlich Fenster. Jedenfalls fiel Licht herein, aber nicht in Streifen, wie es geschah, wenn Fensterläden angelehnt waren oder bei einem normalen Schlitzfenster. Streifen reiner Farbe fluteten durch die Luft. Manchmal überlagerten sie einander, bildeten eine dritte Farbe, manchmal waren sie so deutlich voneinander zu unterscheiden wie die rechteckigen Steine der Hafenmauer in Barcas Weiler.

Cashel streckte den Arm aus und beobachtete, wie Rot, Blau und dann ein Gelb so hell wie Kleehonig über seine Haut flossen. Es kam ihm so vor, als müsse er imstande sein, solch intensive Farben zu *spüren*, aber sie hatten nicht mehr Gewicht als jedes andere Licht.

Das verursachte, daß Cashel sich unbehaglich fühlte, aber daran war nichts Ungewohntes. Er hatte sich bei förmlichen Banketten in Valles ebenfalls unbehaglich gefühlt.

Von drinnen war der Palast ebenfalls ein einziger halbrunder Raum. Er reichte bis hinauf ...

Cashel hielt inne, um die Höhe der Decke gegen die Außenansicht des Gebäudes abzuschätzen. Er konnte Zahlen nicht benutzen wie Garric und Sharina, aber er wäre kein guter Holzfäller gewesen, hätte er nicht genau abschätzen können, wie hoch ein Baum wuchs und in welchem Bogen die ausgebreiteten Äste auf ihrem Weg zu Boden durch die Luft fegen würden.

Das hier war nichts anderes. Die Decke hatte – Cashel spreizte die Finger seiner linken Hand, schloß sie wieder und spreizte noch einmal Zeige- und Mittelfinger – sieben mal seine eigene Höhe. Von außen war das Gebäude noch zweimal seine Höhe hoch, bis es die Spitze der Kuppel erreichte. Es bedeutete, daß es nur noch ein Stockwerk über diesem gab – vielleicht mit Schlafzimmern, obwohl er nicht annahm, daß ein Palast so gebaut war.

Eine steile, schmale Treppe folgte der Biegung der Mauer zu einer quadratischen Öffnung in der Decke. Es gab kein Geländer.

»Hier, Cashel«, sagte Colva und kehrte mit einem Krug und einem einzelnen Kristallglas zu ihm zurück. Das sich verändernde Licht fiel ihr über das Gesicht, verfärbte es violett, dann orange, und plötzlich warf es ein Negativ der echten Farben über ihre Züge. Colvas Zähne waren schwarz, ihre Haut von einem Grau mit einem leichten Bernsteinhauch und ihr Haar von dunklem Waldgrün.

Sie lächelte und füllte das Glas mit einer Flüssigkeit, die nicht mehr Farbe hatte als das Glas aus Felskristall. »Auf Eure Gesundheit, mein Held«, sagte sie. Sie trank einen kleinen Schluck aus dem Glas, dann reichte sie es Cashel.

»Ist das Wasser?« fragte er, aber es war gleich. Seine Kehle war so trocken, daß er krächzte wie ein Frosch. Die Flüssigkeit war kühl und überzog seinen Mund mit einer kitzelnden Taubheit. Er schluckte und spürte Wärme und Wohlbehagen, die sich in seinem Körper ausbreiteten.

»Was ist das?« fragte er und senkte das Glas. Es war kein Wein; er hatte schon Wein getrunken und ihn nicht gemocht. Das hier war eher wie Wasser, wenn Wasser *lebendig* gewesen wäre.

»Mögt Ihr es nicht, Cashel?« fragte die Frau. »Trinkt noch einen Schluck.«

Sie goß ihm nach. Cashel wollte widersprechen, aber der Geschmack gefiel ihm tatsächlich. Und er war sehr durstig.

Er trank weiter. Er versuchte, diesmal nicht so schnell zu schlucken, aber als er das Glas absetzte, war die Hälfte des Inhalts verschwunden. Colva lächelte ihn an und goß noch einmal nach. Der Fußboden hatte eine Mosaikbordüre von der Breite eines Männerarms, auf der Vögel und andere Waldtiere ihren Angelegenheiten in einer Umgebung wie der von draußen nachgingen. Die Bilder waren sehr lebendig, obwohl der Künstler sie mit Steinstückchen gezeichnet hatte.

Cashel verspürte plötzlich so etwas wie Sehnsucht danach, eine Drossel auf einem Hartriegelstrauch zu sehen, wie sie das Eichhörnchen ausschimpfte, das zur Hälfte den Stamm emporgeklettert war. Seine Augen sagten ihm, wenn er sich jetzt bückte und den Boden berührte, würde er die rauhe Rinde des Baums spüren und nicht Glas und bunten Marmor.

Das Mittelbild war ebenso lebendig wie die Waldbordüre, aber es zeigte Schwerter aus Licht, die Ungeheuer auf das Bronzeportal zutrieben, vor dem Cashel in dieser Welt erschienen war. Die fauchenden Geschöpfe innerhalb des Rings aus Feuer schlossen auch Ungeheuer ein, die aus Teilen anderer Tiere gemacht waren, aber andere waren so menschlich wie der Mann, den Cashel getötet hatte, um Colva zu retten. Ein paar waren Menschen *ähnlich*, aber zu künstlich schön, um wirklich menschlich zu sein; und nach dem, was man in den Fenstern ihrer Augen sah, zu böse, um sie am Leben zu lassen.

Cashel schluckte. Er hatte das Glas erneut geleert. »Wer hat diesen Boden gemacht?« wollte er wissen. Er fragte sich, ob er wirklich so schleppend gesprochen hatte, wie es sich anhörte.

»Landure selbst«, meinte die gute Colva. »Mein Mann.«

Sie legte die Fingerspitzen an die Seite von Cashels Hals und führte ihn auf etwas zu, was er für eine Couch hielt. Er konnte seinen Pulsschlag gegen den leichten Druck ihrer Fingerspitzen spüren. »Setzt Euch«, sagte sie.

Landures Möbel waren so streng wie die Architektur des Palastes. Die Couch hatte gebogene Beine aus Bronze mit einem lavendelfarbenen Unterton, wo ein Keil weißen Lichts ein Ende berührte. Der Sitz war aus demselben Material, gebogen, aber ohne Kissen. Sie sah recht unbequem und außerdem zerbrechlich aus.

»Wird sie, äh, denn halten?« fragte Cashel. Er wollte sich nicht beschweren, aber er wollte auch nicht die Möbel seines Gastgebers zerbrechen. Er fragte sich, ob Landure ein verschrumpelter kleiner Bursche war, das männliche Gegenstück von Tenoctris' gealterter Zerbrechlichkeit.

»Selbstverständlich, Cashel«, sagte Colva und zog ihn neben sich nieder. Die Beine der Couch kratzten über den Steinfußboden, aber sie nahm sein Gewicht sicher auf.

Cashel sah sich um, um sich nicht auf die Frau an seiner Seite konzentrieren zu müssen. Die restlichen Möbelstücke waren im selben Stil gehalten wie die Couch. Mitten im Zimmer stand ein hoher Schreibtisch mit einem spindelbeinigen Stuhl daran. Ein Kodex mit silbernen Verschlüssen und einem Deckel aus schuppigem, grauem Leder lag geschlossen auf der schrägen Schreiboberfläche.

Die taillenhohe Truhe, von der Colva den Krug mit dem Getränk genommen hatte, war eine von mehreren entlang der gebogenen Mauer. Sie bestanden aus Bronze wie die anderen Möbelstücke und waren mit Szenen aus dem Landleben verziert. In den Herrenhäusern von Valles hatte Cashel Wandbehänge und Simse gesehen, die Jäger und ihre Beute zeigten, aber auf Landures Möbeln waren Tiere abgebildet, die mit ihren eigenen Angelegenheiten beschäftigt waren.

Es waren nicht immer friedliche Angelegenheiten: Cashel wußte wie jeder, der auf dem Land gelebt hatte, daß es kaum wahren Frieden in der Natur gab. Hier schlug ein Wiesel einem jungen Hasen die Zähne in die Kehle, dort kroch eine Natter auf ein Wachtelnest zu, während die Elternvögel kreischend auf das Reptil niederstießen. Dennoch, es war die Gewalttätigkeit der Natur, nicht die von Menschen.

Auf mittlerer Höhe in diesem hohen Raum drehten sich Metallperlen langsam um ihre eigene Achse, um andere Perlen und insgesamt um einen schimmernden Goldball in ihrer Mitte. Cashel konnte in diesem seltsamen Licht nicht ganz sicher sein, wie viele Perlen das waren, aber es waren zumindest ein Dutzend. Er sah keine Drähte, an denen sie hingen.

Ihm wurde schwindelig. Er grunzte und rieb sich die Augen. Das Kristallglas fiel klirrend zu Boden. Er hatte vergessen, daß er es in der Hand hatte. War es zerbrochen?

Der Schwindel verschwand wieder. Cashel kam auf die Beine und stützte den Stock auf den Boden. »Ich glaube, ich bin müde«, sagte er mit belegter Stimme. »Habt Ihr vielleicht einen Schuppen, in dem ich schlafen kann?«

Colva hatte sich an ihn gelehnt. Sie drehte sich geschmeidig, um aufrecht zu bleiben, als er ihr seine stützende Schulter entzog, dann erhob sie sich mit der Anmut von aufsteigendem Nebel und sagte: »Nein, Cashel, Ihr müßt im Bett meines Mannes schlafen. Das würde er so wollen, weil Ihr der Held seid, der mich gerettet hat.«

»Ich brauche nichts weiter als den nackten Boden«, murmelte Cashel, aber er war zu müde, um sich mit der Frau zu streiten. Sie streckte die linke Hand aus und führte ihn zu der gebogenen Treppe. Ihre Fingerspitzen ruhten auf Cashels Handgelenk.

Cashels rechte Schulter würde auf der Treppe an der Wand entlangstreifen, also nahm er den Stock in die linke Hand. Colva drehte sich seitlich, so daß nun ihre rechte Hand Cashels rechte hielt.

Sie stiegen die Treppe hinauf, sie vor ihm, weil die Stufen nicht breit genug waren, daß sie nebeneinander hergehen konnten. Wieder mußte Cashel gegen dieses Schwindelgefühl ankämpfen. Er machte sich keine Gedanken, daß er herunterfallen könnte. Er hatte Bäche auf regennassen Baumstämmen überquert, während er so müde war, daß er nicht einmal hätte sagen können, ob es Tag oder Nacht war. Er konnte immer weitergehen, einen Fuß vor den anderen setzen, selbst wenn sein Geist zu einem tiefen Summen geschwunden war.

Colvas Berührung war wie ein Armband glühender Kohlen. Cashel fragte sich, ob er wohl von dem Kampf so müde geworden war oder von der kristallenen Wärme aus dem Krug.

Sie erreichten das Ende der Treppe. Cashel hob den Fuß für eine Stufe, die nicht existierte, und brachte ihn ruckartig auf den Boden des oberen Raums nieder. Er konzentrierte sich. Er hatte die Augen nicht geschlossen gehabt, aber er hatte seine Umgebung nicht mehr wahrgenommen.

Er warf den Stock auf den Boden und weckte damit Echos. Colva wich zurück, erschrocken von dem Geräusch oder den roten Funken, die die Eisenbeschläge aus dem Stein schlugen.

Über ihm schimmerte der Nachthimmel. »Wo ist die Decke?« sagte Cashel, und mit dem Echo wurde ihm klar, daß er in eine Kuppel schaute, in der Punkte glühten, und nicht in den wirklichen Himmel.

Die Punkte zeigten die Sternenkonstellationen genau, wie sie sein sollten, und während Cashel staunend weiterwanderte, schoß ein Komet über das Purpurschwarz, nur um wieder zu verschwinden. Oder war es nur ein Lichtblitz in seinen Augen gewesen, ein weiteres Zeichen seiner Müdigkeit?

»Hier ist Euer Bett, Cashel«, sagte Colva mit einer Stimme wie warmer Honig. »Eigentlich ist es Landures Bett, aber heute nacht gehört es Euch.«

Das einzige Möbelstück im Raum war eine Metallcouch ähnlich der im unteren Zimmer. Die dünne Bronze federte wie eine Matratze aus Weidengeflecht, aber es gab keine Decken oder anderes Bettzeug.

Diese Couch hier hatte ein u-förmiges Kopfende. Ein Mann konnte dort liegen und zu dem falschen Himmel aufblicken, mit den Füßen zur flachen Seite des Gebäudes, wo sich im wirklichen Leben der südliche Horizont befand.

»Ich kann Euer Bett nicht nehmen«, murmelte Cashel. Er konnte sich auf dem Steinboden zusammenrollen. Zu Hause hatte er in der Küche des Mühlhauses geschlafen und das Schlafzimmer oben seiner Schwester Ilna überlassen.

»Es ist nicht mein Bett, Cashel«, sagte die Frau. »Es ist Landures Bett, und heute nacht gehört es Euch, weil Ihr mich gerettet habt.«

»Ich kann nicht …«, wiederholte Cashel, aber Colva zog ihn zu der Couch, und er war zu müde, um etwas anderes zu tun, als ihr zu folgen. Er setzte sich und hörte, wie die Bronzefüße über den Boden kratzten wie Waldinsekten.

Colva legte ihre Hand, beide Hände, mit sanftem Druck auf Cashels Stirn. Einen Augenblick später lehnte er sich zurück. Er war immer noch in der Lage, sich zu fragen, wieso das Bett nicht breit genug für zwei war, aber dann schlief er, bevor er mit dem Kopf auch nur das Metallkissen berührte.

Cashel träumte. Er war eine Statue, die auf einer unfruchtbaren Ebene lag. Der Mann, den er vor dem Bronzetor getötet hatte, war ein Riese, der vor ihm aufragte und mit lauter Stimme tobte. Cashel konnte nicht verstehen, was der Riese sagte. Vielleicht war es nur zorniges Donnern.

Rund um den brüllenden Riesen hüpfte ein Kobold aus purpurfarbenem Licht, dessen Gesicht aussah, als bestünde es aus zerbrochenem Glas. Manchmal kam er näher und verspottete Cashel mit gackerndem Gelächter, dann flog er wieder davon. Als er um eine Ecke bog, verschwand er schließlich, als wäre er nur eine Reflexion gewesen. Der Mond ging auf. Das kühle Licht drang durch den Riesen und den tanzenden Zwerg und wusch ihre Farben weg. Der Riese hob wütend die Faust, aber sein Fleisch wurde durchsichtig, und dann wurden auch seine Knochen zu Schatten.

Die Gestalten waren verschwunden. Der Mond stieg höher über die steigende Ebene.

Es war kalt. Der Mond nahm menschliche Züge an und wurde zum lächelnden Gesicht einer Frau. Cashel war sicher, daß er sie kannte, er hätte aber keinen Namen nennen können. Er war eine umgestürzte Statue, und er fror.

Ein geflügelter Schädel kam aus der Nacht und klapperte mit den Zähnen. Er biß nach Cashel und war wieder verschwunden, davongeflogen, davongeblitzt. Seine Zähne brannten wie die Berührung eisigen Eisens.

Es gab noch mehr Schädel. Ihre Flügel flüsterten, und Cashel hörte das Klacken ihrer Zähne, aber er konnte sie nicht mehr sehen. Sie bissen zu und verschwanden, nahmen jedesmal ein weiteres Stück von Cashels Leben mit. Er versuchte, nach ihnen zu schlagen, aber seine Arme regten sich nicht.

Der Mond lachte silbrig. In seinen schönen Frauenaugen stand Gier, Gier und Triumph, und als das Lächeln strahlender wurde, sah Cashel, daß ihre Zähne spitz zugefeilt waren.

Cashel war aus Stein und so kalt wie die Asche von Sternen, aber er würde sich von diesen Dingen nicht verspotten lassen. Er sprang auf und spürte, wie sein Körper zerbrach, als er ihn zur Bewegung zwang. Er führte die Hände zusammen, um das lachende, körperlose Gesicht zu erdrosseln.

Zwischen seinen Fingern befand sich etwas Bewegliches. Es riß sich los, aber nun war Cashel wach.

Er hatte die Bronzecouch umgekippt. Halb kniete, halb saß er auf dem Boden von Landures Schlafzimmer, beleuchtet vom Schimmern des falschen Himmels. Das Ding, das sich Colva genannt hatte, hatte sich ihm entzogen. Seine Züge waren zarter als die eines Menschen, und sie waren die Leugnung alles Guten. Vom kahlen Schädel des Dings gingen Ranken grauen Lichts aus, die sich immer noch auf Cashel zubewegten wie Egel, die Blut rochen.

Cashel stand auf. Sein Stock lag vor der Couch. Er griff danach und spürte den reinigenden Kontakt mit dem glatten Hickoryholz. Colva lachte, breitete die Arme aus. Ihr nackter Körper war so geschlechtslos wie der eines Frosches. Die graue Masse, die von ihrem Kopf ausging, griff nach Cashel wie die zahlreichen Arme eines Ammoniten, der nach seiner Beute greift.

Cashel schlug mit dem Stock danach. Wo die grauen Arme

den Eisenbeschlag berührten, schrumpften sie wie Schnecken in der Sonne. Cashel trat vor.

Colva schrie verzweifelt und erschrocken auf. Cashel faßte den Stab für einen geraden, eisernen Stoß, der dieses *Ding* gegen die Wand hinter ihr schmettern würde.

Colva sprang zur Öffnung der Treppe und verschwand aus Cashels Blickfeld. Cashel, auf den Stock gestützt, um sein Gleichgewicht wiederzufinden, stolperte hinter ihr her. Er war schwach, vielleicht schwächer, als er es seit seiner Kinderzeit je gewesen war, aber immer noch stark genug, dies zu Ende zu bringen, bevor er sterben würde.

Schreiend lief Colva durch die Streifen reinen Lichts. Die graue Phosphoreszenz brannte an ihrem Schädel wie Häcksel in einem Feuer. Am unteren Ende der Treppe stolperte sie und fing sich dann mit einem Zucken wie dem einer Schlange, deren Rückgrat gebrochen ist.

Cashel folgte ihr. Er stieß den Schreibtisch beiseite, hörte, wie er scheppernd umstürzte. Er war auf seine Aufgabe konzentriert und kümmerte sich nicht um die Dinge, die in den Weg gerieten.

Colva hatte den Ausgang erreicht. Die silberne Tür stand offen, wie sie sie gelassen hatte, nachdem Cashel sie ihr geöffnet hatte. Colva sprang, aber der Kampf hatte sie ebenfalls geschwächt. Ihre Hand streifte einen silbernen Türpfosten.

Sie schrie. Es gab ein Zischen, wie wenn Schinkenspeck brät, und Gestank wie aus einem wieder geöffneten Grab. Vor Schmerz und Wut heulend taumelte sie hinaus in die Nacht.

Cashel erreichte die Tür und prallte zurück. Er hatte seinen Stock quer gehalten. Er keuchte »Duzi hilf …«, aber er brauchte keine Hilfe mehr.

Er brauchte nur noch Schlaf. Cashel spürte, wie er auf den Boden sackte. Er hielt immer noch seinen Stock, hielt ihn quer über die Schwelle.

9

Garrics Bewußtsein tauchte aus dem Schlaf auf wie ein Taucher, der an die Oberfläche des Teichs schießt, in den er gesprungen ist. Sein Geist war erfüllt von einem Sturm neuer Bilder, von Ansalems Gesicht und Ansalems Abschiedsworten. König Carus war jetzt wieder eine Präsenz in seinem Hinterkopf und stand nicht mehr an seiner Seite wie ein Leibwächter.

Liane nahm Garrics Hände in die ihren. Seine Haut war so kalt, als wäre er schutzlos in einem Wintersturm gewesen.

»Tenoctris sagte, wir sollten dich aufwecken«, flüsterte Liane. Sie starrte zu Boden, während sie Wärme in seine Finger rieb. »Ich konnte nur feststellen, daß du noch geatmet hast, weil ich dir einen Spiegel an die Lippen hielt.«

»Ich war nicht sicher, ob wir mehr als deinen Körper aufwecken könnten«, sagte die alte Zauberin entschuldigend. »Die Person, die dich gerufen hat, war zu mächtig. War es wieder Ansalem?«

»Ja«, erwiderte Garric. Er fragte sich, wie lange er schon geträumt hatte. Tenoctris hatte ein Kohlebecken ins Zimmer gebracht und verbrannte geschriebene Bannsprüche in der Holzkohle.

Garric stand auf und staunte darüber, daß das Hemd, das er trug, nicht wirklicher war als sein Schatten in seinem Traum. Die fein gesponnene Ziegenwolle hatte dieselbe weiche Struktur. »Zumindest wurde ich zu ihm gebracht«, fügte er hinzu. »Ansalem hat nicht gesagt, daß er mich gerufen hatte.«

Die Fensterläden waren geöffnet worden; die Sonne stand schon hoch am Himmel. Liane war vermutlich schon vor der

Morgendämmerung im Kerzenlicht zu Garric gekommen, um ihn zur Arbeit zu wecken, und hatte ihn gefunden.

Garric lächelte grimmig. Offensichtlich beinahe tot. Und sie hatte sofort Tenoctris geholt.

Garric berührte die Hände beider Frauen und sagte: »Es tut mir leid, daß ich Euch erschreckt habe. Ich glaube nicht, daß Ansalem Böses im Sinn hat, aber er hat wahrscheinlich Fehler gemacht. Deshalb schläft er allein in einer Stadt, die er vor tausend Jahren aus der Zeit herausgeholt hat.«

»Aus der Zeit?« sagte Tenoctris scharf. »Was genau hat Ansalem gesagt?«

Diener warteten weiter hinten im Schlafzimmer. Auf eine Geste von Tenoctris hin packten zwei Pagen die Beine eines Dreifußes mit dem Kohlebecken und trugen es. Anders als Garric und seine Freunde aus Barcas Weiler waren die beiden Frauen von Geburt an damit vertraut, ein Haus voller Dienstboten zu haben. Garric hätte das Kohlebecken ohne nachzudenken selbst weggebracht und zweifellos die Diener damit nur schockiert.

Garric räusperte sich, als er in seiner Erinnerung nach den richtigen Worten suchte. »Er sagte, er hätte Klestis von dieser Ebene des Universums weggenommen, als Carus starb«, sagte er. »Er hatte vor, die Stadt und ihre Menschen durch die Zeit fortzubringen, um das Chaos zu vermeiden, aber er schlief vor Erschöpfung ein, bevor er das tun konnte, und während Ansalem schlief, haben ihn seine Schüler in seinem Zimmer eingemauert, so daß er niemals mehr erwachte. Ist das irgendwie verständlich?«

Tenoctris nickte. In der Nähe der Stelle, wo das Kohlebecken gestanden hatte, gab es einen Klappstuhl mit Elfenbeinbeinen und einen Sitz aus Seidenbrokat. Sie tastete danach, dann setzte sie sich, bevor ein Diener den Hocker näher schieben konnte.

»Ich verstehe, was du meinst«, sagte Tenoctris und nickte. »Aber – stell es dir einfach so vor, als hätte Ansalem dir gesagt, daß er auf Zehenspitzen tanzte, während er seinen Palast auf dem Rücken trug. Was du mir gerade erzählt hast, ist noch viel bemerkenswerter. Hat er erwähnt, was er als Kraftquelle benutzte?«

Garric runzelte die Stirn und versuchte sich zu konzentrieren. »Er sagte, er hätte seine Amphisbaena benutzt«, sagte er. »Das ist eine ...«

»Ich weiß, was die Amphisbaena ist«, sagte die alte Frau in für sie ungewöhnlich barschem Ton. Was Garric gesagt hatte, mußte sie tief getroffen haben. »Obwohl er sie erst erhalten haben muß, nachdem ich ihn besucht habe. Und er sagte, seine Schüler hätten ihn gefangen?«

»Davon ging er aus«, sagte Garric. »Er sagte, die einzige Möglichkeit, ihn zu erreichen, sei durch die Amphisbaena, aber die befindet sich mit ihm in dem ... dem Bann.«

Liane hatte Garrics linke Hand losgelassen, aber sie knetete seine rechte weiter mit beiden. Das Blut war in seine Haut zurückgekehrt, und er schauderte nicht mehr.

»Armer Ansalem«, sagte Tenoctris leise. »Er war so ein unschuldiger Mensch. Er hätte wissen müssen, daß keiner der Zauberer, die sich ihm angeschlossen haben, vor der Macht der Gegenstände, die er für Spielzeug hielt, sicher sein konnte.«

»Wäre Ansalem weltgewandt genug gewesen, um menschliche Schwächen zu verstehen«, fragte Liane, »wäre er dann sicher gewesen, Tenoctris?«

Tenoctris nickte anerkennend. »Nein«, stimmte sie zu. »Und wenn ich damit anfange, mir zu wünschen, daß Dinge anders sind, als sie sind, kann ich Wichtigeres finden als Ansalems Wissen über die Natur der Menschen.«

»Was, glaubst du, ist mit den Schülern passiert?« wollte

Garric wissen. »Als ich dort war, war der Palast vollkommen leer, von Ansalem abgesehen.«

Tenoctris zuckte die Achseln. »Sie waren alle mächtige Zauberer, besonders Purlio«, sagte sie. »Und sie hatten Ansalems Sammlung von Artefakten, um die Macht ihrer Bannsprüche zu erhöhen.«

Sie schaute aus dem Fenster in den sonnenbeleuchteten Garten. »Es sind die Gegenstände selbst, die mir Sorgen machen«, sagte sie. »Einige von ihnen waren wirklich hübsche Spielzeuge. Es gab zum Beispiel eine Spieluhr, die Visionen des Ortes schuf, dessen Lied sie spielte. Aber es gab andere ...«

Die alte Frau schauderte. Garric trat zu dem Hocker, legte seine Hände auf ihre Schultern und bot ihr seine Kraft an, als sie sie brauchte.

»Es gab die Schale eines der Großen«, sagte Tenoctris, »die zu Makasit geworden war. Es war ein Gegenstand gewaltiger, böser Macht. Wenn ein Zauberer dies einsetzt, dann ...«

Tenoctris breitete die Hände aus, mit den Handflächen nach oben. »Ich weiß nicht, was dann geschehen wird«, sagte sie. Sie lächelte müde. »Nur, daß es uns nicht gefallen wird, meine Freunde.«

Lord Tadais Zelt wurde von einem Außenrahmen aus Ebenholzstangen mit vergoldeten Ranken gestützt. Blutadler in Halbrüstung bewachten alle Seiten davon. Laternenlicht fiel unter der Vorderfront und den Mittelteilen des Zeltes hindurch; Ilna hörte darin Leute murmeln. Das letzte Drittel des Zeltes, wo Tadai schlafen würde, wenn er sich zurückzog, war dunkel.

Ein Seemann spielte an einem der Feuer am sandigen Strand des Inselchens eine Doppelflöte. Die schrillen Töne klangen wie Vogelschreie und waren für Ilnas Ohren beinahe ebenso unangenehm, aber die Genossen des Musikanten lachten und tanzten in einem Kreis.

Garric hatte in Barcas Weiler die Hirtenflöte geblasen, sechs Schilfrohre unterschiedlicher Länge mit wachsverschlossenen Enden. Ilna hatte das für die süßeste Musik der Welt gehalten. Sie fragte sich, ob Garric, nun da er ein Prinz war, jemals noch die Zeit fand zu spielen.

»Ich muß mit Lord Tadai sprechen«, sagte Ilna zu den Wachen. Sie kannte ihre Namen zwar nicht, erkannte aber zwei der vier Blutadler am Eingang des Zeltes; sie hatten in den vergangenen Monaten ihr Haus bewacht.

»Bitte wartet hier, Herrin«, sagte einer von ihnen. Er stieß mit dem Speerschaft gegen den Stützstock am Eingang, um auf sich aufmerksam zu machen, und wartete darauf, daß der Diener das Zelt von innen öffnete.

Während Mastyn sein Gift in die Ohren weiterer zwanzig Seeleute träufelt, dachte Ilna, aber sie ließ ihre übliche kühle Miene nicht vom Zorn erwärmen. Sie wußte, daß die Blutadler ihrer Aufgabe genau auf die Weise nachkommen würden, wie man es ihnen beigebracht hatte, obwohl sie Ilna kannten und wahrscheinlich auch fürchteten. Sie konnte sich nicht gegen Menschen wenden, die ihrer Arbeit korrekt nachgingen, selbst wenn sie ihr in den Weg gerieten.

Tadais Haushofmeister, ein gutaussehender Bursche, der nicht älter war als Ilna selbst, schob den Eingangsvorhang an klirrenden Ringen beiseite. »Was ist los?« sagte er gereizt zu dem Blutadler.

Durch die Öffnung sah Ilna, daß drinnen ein weiterer Vorhang den vorderen Teil des Zeltes zu einem Vorzimmer und Dienerquartier abtrennte. Während dieser Mann auf den Ruf geantwortet hatte, lagerten seine drei Kollegen auf Couchen und tranken weiter aus Glaskelchen mit eingravierten Szenen von Nymphen und Faunen. Tadai selbst würde sich im Raum dahinter befinden.

»Herrin Ilna os-Kenset möchte Tadai sehen«, sagte der Blutadler.

Der Haushofmeister betrachtete Ilna und verzog höhnisch die Lippen. »Lord Tadai arbeitet an seiner persönlichen Buchführung«, sagte er. »Er hat sie wegen seiner öffentlichen Pflichten sehr vernachlässigen müssen. Er möchte nicht gestört werden.«

Ilnas Magen zog sich zusammen. Ein weiterer Soldat drehte sich um und berührte die Nase des Haushofmeisters mit einem Zeigefinger, der fest genug aussah, um damit Pfosten in den Boden zu treiben. »Wie wäre es, wenn Ihr ihn trotzdem fragt«, schlug der Soldat vor. »Denn wenn ich mich erst mit Euch beschäftigen muß, quiekt Ihr wie ein Schwein, und das wird ihn erst recht stören.«

Der Haushofmeister riß die Augen auf, aber dann drehte er sich um und stolzierte davon. Die anderen Männer hatten ihre Becher abgesetzt und saßen aufrecht auf den Couchen, aber keiner von ihnen schien sich einmischen zu wollen.

Der Haushofmeister sprach mit jemandem auf der anderen Seite des Vorhangs. Ilna sagte leise: »Danke«, ohne einem der Blutadler den Kopf zuzuwenden.

Der Soldat, der den Haushofmeister bedroht hatte, schnaubte. »Aufgeblasener kleiner Kriecher«, sagte er. »Hält sich für zu gut für seine Arbeit.«

»Lord Tadai wird Euch jetzt empfangen, Herrin«, sagte der Haushofmeister und trabte zurück zum Eingang. Er hatte leuchtend rote Flecken auf den Wangenknochen. Mit einem Klirren der Aufhängungsringe fegte er den Vorhang ein Stück weiter beiseite und weigerte sich, die grinsenden Soldaten zur Kenntnis zu nehmen. Als Ilna eintrat, schloß der Mann den Vorhang – *er wünscht sich wahrscheinlich, es wäre eine Tür, die er zuschlagen könnte* – und huschte vor ihr her, um auch den inneren Vorhang zu öffnen.

Auf dem Boden des Zeltes lagen dicke Teppiche übereinander. Ilnas Miene blieb reglos, aber sie wünschte sich, sie würde Schuhe tragen und wäre nicht barfuß. Leiden gehörte zur Welt.

Lord Tadai hatte sich auf einer Couch zurückgelehnt und hielt eine Schreibplatte auf dem Schoß. Notizbücher aus bezogenen Holzplättchen oder Elfenbeinplättchen lagen auf den Kissen neben ihnen. Seine beiden Sekretäre saßen an Reiseschreibtischen, deren Beine ausklappbar waren und von Silberbeschlägen gestützt wurden. Auf einem vergoldeten kleinen Tisch stand eine Weinkaraffe, aber dies war eindeutig kein geselliges Beisammensein.

»Herrin Ilna?« sagte Tadai. »Ich würde aufstehen, aber ich fürchte, damit bringe ich alles, was wir heute abend erreicht haben, wieder durcheinander.« Er wies beiläufig auf die Dokumente, die zu Boden gerutscht wären, wenn er sich unvorsichtig bewegt hätte.

Ilna schüttelte nur den Kopf. »Ich habe die Mannschaft belauscht«, sagte sie, ohne sich mit Einführungen abzugeben, die nur Zeit verschwenden würden. »Es steht eine Meuterei bevor. Ich denke, der Anführer ist ein Bootsmann namens Mastyn, aber einer der Offiziere Eures Schiffs, Vonculo, hat ebenfalls damit zu tun.«

Der jüngere Sekretär setzte dazu an, etwas zu sagen. Tadai brachte ihn mit einer Geste zum Schweigen und rief: »Appun! Komm bitte her.«

Der Vorhang bewegte sich so rasch zurück, daß klar wurde, daß der Haushofmeister auf der anderen Seite dicht davor gestanden haben mußte, um zu belauschen, was Ilna seinem Herrn zu sagen hatte. »Ja, Euer Lordschaft?« fragte er untertänig.

»Bring bitte sofort Leutnant Roubos her«, sagte Tadai. »Und ich denke, Lord Neryal sollte ebenfalls kommen.«

Der Haushofmeister drehte sich so rasch um, daß seine gehorsame Verbeugung in einem Bogen die Hälfte des Zeltes umfaßte. Auch seine drei Kollegen waren jetzt auf den Beinen, ihre Weinbecher nicht mehr zu sehen.

»Möchtet Ihr Euch nicht hinsetzen?« bot Tadai Ilna an. »Wir können eine Couch hereinbringen lassen oder einen Hocker, wenn Euch das lieber ist.«

Ilna schüttelte mit einer gequälten Grimasse den Kopf. Die Teppiche lenkten sie mehr ab, als es das Stehen auf glühenden Kohlen getan hätte. Schmerz war etwas, das sie aus ihren Gedanken verbannen konnte, aber kein verzweifeltes Jammern. *Warum* hatte sie nur keine Sandalen angezogen?

Roubos, der Befehlshaber der Blutadlertruppe, betrat das Zelt barfuß und immer noch damit beschäftigt, seinen Gürtel zu schließen. Er war ein Mann in mittleren Jahren, der deutlich hinkte; ein alter Soldat, der im Dienst verwundet worden war, nicht schwer genug, um in den Ruhestand zu gehen, aber genügend, um sich ein solches eher förmliches Kommando wie diese Gesandtschaft verdient zu haben. »Euer Lordschaft?« sagte er und salutierte, indem er die rechte Hand aufs Herz legte.

»Herrin Ilna hier sagt, die Mannschaft plant zu meutern, Roubos«, sagte Tadai. Er nickte zu Ilna hin. Sein Tonfall war nicht ironisch, aber es lag auch keine Spur von Aufregung oder Drängen darin. »Haltet Ihr das für möglich?«

Im Vorzimmer wurde es unruhig. Lord Neryal, Kapitän der *Schrecken,* kam herein. Sein Gesicht war rot angelaufen. Als er sich vorbeidrängte, roch Ilna ebensoviel Wein in Neryals Atem, wie es ihm gelungen war, über sein Hemd zu kippen.

»Was soll das, Tadai?« wollte er wissen. »Die Schwester soll Euch holen, Mann, konnte das nicht warten bis morgen?«

»Eure Männer planen zu meutern«, sagte Ilna und mußte sich anstrengen, sich den verächtlichen Tonfall zu verkneifen. Sie war allerdings nicht sonderlich erfolgreich damit. »Wenn Ihr Mastyn und Vonculo sofort gefangen nehmt, könnt Ihr das im Keim ersticken.«

»Wie bitte?« sagte Neryal verblüfft. »Habt Ihr den Verstand verloren? Ich weiß nicht, wer dieser Mastyn ist, aber ohne Vonculo können wir genausogut hier auf dieser Schlammbank bleiben. Es sei denn, Ihr wißt, wie man ein Schiff navigiert, *meine Dame.*«

Ilna wurde kalt. Sie griff in ihren Ärmel, holte aber die Schnüre nicht heraus. Das würde nicht helfen, und die Befriedigung, die es ihr bringen würde, Neryal dabei zu beobachten, wie er sich auszog und wie ein Frosch aus dem Zelt hüpfte, würde sie das nächste Mal, wenn sie schon vor Morgengrauen erwachte, nur wieder bedauern.

»Gebt mir ein wenig von diesem Wein, Tadai«, sagte der Kapitän. »Das ist das mindeste, was Ihr tun könnt, wenn Ihr mich wegen solchen Unsinns aus dem Zelt zerrt.«

»Leutnant Roubos?« fragte Tadai ruhig. »Was haltet Ihr von der Angelegenheit?«

»Ich weiß nicht, was ein Haufen Ruderer tun kann«, meinte der Blutadler. »Sie haben keine Waffen außer den Messern an ihren Gürteln und wahrscheinlich Keulen. Ich kann meine Männer in voller Rüstung antreten lassen, und den Rest von ihnen auf Euer Schiff schicken. Aber selbst die sechs, die jetzt an Bord sind, könnten fünfzig Seeleuten so rasch die Kehle durchschneiden, als wären es Schafe.«

»Dann müßtet Ihr selber rudern«, sagte Neryal und blickte von dem Wein auf, den er gerade eingoß. »Ich verstehe nicht, wieso wir überhaupt über solch alberne Dinge sprechen. Die Männer werden nicht meutern – sie werden am Ende der Reise bezahlt!«

Ilna sah den Kapitän an, der den Namen seines eigenen Bootsmanns nicht erkannte. »Mastyn erzählt ihnen, er würde sie an einen Ort bringen, wo das Gold auf den Straßen liegt«, erklärte sie und beherrschte mühsam das zornige Zittern in ihrer Stimme. »Er hat ...«

Er hat eine Spieluhr, die die Leute Visionen sehen läßt? Noch während Ilna diesen Satz im Geist bildete, beschloß sie, ihn lieber nicht auszusprechen. »Er ist sehr überzeugend«, schloß sie lahm.

Neryal kicherte und blinzelte Tadai über den Becher hinweg an.

»Verzeiht«, sagte der jüngere Sekretär so gerade eben noch höflich. »Ihr sagtet, Ihr hättet gehört, wie die Männer Pläne schmiedeten. War das in einer Traumvision?«

»Nein, ich bin aufgestanden und ging nach draußen, um zu schlafen«, sagte Ilna. »Ich habe keine Visionen.«

»Vielleicht habt Ihr nur geträumt, daß Ihr nach draußen gegangen seid?« drängte der Sekretär. Tadai und Roubos tauschten einen Blick; wissend und wahrscheinlich mitleidig. »Zweifellos ist die Reise eine große Anstrengung für Euch, und es kann auch nicht angenehm sein, Eure Freunde so zurücklassen zu müssen.«

»Ich habe Euch gesagt, was ich gehört habe, nicht was ich mir einbilde!« fauchte Ilna. Das Jammern der kindlichen Teppichknüpfer unter ihren Füßen trieb sie in einen Wutanfall. Sie mußte von diesen elenden Teppichen herunterkommen!

»Wir werden Vorsichtsmaßnahmen treffen«, sagte Lord Tadai beruhigend. »Roubos, werdet Ihr Euch darum kümmern?«

»Ja, Euer Lordschaft«, erwiderte der Soldat. »Wir werden besonders aufmerksam sein. Immerhin sind wir hier, um Euch mit unserem Leben zu schützen.«

Ilna öffnete den Mund, dann schloß sie ihn wieder. Sie hätte sie am liebsten alle in die Hölle geschickt – und das konnte sie wirklich, sie hatte die Macht dazu. Aber sie würde es nicht tun, denn so etwas würde sie in dieselbe Hölle bringen wie ihre Opfer, und sie hatte bereits genug Zeit dort verbracht.

Ilna drehte sich um und stürmte blind vor Zorn aus dem Zelt. Hinter sich hörte sie eine Stimme rufen: »Bleibt doch noch einen Augenblick«, und eine andere Stimme: »Ist sie betrunken? Wenn es nach ihr ginge, hätten wir keinen Navigator und keine Besatzung mehr!«

Die Seeluft drückte ihr das Hemd an den Körper. Die Atmosphäre im Zelt war bedrückend gewesen. Die Diener hatten Girlanden aus Seidenblüten mit parfümierten Salben getragen, als sie sich zum Trinken niedersetzten, aber Ilna wußte, daß ihre Reaktion damit nichts zu tun hatte.

Es raschelte neben ihr. »Ilna?« flüsterte Merota.

Ilna legte den Arm fest um das Mädchen und ging von dem Zelt und den Narren darin weg. Als sie zehn Schritte weit in der Dunkelheit waren, wollte sie wissen: »Was machst du hier?«

»Ich bin unter der Seite meines Zeltes durchgeschlüpft, als du mit meinem Onkel gesprochen hast«, sagte Merota. »Meine Gouvernante schläft. Sie schnarcht.«

Ilna sah das Mädchen an. Merota hatte sich in einen schwarzen Schal gewickelt, der viel zu groß für sie war. Ilna berührte die Wolle und ließ sich von ihr von einer alternden, steifen, armen Frau erzählen, deren geheimer Stolz darin bestand, zu glauben, daß ihr wirklicher Vater ein Adliger war und nicht der Sattelmacher, mit dem ihre Mutter verheiratet gewesen war. Und damit hatte sie unrecht.

»Das ist der Schal deiner Gouvernante«, sagte Ilna.

Merota nickte. »Ich habe ihn genommen, weil er schwarz ist und weil ich auf diese Weise dicht zum Zelt kriechen konnte, um zu hören, was du meinem Onkel erzählst«, sagte sie. »Die Wachen haben auch gelauscht.«

Ilna lachte erbittert. »Niemand hat wirklich zugehört«, sagte sie. »Das haben sie deutlich gemacht. Obwohl einige von ihnen höflicher waren als andere.« Sie hatten einen Vorsprung aus porösem Gestein erreicht, der sich über die Gezeitenlinie schob. Korallen vielleicht? Ilna wußte nicht viel von Felsen und interessierte sich auch nicht für sie. Sie setzte sich hin und breitete den unteren Rand ihres Umhangs aus, um neben sich einen trockenen Platz für das Mädchen zu schaffen. Die breiten Maschen des Schals bildeten keinen Schutz vor dem feuchten Boden.

»Die Männer glauben, Ihr wärt Prinz Garrics Mätresse«, sagte Merota, als sie sich vorsichtig hinsetzte und die Beine übereinanderschlug. »Sie glauben, er wollte Euch jetzt loswerden, weil er Lady Liane hat, und Ihr wäret nur deshalb so ärgerlich. Aber das ist nicht wahr.«

»Nein«, sagte Ilna und bemühte sich, die Hände sehr ruhig zu halten, weil sie Angst davor hatte, was sie ansonsten vielleicht tun würde. »Das stimmt nicht. Aber es erklärt zumindest, wie man mich heute abend behandelt hat. Es gibt immer einen Grund, wieso die Dinge so sind, wie sie sind.«

Ihre Hände bewegten sich nicht, aber sie konnte nicht verhindern, daß vor ihrem geistigen Auge Bilder entstanden. Sie konnte sie alle ins Meer führen: die Meuterer, die Seeleute, die sich ihnen anschlossen, die selbstzufriedenen Soldaten und die Adligen und ihr Gefolge, die höhnisch über das kleine Bauernmädchen lächelten, das geglaubt hatte, mehr als nur ein kurzfristiges Vergnügen für einen Prinzen sein zu können ... sie würden einer nach dem anderen ins Wasser marschieren, jeder an die Hand des Mannes vor ihm geklammert, und sie würden im Schrecken untergehen, unfähig, dagegen anzukämpfen.

Und Ilna os-Kenset würde als erste ertrinken und nie wieder von Narren und Lügen belästigt werden.

»Willst du das wirklich tun, Ilna?« fragte Merota leise.

Eine andere Gruppe von Seeleuten tanzte jetzt, diesmal zum Rhythmus eines Tamburins und von Kastagnetten. Saiteninstrumente würden sich auf See nicht lange halten.

»Habe ich laut gesprochen?« fragte Ilna.

»Ja«, sagte Merota. Das Tuch bedeckte das Gesicht des Kindes fast vollständig, bis auf den weißen Streifen, in dem ihre Augen schimmerten wie Pfützen.

»Nun, das werde ich nicht tun«, sagte Ilna seufzend. »Es würde nichts nützen.«

»Ich bin froh«, sagte Merota. Sie schauderte.

Ilna legte wieder den Arm um das Mädchen und zog sie verlegen an sich. »Das hier ist keine Welt für Menschen wie mich, Merota«, sagte sie und starrte in die leichte Brandung hinaus. »Andere Menschen reagieren auf die Dinge nicht so wie ich. Es ist ihnen gleich, oder es kümmert sie nicht auf dieselbe Weise, wie es mich kümmert.«

Sie spürte Tränen in ihren Augenwinkeln. Sie konnte sie ebensowenig aufhalten wie ihren eigenen Herzschlag. Merota schob ihren Arm unter Ilnas Arm durch, so daß sie sie ebenfalls umarmen konnte, als sie so nebeneinander saßen.

»Weißt du, es ist ihre Welt, Merota«, sagte Ilna. »Also muß ich diejenige sein, die sich irrt. Ich könnte mich auch wegen der Seeleute irren. Was Mastyn verspricht, kann auf keinen Fall der Wahrheit entsprechen. Das werden alle einsehen, wenn sie erst einmal darüber nachdenken.«

»Das hoffe ich, Ilna«, sagte das Mädchen leise.

Ilna verzog das Gesicht. »Komm«, sagte sie. »Wir suchen weicheren Boden und schlafen ein wenig. Mein Umhang reicht auch für uns beide.«

Vielleicht würde sie, wenn sie schlief, vergessen können, daß Chalcus gesagt hatte, es sei so einfach, Menschen an etwas glauben zu lassen, von denen sie eigentlich wissen sollten, daß es zu gut war, um wahr zu sein. Und vielleicht würde sie auch Chalcus' wissendes Lächeln vergessen können.

»Wo bin ich?« fragte Sharina. Instinktiv wich sie zurück und wurde gleichzeitig verlegen. Diese langen Reptilienkiefer würden immer gleich aussehen, egal ob das Geschöpf lächelte oder sie angriff, um ihr die Kehle durchzubeißen.

»Du bist auf einer Insel, die noch keinen Namen hat, Sharina«, sagte das Geschöpf. »In deiner Zeit – in dem Zeitalter, aus dem du kommst – wird man sie Cordin nennen.«

Wenn sie den Kopf auch nur ein wenig zur Seite drehte, konnte sie ihn nicht mehr sehen; er war nur Rauch und trübes Licht, das aus einem einzigen Winkel sichtbar war. Seine Stimme erklang in ihrem Kopf, als spielte jemand die Worte auf winzigen Metallsaiten, statt sie durch eine normale Kehle zu sprechen.

Sharina zwang sich, langsam zu atmen, aber gegen das Hämmern ihres Herzens konnte sie nichts tun. Sie fragte sich, ob sie wirklich mit einem Reptilienmenschen sprach oder ob dies eine Halluzination war, die sie dank der Anstrengung der vergangenen Stunden heimsuchte. Wie lange war es überhaupt her, seit der große Vogel sie von ihren Freunden weggeholt hatte?

»Du kannst das Messer wegstecken«, sagte das Geschöpf. »Ich werde dir nichts tun. Und außerdem kannst du mich nicht bedrohen. Selbst zu dieser Zeit war ich schon länger tot, als du dir vorstellen könntest.«

Er verursachte in ihrem Kopf ein trillerndes Geräusch, ähnlich dem Ruf des Leopardenfroschs. Sharina nahm an, es handelte sich um Gelächter; und es entspannte sie ein wenig, obwohl sie nicht wußte, weshalb.

Sie steckte das Messer wieder ein und schloß die Seehundfellasche um den Griff. »Wer bist du?« fragte sie. »Meinen Namen kennst du ja bereits.«

Das Geschöpf zuckte die Achseln. »Die Kolonisten nannten mich den Drachen«, sagte er. Sein langgezogener Kiefer neigte sich in die Richtung, aus der Sharina diese Kammer betreten hatte. »Die Menschen von deinem Volk. *Mein* Volk ist lange tot.«

»Warum wollen sie mich töten?« fragte Sharina. »Was hast du ihnen angetan, daß sie sich so fürchten?«

»Sie haben nicht mehr Grund, mich zu fürchten, als ich, der ich tot bin, sie zu fürchten habe!« sagte der Drache. Er schloß seinen Mund so ruckartig nach der letzten Silbe, daß Sharina beinahe das *Klapp* hörte, das die Kiefer gemacht hätten, wären sie echt gewesen. »Es sind Barbaren, die keine andere Reaktion als Angst oder Gewalttätigkeit kennen.«

Er beugte sich ein wenig vorwärts, nahm seine vierfingrigen Hände aber nicht vom Tisch und beugte sich auch nicht über dessen geisterhaften Rand. »Auch du hast keinen Grund, dich zu fürchten, Sharina. Wenn du willst, kannst du diesen Ort sofort wieder verlassen. Aber wenn du das tust ...«

Sharina legte den Zeigefinger auf den schwarzen Horngriff ihres Messers. Sie wußte, daß es als Waffe nutzlos sein würde, aber die glatte Kühle half ihr, ruhig zu bleiben.

»... solltest du wissen, daß du dein Zuhause nie wiedersehen wirst. Du kannst dich allerdings auch entscheiden, mir zu dienen. Wenn du das tust, haben du und deine Freunde nur zu gewinnen.

Sharina stützte die Hände in die Taille und richtete sich gerade auf. »Ich werde dem Bösen nicht dienen«, sagte sie mit klarer Stimme.

Der Drache reagierte mit mehr trillerndem Gelächter. »Ich bin nicht böse, Sharina os-Kenset«, sagte er. »Allerdings auch nicht gut. Wenn du in meinen Dienst trittst, dann *wirst* du mir dienen. Aber ich verspreche, wenn du das gut machst, wirst du feststellen, daß ich ein guter Herr bin.«

Sie bemerkte, daß das wirklich Seltsame an der Stimme des Geschöpfes nicht darin bestand, wie sie sie vernahm, sondern daß sie keine Echos hatte. Ihre Worte erweckten jedesmal, wenn sie sprach, ihren eigenen Chor.

Sharina lächelte. Welche Wahl hatte sie denn? Zur Siedlung zurückzukehren? Die einzige Frage dort war offenbar, ob sie sie einfach töten oder das Ganze noch mit Verfeinerungen versehen würden.

Die Kiefer des Drachen öffneten sich zu einem zahnstarrenden Grinsen. Seine Stimme in ihrem Geist sagte: »Mit Verfeinerungen haben sie es dort nicht, fürchte ich. Obwohl sie um deinetwillen vielleicht eine Ausnahme machen.«

Er hört, was ich denke!

Sharina verschränkte die Finger und streckte sie. »Aber du würdest es selbstverständlich tun, nicht wahr?« sagte sie und sprach es bewußt laut aus.

»Wenn du in meinen Dienst trittst, wirst du weit reisen müssen«, sagte der Drache und führte den vorangegangenen Konversationsstrang mit eiserner Entschlossenheit weiter. »Obwohl es für dich auch der Heimweg sein wird, wirst du feststellen, daß es schwierig ist. Ich kann dich auf diesen Weg führen, aber ich kann dich nicht schützen.«

Er blinzelte nicht, wie es Menschen tun, aber während er sprach, schossen Membranen von der Seite über seine Augen, über das rechte und dann das linke. Das wirkte verstörend, aber schließlich war alles an Sharinas Situation verstörend.

Sie bückte sich und begann, mit beiden Händen die Krämpfe aus ihren Wadenmuskeln zu massieren. »Wenn ich dir diene, was muß ich dann tun?« sagte sie, ohne von ihrer Arbeit aufzublicken.

Entführt und durch den Wald gejagt zu werden hatte Sharina viel gekostet. Sie hätte sich gerne hingesetzt, aber es gab keine Bank und keinen Stuhl, und sich auf den Boden zu setzen hätte sie zu Füßen des Drachen gebracht. Hatten seine Zehen Klauen? Seine Finger sahen ganz menschlich aus, obwohl sie statt von nackter Haut von feinen Schuppen bedeckt waren.

Statt sofort zu antworten, erhob sich das Geschöpf und stellte den rechten Fuß auf den Tisch vor sich. Es lächelte. Seine hohen Stiefel waren aus vergoldetem Leder. Falls der Fuß darin Klauen hatte, mußten es kleine sein.

»Ich werde dich an einen Ort leiten«, erklärte der Drache. »Dort wirst du einen Gegenstand finden. Du mußt diesen Gegenstand zerstören – ein Unternehmen, das noch gefährlicher ist als die Reise selbst.«

Sharina richtete sich wieder auf. Selbst in seinen dicksohligen Stiefeln war der Drache kleiner als sie. Er setzte sich wieder, während er auf ihre Antwort wartete.

»Was für einen Gegenstand?« fragte sie täuschend gleichgültig.

»Eine mumifizierte Leiche«, erklärte der Drache. »Tatsächlich handelt es sich um die Mumie meiner eigenen Leiche.«

Wieder schrillte das Drachenlachen in Sharinas Geist. Das Geschöpf spreizte die Finger und ballte sie wieder zu Fäusten, in einer Geste die, wie Sharina annahm, für sein eigenes Volk bedeutungsvoll war.

»Du mußt wissen, daß ich ein großer Zauberer war«, berichtete er. Spuren der Heiterkeit setzten sich in seinem Tonfall fest. »Mein Fleisch hat eine gewisse Autorität über die Kräfte behalten, die ich beherrschte, als es mich noch umgab. Jene, die dieses Fleisch zu ihren eigenen Zwecken nutzen, hätten bedenken sollen, daß ...«

Die Heiterkeit war verschwunden. Die reptilischen Wangenknochen waren nicht mit Muskeln überzogen, und daher fehlte es dem Geschöpf an den mimischen Ausdrucksmöglichkeiten eines Säugetiers, aber Sharina wußte plötzlich, wie eine Schlange für ein Kaninchen im letzten Augenblick seines Lebens aussieht.

»... sie dadurch auch den Geist wiedererwecken, der einmal dieses Fleisch getragen hat.«

»Wer benutzt deine Mumie?« fragte Sharina. Durch ihren Geist flackerten Gedanken daran, was dies alles wohl bedeuten möge, lebhafte Bilder von Gefahr, eingerahmt von der größeren Finsternis des Unbekannten.

»Zauberer«, sagte der Drache. Seine langen Daumen schlugen auf den Tisch, lautlos, denn weder sie noch das Möbelstück existierten wirklich. »Narren.«

Er lächelte breit. »Und keine Freunde für dich und deinesgleichen, Sharina. Das kann ich dir schwören.«

Der Drache beugte sich auf sie zu. »Aber auch du wirst schwören müssen, Sharina os-Kenset. Wenn du in meinen Dienst eintrittst, bindest du dich mit deiner Ehre und deiner Seele daran, daß du weitermachen wirst, bist du getan hast, was ich von dir verlange.«

Die schwarzen, vorquellenden Augen beobachteten sie. Das Geschöpf schwieg und regte sich nicht mehr.

»Wenn du mir die Treue hältst«, sagte Sharina leise und entschlossen, »dann halte ich auch dir die Treue. Das schwöre ich bei der Herrin, der Himmelskönigin.«

»Meine Kunst hat mir vieles gezeigt«, meinte der Drache. »Aber ich habe nie den Gott gesehen, den mein eigenes Volk verehrte. Und auch nicht deine Götter, Mensch.«

Sharina verzog den Mund. Sie sagte kein Wort.

»Vielleicht sehe ich ja mit den falschen Augen«, meinte der Drache schließlich. Sie glaubte, einen Unterton der Anerkennung zu hören – oder zu spüren? »Ich akzeptiere deinen

Schwur, Sharina os-Kenset. Wenn du überlebst, wirst du dich freuen, diesen Handel mit mir abgeschlossen zu haben.«

Sharina war vollkommen erleichtert. Man hatte sie allem und jedem entrissen, das sie kannte. Sie hoffte, der Drache würde sie zu jenen zurückschicken, die sie liebte; aber ob er das tat oder nicht, sie hatte wieder einen Platz im Universum. Sie war kein Stück Treibholz im Meer von Zeit und Raum mehr.

Sharina grinste. Sie hätte nie erwartet, Dienerin eines vormenschlichen Zauberers zu werden, aber sie hätte auch nicht erwartet, einmal eine Prinzessin zu sein, umgeben von Dienern und Speichelleckern. Laut sagte sie: »Ich hatte schon Aufgaben, die mir weniger gefielen.«

»Dann an die Arbeit«, meinte der Drache. »Du wirst dieses Gebäude verlassen und auf den Bogen am Ende der Straße zugehen – gegenüber dem Bogen, durch den du hereingekommen bist. Schiebe den Sitz des Throns vor dem Bogen weg. In der Höhlung wirst du eine Schlangenhaut und eine goldene Plakette finden.«

Das Abbild des Drachen flackerte wie die der Geschöpfe, die in Valles an der Lichtbrücke erschienen waren, aber der riesige Vogel hatte sich schließlich als wirklich erwiesen. Sharina massierte die linke Schulter, wo die Krallen ihr einen blauen Fleck beigebracht hatten.

»Nimm die Schlangenhaut mit«, fuhr der Drache fort. Sein lippenloser Mund bewegte sich im Gleichklang mit den Worten in Sharinas Kopf, aber sie bezweifelte, daß diese reptilischen Kiefer je Klänge produziert haben konnten, die für Ohren wie die ihren hörbar waren. »Du wirst sie brauchen, wenn du dein Ziel erreicht hast. Die Plakette wirst du verkaufen, um Geld für deine Reise zu haben.«

»In der Siedlung hier?« fragte Sharina beunruhigt.

Der Drache lachte. »Für die ist Handel etwas, was man tut,

wenn die anderen mehr Speere besitzen«, sagte er. »Außerdem würden sie nicht verstehen, was du mit Münzen meinst. Aber ihre Nachfahren werden einen gewissen Fortschritt gemacht haben, also wirst du die Plakette auf der nächsten Station deiner Reise verkaufen.«

Sharina nickte, sagte aber nichts mehr. Ihre Unterbrechungen hatten alles nur verlangsamt, also verkniff sie sich die nächsten Fragen.

Der Drache gab ein zustimmendes Zischen von sich. »Wenn du die Haut und die Plakette geholt hast«, fuhr er mit seiner kalten, unmenschlichen Stimme fort, »stell dich unter den Torbogen und warte, bis der Mond seinen Höchststand erreicht hat. Wenn das geschieht, wird man dich auf die nächste Ebene bringen.«

Sharina dachte daran, wo der Mond sich befunden hatte, als sie sich in diesem Gebäude verkroch. Stirnrunzelnd sagte sie: »Das wird nicht mehr lange dauern.«

»Das stimmt«, erwiderte der Drache. »Beschäftige dich an dem Ort, wohin der Bogen dich schickt, bis ich mich wieder mit dir in Verbindung setze.«

»Wie lange wird das dauern?« fragte Sharina.

»So lange, wie es eben dauert«, erwiderte der Drache. »Und nun geh und kümmere dich um meine Angelegenheiten, Sharina.«

Die Nische aus Licht und Illusion wurde zu einem Nebel einzelner Punkte und verschwand dann vollkommen. Hatte sie nur in Sharinas Geist existiert, wie es mit der Stimme zweifellos der Fall gewesen war? Als sie sich umdrehte, waren ihre Augen so an die Dunkelheit angepaßt, als hätten sie die letzte halbe Stunde kein Licht erblickt. Sie konnte die innere Tür sehen, ein Rechteck aus Mondlicht, das durch das Loch, durch das sie eingedrungen war, ins Gebäude fiel.

Dort war auch der einzige Ausgang. Sharina machte sich

auf den Rückweg und fragte sich, wie lange es dauern würde, bis sie den Torbogen fand. Sie hoffte, daß es schnell ginge, denn der Mond hatte seinen Höchststand schon beinahe erreicht.

Als sie an der Statue im Hauptraum vorbeikam, war der Geruch, der ihr zuvor aufgefallen war, verschwunden.

Sharinas Unterbewußtsein hatte den Geruch inzwischen erkannt. Sie hatte etwas Ähnliches gerochen, als ein Sturm im Vorfrühling eine große Eiche umriß. Die Wurzeln hatten ein Nest von Vipern enthüllt, die unter ihnen überwintert hatten.

10

Warmes Sonnenlicht, das in die offene Tür des Hauses fiel, hatte Cashel geweckt. Er war ins Leben zurückgekehrt. Er spürte, wie die Kraft seine Glieder langsam wieder öffnete, als wäre er eine Bohnensprosse, die sich in dem hellen Sonnenlicht entfaltet.

Aber die Wälder hatten eine eigene Art Balsam, weil sie vor Leben nur so wimmelten. Landures Haus und die Wiese, auf der es stand, waren kalt und rein. Das war an sich nicht schlecht, aber es war keine Atmosphäre, in der Cashel sich länger hätte aufhalten wollen.

Er lächelte, vielleicht ein wenig traurig. Manchmal hatte man dieses Gefühl in Ilnas Nähe, wenn sie einen schlechten Tag hatte. Es gab mehr solcher schlechten Tage als gute, wenn man es genau überlegte.

Cashel schlenderte in dem Tempo davon, mit dem er einer Schafherde gefolgt wäre. Alles tat ihm weh, und er fühlte sich schwach wie ein Kätzchen. An einem besseren Tag wäre er vielleicht ein winziges bißchen schneller gegangen, obwohl er kaum die Notwendigkeit zur Eile sah, wie es hektischere Menschen taten.

Bei diesem Gedanken wirbelte Cashel seinen Stock in einem Halbkreis vor sich herum, verschränkte dann die Handgelenke und vollendete den Kreis. Der Stock bewegte sich so mühelos wie Wasser im Überflußgraben einer Mühle.

Er grinste. Doch nicht ganz so schwach wie ein Kätzchen.

Kleine Apfelbaumsprößlinge bedeckten den Boden, aber ihre Blätter waren im Hochsommer bereits ausgetrocknet. Die üppigen Früchte hatten schon einen hellen Orangeton angenommen.

Cashel hatte an diesem Morgen keine Eile. Landure würde nirgendwohin gehen.

Wenn Cashel sich mit Zauberei abgeben mußte, erschöpfte ihn das immer. Diese Angelegenheit mit Landure – Landure zu töten – war vermutlich der Grund, wieso er sich fühlte, als wäre er einen ganzen Tag lang hinter einem Wagen hergeschleppt worden.

Auch Colva war schuld daran. Sie hatte ihm fast das Leben ausgesaugt, und er war nicht sicher, ob ein paar Stunden Schlaf und helles Sonnenlicht genügt hatten, die Kraft wiederherzustellen, die diese Frau mit ihren Strähnen grauer Häßlichkeit aus ihm herausgesogen hatte. Es war, als wären Egel aus ihrem Kopf gewachsen, und sie hatte gelächelt wie ein Wiesel, wenn es Hühnern die Kehle durchbeißt.

Colva befand sich in dieser Welt, weil Cashel sie losgelassen hatte. Es hatte keinen Sinn, so zu tun, als wäre das nicht der Fall.

Die Luft brachte die Baumwipfel zum Rauschen. Hier unten, am Waldboden, spürte man nicht viel von der Brise, aber als die breiten Blätter der großen, weißen Eiche sich bewegten, berührte Sonnenlicht Cashel und die Schneeballsträucher an seinem Weg. Es fühlte sich gut an.

Es tat Cashel leid, daß er den Burschen, zu dem Tenoctris ihn geschickt hatte, den Schädel eingeschlagen hatte, aber wenn er nun darüber nachdachte, sah er keine Möglichkeit, wie es hätte anders ausgehen können. Wenn Landure sich die Mühe gemacht hätte zu erklären, statt ihm Befehle zu geben wie einem Hund, wären sie vielleicht besser miteinander zurechtgekommen.

Vermutlich hätte Landure behauptet, es wäre nicht genug Zeit gewesen, sich um die Warums und Weshalbs zu kümmern. Nun, vielleicht nicht, aber daß Landure die Dinge auf seine Art hatte erledigen wollen, hatte ihm nun viel Zeit verschafft. Wenn man überlegte, was dabei herausgekommen war, würde vermutlich der Zauberer selbst sagen, er hätte zu dem Fremden freundlicher sein sollen.

Eine Krähe auf einem Hartriegelbaum krächzte eine zornige Warnung. Cashel blickte auf. Der Vogel flatterte davon und brachte den Baumwipfel zwischen sich und den Mann am Boden. Er krächzte abermals, ein so rauhes Geräusch wie das eines Astes, der im Sturm splittert.

Cashel kam um das Birkengehölz herum und sah das große Bronzetor im Felsen. Er blieb stehen und hielt in einem Reflex den Stock quer vor sich.

Landure war nicht mehr, wo er niedergefallen war. Eine Gruppe kleiner Tiere hatte die Leiche von der Schwelle gezogen und – beim Hirten! – grub daneben ein Grab.

Die Waschbären waren bereits in den Büschen unten am Felsen verschwunden, obwohl Cashel glaubte, noch einen geringelten Schwanz erkennen zu können. Zwei der Opossums wollten sich in dieselbe Richtung davonmachen, aber das dritte blinzelte mehrmals, bevor es sich ebenfalls in die Deckung begab.

Das Eichhörnchen jedoch wich nicht von der Stelle, zischte und schnatterte mit hocherhobenem Kopf und peitschendem Schwanz. Vor dem kleinen Nager lag ein weißes Stück Wurzel, das er aus dem tiefer werdenden Grab gerissen hatte.

»Verschwinde!« sagte Cashel und schnippte die Spitze seines Stocks auf das Eichhörnchen zu. »Husch!«

Das Eichhörnchen hüpfte auf und ab. Cashel konnte sich nicht erinnern, wann er das letzte Mal ein Wesen gesehen hatte, das so wütend auf ihn war. Hin und wieder hatte eines versucht, ihn zu töten, aber das hatte normalerweise etwas mit ihren eigenen Plänen zu tun und nicht damit, daß Cashel etwas verbrochen hatte.

Dies hier hatte er verbrochen, daran bestand kein Zweifel. Er hatte Landure getötet.

Er ließ das Eichhörnchen nicht aus den Augen, hockte sich hin und tastete auf dem feuchten Lehmboden nach einem Kiesel. Eichhörnchen waren lebhafte kleine Geschöpfe, und mit ihren Zähnen war nicht zu spaßen. Wenn Cashel versuchte, nach ihm zu schlagen, war es durchaus möglich, daß es ihn über den Stock hinweg angriff; und er war wirklich nicht in der Stimmung, etwas zu töten, das vielleicht im Recht war.

Obwohl Cashel tatsächlich nicht verstand, was er hätte tun sollen, als Landure ihn mit dem Schwert angriff.

Er riß den Arm mit dem Stein zurück. »Verschwinde!« sagte er, eine letzte, ernstgemeinte Warnung. Er verfehlte nicht oft, wenn er Steine nach Zielen warf, die so nah waren wie das Eichhörnchen.

Dem Eichhörnchen war das entweder klar, oder es lief einfach aus Bosheit davon. Es huschte zur Seite und sprang dann zu einem Hartriegelast hoch über dem Boden. Einen Augenblick lang noch blieb es dort hocken und verfluchte ihn weiter, dann verschwand es wie die anderen Tiere, die in den Baumwipfeln ihren lärmigen Angelegenheiten nachgingen.

Cashel verzog das Gesicht. *Was geschehen ist, ist geschehen*, dachte er. Die Tiere hatten zu beiden Enden und auf der nahe gelegenen Seite des Möchtegerngrabs die Erde aufgeschüttet. Cashel ging darum herum, dann hockte er sich hin, um sich Landure näher anzusehen.

Niemand sieht besonders gut aus, wenn man ihm den Schädel eingeschlagen hat, aber Landure hatte einen kräftigen Kiefer und beeindruckende Schultern für einen Burschen, der solch kunstvolle Gewänder trug. Auf seinem gebleichten weißen Hemd würde man den Dreck so deutlich sehen wie eine Wolke am klaren Himmel, wenn er versucht hätte, darin wirkliche Arbeit zu leisten, und die Schürze war aus dickem Brokat und starr von Goldstickerei.

Cashel war nicht sicher, was er tun sollte. Landure zurück zu seinem Haus tragen und ihn dort am Abhang begraben, nahm er an. Oder vielleicht einfach das Grab vollenden, mit dem die Waldtiere begonnen hatten? Er fragte sich, ob es wohl irgendwo eine Schaufel gab. Er hatte im Haus keine Werkzeuge gesehen, aber vielleicht gab es auf der anderen Seite einen Schuppen.

Es gab noch mehr Fragen, die aber nun beiseite geschoben werden mußten, denn zunächst mußte er etwas für den Toten tun. Er wußte wirklich nicht, wie er von hier an den Ort gelangen sollte, wo sich Sharina aufhielt, nachdem er den Mann getötet hatte, von dem Tenoctris sich Hilfe erwartet hatte. Tatsächlich war es schwierig zu ermessen, wie Cashel jemals überhaupt hier wegkommen sollte.

Nun, er würde zum Haus zurückkehren müssen, um sich nach einer Schaufel umzusehen, also könnte er die Leiche auch gleich mitnehmen. Wenn er sich dennoch entschlösse, das Grab hier zu vollenden, würde er Landure eben wieder zurückbringen.

Cashel setzte den Stock ab und wollte unter die Leiche greifen. Der Zauberer war lange genug tot, daß die Starre schon wieder nachließ, und seine Muskeln waren so schlaff wie nasse Wolle. Cashel würde den Stock wieder aufnehmen, sobald ...

»Und was jetzt?« wollte eine schrille Stimme wissen. »Du hast bereits ein Ungeheuer auf die Welt losgelassen und den Wächter getötet. Hast du vor, die Leiche zu fressen und die Angelegenheit auf diese Weise zu beenden?«

Cashel sprang auf und drehte sich dabei in der Luft, so daß er zur anderen Seite gewandt landete. Mit der linken Hand griff er nach dem Stock und hielt ihn vor sich.

Er hatte geglaubt, jemand hätte sich von hinten angeschlichen, aber niemand war zu sehen.

»Putzig«, sagte die Stimme. »Besteht das nächste Kunststück darin, daß du einen Teller auf der Nase balancierst?«

Cashel drehte sich wieder herum. Er spähte durch die offene Tür, ob sich jemand dort verbarg. Die Höhle führte tief in den Felsen, aber so weit, wie das Sonnenlicht eindrang, war nichts und niemand zu sehen. Außerdem hätten Echos die Stimme eines jeden begleitet, der aus der Höhle sprach. Was Cashel gehört hatte, war dem Zirpen einer Zikade ähnlich.

Er wandte sich wieder dem Wald zu. »Wer hat das gesagt?« rief er. Er hatte die Beine ein wenig gespreizt und seine Zehen in den Boden gegraben, um einen festen Stand zu haben, falls er den Stock schwingen mußte.

»Laß uns einmal darüber nachdenken«, zwitscherte die Stimme. Sie kam von *unter* ihm. »Vielleicht Landure, aber ich denke, es würde ihm schwerfallen zu sprechen, nachdem sein Oberkiefer in etwa zwanzig Stücke gebrochen ist. Gar nicht davon zu reden, daß ihm das Hirn ausläuft.«

Cashel kniete sich nieder und tastete nach Landures rechter Hand. Der Schlammbrocken, den Colva über den Ring geschmiert hatte, war heruntergefallen, als die Tiere die Leiche bewegten.

»Oder vielleicht sprichst du ja mit dir selbst«, fuhr die Stimme fort. »Mich persönlich würde das nicht überraschen, wenn du dazu neigtest, allerdings glaube ich nicht, daß du dabei so intelligent wärst. Und dann ...«

Cashel drehte den Ring herum, um sich den Edelstein anzusehen. Es war ein riesiges Ding von der Größe eines Enteneis, poliert statt in Facetten geschliffen. Tief im Purpurschwarz des Steins war ein blinkender Lichtstern zu erkennen, fünf Arme wie Kopf und Glieder eines Strichmännchens.

»... gäbe es noch mich, Krias, den Dämon des Rings«, fuhr

die Stimme fort. Cashel konnte spüren, wie der Ring ähnlich der Brust eines betäubten Vogels in seiner Handfläche vibrierte. »Was hältst du also für die richtige Antwort? Weil du es bist, darfst du dreimal raten.«

Cashel zog dem Toten den Ring vom Finger und hielt ihn so, daß ein Lichtstrahl auf die Fassung fiel. Er nahm an, daß es sich um einen Saphir handelte, aber um einen so dunklen, daß die Berufsspieler, die zum Schafsmarkt nach Barcas Weiler kamen, nicht viel dafür geben würden. Sie bevorzugten Edelsteine, die blitzten und die Blicke ihrer Opfer von ihren Fingern ablenkten.

Der Stern im Herzen des Edelsteins hatte sich verändert. Jetzt stand das Strichmännchen mit in die Taille gestützten Armen dort. »Nun?« wollte der Ring wissen.

»Guten Morgen, Meister Krias«, sagte Cashel höflich. »Ich bin fremd hier, und ich hoffe, du kannst mir helfen, mich zurechtzufinden.«

Meister Koprathu, der oberste Schreiber des Flottenbüros, stand links von den Würdenträgern, die zusammen mit Garric zusahen, wie das Kriegsschiff im Fluß manövrierte. »Euer Hoheit«, sagte er, »das hier ist ein schlechter Kurs, ein *gefährlicher* Kurs für das Königreich!«

Am anderen Ende der Reihe zischte Lord Waldron: »Die Schwester soll diesen Unsinn mit Soldaten als Ruderer holen, Junge! Ihr braucht richtige Soldaten, um das Königreich zu erhalten, nicht Ruderer mit Speeren – und ganz bestimmt auch keine Handwerker und Herumtreiber aus der Stadt!«

»Das ist vermutlich das erste Mal in beider Leben, daß sie einander zustimmen«, murmelte König Carus mit einem noch breiteren Grinsen als üblich.

»Um ehrlich zu sein, dachte ich eigentlich, daß wir recht

gute Fortschritte machen«, meinte Garric freundlich. Er versuchte, nicht allzu amüsiert zu klingen. »Mir kommt es so vor, als könnten sie den Takt so gut halten wie jeder andere, Koprathu; und selbstverständlich werden sie mit längerer Übung auch kräftiger werden.«

Die Demonstration fand in einem Becken statt, das entstanden war, wo der Beltis mit seinem Schwemmsand hinter Valles einen natürlichen Damm gebildet hatte. Von dort aus floß Wasser in drei Mündungen ins innere Meer. Die erste Abteilung der königlichen Flotte, zehn Triremen, war mit Speerkämpfern der neuen Phalanx besetzt.

Das Becken war tief genug für ein vollständig bemanntes Kriegsschiff. Es war breit genug, um das Üben zu ermöglichen, ohne die Handelsschiffahrt dabei zu gefährden. Außerdem war ein Gewässer von dieser Größe für frischgebackene Seeleute, die sich nie zuvor auf einer größeren Wasserfläche aufgehalten hatten als den Pfützen, die sich nach einem Regen vor ihren Kasernen bildeten, erheblich sicherer als das offene Meer.

»Die meisten von diesen Burschen haben, bevor Ihr sie als Ruderer angeheuert habt, nie einen Fuß auf ein Schiff gesetzt, Euer Hoheit!« sagte Koprathu, als hätte er Garrics Gedanken gelesen. Selbstverständlich hatte diese unzweifelhafte Tatsache für ihn eine andere Bedeutung.

Zur Zeit von Admiral Nitkers Rebellion war Koprathu Quartiermeister und der wirklich Zuständige für das Marinearsenal in Valles gewesen, obwohl selbstverständlich ein Adliger den Titel des Herrn des Arsenals innegehabt hatte. Der größte Teil der Flottenbürokratie war dahingegangen, als die Leute der Königin die Marinebasis auf dem kleinen Inselchen Eshkol vor der Mündung des Beltis überrannten. Garric hatte Koprathu mit der Verantwortung für die Ausstattung der Flotte betraut. Die Kriegsschiffe selbst hatten die Rebellion zum

te Garric nur das Zischen des Wassers an den schlanken Rümpfen. Dann ...

Holz krachte, und das Schreien begann. Zwei Schiffe drifteten seitwärts, ineinander verkeilt. Das Schreien hielt an.

Lord Waldron fluchte. Meister Koprathu stöhnte über den Schaden an seiner Ausrüstung: auf einer Trireme zumindest ein halbes Dutzend Ruder. Die anderen Berater keuchten oder rissen die Münder auf, abhängig davon, ob sie das Spektakel eher erschreckend oder unterhaltsam fanden.

Garric war froh, daß sich Liane im Palast aufhielt und bei der Übergabe der Bücher von Lord Tadais Sekretären an die Pterlions, des neuen Finanzministers, half. Sie wußte besser als die meisten anwesenden Männer, wie der Schaden in dem Schiff aussehen mußte, dessen Mannschaft zu langsam gewesen war.

Carus sah durch Garrics Augen zu und nickte grimmig anerkennend. *»Wenn man bedenkt, wann sie angefangen haben, ist es gar nicht schlecht«*, murmelte er lautlos. *»Sie lernen es schon.«*

»Dort sind Menschen *gestorben*«, sagte Garric kaum vernehmbar.

Der König in seinem Kopf zuckte die Achseln und sagte: *»Entweder man verliert ein paar bei der Ausbildung oder die ganze Armee, wenn es wirklich in den Kampf geht. Du hast mit dem jungen Zettin einen guten Kommandanten gewählt.«*

»Ich bezweifle, daß Ihr Abschaum wie diesen je zu Seeleuten machen könnt«, knurrte Waldron. »Und ich weiß bei meinem Eid als bor-Warriman, daß sie nie Soldaten sein werden!«

»Da bin ich anderer Ansicht, Euer Lordschaft«, sagte Attaper höflich, aber ohne Unterwürfigkeit. Seine Familie war ebenso nobel wie die Waldrons, obwohl das Vermögen des alten Mannes hundertmal größer war als das Attapers. Sie achteten darauf, daß ihre Auseinandersetzungen nicht zu heftig wurden, aber keiner von beiden gab eine Gelegenheit auf, einen Punkt zu machen, wenn es aussah, als griffe der andere nach größerer Macht oder höherem Status. »Ich weiß nicht, wie sie im Zweikampf dastehen werden, aber dazu sind sie auch nicht ausgebildet. Schulter an Schulter in einem sechzehn Reihen tiefen Block werden sie so fest stehen wie der Zollturm.«

»Wenn das Königreich der Inseln einmal mehr darstellen soll als nur Ornifal«, sagte Garric, »müssen die Herrscher anderer Inseln glauben, daß wir imstande sind, sie mit Waffengewalt zu unterwerfen.«

»Wir haben den Grafen von Sandrakkan am Steinernen Wall geschlagen und König Valence auf den Thron gebracht!« zischte Waldron. »Und das mit richtigen Soldaten, mit Landbesitzern und nicht mit Pöbel, der nicht einmal imstande ist, für seine eigenen Schilde und Speere zu bezahlen!«

»Ja!« sagte Garric. Carus sprach durch ihn, und es brauchte Garrics ganze Willenskraft, um die Hand vom Schwertgriff zu nehmen. »Und die Soldaten des Königs lagen drei Tage still auf den Segelschiffen, die sie trugen, brieten in der Hitze und kotzten sich die Mägen heraus, wenn es stürmischer wurde. Wie nahe war Valence damals daran, seinen Kopf auf einem sandrakkanischen Speer wiederzufinden, Waldron, und den Grafen von Sandrakkan als König der Inseln? Wie nahe?«

»Ha!« rief Waldron. Er ballte die rechte Hand zur Faust. Blutadler, die diskret im Hintergrund gestanden hatten, wandten ihre Aufmerksamkeit plötzlich von den Zuschauern, die die Würdenträger beäugten, den Würdenträgern selbst zu. Lord Attaper hob die rechte Hand und lockerte die Schließe seines Umhangs – er bereitete sich darauf vor, das Kleidungsstück als Schild um den rechten Arm zu wickeln.

Waldron drehte ihm den Rücken zu, dann trat er zornig nach dem Diener, der mit einem Tablett gazebedeckten Marzipans in der Nähe stand. Der Bursche keuchte und wich zurück, aber er ließ das Tablett nicht fallen.

»Lord Waldron«, sagte Garric. Er schauderte; er war wütend über den Ausbruch seines Urahns und wütend auf sich selbst, weil er nicht aufgepaßt hatte. »Ich entschuldige mich für meinen Tonfall. Ich werde mich von meinem Plan, eine Phalanx von Ruderern als Kern der Kampflinie des Königreichs zu benutzen, nicht abbringen lassen, aber das bedeutet nicht, daß ich Euch weniger respektiere. Eure Truppen haben am Steinernen Wall standgehalten.«

»Tut mir leid, Junge«, flüsterte Carus. *»Ich werde dich nicht mehr so hängen lassen.«*

Waldron nickte, aber er traute sich selbst noch nicht genug über den Weg, um sich wieder umzudrehen. »Ihr wart noch nicht einmal auf der Welt, als wir am Steinernen Wall gekämpft haben, Junge«, sagte er mit einer Stimme wie verrutschende Steine. »Prinz Garric. Ich habe unseren linken Flügel befehligt, und ich sage Euch ...« Endlich sah er Garric an und zwang seine Lippen zu einem Lächeln.

»Niemals wieder! Ich denke, es wäre besser, freie Bauern einzusetzen als diese Rinnsteinkriecher, aber ich habe geschworen, Euch zu dienen. Das Königreich kann keine weitere Schlacht wie die am Steinernen Wall überleben, und wie Ihr sagtet, hat es die erste kaum überstanden.«

Garric ging zwei Schritte und faßte Waldrons rechten Unterarm. Royhas und Attaper wichen mit starren Mienen zurück.

»Ich denke daran, mehr schwere Infanterie auf den Schiffen einzusetzen, um die Flanken der Phalanx zu schützen«, sagte Garric. Seine Stimme zitterte immer noch. »Triremen mit einer Reihe Ruderer und einer doppelten Besatzung von Speerkämpfern, die abwechselnd rudern, mit der dritten Bank für Eure Bauern aus dem Norden. Aber im Augenblick sind die

Speerkämpfer billiger, eine silberne Herrin am Tag statt der zwei, die ein schwerer Infanterist verdient.«

Waldron nickte, obwohl er unwillkürlich die Stirn runzelte. Sie traten beide je einen Schritt zurück, froh, daß nichts Schlimmeres als ein rhetorischer Schlagabtausch stattgefunden hatte.

»Der Mann ist nicht dumm«, sagte Carus und betrachtete Waldron abschätzend durch Garrics Augen, *»und er ist ein überdurchschnittlich guter General. Aber obwohl er den Vorteil sieht, Truppen überall hinbringen zu können, ohne vom Wind abhängig zu sein, verängstigt es ihn, wie schnell die Dinge sich verändern. Du solltest allerdings in seiner Gegenwart nicht das Wort ›verängstigt‹ aussprechen.«*

»Bisher sind wir mit dem zurechtgekommen, was die Königin beiseite geschafft hat«, sagte Royhas und beobachtete den Schiffsverkehr auf dem Fluß, um weder Garric noch Waldron ansehen zu müssen. »Das kann allerdings nicht ewig so weitergehen.«

Garric hatte Eigentum zurückgegeben, wenn die Besitzer oder ihre Erben identifiziert werden konnten, aber ein großer Teil des Schatzes der Königin stammte von Opfern, die man nicht identifizieren konnte, oder von Familien, die die Königin vollkommen ausgerottet hatte. Dieses Geld hatte die Kosten der Regierung beglichen, seit Garric sie übernommen hatte.

»Das muß auch nicht so sein, Royhas«, sagte Pterlion gereizt. Die Bemerkung des Kanzlers hatte mit dem Geschäftsbereich des Finanzministers zu tun gehabt, und Pterlion war ebenso wie jeder andere Hausbesitzer bedacht, sich von seinen Nachbarn nicht bedrängen zu lassen. »Die Steuern treffen recht pünktlich ein, und ich werde dafür sorgen, daß es so weitergeht.«

»Was nun einfacher sein sollte, da die königliche Armee

mehr als nur ein Witz ist«, sagte Attaper mit grimmigem Lächeln.

Garric warf dem Kommandanten der Blutadler einen Blick zu. Er mochte und achtete Attaper, aber ...

»Lord Attaper«, sagte er, »mein Urahn Carus glaubte immer, ein starker Schwertarm sei die beste Versicherung, daß man seinen Anweisungen gehorchte. Würde er jetzt vor Euch stehen ...«

Garrics Lächeln und das des Königs in seinem Kopf waren identisch.

»... wäre er der erste, der Euch sagt, daß in dieser Aussage etwas nicht stimmt. Unsere Soldaten sind keine Steuereintreiber.«

Garric hielt inne und ließ sein Grinsen breiter werden. »Es mag allerdings hier oder da einen Fall geben, wo ein paar disziplinierte Regimenter, die durch eine Region marschieren, die Leute davon überzeugen, daß ihre Steuergelder für vernünftige Dinge ausgegeben werden.«

Die Schiffe im Becken hatten sich neu formiert. Wieder erscholl der dreifache Befehl. Die Triremen fuhren erneut aufeinander zu, obwohl das Schiff mit einem Dutzend Toter oder verwunderter Besatzungsmitglieder auf dem schmalen Deck hinter den anderen in seiner Gruppe zurückblieb.

»Die Schwester soll mich holen!« stöhnte Koprathu. »Er wird es wieder versuchen!«

Lord Waldron begann unerwarteterweise zu lachen. »Ich weiß nicht, ob ich gerne unter Eurem Freund Zettin dienen würde, Attaper«, sagte er. »Aber ich hätte nichts dagegen, einen mutigen Mann wie ihn an meiner Seite zu wissen, wenn es Ärger gibt.«

Attaper nahm die Entschuldigung seines Rivalen mit einem Nicken und einem dünnen Lächeln zur Kenntnis. Es war zumindest das nächste an einer Entschuldigung, was Waldron von sich geben konnte. »Das Königreich kann mutige Männer brauchen, Waldron«, sagte er laut. »Obwohl ich hoffe, daß Zettin es nicht übertreibt.«

Die Kriegsschiffe schossen aneinander vorbei. Diesmal hatten die Ruderer alle ihre Ruder rechtzeitig eingezogen. Der Abstand war erheblich weiter als bei dem ersten Manöver.

»Es ist besser, ein paar Männer bei der Ausbildung zu verlieren«, sagte Garric mit einem müden Lächeln, das nur der Mann, den er zitierte, verstehen würde, »als daß die ganze Flotte untergeht, sobald es ernst wird.«

Attaper und Waldron warfen Garric einen fragenden Blick zu. Sie konnten beide gnadenlos sein, wenn die Notwendigkeit bestand; es überraschte sie allerdings zu hören, daß ein junger Mann wie Garric ebenso pragmatisch klang wie sie.

Zettins Trompeten bliesen zum Alarm, gefolgt von einem raschen Zimbelwirbel. Die Triremen formierten sich in einer Reihe und folgten ihrem Flaggschiff flußaufwärts zu den Schuppen, in denen sie untergebracht waren. Wasser glitt in silbernen Schauern von den Ruderblättern, wenn sie sich zum nächsten Schlag hoben und senkten.

»In ein paar Monaten«, sagte Garric, »bevor die Segelsaison zu Ende geht, werde ich mit der neuen königlichen Flotte einen freundschaftlichen Besuch in Sandrakkan und Blaise unternehmen. Immer vorausgesetzt, daß die Herrin und die allgemeine Widerspenstigkeit des Schicksals es erlauben.«

»Wildulf und Lerdoc können beide mehr Truppen ins Feld führen, als wir bis dahin ausgebildet haben werden, Euer Hoheit«, warnte Attaper.

Selbst im vertrauten Kreis, wo die anderen Ratsherren Garric mit dessen voller Zustimmung mit dem Vornamen anredeten, sprach der Kommandant der Blutadler seinen Prinzen mit dem Titel an.

»Das stimmt«, mischte sich Royhas als zukünftiger Kanzler

eines Königreichs der Inseln in die Diskussion ein. Die anderen Mitglieder des Rates waren in erster und letzer Linie Adlige Ornifals. Sie betrachteten das Königreich als Ausdehnung der Macht Ornifals – in den seltenen Fällen, wenn sie überhaupt darüber nachdachten. »In einer Woche, oder was würdet Ihr sagen, Lord Waldron?«

Der alte Soldat schnaubte. »Innerhalb von zwei Wochen könnten sie die Hälfte der Haustruppen der Adligen zusammenberufen haben. Der Rest wird zwei Monate brauchen, um nach und nach einzutreffen, falls überhaupt. Wie ich nur zu gut weiß.«

Er grinste und dachte offenbar an die Schwierigkeiten, die er gehabt hatte, sich bei den anderen nördlichen Landbesitzern Unterstützung zu verschaffen, um Erdin gegen die Rückkehr der Königin zu befestigen. »Was die Milizen angeht, irgendwo von einem Monat bis nie – aber sie sind ohnehin nur als leichte Infanterie zu verwenden.«

»Wir bauen ein Königreich für jeden Bürger der Inseln auf«, sagte Garric. Seine Stimme wurde tiefer und wohlklingender, hatte aber nicht mehr den barschen Ton von Minuten zuvor, als er sich Waldrons Verachtung von Leuten, die nicht seiner eigenen Klasse angehörten, gegenübersah.

»Lerdoc von Blaise und Wildulf von Sandrakkan wollen ihre eigenen Wege gehen, aber das wird es ihnen nicht leichter machen, ihre eigenen Adligen zu überzeugen.«

»Mancher örtliche Landbesitzer würde einen starken König weit weg in Valles bevorzugen«, stellte König Carus fest. Sein Grinsen wurde zu einem breiten Lächeln. *»Oder vielleicht auch wieder in Carcosa – es wäre ihnen lieber, als wenn ihr eigener Baron ein paar Stunden entfernt alle Macht hätte, die er sich wünscht. Und damit haben sie ganz recht!«*

Die Triremen waren nun in den Kanal eingebogen, der zum Marinearsenal führte, und nicht mehr zu sehen. Garric seufzte, denn er wußte, daß es Zeit war, zum Palast zurückzukehren. Er genoß diese letzten Augenblicke relativer Freiheit.

Die Adligen waren in ihren eigenen Kutschen gekommen. Die Fahrzeuge warteten am Straßenrand, die Fuhrleute kümmerten sich um ihre Gespanne, während die Beifahrer die Beschläge oder die Ledersitze polierten. Garric war mit Pterlion zu dieser Manöverbesichtigung gefahren, um ein Gefühl dafür zu entwickeln, wie der Mann – ein entfernter Vetter Tadais – mit seinem Posten zurecht kam, und um Royhas deutlich zu machen, daß der neue Finanzminister ein vollwertiges Mitglied von Garrics Rat darstellte. Wie so viele der Vorschläge, die Garric durch politische Windungen und Schlingen führten, war auch dies Lianes Idee gewesen.

Die Pferde der Blutadler weideten in der Nähe. Bei einer normalen Kavallerietruppe, die abstieg, blieb jeder fünfte Mann bei den Pferden zurück. Die Leibwachen – die sich selbst eher als berittene Infanterie denn als Kavallerie betrachteten – hatten Stallknechte mitgebracht, so daß sie alle bereitstehen konnten, den Prinzen mit ihren Schwertern und mit ihrem Leben zu schützen.

»Ich habe Liane versprochen, vor Mittag zurück zu sein, um die Petitionen durchzugehen«, sagte Garric laut. »Und nun ist es schon fast Mittag. Royhas, wenn Ihr nichts dagegen habt, werde ich ...«

Eine kleine Kutsche kam hinter einem hübschen Paar Maultiere die Straße von der Stadt her entlanggerollt. Der einzige Unterschied zu dem Fahrzeug eines wohlhabenden Ladenbesitzers auf dem Weg zu einem Picknick am Fluß war die Eskorte: vier Blutadler voran und vier in der Nachhut.

»Die Herrin lächelt mir zu!« sagte Garric. »Dort kommt Liane!«

Und Tenoctris saß neben ihr. Seine Berater drehten sich um, um über die Schultern ihrer Leibwachen zu spähen.

Außer berufsmäßigen Fuhrleuten und den Abkömmlingen reicher Haushalte konnte kaum jemand ein Gespann richtig beherrschen. Liane hatte es auf den weitläufigen Ländereien ihres Vaters gelernt, die dieser auf Sandrakkan besessen hatte, bevor Zauberei ihn in den Untergang führte. Nun, da sie wieder Gelegenheit dazu hatte, gab sie sich diesem Vergnügen mit beträchtlichem Schwung hin. Tenoctris schaute ein wenig besorgt drein, als Liane die Kutsche über den gepflasterten Abwassergraben am Straßenrand fuhr und dabei erst ein und dann das andere Rad hochhüpfte.

»Meine Herren«, fuhr Garric fort, »ich glaube, wir sind hier fertig. Ich hatte eigentlich vor, mit Euch zurückzufahren, Royhas, aber es scheint, es bestehen andere Pläne.«

»Ich bedauere, daß ich auf diese Weise keine Gelegenheit haben werde, die örtlichen Steuerschätzungen mit Euch zu besprechen, Euer Hoheit«, sagte Royhas lächelnd, aber mit einem Unterton ehrlichen Unbehagens. »Ihr werdet allerdings zweifellos attraktivere Begleitung haben.«

Garric winkte seinen Ratsherren noch einmal zu und ging dann lieber zur Kutsche, als den Wachen zu befehlen, Liane durch ihre Linie zu lassen. Die Blutadler nahmen ihre Befehle sehr wörtlich – und wenn man wußte, daß ein König der Inseln von seiner eigenen Mutter umgebracht worden war, war das vielleicht gar nicht so schlecht.

Garric drückte Lianes Hand, dann schwang er sich auf den nach hinten weisenden Sitz, der mit dem Rücken zu dem angebracht war, auf dem sie und Tenoctris saßen. »Zum Palast?« fragte er und drehte sich ein wenig, so daß er seitlich auf der Bank saß. Er beugte sich vor, um seinen Kopf zwischen die Köpfe der beiden Frauen zu stecken.

»Wenn du hier fertig bist«, sagte Liane und lenkte die Maultiere in einem engen Kreis herum. Sie streifte das Ohr des inneren Tiers mit der Peitsche so leicht wie die Berührung eines

Schmetterlingsflügels. Die Wachen, die Liane und Tenoctris zugewiesen waren, fielen vor und hinter ihnen in Marsch. Garrics eigene Leibwachen liefen zu ihren Pferden und würden im Galopp folgen, bis sie die Kutsche eingeholt hatten. Garric wollte schon vorschlagen, Liane solle langsam fahren, aber schnelles Fahren gehörte zu den wenigen Dingen, die sie wirklich entspannten.

»Ich wollte sehen, wie sich die neuen Mannschaften machen«, rief Garric über das Getöse der Eisenräder auf dem Pflaster hinweg. Sein Sitz hinter der Achse wackelte erheblich heftiger als der vordere. Tenoctris hatte dazu angesetzt, ihm ihren Platz anzubieten, aber die alte Frau brauchte die relative Bequemlichkeit viel mehr als Garric. »Und ich wollte auch, daß meine Ratsherren sie sehen. Traditionell wurde die Flotte von Fischern und den Besatzungen von Handelsschiffen bemannt, also ist es Adligen auf Ornifal vollkommen neu, Arbeiter einzusetzen.«

»Es sind keine Seeleute?« fragte Tenoctris neugierig. Die praktischen Fragen des Königtums interessierten sie nicht sonderlich, aber sie war neugierig genug auf alles, das ihr rätselhaft oder paradox erschien.

»Sie waren es nicht, als wir sie angeheuert haben«, meinte Garric. »Aber sie sind daran gewöhnt, schwer zu arbeiten. Und an Entbehrungen. Und wir könnten Schlimmeres tun, als den Ärmsten, den Arbeitern aus Valles und den Landarbeitern, zu zeigen, daß auch sie dem Königreich dienen können, wenn sie wollen.«

Er streckte sich, erst einen Arm und dann den anderen, so daß er immer eine Hand fest am Geländer haben konnte. Liane trieb die Maultiere mit Peitschenknallen an. Die Spitze berührte die Tiere nie, ließ ihnen aber keinen Zweifel daran, was geschehen würde, wenn sie langsamer würden. Bei jedem Knallen zuckten die Ohren der Maultiere.

»Tenoctris ist mit ihren Recherchen vorläufig zu einem Stillstand gekommen«, sagte Liane und nickte der Zauberin kurz zu, eher sie ihre Aufmerksamkeit wieder dem Gespann zuwandte.

»Ah«, sagte Tenoctris und griff ihr Stichwort auf. Sie wandte sich Garric zu, während sie sich weiter mit beiden Händen an den Sitz klammerte. »Es ist mir nicht gelungen, die Barrieren zu durchdringen, die mich von der Ebene trennen, in der die Brücke verankert ist, Garric. Das würde mehr Macht brauchen, als ich habe, oder bessere Werkzeuge, aber die Werkzeuge zumindest sind erhältlich. Heute abend hoffe ich, einen Zauberer namens Alman zu besuchen, der über einen Kristall verfügt. Normalerweise wäre das nicht möglich, aber ich hoffe, die Brücke wird mir diese Aufgabe erleichtern.«

»Und ich werde mit ihr gehen, um ihre Sachen zu tragen«, sagte Liane und vermied es demonstrativ, Garric anzusehen. »Wir können selbstverständlich vorher noch die Petitionen durchgehen.«

Garric lachte. Sie hatten den Rand des eigentlichen Valles erreicht, und selbst mit den Blutadlern als Vorreiter mußte Liane das Gespann nun zügeln. Garric war dafür ausgesprochen dankbar.

»Selbstverständlich werde ich auch mitkommen«, sagte er liebevoll zur Antwort auf die angedeutete Frage.

»Aber du hast so viel zu tun«, meinte Tenoctris. » Ich vertraue dir als Gehilfen wie kaum einem anderen, aber ich weiß, du hast wichtigere Pflichten.«

»Ich muß König sein«, sagte Garric, »und vielleicht auch General. Aber wenn ich nicht auch manchmal Garric or-Reise sein kann, werde ich bald so verdorben sein wie ein Ei vom Vorjahr.«

Er legte jeder der Frauen eine Hand auf die Schulter. Alle drei lachten zusammen; und Carus, der nie über Garrics Toleranz für die trockeneren Angelegenheiten des Königseins verfügt hatte, lachte in Garrics Kopf mit.

Ilna spähte über die Heckreling und betrachtete die Wasserpflanzen und bunten Fische, während das Schiff im klaren Wasser vor Anker lag. Auf beiden Triremen streckten sich die Passagiere, sammelten jene Besitztümer ein, die sie mit sich an Land nehmen wollten, schimpften ihre Diener wegen ihrer Ungeschicklichkeit oder wegen ihrer Dummheit aus, oder einfach nur weil diese Reise so unbequem war und Leute von Rang eben gerne ihre Untergebenen beschimpften.

»Stimmt etwas nicht, Ilna?« fragte Merota mit einer Spur von Besorgnis. Das Mädchen war den größten Teil des Tages recht vergnügt und aufgeregt über den Anblick unvertrauter Vögel und Fische gewesen.

»Mit der Welt?« sagte Ilna mit einem lauten Lachen. »Ja, aber das ist kein neues Problem. Es hat nichts mit dir zu tun, Merota.«

Lord Neryal hatte mittschiffs im Schatten eines bestickten Baldachins bei Tadai und seinen wichtigsten Sekretären gesessen. Als Vonculo erklärte, sie würden nun für den Abend an Land gehen, brauchte der offizielle Kapitän mehr als eine Minute, um sich zu erheben und zum Heck zu gehen.

»Wir können doch sicher heute noch weiter kommen, Vonculo?« meinte Neryal zu seinem Navigator. »Wie haben noch den halben Nachmittag, und das Wetter ist gut.«

»Ich halte es für besser, über Nacht hier zu bleiben, Euer Lordschaft«, sagte Vonculo. »Hier gibt es Feuerholz und festen Boden für die Zelte. Und ich vertraue nicht so sehr auf gutes Wetter wie Ihr, obwohl Euer Lordschaft mir zweifellos in der Deutung des Himmels überlegen sind.«

Sein Tonfall war eher abfällig als direkt beleidigend. Es war, wie Ilna sich mit einem Aufblitzen von Zorn erinnerte, dem Tonfall ganz ähnlich, den Neryal selbst benutzt hatte, als Ilna die Kommandanten vor einer drohenden Meuterei warnte.

»Wird es wirklich einen Sturm geben, Ilna?« flüsterte Merota. Das Heck des Kriegsschiffs war sehr schmal, und den größten Teil des Platzes nahm der Steuermann ein, der beide Steuerruder zusammen bediente. Die Offiziere waren nahe genug, daß Ilna sie hätte berühren können, aber sie konzentrierten sich zu sehr aufeinander und ihren eigenen Zorn, um darauf zu achten, was Merota oder irgendwer sonst sagte.

Ilna warf einen Blick zum Himmel, der bis auf einen Hauch von Zirrhuswolken klar war. Jeder, der auf dem Land aufgewachsen war, und erst recht ein erfahrener Seemann wie Vonculo wußte, daß es heute oder am nächsten Tag keinen Sturm geben würde. »Nein, selbstverständlich nicht«, sagte sie zu dem Mädchen.

Mastyn beobachtete die Offiziere vom Bug der Trireme aus mit einer Miene höhnischer Verachtung. Er hielt schon den Anker in der Hand, den er über die Reling werfen würde, sobald Neryal seine endgültige Entscheidung getroffen hatte. Die zweite Trireme war einen Bogenschuß entfernt. Vier Ruder an Bug und Heck bewegten sich langsam, um dafür zu sorgen, daß das Schiff nicht abtrieb.

»Die Schwester soll Euch holen, Mann!« sagte Neryal. »Wie lange sollen wir noch hier auf diese Weise hin- und herdümpeln? Wenn ich es recht verstanden habe, bestand eine gute Möglichkeit, innerhalb von drei Tagen in Erdin zu sein. Bei diesem Tempo, das ihr anschlagt, wird es eine Woche dauern.«

»Vielleicht haben Euch die feinen Leute in Valles gesagt, die Fahrt würde ein paar Tage dauern, Euer *Lordschaft*«, meinte Vonculo und starrte an der Nasenwurzel entlang auf seinen Kapitän nieder. »Dieselben, die berechnet haben, wie schnell wir vorwärts kommen, wenn wir nur eine Bank Ruderer benutzen, und das auf Schiffen, die beladen sind wie Priester auf dem Heimweg von einem Tempelbankett! Ein Seemann mit praktischer Erfahrung hätte Euch selbstverständlich gleich sagen können, daß die Strömungen um diese Jahreszeit ohnehin nicht geeignet sind, um schnell nach Westen zu fahren.«

Ilna kniff die Augen ein wenig zusammen. Vonculo log. Sie wußte nichts über Strömungen und Winde, aber sie konnte hören, wie jemand Worte formte und miteinander verwob. Neryal wußte nicht mehr über die Seefahrt als sie, und anders als bei Ilna hielt ihn Zorn vollkommen vom Denken ab. Der Kapitän würde niemals als einer der großen Denker seines Zeitalters gepriesen werden, ganz gleich in welcher Laune er war.

Lord Neryal lief rot an. »Wißt Ihr was ich d... denke?« rief er laut. »Ich denke, Ihr s... seid ein ... ein ... Ihr taugt nichts, Vonculo. Ich denke, deshalb brauchen wir so lange, bis wir auf diesen schwesterverfluchten Schiffen unser Ziel erreichen!«

Vonculo verschränkte die Arme vor der Brust. »Nun, Euer Lordschaft, Ihr könnt mich jederzeit ablösen lassen«, meinte er kühl. »Vielleicht wollt Ihr die Navigation lieber selbst übernehmen. Ich kann Euch nur mitteilen, was ich für das Richtige halte, und wenn Ihr es vorzieht, meine Ansicht zu verwerfen – nun, das ist die Angelegenheit Eurer Lordschaft.«

Merota folgte mit dem Blick den Fregattenvögeln, die über ihnen kreisten, aber sie drückte fest Ilnas Hand. Ilna fand in den roten Kehlsäcken der Vögel und ihren Flügeln – lang, schmal und gebogen wie Sicheln – eine gewisse Schönheit, aber sie wußte, daß das Mädchen nur deshalb diese entfernten Dinge beobachtete, weil sie sich vor dem fürchtete, was in der Nähe geschah.

Lord Tadai hatte sich von seiner Couch erhoben und gemeinsam mit Roubos und den anderen fünf Blutadlern an Bord auf dem Weg zum Heck gemacht. Trotz ihrer Vorsicht brachte das Gewicht so vieler Männer, die sich bewegten, das schlanke Schiff ins Schwanken. Tadais Gesichtsfarbe hatte etwas Grünliches an sich, und zwei seiner Leibwächter schienen in keiner besseren Verfassung.

»Worum geht es?« wollte Tadai wissen. »Gehen wir an Land oder nicht?«

»Ich denke, wir sollten weiterfahren, Tadai«, sagte Neryal beinahe weinerlich. »Wenn wir nicht alles Tageslicht ausnutzen, kommen wir nie nach Erdin!«

Vonculo stand weiterhin mit verschränkten Armen da. »Was immer der Kapitän wünscht«, sagte er. »Wenn der Kapitän mich anweist, werde ich seine Befehle präzise ausführen – selbst wenn das bedeutet, den Schiffsboden herauszureißen und uns alle zu ertränken!«

Tadai starrte verblüfft von einem Mann zum anderen. »Um Himmels willen, Neryal«, sagte er. »Was ist denn mit diesem Platz nicht in Ordnung? Diese Insel sieht besser aus als die, auf der wir letzte Nacht unser Lager aufschlugen. Und ich hätte nichts gegen etwas unter meinen Füßen, das sich nicht bewegt!«

Der Kapitän ballte die Faust, obwohl nicht ganz klar war wen er eigentlich schlagen wollte. Er war offensichtlich wütend auf Tadai, weil dieser sich auf die Seite des Navigators geschlagen hatte; aber Vonculo, das Schiff selbst und das gesamte Muster der Wirklichkeit reizten ihn nicht weniger.

Ilna betrachtete die Insel mit der Erfahrung einer Frau, die weiter gereist ist, als ihr lieb war, und die ein gutes Auge für Einzelheiten hatte. Das Inselchen erhob sich ein Dutzend Fuß über das Meer, obwohl erst vor kurzem Flut gewesen war. Es gab keine großen Bäume, aber Holunder bedeckte alles bis zur Flutgrenze. Wo sich das Wasser mit schäumender Brandung zurückzog, sah Ilna mehr Felsen als Sand oder sogar den gleichen groben Kies wie auf dem Strand von Barcas Weiler.

Dennoch, wenn man an Land gehen konnte, schien es ein guter Platz zum Übernachten zu sein. Es gab kein Anzeichen von Bewohnern, was vielleicht bedeutete, daß es kein Trinkwasser gab, bis auf das, was sich nach einem Regen sammelte.

»Also gut«, meinte Neryal schließlich. »Ja, so ist es wahrscheinlich am besten. Bringt das Schiff an Land. Und ...«

Er warf einen Blick zu der zweiten Trireme. Sie trieb näher an die *Schrecken* heran, bewirkt durch den Winddruck, obwohl die langsamen Ruderstriche sie immer noch in der Strömung hielten.

»... signalisiert Kapitän Perra, ebenfalls Anker zu werfen.«

»Statt die Schiffe auf den Strand zu ziehen, Euer Lordschaft ...«, sagte der Navigator rasch. Vonculo hatte vor Erleichterung zu zittern begonnen, als Neryal nachgab; nun war sein Tonfall fieberhaft vergnügt und nicht mehr herablassend. »... sollten wir sie lieber mit Hilfe der Ruder dicht zum Strand bringen, bis die Passagiere an Land gegangen sind, und dann ein Stück weiter draußen vor Anker gehen. Der Strand ist zu felsig, um die Schiffe an Land zu ziehen. Außerdem würde ein so steiler Hang sie zerbrechen.«

»Wie bitte?« fragte Neryal überrascht. Lord Tadai blieb stehen und drehte sich um; er hatte dazu angesetzt, weiterzugehen, als er die Angelegenheit für entschieden hielt. »Also wirklich, Vonculo, wenn wir hier nicht sicher an Land gehen können, müssen wir doch einen besseren Platz finden.«

Ilna lächelte dünn, als sie sah, wie sich die Angelegenheit entwickelte. Hier auf dieser Insel festzusitzen war ein möglicher Weg aus dem Stillstand, der durch eine meuternde Besatzung und Kommandanten bewirkt wurde, deren Reaktion auf Schwierigkeiten darin bestand, sich zu wünschen, es wäre nichts geschehen. Sie befanden sich in einem Bereich mit regem Schiffsverkehr. An jedem Tag ihrer Reise hatten sie mehrere Schiffe gesehen, die nahe genug vorbeifuhren, um ihnen zu signalisieren, also würden sie hier nicht lange festsitzen, bevor sie und der Rest der Passagiere gerettet würden.

Ilna hatte in Erdin nur ihre Pflichten vor sich; für Merota gab es noch weniger, was sie dorthin zog. Sie konnten ein paar Tage überstehen, indem sie brackiges Wasser tranken und Muscheln aßen.

»Es ist vollkommen sicher, Euer Lordschaft«, sagte Vonculo. In seiner Stimme lag die bebende Lebendigkeit von Schnaken, die in einem Sonnenstrahl kreisen. »Wir lassen die Hälfte der Mannschaft als Ankerwache an Bord. Keine andere Insel in erreichbarer Nähe ist bequem genug für unsere Passagiere.«

»Die Männer sollen an Bord schlafen?« fragte Neryal ein wenig überrascht. »Nun, wenn Ihr meint, Vonculo.«

Neryal wandte sich von dem Navigator ab und murmelte dabei: »Ich werde so froh sein, Erdin zu sehen und ein anständiges Dach über dem Kopf zu haben. Das kann ich Euch sagen!«

Vonculo legte die Hände an den Mund, um Anweisungen zu der zweiten Trireme zu brüllen. Mastyn gab bereits der Mannschaft der *Schrecken* Befehle.

Chalcus, der Seemann mit den Narben, der mit Ilna zusammen zugesehen hatte, als der Bootsmann Meuterei predigte, saß an einem Ruder auf der Steuerbordseite. Als er bemerkte, daß Ilna in seine Richtung schaute, legte er den Zeigefinger an die Nasenseite und grinste breit.

Ilna starrte wütend zurück. *Der da ist zu überzeugt von seiner eigenen Schlauheit!*

»Ilna?« fragte Merota leise. »Wird alles gut gehen?«

Ilna legte dem Mädchen die Hand auf die Schulter. »Ja«, sagte sie ebenso leise, wenn auch nicht flüsternd; wenn die Meuterer sie hörten, konnten sie denken, was sie wollten.

»Dein Onkel wird seine Pläne ein wenig ändern, und wir werden vielleicht ein paar Tage auf dieser Insel bleiben müssen, aber es ist wahrscheinlich besser so.«

Ilna tastete nach der seidenen Schlinge, die sie um die Taille trug, dann nach den Schnüren, die sie in ihrem linken Ärmel hatte, und schließlich nach dem scharfen Messer in der Knochenschachtel in ihrer Schärpe. »Es wird schon alles gut«, sagte sie zu dem Mädchen.

Zehn der Bugruderer begannen mit langsamen Schlägen. Der Flöter saß im Schneidersitz neben Vonculo und bestimmte den Rhythmus mit einem tiefen Ton für das Eintauchen und einem höheren Ton, wenn die Ruder aus dem Wasser genommen werden sollten. Langsam knirschte die Trireme an den Strand.

Kaline, Merotas Gouvernante, lag im Bug der Trireme wie ein Bündel schwarzer Lumpen. Sie hatte nicht genug Status, um einen Platz unter dem Baldachin mittschiffs zu beanspruchen, und sie war unwillig – oder zu ängstlich – gewesen, sich Ilna nach ihrer ersten Begegnung noch einmal zu nähern.

Lord Tadai und viele von seinem Gefolge waren schlechte Seefahrer. Kaline vertrug es überhaupt nicht, auf dem Wasser zu sein. Seit das Schiff Valles verlassen hatte, war sie nicht in der Lage gewesen, etwas zu sich zu nehmen, aber sie beugte sich immer noch über die Reling, um zu würgen, wenn eine größere Welle das Schiff bewegte.

Ilna lächelte. Zumindest hatte die Frau nach ihrer ersten Erfahrung gelernt, sich an die Leereling zu halten.

Unter Mastyns Anweisungen sprangen ein Dutzend Besatzungsmitglieder in die niedrige Brandung. Der Bootsmann warf ihnen die Leine des leichten Ankers zu, den er benutzt hatte, um das Schiff an Ort und Stelle zu halten, während Neryal darüber nachgedacht hatte, ob sie nun an Land gehen sollten oder nicht. Die Seeleute rannten ein ganzes Stück den Abhang hinauf, bevor sie den Anker zwischen ein paar verwitterte Felsen schoben.

Ruderer erhoben sich von ihren Bänken und stemmten ein paar der zusätzlichen Planken hoch, die das bedeckt hatten, was einmal die inneren Ruderbänke auf der Backbordseite gewesen waren. Diese Bretter paßten auf Zapfen am Steuerbordbug und bildeten eine Laufplanke für die Würdenträger, von denen man schließlich nicht erwarten konnte, daß sie über die Seite eines Kriegsschiffs sprangen.

Damit die Männer ihre Arbeit tun konnten, mußte die Gouvernante aus dem Weg gehen. Als sie nicht rechtzeitig auf die Beine kam, packten zwei Seeleute sie wie eine Rolle alten Segeltuchs und schoben sie vor die Füße derjenigen, die näher mittschiffs standen.

Seeleute am Ufer verankerten die Laufplanke im felsigen Boden. Schaum umspülte die Bretter, aber inzwischen hatten die Wellen häufig genug das Deck des Schiffs überspült, um das Schuhwerk von Lord Tadai und all seinen Sekretären zu durchnässen. Ein Kriegsschiff stellte vielleicht die sicherste Reisemethode von einer Insel zur anderen dar, aber niemand würde es für bequem halten.

Als erstes verließen die Diener das Schiff über die Planke, unter ihnen auch die Gouvernante. Das Schiff schauderte, aber die Ruderer hielten es aufrecht, indem sie die Ruderblätter gegen den Boden drückten.

Tadais Gruppe machte sich mit ihren Leibwachen auf den Weg. Die Blutadler waren mit Schilden, Helmen und Harnischen gerüstet und hielten die Speere bereit. Sie waren vorbereitet auf jeden Feind, der hinter den verkrüppelten Büschen lauern könnte.

»Gehen wir«, sagte sie zu Merota und schlang sich ihr eigenes bescheidenes Bündel über die Schultern. »Je eher wir es hinter uns bringen, desto eher können wir uns wieder unseren Angelegenheiten widmen.«

So trostlos diese Aussichten für beide schienen. Nun, Ilna hatte das Muster nicht entworfen, in das die Welt sie gewebt hatte.

Das Mädchen vorsichtig vor sich herführend, ging Ilna zum Bug der Trireme. Ein Seemann, der sich mehr auf seine Arbeit, als auf seine Umgebung konzentrierte, stand ihnen im Weg. Merota wich zurück; Ilna schob das menschliche Hindernis mit einem knappen »Paßt auf, wo ihr hintretet!« beiseite.

Sie sprach den Rest des Satzes – »oder es wird euch leid tun!« – nicht aus, aber ihr Tonfall verlangte Gehorsam.

Sie lächelte. Vielleicht irrte sie sich ja zu glauben, daß die angedeutete Drohung etwas damit zu tun hatte. Vielleicht waren all diese Seeleute anständige Kerle, die verlegen beiseite sprangen, wenn man sie an ihre Manieren erinnerte.

»Hast du etwas gesagt, Ilna?« fragte Merota nervös.

»Ich dachte daran«, sagte Ilna wahrheitsgemäß, »daß Schweine vielleicht fliegen können. Aber wahrscheinlich nicht mehr zu meinen Lebzeiten.«

Sie erreichten die Laufplanke. Die Trireme bewegte sich nun wieder unruhig. Nachdem so viele Passagiere und Besatzungsmitglieder an Land gegangen waren, hatte das Schiff wieder Wasser unter dem Kiel und wurde nur noch mit dem langen, bronzenen Rammsporn an der Insel gehalten. Falls das Schiff für die Nacht an den Strand gezogen werden müßte, hätte man es umdrehen müssen.

Chalcus, gestützt auf sein Ruder, grinste, als Ilna und das Mädchen vorbeikamen. »Möge Euer Aufenthalt glücklich verlaufen«, sagte er und zwang trotz der offensichtlichen Anstrengung, gegen die Schwerkraft anzukämpfen, um das Schiff ruhig zu halten, einen Singsangton in seine Stimme.

Der Bootsmann starrte beide wütend an. Mastyn bewegte

sich angespannt wie eine Katze vor einem Kampf. Ilna warf ihm einen kalten Blick zu, während sie Merota auf die Planke folgte. Sie gab sich keine Mühe, Chalcus nicht zur Kenntnis zu nehmen.

Merota trug ein vernünftiges Hemd und einen Umhang statt der lächerlichen Aufmachung, in der sie die Reise begonnen hatte. Ihre Gouvernante war zu krank, um sie zu zwingen, etwas Dummes zu tun, und Tadai hatte anderes im Kopf. Ilna wünschte nur, daß das Kind festeres Schuhwerk hätte als die Samtpantoffeln, die es jetzt trug, aber sie hatten keine Zeit, sich deshalb Gedanken zu machen.

Merota schnappte nach Luft, als sie auf den felsigen Boden trat. Sie versuchte, auf den Fußballen zu gehen, und hüpfte steifbeinig wie ein Stelzenläufer. Ilna packte sie an den Schultern und trug sie halb den Strand hinauf, wo der Boden nicht von jeder Flut weggewaschen wurde.

Ilna selbst war barfuß, aber sie war auch in Barcas Weiler acht Monate des Jahres barfuß gelaufen. Die Schwielen an ihren Füßen waren vielleicht auf dem weichen Boden des Palastgeländes in Valles ein wenig dünner geworden, aber sie genügten immer noch, um Merota über die schlimmsten Felsen zu helfen.

»Paß auf, oder du verrenkst dir den Knöchel«, sagte Ilna gereizt. »Das würde uns gerade noch fehlen.«

»Lady Merota!« rief Kaline in nörglerischem Ton, »wo seid Ihr – da seid Ihr ja! Kommt sofort her.«

Sharina hatte Ilna einmal von einem Ungeheuer aus einer Legende erzählt, das seine Kraft aus dem Erdboden bezog. Kaline schien von derselben Art zu sein: Die Gouvernante hatte sich erholt, sobald sie mehr oder weniger trockenes Land erreicht hatte. Nun war sie wieder so unangenehm wie zuvor.

Merota warf Ilna einen fragenden Blick zu. »Ja, geh schon«, sagte Ilna und tätschelte dem Mädchen die Schulter.

Merota trabte davon und rief: »Habt Ihr meine Schachteln? Die mit den Sachen von meinen Eltern?«

Ilna seufzte und sah sich die Insel an. Der größte Teil der Vegetation reichte ihr kaum bis an die Schulter, aber von der Stelle an, wo sie stand, zog sich das Land weiter hügelaufwärts. Sie ging weiter – nicht, daß sie erwartete, etwas Interessantes zu finden. Es schien eine gute Idee, ein Gelände zu erforschen, auf dem sie vermutlich längere Zeit verbringen würde.

»Herrin?« rief eine unbekannte Stimme hinter ihr. Sie ignorierte sie, bis sie lauter fortfuhr: »Herrin Ilna os-Kenset?«

Ilna drehte sich um. Es war einer der Untersekretäre aus Tadais Gefolge, der auf dem anderen Schiff gereist war. Sie kannte nicht einmal seinen Namen. »Ja?« sagte sie und tat nicht einmal so, als legte sie Wert darauf, weitere Zeit in Gesellschaft dieses Mannes zu verbringen.

»Ich bin Unterkämmerer Mizo or-Doson«, verkündete der Mann, »und zuständig für Lord Tadais Reiseausrüstung. Man hat Euch Lebensmittel und Getränke ausgegeben, als gehörtet Ihr zu Lord Tadais Gefolge, aber tatsächlich seid Ihr eine Privatperson. Ihr solltet also ...«

Sein Blick begegnete dem Blick Ilnas; der Fluß aufgeblasenen Unsinns verebbte. Nur noch ein Gurgeln oder zwei tröpfelte aus Mizos Kehle.

Ilna hatte zwei Ideen, wie sie mit dieser Angelegenheit fertig werden konnte. Im Grunde genommen waren es drei, aber die dritte war keine angemessene Anwendung ihrer Macht. Sie griff nach einem Silberstück, um die Münze vor die Füße des Mannes zu werfen. Dann hielt sie allerdings inne, aber nicht, weil es ihr an Geld gefehlt hätte, sondern weil sie keine Lust hatte, sich von einem Wurm wie Mizo so weit bringen zu lassen.

»Also gut«, sagte sie in Silben, die wie aus einem Gletscher gemeißelt waren. »Ihr werdet mir eine Rechnung über Lebensmittel und Wasser ausschreiben – für nichts weiter, denn ich habe Euren Wein nicht angerührt und würde das, was auf diesem Schiff als Bier ausgegeben wird, nicht benutzen, um den Küchenboden damit zu schrubben. Ich werde Euch den Betrag in Gegenwart von Lord Tadai auszahlen. Und Ihr ...«

Von der *Schrecken* erscholl eine Trompete. Seeleute, die an Land gekommen waren, hielten inne mit dem, was sie taten, und kletterten zurück auf die Trireme.

Lord Tadai warf einen Blick über die Schulter und wandte sich dann wieder dem Gespräch mit seinem Koch über das Abendessen zu, aber Lord Neryal schrie die Männer, die angeblich unter seinem Kommando standen, ärgerlich an. Er hatte persönlich die Gruppe befehligt, die das Gebüsch roden sollte, damit sein Zelt und das des Botschafters aufgestellt werden konnten.

Ilna lächelte dünn. »Wie ich bereits sagte ...«, fuhr sie fort. Merota schrie.

Ilna wandte sich mit schrecklich ausdrucksloser Miene um. Das Mädchen sollte eigentlich bei seiner Gouvernante in Sicherheit sein, aber ...

Die Seeleute hatten die Laufplanken abgeworfen – sie einfach von der Reling abgetrennt, statt sie von dem felsigen Strand wieder hochzuziehen. Merota im rotgefütterten Seidenumhang zappelte in den Armen eines Mannes im Bug der *Schrecken;* sie umklammerte einen Kasten aus Ebenholz und Perlmutt.

Das Mädchen hatte nach »den Sachen meiner Eltern« gefragt, als sie zu ihrer Gouvernante gegangen war. Ilna fiel plötzlich ein, daß Merota schrecklich wenig haben würde, das sie an ihre Eltern und an die Kindheit erinnerte, die mit ihnen in Flammen aufgegangen war. Die Gouvernante war nicht in der Verfassung gewesen, den Kasten mit den Erinnerungen oder irgend etwas anderes mit sich zu nehmen, als sie vom Schiff getaumelt war.

Also war Merota wieder auf die *Schrecken* gegangen, um ihre Sachen zu holen.

Ilna rannte auf das Schiff zu. Leutnant Roubos und die Handvoll Blutadler, die ihm am nächsten standen, rannten ins Wasser, die Schilde hoch erhoben. Andere Soldaten bildeten eine Mauer um Lord Tadai.

Die meisten Besatzungsmitglieder hielten sich im Heck der Trireme auf. Einige ruderten, während die anderen ihr Gewicht einsetzten, um das Heck zu senken und den Bug zu heben. Ein Dutzend Seeleute unter Mastyns Kommando hatten Entermesser und Speere aus der Waffenkiste genommen. Sie warteten im Bug, um sich den Blutadlern zu stellen.

»Kommt sofort zurück!« brüllte Lord Neryal. »Was macht ihr da? Vonculo! Was macht ihr da?«

Genau das, was ich dir gesagt habe, das sie machen wollen, du adliger Narr, dachte Ilna, als sie ins Wasser watete. Sie zog den Saum ihres Hemdes hoch und steckte ihn in die Schärpe, damit es sie nicht ins Salzwasser zog. Sie war bereits bis zur Mitte der Oberschenkel im Wasser; sie konnte nicht schwimmen, und sie wußte nicht, wie steil der Strand abfiel.

Die Trireme bewegte sich sehr langsam rückwärts, aber die Ramme war jetzt losgerissen, und der Rest der Ruderer ließ sich wieder auf den Bänken nieder. Die Blutadler platschten hinter dem Schiff drein, obwohl Ilna sich nicht vorstellen konnte, was sie glaubten, erreichen zu können. Ein Seemann stieß mit seinem Speer zu. Roubos blockierte die Spitze mit dem Schild. Der Seemann stützte sich mit dem ganzen Gewicht auf den Schaft und stieß Roubos im Wasser um. Seeleute jubelten und johlten, als die Soldaten unter ihnen Schlägen ins Wanken gerieten.

Der Flöter gab den Rhythmus an. Ruderblätter hoben sich,

dann bewegten sie sich im Gleichklang vorwärts. Ilna schätzte den Rhythmus ab. Sie packte das nächste Ruderblatt mit beiden Armen und zog sich am Schaft hoch.

Der Ruderer blökte überrascht über die unerwartete Last. Ilna wand sich, um nicht zerquetscht zu werden, als das nächste Ruder gegen jenes stieß, an dem sie kletterte. Sie klammerte die Knie um den Schaft und zog ihre Schlinge mit einer Hand frei. Die Fasern waren feucht, aber geschmeidig genug.

Der Ruderer spähte über die Reling, um nachzusehen, was sein Ruder blockierte. Ilna warf ihm die Schlinge um den Hals.

Der Seemann krächzte einmal, als sich die Schnur festzog. Ilna kletterte den Rest ihres Weges an Bord und benutzte dabei ihr Opfer als Anker. Der Mann schlug mit den Armen um sich, und die Zunge schob sich starr zwischen seinen Lippen hervor.

Die *Schrecken* trieb nun frei und bewegte sich in einer Kurve seewärts, da Ilnas Auftauchen den Rhythmus der Ruderer am Steuerbordbug behinderte. Sie saßen zu weit innen, um sehen zu können, was näher am Rumpf geschah. Sie schrien, als sie Ilna über die Seite klettern sahen, als wäre sie ein mythisches Ungeheuer. Sie hatte sich unbemerkt über die Seite des Schiffs genähert, während Mastyn und seine Kumpane sich auf die Soldaten konzentrierten, die den Bug angriffen.

Ilnas Gesicht war eine Maske kalten Zorns. *Sie werden feststellen, daß ich schlimmer bin als jeder lügnerische Mythos!*

Sie ließ die Schlinge fallen. Die Kameraden des beinahe erstickten Seemanns zogen ihn weg und lockerten die Schnur, die ihn nicht ganz getötet hatte. Er lag keuchend und ächzend und bewußtlos in den Armen seiner Freunde, während sie die triefend nasse Frau anstarrten, die ihn gewürgt hatte.

Ilna zog Schnüre aus ihren Ärmeln; sie knotete mehrere von ihnen zusammen. Das Muster, das sich in ihren Handflächen verbarg, war so kompliziert wie der Flug einer Libelle über einen sommerlichen Teich.

Vonculo stand am Heck und reckte sich, um zu sehen, was weiter vorn geschah. Ein paar Männer waren immer noch an ihren Rudern, aber andere hatten sich erhoben und verstellten dem Navigator das Blickfeld.

Rufe hinter ihnen bewirkten, daß die bewaffneten Seeleute unter Mastyn im Bug sich umdrehten; sie hatten die Blutadler verspottet, die zum Ufer zurückgeplatscht waren. Roubos stützte sich hustend und spuckend auf den Arm eines seiner Untergebenen. Sein verletztes Bein und das Gewicht seiner Rüstung hatten ihn gefährlich lange unter Wasser gehalten, als der Mann mit dem Speer ihn umgestoßen hatte.

»Laßt das Kind los!« sagte Ilna zu dem Mann, der Merota hielt.

»Immer mit der Ruhe«, sagte der Bursche. Es war Chalcus! Er nahm den linken Arm von Merotas Taille und ließ das Mädchen auf das Deck nieder, tätschelte ihr die Schulter und schickte sie zu Ilna. »Ich habe nur auf sie aufgepaßt, bis Ihr da wart.«

Chalcus grinste. In der rechten Hand hielt er ein Schwert, dessen Spitze sich in einer Kurve nach innen bog, die einem Schlag mehr Gewicht verleihen würde. Das war keine der billigen Waffen aus den Vorräten des Schiffs: Die Klinge hatte Goldverzierungen nahe dem Griff und war ungemein scharf.

»Ich bin in Sicherheit!« sagte Merota und vergrub ihr Gesicht an Ilnas Seite. »Sie werden mir nichts tun!«

»Werft sie ins Meer!« sagte Mastyn. »Schubst das Miststück mit den Speeren, wenn ihr sie nicht anfassen wollt!«

In all der Verwirrung hatten die Männer aufgehört zu rudern, aber die Trireme wurde von einer Mischung aus ihrem vorherigen Schwung und der geringen Strömung weiter seewärts getragen. Der Bug war hundert Fuß vom Ufer entfernt, und das Wasser unter dem Kiel war zu tief, als daß Ilna den Meeresboden noch hätte sehen können, als sie nach unten blickte.

Die zweite Trireme war gleichzeitig in See gestochen, und ihr Steuermann – der Navigator war mit den zurückgelassenen Passagieren an Land – schrie nun zu Vonculo über das Wasser: »Was ist da los?«

Keiner der bewaffneten Seeleute versuchte, auf Ilna zuzugehen. Mastyn versuchte einen vorwärts zu schieben; der Mann entzog sich dem Druck.

»Mögen die Seedämonen euch Feiglinge holen!« rief Mastyn. Mit erhobenem Entermesser ging er auf Ilna zu. Chalcus sah Ilna an, zog eine Braue hoch und ging dem Bootsmann dann aus dem Weg.

Ilna zeigte Mastyn das Muster ihrer Schnüre. Er schrie auf und begann, wild auf etwas einzuschlagen, was außer ihm niemand sehen konnte. Chalcus ließ sich flach aufs Deck fallen; das Entermesser grub sich mit einem feuchten Geräusch in die Schulter des Speerträgers neben ihm.

Mastyn riß sein Messer unter Schreien und Blut wieder los und schlug dann nach unten. Holzsplitter und drei der eigenen Zehen des Bootsmanns flogen beim *Klack* der Klinge in die Luft.

Ein Seemann packte Mastyn von hinten. Der Wahnsinnige riß sich los und schlug abermals zu und trennte sich den linken Fuß oberhalb des Gelenks ab.

Der Mann, der versucht hatte, ihm zu helfen, duckte sich. Mastyn taumelte vorwärts und fiel über die Reling. Er schrie immer noch vor Entsetzen über etwas Unsichtbares, als das Meer ihn bedeckte.

»Und was euch andere angeht ...«, sagte Chalcus und trat zwischen Ilna und den Rest seiner bewaffneten Kumpane. »Ihr haltet euch zurück und macht unseren Gästen Platz. Mastyn hätte mich beinahe umgebracht, als er durchdrehte, und ich habe es nicht nötig, einen von euch diese Arbeit vollenden zu lassen.«

Der Seemann, den Mastyn verwundet hatte, lag auf Deck, und zwei andere versuchten das Blut zu stillen. Ilna bezweifelte, daß sie viel für das Opfer tun konnten. Das Entermesser war bis auf den Knochen gedrungen; ein erstaunlicher Schlag für ein nicht allzu scharfes Messer. Der Bootsmann hatte in seinen letzten Augenblicken die Kraft eines Wahnsinnigen gehabt, daran bestand kein Zweifel.

Einer der Seeleute hob zögernd seinen Speer. Chalcus zeigte mit der eigenen Waffe auf den Burschen und fragte: »Hast du mich nicht verstanden, Andro?«

Der Mann mit dem Speer senkte die Waffe. Eine Krankheit hatte tiefe Kerben auf seinen Wangen oberhalb des Bartes zurückgelassen. »Du wirst auf die alten Tage wohl weich, Chalcus«, fauchte er.

»Mag sein, Andro«, erklärte Chalcus mit derselben wohltönenden Singsangstimme, mit der er den Takt angegeben hatte, als die Triremen ins Wasser gezogen wurden. Trotz der gekrümmten Spitze würde die Kraft von Chalcus' Schultern sein Schwert problemlos quer durch Andros Brustkorb treiben, wenn es notwendig wäre. »Aber nicht so weich, daß ich dir nicht deine eigene Leber zu fressen gäbe, wenn du mir Ärger machst.«

Ilna mußte gegen ihren Willen lächeln. *Das* war ein Versprechen, auf das sie gern ihre geringe Hoffnung auf Erlösung gesetzt hätte.

Vonculo und zwei Seeleute mit Enterhaken kämpften sich durch das Gedränge und blieben ein Dutzend Fuß vor Ilna stehen. Der Navigator hatte einen Bogen mit aufgelegtem Pfeil in den Händen. »Was ist hier los?« fragte er. Seine Stimme bebte vor Zorn und Angst. »Was ist mit Mastyn passiert?«

»Er hat plötzlich angefangen, um sich zu schlagen«, sagte Chalcus freundlich und wandte sich dem Navigator zu. Er senkte sein Schwert, so daß die Spitze beinahe das Deck berührte. »Er ist über Bord gegangen, aber ich glaube, vorher hat er Ibis umgebracht, oder ich bin eine Nonne.«

Chalcus wies mit dem Schwert auf das Opfer. Es war den anderen offenbar gelungen, das Blut zu stillen, aber das Gesicht des verwundeten Mannes war kreidebleich, und er hatte begonnen trotz der heißen Sonne zu schaudern.

Ilna verzog das Gesicht. Sie löste die Knoten, zu denen sie ein paar weitere Schnüre gebunden hatte, und begann mit einem ganz neuen Muster.

»Die Schwester soll ihn holen!« sagte Vonculo in bitterer Verzweiflung. »Ich kenne den Kurs, aber er ist der einzige, der mehr wußte.«

Er sah wieder Ilna und Merota an. »Was macht Ihr hier?« wollte er wissen.

»Das Mädchen ist an Bord gegangen«, sagte Ilna. »Ich bin ihr gefolgt.«

»Sie ist eine Zauberin«, murmelte jemand hinter vorgehaltener Hand; vielleicht war das der Mann mit dem Speer, Andro.

»Das habe ich gehört«, sagte Vonculo tonlos. Er starrte Ilna kalt an, dann fuhr er fort. »Ihr könnt jetzt über die Reling springen oder mit uns kommen, wohin wir gehen. Wie lautet Eure Entscheidung?«

Ilna löste Merotas Arme sanft von sich und kniete sich neben den verwundeten Seemann. Die Männer, die ihn hielten, wichen zurück. Sie breitete ihr neues Knotenmuster vor den Augen des Opfers aus. Er entspannte sich sichtlich, und die Farbe kehrte in seine Wangen zurück.

Ilna stand auf. »Legt ihm einen ordentlichen Verband an«, fauchte sie die Männer an, die sich um ihn gekümmert hatten.

»Ich kann ihn aus dem Schock herausbringen, aber das wird ihm nicht lange helfen, wenn er all sein Blut verliert.«

Sie drehte sich wieder um und sah den Navigator an. Sie streckte die Hand aus und griff nach Merota. Die Insel und die dort Zurückgebliebenen waren jetzt eine gute Bogenschußweite entfernt.

»Lady Merota und ich werden euch begleiten«, sagte Ilna tonlos. Es waren zu viele, um sie einzeln zu bekämpfen, selbst mit ihren Waffen, und was würde sie tun, wenn es ihr gelang, sie alle über die Reling zu schicken? Auf diesem Schiff umhertreiben, bis sie und das Mädchen verhungert waren?

»Schön, Euch an Bord zu haben«, sagte Chalcus hinter ihr. »Zumindest einige von uns freuen sich darüber.«

11

Die Brücke war immer noch durchsichtig – Garric konnte hin und wieder die Laternen auf der anderen Seite des Beltis erkennen, die durch das Gewebe von Licht schimmerten – aber sie war fest geworden. Sie schien wirklicher als die Gebäude am Flußufer.

»Die Straßen sind so *tot*«, sagte Liane mit einem Blick auf die nahe gelegene Mietskaserne. »Wo sind die Leute?«

Bei Garrics erstem Besuch hatte es im Brückenviertel nur so von Menschen gewimmelt – von den normalen Bewohnern ebenso wie der Menge, die sich die Erscheinung über dem Fluß ansehen wollte. Die Aktivitäten hatten ihn daran erinnert, wie Termiten gegen Ende des Frühlings aus ihrem Nest kommen und sich zu einem neuen Wohnort aufmachen. Billiger Wein, Gemüse, Fischabfälle, der Geruch von Menschen und tausend unidentifizierbare Düfte hatten sich zu einer lebhaften Atmosphäre vermischt. Nun roch alles abgestanden. Selbst der Geruch nach Holzkohlenfeuern hing nicht mehr in der Luft. Die Läden im Erdgeschoß der Häuser waren verriegelt und vernagelt, und auf den Treppen zu den Wohnungen in den oberen Stockwerken hörte man nicht mehr die Rufe von Kindern oder der für sie verantwortlichen Erwachsenen.

Ein Geschöpf aus rotem Licht kam die Straße entlanggerannt und warf zornig den Kopf umher. Es sah aus wie ein Bulle, aber es war acht Fuß hoch, und aus seinen Nüstern drangen Flammen. Einen Augenblick lang hämmerten seine Hufe Funken aus den Pflastersteinen; dann hörte das Geräusch wieder auf, und das Abbild des Geschöpfes begann zu verblassen. Es rannte über die Brücke, bevor es schließlich ganz verschwand. Garric glaubte, noch ein paar Hufschläge zu hören, dann war es wieder still.

»Die Bewohner sind weg, weil sie Angst hatten«, sagte Tenoctris, als Liane ihr aus der Sänfte half. Die anderen in der Gruppe waren zu Fuß, die Wachen, weil Garric zu Fuß ging, und Liane aus demselben Grund. »Und sie haben recht mit ihrer Angst.«

Die Eskorte von Blutadlern schulterte wieder ihre Schilde, nachdem der Bulle verschwunden war, obwohl man nicht behaupten könnte, daß sie sich entspannten. Besimon, der Kommandant der Eskorte, sah Garric an, aber er drängte seinen Prinzen nicht, diesen gefährlichen Ort zu verlassen.

Garric war lieber zu Fuß gegangen, als sich tragen zu lassen – und er wäre lieber gekrochen, als sich auf ein Pferd zu setzen, obwohl Pferde manchmal die einzige Möglichkeit des Transports waren. König Carus war ein erfahrener Reiter gewesen; seine Reflexe würden Garric auch auf einem unruhigen Tier halten. Aber es wären Garrics Muskeln, die am nächsten Morgen schmerzten, und nichts würde ihn dazu bringen, es auch noch zu mögen, der Gnade eines Tiers ausgeliefert zu sein, das sechs- oder achtmal so viel wog wie er selbst.

»Es erinnert mich an das Klestis, das ich im Traum sehe«, sagte Garric. »Die Gebäude stehen noch, aber es ist niemand mehr da.«

»Wie eine Stadt, die nach einer Belagerung eingenommen wurde«, sagte Carus, der alles durch Garrics Augen wahrnahm, die Umgebung aber mit dem Geist eines erfahrenen Kriegers analysierte.

»Dann gäbe es mehr Rauch. Und der Geruch nach Tod; der würde einem nicht entgehen.«

Ein Trupp von Stadtwachen näherte sich im Laufschritt durch eine Seitenstraße; man hatte ihnen wohl mitgeteilt, daß sich der Prinz im Bezirk aufhielt. Es waren nur vier Männer statt der sechs, die für eine solche Patrouille vorgeschrieben waren.

Besimon ging den Stadtwachen entgegen. Der Offizier der Wachen trug einen versilberten Helm und ein Schwert; die drei gewöhnlichen Wachen hatten Messinghelme und Hartholzstöcke mit einem Knauf an einem Ende. In dem Metall spiegelte sich der kalte, blaue Glanz der Brücke wider.

»Gefahr durch den Bullen?« fragte Liane.

»Gefahr durch Dinge wie jenes, das die Gestalt eines Bullen angenommen hat«, sagte Tenoctris. »Es wird immer gefährlich, wenn die Ebenen des Universums ineinander übergehen; und es gibt einige Ebenen, deren Bewohner für alle Menschen, mit denen sie in Kontakt kommen, eine große Gefahr darstellen.«

Garric wandte sich von Besimon und den Wachen ab. »Und für Sharina?« fragte er.

Liane hob die Tasche mit Tenoctris' Sachen aus der Sänfte. Die alte Zauberin zuckte die Achseln. »Ich bin inzwischen sicher, das Sharinas Entführung geplant wurde und sie nicht einfach von einem der Wesen, die durch diesen Schwachpunkt des Kosmos eindringen, als Beute verschleppt wurde. Sie ist in Gefahr, selbstverständlich, aber ...«

Sie lächelte. Tenoctris sah Jahrzehnte jünger aus, wenn sie das tat.

»... wahrscheinlich weniger als wir anderen, wenn wir hier stehen. Ich brauche den Druck der Brücke auf dem Stoff des Universums, um uns dorthin zu bringen, wo wir Alman finden können; aber je schneller wir uns auf den Weg machen, desto sicherer werden wir sein.«

»Ah«, sagte Garric, als ihm noch etwas einfiel. »Braucht ihr mich für die Vorbereitungen?«

»Ich brauche jemanden, der die Laterne hält«, sagte Tenoctris. »Das kann Liane tun.«

»Gut«, sagte Garric und nickte. »Ich komme bald wieder.«

Er ging zu Besimon und den Wachen. Statt Garric durchzulassen, traten noch dreißig Blutadler vor, um ihn zu umstellen. Die anderen zwölf gingen mit den Frauen, für deren Sicherheit sie verantwortlich waren, auf die Brücke zu. Die beiden Träger blieben neben der Sänfte stehen. Sie schauten den Soldaten unruhig hinterher, obwohl Garric sich fragte, wieviel Schutz die Waffen dieser Männer tatsächlich gegen Bedrohungen wie dieses Bullengeschöpf bieten könnten, das einen Augenblick zuvor noch hier gewesen war.

»Unteroffizier Copelo hier hat mir erzählt, daß die Gebäude drei Block weit vom Ufer während der Nacht verlassen sind, Euer Hoheit«, sagte Besimon zu Garric. Er sprach in geschäftsmäßigem Tonfall, aber aus der Art, wie er dastand – er schirmte den Wachoffizier leicht mit seinem Körper ab –, war klar, daß der Bursche ihm leid tat. »Er und seine Männer patrouillieren den Bereich, aber im allgemeinen nicht am Fluß entlang.«

»Einige Bewohner kommen am Tag zurück«, sagte Copelo. Er bewegte den Unterkiefer, vermutlich weil er einen trokkenen Mund hatte. »Vielleicht die Hälfte von ihnen. Aber es kommen keine Leute mehr aus den großen Häusern, um zu glotzen, und inzwischen sind nachts nicht mal mehr die Diebe hier, die man erwarten würde, wenn alles leer ist. Also ...«

Er brach ab. Er rieb am Knauf seines Schwertes, starrte das Pflaster an und fuhr fort: »Es sind auch viele in der Truppe krank, und daher ...«

»Ich verstehe, wirklich«, sagte Garric. Diese Männer hier waren tapferer als ihre Genossen, die behaupteten, krank zu sein; und vielleicht waren auch diese Männer nicht feige. Wenn Garric sich zugestanden hätte, darüber nachzudenken, wäre er ebenfalls nervös gewesen; an dieser Brücke war etwas unangenehm *Falsches*, obwohl sie in seinen Träumen, wenn er sie überquerte, nichts weiter als eine Etappe seiner Reise war. »Dann bringt Eure Männer wieder auf die normale Patrouillenroute zurück.«

Garric lächelte – ermutigend, wie er hoffte. Seine eigenen Lippen waren trocken. »Zumindest, bis es mir und meinen Freunden gelingt, diese Brücke zu entfernen«, fügte er hinzu.

Der Offizier bedachte Garric mit einem ungeheuer erleichterten Blick und drehte sich um. »Auf ...«

Er hielt inne und drehte sich wieder um. »Äh, ich meine, jawohl, Eurer Hoheit!« Er salutierte, indem er den rechten Arm an die Brust zog.

Garric erwiderte den Gruß mit einem diesmal ehrlich amüsierten Lächeln. »Besimon«, fuhr er fort, »ich möchte, daß Ihr Eure Männer einen Bogenschuß weiter entfernt. Ihr werdet uns nicht helfen können, und ...«

»Euer Hoheit, wir sind hier, um Euch zu bewachen«, unterbrach ihn der Blutadler. »Ihr könnt doch nicht ...«

»Wir werden nicht hierbleiben«, sagte Garric. »Dies hier ist ein gefährlicher Ort, aber Tenoctris kann uns mit ihrer Hilfe an einen anderen Ort bringen. Wenn wir zurückkehren, könnt Ihr Eure Pflichten wieder aufnehmen.«

»Oh«, sagte Besimon. Er schaute zu den Frauen hinüber. Tenoctris hatte mit einem kleinen Bleistab etwas auf die Pflastersteine gezeichnet und schrieb nun Worte der Macht rund um diese Linien. »Wir sollten mit Euch kommen, um ...«

»Nicht, solange Ihr nicht selbst ein Zauberer seid«, erstickte Garric den Widerspruch, bevor Besimon den Satz noch beendet hatte. »Tenoctris kann nur uns drei hinüberbringen.«

»Oh«, wiederholte Besimon. »Nun, ich ...«

Er faßte sich. Dann salutierte er so fest, daß sein Harnisch aus geschwärzter Bronze schepperte. »Jawohl, Euer Hoheit.«

Besimon drehte sich um und brüllte: »In Viererreihen antreten! Seine Hoheit befielt uns zu dem Brunnen, an dem wir gerade vorbeigekommen sind. Kehrt marsch!«

Die Blutadler trabten zur nächsten Straßenkreuzung und machten dabei soviel Lärm wie ein Dutzend Brauereigespanne: Ihre Nagelstiefel krachten auf das Steinpflaster, die nietenbesetzten Lederstreifen rasselten, und sie schlugen jedesmal, wenn sie die Fersen aufsetzten, mit dem Speer auf den Schildbeschlag. Niemand hätte sich vorstellen können, daß sie sich verängstigt davonschlichen.

Tenoctris war bereit; sie und Liane schauten Garric entgegen, als er rasch zu ihnen zurückkehrte. Die Zauberin hatte einen siebenzackigen Stern auf eine Platte gezeichnet, die einmal zu den Stützpfeilern der Brücke im alten Königreich gehört hatte. Die Brücke, die Universen überspannte und nicht nur den Fluß, war nahe genug, daß Garric hätte einen Fuß darauf setzen können. Würde sie ihn stützen wie in seinen Träumen?

»Sie wird bald fest genug sein, daß man darüber gehen kann«, sagte Tenoctris und demonstrierte damit abermals ein verblüffendes Gefühl dafür, was die Menschen in ihrer Umgebung dachten. »Und ich nehme an, wir werden genau das tun müssen, oder jemand anderes tut es. Aber im Augenblick benutze ich ihre Gegenwart nur, um uns zu Alman zu bringen, obwohl ...«

Es war Carus' Instinkt, nicht etwas, was Garric selbst wahrgenommen hätte, das ihn veranlaßte, sich umzudrehen, noch bevor selbst Liane reagierte. Er trug keine Rüstung und keinen Helm, aber er zog sein langes Schwert mit einem *Sring!* der Stahlklinge gegen die Eisenlippe der Scheide.

Der Mann, der aus dem Schatten einer Mietskaserne auf sie zurannte, war nur verschwommen zu erkennen. Das Zauberlicht verzerrte alles in seiner Nähe. Garric sah keine Waffe, aber ...

»Warte!« rief die Gestalt, und ihre Stimme war vor lauter Angst ein schrilles Quieken. Sie riß die Arme hoch in die Luft. »Garric, ich bin's!«

Garric steckte das Schwert wieder ein. Er zitterte zwischen Lachen und Wut. Sein Kopf begriff, daß keine Gefahr bestand, aber die Herrin allein wußte, wie lange sein Körper noch angespannt sein würde, um zu kämpfen oder zu flüchten.

»Katchin«, sagte Garric, »wenn einer von Besimons Männern zurückgeblickt und dich gesehen hätte, hättest du jetzt einen Speer zwischen den Schulterblättern. Und genau das hättest du auch verdient.«

Die Blutadler drehten sich vor dem gerissenen Steinbecken um, das alles darstellte, was von dem Brunnen geblieben war, der sich im Alten Königreich auf dem Platz befunden hatte. Die Bronzestatue – *»eine Nymphe auf einem Seepferdchen«* erinnerte sich Carus, und Garric hatte eine Vision derselben Straßen zu jener Zeit, als sein Urahn tausend Jahre vorher durch Valles paradiert war – war schon vor Jahrhunderten gestohlen oder zu Münzen eingeschmolzen worden. Falls Besimon in dem trügerischen Licht auffiel, daß Garrics Gruppe nun aus vier Personen bestand, blieb er mit seiner Truppe dennoch dort, wo Garric ihn hinbefohlen hatte.

»Also wirklich, Garric«, sagte Katchin der Müller mit öliger Stimme. »Es ist deine eigene Schuld, daß wir uns auf diese Weise treffen müssen. Es ist deine Schuld, daß du deine Diener nicht in Schach hältst, aber ich muß zugeben, daß ich weiß, wie schwer es ist, dieser Tage gute Leute zu bekommen.«

Garric hatte den Müller sein Leben lang gekannt. Er erkannte dieses Getue als die Haltung, die Katchin gegenüber wohlhabenden Viehhändlern an den Tag legte, die zum Schafsmarkt nach Barcas Weiler kamen. Dieser angeblich scherzhafte Versuch, sich auf dieselbe Stufe zu stellen, war etwas ganz anderes als die Art, wie Katchin vor wahren Adligen beinahe zu Boden sank, und unterschied sich noch mehr von der aufgeblasenen Hochnäsigkeit, mit der er all seine Nachbarn in der Region behandelte.

Liane war wütend. Sie hätte zweifellos am liebsten nach Besimon gerufen, um diesen Störer loszuwerden. Nur ihre gewohnte höfliche Zurückhaltung hielt sie noch auf.

Tenoctris sah mit dem üblichen milden Interesse zu, das sie für alles hatte, was sie nicht direkt betraf. Sie hielt noch den Stab, mit dem sie ihren Stern gezeichnet hatte. Offenbar hatte sie auch vor, ihn als Zauberstab zu benutzen.

»Du hast gehört, was ich gesagt habe, Katchin«, sagte Garric leise. »Diese Männer dort hätten dich *getötet*, wenn sie gesehen hätten, wie du auf mich zuranntest. Sie üben drei Stunden am Tag mit ihren Waffen.«

»Aber ...«, setzte Katchin an.

Garric streckte die Hand aus und nahm das Kinn des älteren Mannes zwischen seinen rechten Daumen und den Zeigefinger. Er drückte nicht fest, aber er hob Katchins Kiefer leicht und hackte ihm damit die Worte ab.

»Katchin, du wußtest genau, daß du hier nichts zu suchen hast«, sagte Garric. »Du bist zu dumm, um zu erkennen, daß du dein Leben aufs Spiel gesetzt hast, selbst jetzt, nachdem ich es dir mit den klarsten Worten deutlich gemacht habe. Du weißt allerdings, daß du allen Stolz dafür aufgegeben hast, um eine Stelle zu betteln.«

Er ließ Katchin los, der keuchend und mit weit aufgerissenen Augen zurückwich. Einen Augenblick glaubte Garric, der Müller hätte ihn verstanden, aber dann verzog sich Katchins Gesicht wieder zu einem vertrauten Ausdruck.

»Nun, ich wußte, daß du mich in einer Vertrauensposition haben wolltest«, sagte Katchin, und seine Stimme wurde mit jeder Silbe wieder dröhnender und öliger. »Erprobte Freunde aus deiner Heimat sind zu selten, daß du sie verschwenden könntest. Und die Wahrheit ist natürlich, daß ich die einzige Person aus Barcas Weiler bin, die über genügend Erfahrung verfügt, auch in einem solchen Bereich zu dienen. Immerhin bin ich Graf Lascargs Büttel.«

»Katchin, du hast recht, wenn du sagst, daß ich dich gut kenne«, erwiderte Garric. Er lächelte darüber, daß der Müller all diese Dinge nicht nur sagen konnte, ohne das Gesicht zu verziehen, sondern offensichtlich auch daran glaubte. Jeder zu Hause hatte gewußt, daß Katchin der Müller ein Windbeutel war, ein Lügner und Betrüger; wenn auch ein wohlhabender Windbeutel, Lügner und Betrüger.

Das wußte offenbar jeder, außer Katchin selbst.

»Ah!« sagte Katchin. »Nun, ich will mich wirklich nicht über Reise beschweren, Garric ...«

Garric hob die Hand. Katchin fuhr fort. »Ich weiß, er hat dich aufgezogen, aber ...«

Garric streckte die Hand wieder aus. Katchin schlug sich beide Hände vor den Mund und schwieg. Er starrte Garric mit weit aufgerissenen, vorquellenden Augen an.

»Ich bin sicher, nachdem wir in der letzten Zeit so viele in königlichen Dienst nehmen mußten ...«, begann Garric. Er versuchte, mit fester Stimme zu sprechen, aber ein wenig von seiner Leidenschaft drang durch. Er hatte seit seiner Kindheit Leute gehaßt, die andere schikanierten, und er tat es immer noch, auch nachdem er sich in einer Stellung befand, wo *ihn* niemand mehr schikanieren konnte. »Ich bin sicher, dabei haben wir auch andere Männer eingestellt, die ebenso schlecht sind wie du, Katchin: kleinliche Tyrannen, die auf ihren Untergebenen und auf den Bürgern, mit denen sie zu tun haben, herumtrampeln, aber vor jedem kriechen, der auch nur die geringste Macht hat. Ich bin sicher, daß wir bereits solche Männer in unserem Dienst haben.«

Er beugte sich vor. Katchin war für einen Bewohner von

Haft von durchschnittlicher Größe; Garric war größer als die meisten Leute aus Ornifal, wo der Durchschnitt den von Haft eine Handspanne übertraf. Er ragte hoch über den Müller auf.

»Aber wir haben sie eingestellt, weil wir sie nicht kannten«, sagte Garric und hob dabei die Stimme ein wenig. Er schrie noch nicht im geringsten. »*Dich* kenne ich. Geh nach Hause, Katchin. Geh jetzt nach Hause!«

»Aber ich bin den ganzen Weg auf eigene Kosten gekommen!« jammerte der Müller durch den Zaun seiner Finger. Er klang, als würde er bald anfangen zu weinen.

»Und ich sage dir, du sollst verschwinden!« sagte Garric. »Geh und behandle deine Nachbarn wie Nachbarn, nicht wie Schafe, die mit Krediten zu unerträglichen Zinsen geschoren werden – so wie du deinen eigenen Bruder beraubt hast! Nicht wie Dreck, auf dem du um deiner Prahlereien willen herumtrampeln kannst. Wenn du mir dann beweisen kannst, daß du eine Beförderung verdienst, dann werde ich vielleicht irgendwann in der Zukunft nach Barcas Weiler zurückkehren und dich in meinen Dienst nehmen. Und selbst wenn ich das nicht tue, Katchin, dann wirst du immer noch das Glück haben, ein würdiger Mann geworden zu sein!«

»Aber ...«, sagte Katchin. Er weinte tatsächlich.

»Verschwindet von hier«, erklärte Liane mit bebender Stimme. Ihr Tonfall bewirkte, daß Garric vor seinem geistigen Auge eine kultivierte Dame sah, die ein tote Ratte aus ihrem besten Wohnzimmer entfernt. »Ihr gehört hier nicht her, und außerdem ist es gefährlich. Geht, oder ich rufe die Soldaten und befehle ihnen, Euch wegzubringen.«

Katchin drehte sich um und schlurfte davon. Er bewegte sich wie ein Betrunkener.

Garric legte die Fingerspitzen an die Stirn und knetete seine Wangen fest mit den Handflächen. Ihm war schwindlig.

»Tenoctris«, sagte er mit immer noch geschlossenen Augen, »kannst du jetzt anfangen? Vielleicht wird es mir besser gehen, wenn ich nicht mehr an diesem Ort bin.«

»Ja, selbstverständlich«, sagte die alte Zauberin.

Tenoctris legte die linke Hand auf Garrics Handgelenk, um sich zu stützen, dann ließ sie sich im Schneidersitz auf den Boden nieder. Liane hielt das kleine Kissen, das sie aus der Tasche genommen hatte. Als sie sah, wo sich die alte Frau niederließ, schob sie es unter ihr mageres Hinterteil.

Tenoctris seufzte und ließ Garric los. »Aber vielleicht könntest du mir die Hand auf die Schulter legen«, sagte sie entschuldigend. »Nur für den Fall, daß mir schwindlig wird und ich vornüber falle.«

»Sicher«, sagte Garric. Er legte die Fingerspitzen auf Tenoctris' Schlüsselbein.

Manchmal fragte sich Garric, ob es vielleicht leichter wäre, die Inseln wieder zu vereinigen, wenn Tenoctris jünger und gesünder wäre, aber ... es war Tenoctris' Geist, der zählte, nicht ihr Körper.

Wäre Tenoctris kräftiger gewesen, hätte sie vielleicht nicht mit jener übernatürlichen Schärfe erkennen können, wie die kosmischen Kräfte miteinander reagierten. Andere konnten der Zauberin mit körperlicher Kraft aushelfen, wie Garric es nun tat. Aber niemand außer Tenoctris – jedenfalls niemand, dem Garric oder König Carus zuvor begegnet waren – konnte sich durch diesen Irrgarten von Macht und Chaos winden, um am anderen Ende das Überleben der Welt zu erreichen.

»Sollen wir den Bannspruch mit dir sprechen?« fragte Liane leise. Sie stand Garric auf der anderen Seite des siebenzackigen Sterns gegenüber. Sie hatte die Arme vor der Brust verschränkt.

»Nein, das werde ich selbst tun«, sagte Tenoctris. Sie lächelte müde und fügte hinzu: »Da wir so dicht an der Brücke sind, wird eine einzelne Rezitation genügen. Das hoffe ich zumindest.«

Garric spähte über das Lichtgebilde, das sich in der Ferne verlor. Es sah echt aus, als bestünde es aus sonnenbeleuchteten blauen Steinen. Der Schimmer auf seiner Oberfläche war nicht heller als auf einer normalen Straße zur Mittagszeit im Sommer.

»Pan«, murmelte Tenoctris. Sie hob und senkte ihren Zauberstab. *»Paipan, epaipan.«*

Der abnehmende Mond hing niedrig über dem Westufer des Beltis. Die silberne Sichel schimmerte rötlich, dann blau und schwarz und wieder rot, je nach den Silben, die die Zauberin aussprach. Garric schluckte.

»Kore bazagra oxockore«, sagte Tenoctris. Garric spürte, wie ihr Herz schneller zu schlagen begann und wie sie zitterte. Ein Wirbel aus blauem Zauberlicht drehte sich aus der Mitte des Sterns heraus und wurde größer, um alle drei zu umfangen. Seine Berührung war wie die Klinge eines Eisschwertes und schnitt sowohl durch Garrics Fleisch als auch durch seine Seele.

»Iphibe«, sagte Tenoctris. Sie atmete nun heftig zwischen den Worten. *»Amphibe, erode, antheme ...«*

Der Wirbel erstarrte und umgab Garric und seine Freunde wie ein Keil schimmernden Saphirs. Die Welt draußen, die Brücke und die Gebäude von Valles in Garrics eigener Zeit, begannen sich entgegengesetzt dem Sonnenlauf zu drehen. Zunächst war die Bewegung langsam. Sie gewann an Geschwindigkeit wie eine Tänzerin in einer Pirouette und wurde dann schnell wie ein Kreisel.

»Kolasseis!« rief Tenoctris. *»Poine! Rheneia!«*

Die Welt um sie herum begann anzuschwellen. Die Mietshäuser wurden zu gewaltigen Monolithen, höher als die Klippen in einem Traum, und die Soldaten, die an der nächsten

Kreuzung standen, die Schilde gehoben, waren Riesen in flackernden Gewändern aus rotem und blauem Zauberlicht.

Garric stürzte aus der wachen Welt hinaus. Mit der rechten Hand packte er Tenoctris an der Schulter, mit der linken Lianes Hand. Seine Finger waren das einzig Warme in einer Kälte, die so durchdringend war wie die der sonnenlosen Tiefen des Meeres.

Hinter der schimmernden Mauer, die sie umgab, sah Garric weitere Wirbel aus Licht, die sich in Sonnenrichtung in die Nacht drehten. Pflastersteine begannen sich unter ihnen zu biegen und zu heben. Besimon hatte offenbar einen Befehl gegeben, denn seine Truppen hielten die Speere angriffsbereit.

Das Universum saugte sich selbst auf. Die Mauer aus Zauberlicht verschwand, obwohl die Erinnerung seines Schimmers noch orange- und purpurfarben auf der Rückseite von Garrics Augäpfeln hing.

Die Welt veränderte sich. Garrics Füße hatten den Boden nicht verlassen, aber statt der Pflastersteine dort hatte er nun Sand unter seinen Stiefeln. Er taumelte in einem Aufprall, der nichts mit Gewichtsverlagerung zu tun hatte. Liane schrie auf und sank in die Knie.

Garric packt Tenoctris mit beiden Armen, damit sie nicht vornüberfiel. Sie war bleich, und ihr Puls flatterte wie der eines Vogels.

Sie befanden sich in einer Wüste, die sich über die Ruinen einer einstmals gewaltigen Stadt erstreckte. Die Skelette riesiger Gebäude umstanden sie, einige von ihnen halb in Dünen versunken.

Die Luft schien dünn, und die Sterne waren Löcher im schwarzen Himmel. Struppige Büsche bewegten sich in der kalten Brise.

Tenoctris hob den Kopf. Garric hatte weiter den Arm um sie gelegt, zur Stütze, aber auch, weil dies ein Ort war, an dem man sich besser fühlte, wenn ein anderes menschliches Wesen einen berührte. Liane verschränkte wieder die Finger mit seinen.

»Ich würde sagen, es war schwieriger, als ich erwartet hatte«, meinte Tenoctris und bemühte sich zu lächeln. »Aber in Wahrheit war ich nicht sicher, ob ich überhaupt stark genug wäre, uns hierher zu bringen. Und nun müssen wir Alman suchen.«

»Hier wohnt jemand?« fragte Liane. Die einzige Bewegung im weiten Umkreis wurde vom Wind verursacht.

»Alman wollte nicht gestört werden«, sagte Tenoctris leise. »Also ging er an einen Ort, an den sonst niemand kommen würde.«

»Wir schon«, erwiderte Garric.

Das Lächeln veränderte das Gesicht der Zauberin, wie der Sonnenaufgang das graue Meer schimmern läßt. »Wir haben es uns nicht ausgesucht, hierher zu kommen«, sagte sie. »Wir hatten keine Wahl – wenn wir die Zivilisation retten wollen.«

Gestützt auf Garric und Liane, kam Tenoctris auf die Beine. Sie hatte immer noch den kleinen Bleistab in der Hand. Sie zeigte auf das größte Gebäude am Horizont. »Ich denke, wir sollten es mit dem da versuchen«, sagte sie. »Wenn Alman nicht dort sein sollte, werde ich einen weiteren Zauber sprechen müssen.«

»Wirst du das denn können?« fragte Garric. Tenoctris keuchte schon vom Stehen in der dünnen Luft allein.

»Wenn es sein muß«, sagte die alte Zauberin. Sie versuchte zu lächeln. »Wenn mir nichts anderes übrigbleibt.«

Sie wehrte sich nicht, als Garric den Arm um sie legte. Sie machten sich auf den Weg durch das Trümmerfeld und ließen ihr Tempo von Tenoctris' kleinen Schritten bestimmen.

Der Wind verursachte ein Geräusch wie Stahl auf Stahl, und die Sterne blinkten nicht.

»Oh, selbstverständlich«, kreischte Krias aus dem Ring. »Du kommst hier reingeschlendert wie eins deiner Schafe, tötest als erstes meinen Herrn, und dann erwartest du, daß *ich* dir helfe! So etwas ist typisch für Leute wie dich!«

Cashel fragte sich, was es mit diesem »typisch« wohl auf sich hatte. Aber das war vermutlich gleich. Es war die Art von Bemerkungen, die Leute machten, wenn sie zornig waren, es aber nicht genügte, um einem Mann für das, was er getan hatte, wirklich die Schuld zu geben: Man sagte ihm, das sei typisch für ihn, und das machte alles noch schlimmer.

Offensichtlich waren Ringdämonen kein bißchen anders als Menschen.

»Nun, ich habe mich noch nicht lange genug hier aufgehalten, um zu wissen, was ich erwarten muß«, sagte Cashel ruhig. »Wo ich herkomme, würden die Leute einem Fremden, der sie höflich fragt, die Richtung weisen.«

Selbstverständlich gab es da noch Aron or-Raddid, der diesen kleinen Hof mit den steinigen Feldern nördlich von Barcas Weiler hatte. Der säuerliche Aron und dieser Ring würden wahrscheinlich hervorragend miteinander auskommen. Zumindest wären sie ein wunderbares Gespann.

»Zumindest die meisten würden das tun«, fügte Cashel hinzu, um vollkommen akkurat zu sein. Der Ring bestand aus schwerem Gold, aber die Oberfläche war mit Reihen winziger Perlen bedeckt, die so befestigt waren, daß ihre vollendete Rundheit zur Geltung kam. Cashel hatte noch nie so etwas gesehen. Es gefiel ihm nicht sonderlich, aber er wußte die Handwerksarbeit des Goldschmieds zu schätzen.

Er räusperte sich. »Und das mit deinem Herrn tut mir leid«, fügte er hinzu. »Ich bin hierher gekommen, um mit ihm zu sprechen, aber dann sind Dinge geschehen, die wohl keiner von uns gewollt hatte.«

»Ich habe es ihm schon hundertmal gesagt«, meinte Krias.

Sein Tonfall war immer noch beißend, aber nicht mehr ganz so sehr wie im Augenblick zuvor.

»›Landure, beruhige dich, oder du wirst eines Tages jemandem gegenüberstehen, der genauso dumm ist wie du und außerdem stärker!‹ Aber hat er zugehört? Nein, er hat einfach weitergemacht wie zuvor, bis du aufgetaucht bist, Schafsjunge. Und wer wird jetzt den ganzen Schleim aus der Unterwelt davon abhalten, durchs Universum zu kriechen?«

Cashel betrachtete die Gestalt, die tief in dem Edelstein bebte. Einen Augenblick lang sagte er kein Wort. Krias wußte, daß Cashel Hirte war. Wußte der Ring vielleicht auch, auf welchem Weg Cashel ...?

Er begann, mehr Hoffnung zu schöpfen, als er seit dem Augenblick gehabt hatte, als er erkannte, daß er gerade dem Mann, den er eigentlich hatte um Hilfe bitten wollen, den Schädel eingeschlagen hatte. Aber es war noch nicht der richtige Zeitpunkt, nach Sharina zu fragen. Er räusperte sich erneut und sagte: »Ich fragte mich gerade, wo ich Meister Landure begraben soll – hier oder an seinem Haus? Oder wo sonst? Kannst du mir das sagen?«

»Ihn begraben?« zischte Krias. »Sein Fleisch begraben, meinst du? Was für eine Zeitverschwendung.«

Cashel setzte dazu an, den Ring wieder hinzulegen. Er nahm an, er sollte ihn wieder auf Landures Finger stecken und die Leiche zum Haus tragen, wie er es vorgehabt hatte. Vor der Tür gab es ein hübsche Stelle, wo die Morgensonne aufs Grab fallen würde, und ...

»Landure hat jede Menge *Körper*, Schafsjunge«, sagte Krias. »Es ist sein Leben, das zählt, und das trägt er unter seiner Zunge. Körper, also wirklich! Einige von uns kommen hervorragend ohne jeglichen Körper zurecht.«

Cashel hielt inne. »Ah«, sagte er. Er legte den Stab quer über die Oberschenkel, während er den Ring immer noch in der

Hand hatte. Mit der freien Hand öffnete er Landures Kiefer, indem er hinten ans Gelenk faßte. Der tote Zauberer hatte gute Zähne, weiß und stark.

Cashel hob die Zunge und holte das Plättchen darunter heraus. Blut war auf den Zähnen getrocknet, klebte aber nicht an diesem Ding.

Das Plättchen war ein wenig kleiner als der Kreis, der entstand, wenn Cashel die Spitzen von Daumen und Zeigefinger zusammenfügte. Es war so dünn wie die Amulette, die einige Leute als Glücksbringer mit sich herumtrugen, aber seine Ränder fühlten sich abgerundet an, statt schärfer als ein Messer zu sein, wie man es bei etwas so Dünnem erwartet hätte.

Das Plättchen war kristallin und klar, hatte aber Farbe. Die Farbe veränderte sich, als Cashel das Plättchen bewegte.

»Wieso ist das Landures Leben?« fragte er.

»Wieso ist Dreck Dreck?« sagte Krias. »Wieso sind Schafe Schafe? Es ist einfach so. Leg es unter die Zunge eines weiteren Körpers von Landure, und er ist wieder da – genauso aufgeblasen, wie er war, bevor du seinen dummen Kopf eingeschlagen hast.«

»Oh«, sagte Cashel. Er blieb weiter hocken und dachte darüber nach, was Krias gesagt hatte und was hinter den Worten des Ringdämons lag. Cashel wünschte sich oft, daß Menschen – und Ringe – wirklich sagten, was sie meinten, statt Spiele mit Worten und Nicht-Worten zu spielen. Das Leben wäre sehr viel einfacher.

Obwohl, wenn man es richtig überlegte, war das ziemlich genau die Art, wie seine Schwester Ilna sich verhielt – sie sagte immer, was sie dachte, und das in Worten, die niemand mißverstehen konnte. Man konnte tatsächlich behaupten, daß Ilna ein einfacheres Leben hatte als die meisten, aber wenn man sie kannte, begriff man auch leicht, wieso andere sich entschlossen, anders zu sein.

»Nun?« wollte Krias wissen. »Willst du einfach weiter hier sitzen wie ein Buckel auf einem Stück Holz? Obwohl ich zugeben muß, daß du das gut kannst. Vielleicht kannst du ja als Flechte wiedergeboren werden!«

Cashel betrachtete seinen nackten, gebräunten Arm. »Für eine Flechte habe ich die falsche Farbe«, sagte er. »Aber darüber wollte ich nicht sprechen. Wo hat ...«

»Bist du wirklich so dumm?« kreischte der Ring. »Das ist eigentlich nicht möglich, wenn du dich noch daran erinnern kannst zu atmen!«

»Darüber wollte ich auch nicht sprechen«, sagte Cashel ruhig. Er hatte schon vor langer Zeit gelernt, daß er *niemals* Antworten erhalten würde, wenn er zuließe, daß die Leute einfach weiter übers Feld wandern, statt ihm eine Antwort zu geben. »Wo bewahrt Landure seine Ersatzkörper auf?«

Er hatte das Kristallplättchen immer noch in seiner schwieligen Hand und ließ das Licht darauf fallen. Manchmal glaubte er zu sehen, daß sich etwas tief drinnen bewegte ... aber ein so dünnes Plättchen konnte überhaupt nicht tief sein.

»Im Augenblick bewahrt er überhaupt nichts auf«, schnaubte Krias. »Wenn man einmal davon absieht, daß er bald diverse Würmer aufbewahren wird. Falls du fragen wolltest, wo sich die Körper befinden – die sind in Landures anderem Haus, dem unten in der Unterwelt, drei Ebenen tiefer.«

»Ah«, wiederholte Cashel. »Und ich lege das hier einfach ...«

Er warf die Scheibe einen Zoll hoch und fing sie in seiner Handfläche wieder auf. Er war nicht sicher, ob Krias sehen konnte, zumindest nicht mit Augen, aber so hätte Cashel die Aufmerksamkeit auf das Plättchen gelenkt, wenn er mit einem anderen Menschen gesprochen hätte.

»... unter seine Zunge wie bei dem Körper hier, wo ich es herausgenommen habe?«

Die Vögel hatten wieder begonnen zu singen, und Cashel glaubte, ein Eichhörnchen keckern zu hören. Er interessierte sich nicht sonderlich für Vogelstimmen, und selbst die eigene Mutter eines Eichhörnchens wäre nicht imstande gewesen, etwas Gutes über seine Stimme zu sagen, aber das waren für einen Wald normale Geräusche. Sie waren Cashel lieber als die grimmige Stille, in der er aufgewacht war.

»Bist du taub, Schafsjunge?« sagte Krias. »Ich sagte, der Palast befindet sich in der *Unterwelt.* Du gehst durch diese Bronzetüren da und vorbei an all den Schrecken und Ungeheuern, die von der wachen Welt ausgeschlossen waren – bis du kamst und den Wächter getötet hast!«

»Ich habe dich verstanden«, sagte Cashel ruhig. »Ist es weit bis zu diesem anderen Haus?«

Er dachte daran, hinzuzufügen, daß er versuchen wollte, Landure zurück ins Leben zu bringen, nun da sich herausgestellte hatte, daß das möglich war, aber das wußte Krias bereits. Der Ring stellte sich einfach nur an, und es machte keinen Sinn, daß sich Cashel darüber aufregte.

Cashel konnte sich allerdings durchaus denken, den Ring mit diesem Landure hier zu begraben und sich dann daranzumachen, den Zauberer in einem neuen Körper zu beleben. Falls Krias nicht bald etwas Nützliches sagte, dann ...

»Weit?« sagte der Ring. »Es ist weiter, als du wahrscheinlich in einem ganzen Leben kommen wirst. Nur ein großer Zauberer wie Landure der Wächter konnte erwarten, diese lange Zeit in der Unterwelt zu überleben.«

Cashel schnaubte, aber der Gedanke an Sharina hielt ihn davon ab, den Ring augenblicklich in den Boden zu stampfen und endlich Ruhe zu haben. Der beste Weg zu Sharina führte über Landures Hilfe, und der beste Weg zu Landure – einem lebendigen Landure, der imstande war, ihm zu helfen – führte über Krias.

Außerdem war Cashel Landure etwas schuldig dafür, daß er, nun ja, den Zauberer getötet hatte, als dieser nur versucht hatte, ein Ungeheuer wieder einzufangen. Zuzuhören, wie Krias wie ein Eichhörnchen schimpfte, war besser, als den Ring in den Boden zu stampfen und vielleicht einen zweiten, ebenso schlimmen Fehler zu machen.

Also sagte Cashel überhaupt nichts, sondern legte den Ring in die Handfläche des toten Mannes. Er hob ein Stück Moos auf, wickelte es um die Kristallscheibe und steckte alles in den Beutel an seinem Gürtel.

Das Eichhörnchen schwatzte. Cashel blickte über die Schulter und machte *»Tsk, tsk, tsk«* mit der Zunge gegen den Gaumen. Das Eichhörnchen erstarrte auf seinem Zweig, dann keckerte es mit doppelter Geschwindigkeit weiter.

Grinsend und wieder bei seiner üblichen guten Laune angelangt, griff Cashel nach dem Ring und stand auf. »Außerdem muß ich noch wissen«, sagte er, »ob es Lebensmittel in der Unterwelt gibt oder ob ich etwas aus dem Haus dort mitnehmen soll. Und es wäre mir wirklich lieb, wenn du mir sagen könntest, wie viele Tagesmärsche ich zu diesem Palast brauchen werde. Falls ich dort lebendig hinkommen sollte, meine ich«, fügte er hinzu, damit der Ring nicht platzte wie ein wochenlang totes Waldmurmeltier, aber sein Grinsen wurde unwillkürlich breiter.

»Glaubst du wirklich, daß du dir mit diesem Stock den Weg durch die Unterwelt schlagen kannst?« wollte Krias wissen. Cashel fing an, sich an die Stimme des Dämons zu gewöhnen; aber bei Duzi, dem kleinen Gott der Schafhirten, Krias ließ dieses Eichhörnchen im Vergleich klingen wie Garric, der die Schafe mit seiner Flöte beruhigte.

Cashel balancierte den Stock in der rechten Hand. »Nun«, meinte er und versuchte, nicht zu prahlerisch zu klingen, »ich habe mir damit meinen Weg durch Landure den Wächter geschlagen, den großen Zauberer, oder? Aber ich brauche wirklich etwas zu essen.«

»Es gibt Essen in der Unterwelt«, sagte Krias. Das war das erste Mal, daß er eine Frage einfach nur beantwortet hatte, oder? Obwohl Cashel zweimal hatte fragen müssen. »Es gibt genug, wenn du stark genug bist, es dir zu nehmen.«

»Also gut«, sagte Cashel. Er bückte sich und steckte den Ring wieder auf Landures Finger. Die Leiche war lange genug tot, daß die Haut inzwischen so glatt wie Wachs war.

Nachdem er darüber nachgedacht hatte, beschloß Cashel, daß diese Lichtung ein besserer Ort für ein Grab war als die Stelle vor Landures Haus. Der Körper war immerhin hier, bei dem Versuch der Verteidigung der Welt, getötet worden.

»Ich komme gleich wieder und bringe eine Schaufel mit«, rief Cashel über die Schulter, als er sich auf den Weg machte. »Ich weiß, du bist der Ansicht, daß der Körper unwichtig ist, aber die Tiere waren nicht dieser Meinung, und ich bin es ebenfalls nicht.«

»Schafsjunge!« rief Krias. Cashel ging einfach weiter. »Meister Cashel or-Kenset!« sagte Krias. »Hör mich an!«

Cashel drehte sich um, eine Hand auf der rauhen Rinde eines Hartriegelstrauchs. »Meister Krias?« sagte er.

»Du solltest mich mitnehmen«, sagte Krias. Die Stimme des Dämons war durchdringend und laut, wenn man in der Nähe war, verklang aber so rasch wie das Geräusch eines Moskitos, wenn man sich ein paar Schritte entfernte.

Cashel rieb sich das Kinn mit den Knöcheln. Es stimmte, er war ungern allein. Cashel hatte nicht so viel Zeit in der Gesellschaft anderer Menschen verbracht wie die Kinder des Wirts, aber Schafe hatten ebenso eine Persönlichkeit wie Menschen. Und was die Widerspenstigkeit anging, standen sie Menschen in nichts nach.

Das hieß allerdings nicht, daß Einsamkeit nicht Krias' Gesellschaft vorzuziehen gewesen wäre.

»Schließlich wird er mich wiederhaben wollen, wenn er lebt, oder nicht?« sagte der Ring; und, bei Duzi!, es klang tatsächlich durch all den nörglerischen Tonfall auch ein wenig verzweifelt. »Das ist doch wohl klar!«

»Ich denke, du hast recht«, sagte Cashel. Er kehrte zu der Leiche zurück und nahm ihr den Ring ab. Er paßte gut auf seinen linken kleinen Finger.

Nachdem er den halben Weg zum Haus geschwiegen hatte, meinte Krias schließlich: »Bei dem Tempo, mit dem du dich fortbewegst, ist es gut möglich, daß du an Altersschwäche stirbst, bevor du die Unterwelt auch nur *betreten* hast.«

Cashel lächelte. Er ging in seinem eigenen Tempo, statt zu traben wie ein Hund, der es eilig hatte, also hatte er das schon häufiger gehört. Es machte ihm auch jetzt nichts aus.

»Weißt du zufällig, wo Landure seine Schaufeln aufbewahrt?« fragte er.

»Beim schwarzen Herzen des Universums!« spuckte der Ring. »Du senkst wirklich den intellektuellen Durchschnitt jeder Herde, die du hütest!«

Cashel grinste. Es war tatsächlich angenehm, Gesellschaft zu haben.

Ilna und Merota saßen nebeneinander an der Bugreling. Sie hielten sich bei den Händen: die Linke in der Linken, die Rechte in der Rechten, die Arme voreinander verschränkt. Ohne den Körperkontakt zitterte Merota wie eine Fahne im Wind, obwohl sie sich nicht beschwerte.

Der Flötenspieler gab mit den üblichen zwei Tönen den Rhythmus an, einen langsameren Rhythmus, als ihn die Trireme zuvor bei der Reise benutzt hatte. Dennoch rief ein Ruderer bald: »Hiß die Segel, Vonculo!«

»Ja!« rief ein anderes Besatzungsmitglied, obwohl er weiter sein Ruder bewegte. »Wir sind nicht schlechter als du, Vonculo; wenn man uns erwischt, werden wir alle am selben Galgen gehängt!«

Vonculo war am Heck und hielt die Spieluhr in der Hand, die er aus Mastyns Gepäck genommen hatte. Er hielt den kleinen Kasten schräg und drehte ihn so, daß das Licht der untergehenden Sonne auf die Markierungen fiel, die in die Elfenbeinunterseite graviert waren. Er machte ein grimmiges Gesicht und reagierte nicht auf die Beschwerden.

»Und wenn wir auf einen dieser Felsen auflaufen, an denen wir uns jetzt entlangfädeln, Titin«, sagte Chalcus, »dann wird genau das passieren ... man wird uns hängen oder aber wir verhungern. Halt den Mund und bete, daß Ambian uns hindurchführen kann!«

»Hat die Herrin dich anstelle des Hirten geheiratet, Chalcus?« murmelte Titin hinter seinem Ruder. Ilna konnte die Randbemerkung hören, und zweifellos hatte auch Chalcus sie verstanden, aber Titin ruderte nun schweigend weiter.

Titin wollte keinen Kampf. Niemand, der begriff, wie Chalcus sein Schwert hielt, würde gegen ihn antreten wollen.

Merota beobachtete den Rücken des Seemanns, während er ruderte. Chalcus hatte Narben von Auspeitschungen, von Waffen, von Zähnen, und es gab noch ein paar, die Ilna nicht identifizieren konnte. Wenn er sich nicht bewegte, wirkte er schlank, aber seine Muskeln traten vor wie Seile, wenn er ruderte.

Ilna lachte. Merota blickte zu ihr auf. »Ilna?« fragte sie.

Ilna schüttelte nur den Kopf. »Nicht jetzt«, sagte sie.

Sie wollte nicht laut sagen, was ihr gerade eingefallen war: Der Rest der Besatzung der Trireme hatte gemeutert und war zu Piraten geworden. Chalcus hatte mit Sicherheit beides schon in der Vergangenheit getan; solche Dinge und schlimmere.

Und Chalcus war offenbar das nächste an einem Freund, was Ilna und Merota in dieser Versammlung hatten. Aber wieso er ein Freund sein sollte, oder zumindest sich wie einer benahm ... dieser Teil des Musters hatte sich noch nicht ausgebildet.

»Ein Punkt Steuerbord!« rief der Ausguck. Es gab keinen Korb auf dem Mast; er hatte die Beine um das Seil gewickelt, an dem er hochgeklettert war, und nahm den größten Teil des Gewichts von seinen Armen, indem er sie über dem Mast verschränkte.

Der Steuermann lehnte sich gegen sein Steuerruder und benutzte sein Gewicht, um die Ruder quer zu dem Wasser zu bringen, das am Rumpf vorbeifloß. Vonculo blickte von dem Kasten auf. Seine Miene als grimmig zu bezeichnen wäre untertrieben. Die rote Seidenhülle hatte er sich in den Gürtel gesteckt. Er zog sie heraus und begann, den Kasten einzupacken, dann hielt er inne.

»Ilna!« rief er über das Knarren der Ruder hinweg. »Kommt bitte her. Wir müssen uns unterhalten.«

»Geht ruhig«, sagte Chalcus, während er die Arme vorwärts stieß und sich vorbeugte, um sein Ruderblatt aus dem Wasser zu heben und es zu einem weiteren Schlag zurückzuschwingen. »Es geht dem Kind hier gut.«

Er sprach im vollkommen normalen Tonfall mit nur einem Hauch eines Keuchens, als er begann, das Ruder zurückzuziehen. Das zeigte ein Maß an Beherrschung, das Ilna zu schätzen wußte.

»Bei Eurer Ehre, Meister Chalcus?« sagte Ilna, als sie sich erhob und Merotas Hände losließ. Das Mädchen nickte und zwang sich zu einem Lächeln.

Chalcus lachte ein etwas heiseres Geräusch, als er das Ruder wieder zurückzog. »Bei meinem Schwert!« sagte er. »Daran könnt Ihr glauben.«

Ilna schnaubte und begann, sich über all die Ausrüstung, die inmitten des Decks gelagert war, auf den Weg zu machen. *Sie* vertraute auf die Ehre des Seemanns, und das wußte er wahrscheinlich. Wieso er allerdings zu ihrem und Merotas Verbündeten geworden war, war eine Frage, die sie noch nicht beantworten wollte.

»Einen Punkt nach Backbord!« rief der Ausguck mit neuem Drängen in der Stimme. »*Zwei* Punkte nach Backbord!«

Die Trireme schlingerte leicht, als der Steuermann sich grunzend gegen sein Ruder legte. Schaum wirbelte nicht weit vom Steuerbordbug entfernt auf. *Ein Fisch*? dachte Ilna, aber es war das Meer selbst, das über ein Riff tanzte. Das Wasser war hier flach, und die Sonne sank langsam.

Vonculo sah ihr schweigend entgegen. Er stand zwischen zwei kräftigen Seeleuten, die beide gezückte Entermesser in der Hand hielten. Ilna fragte sich, ob sie den Navigator bewachen oder sie bedrohen wollten.

Sie lächelte abfällig. Sie würden weder zum einen noch zum anderen besonders viel taugen. Sie hatte die Arme verschränkt, die Hände in die gegenüberliegenden Ärmel gesteckt und sagte nun: »Wenn ihr mit Starren fertig seid, Vonculo, dann gehe ich wieder in den Bug, wo die Gesellschaft besser ist.«

»Wir haben ein Problem«, sagte Vonculo. »Wir haben die Navigationsanweisung ...«

»Ein Punkt nach Steuerbord«, rief Ambian. Der Steuermann verlagerte seinen Griff und zog den geschwärzten Eichenhebel auf sich zu. Schon viele Männer hatten ihre Haut und ihre Körperöle in das glatte Holz gerieben.

Vonculo verzog das Gesicht, sprach aber mit ruhiger Stimme weiter. »Die Navigationsanweisungen sind hier«, sagte er und hielt ihr die Spieluhr hin. »In den Boden geritzt. Nehmt sie.«

Ilna schüttelte den Kopf. Sie ließ die Hände, wo sie waren. »Ich verstehe nichts von Navigation«, sagte sie.

Sie konnte auch nicht lesen, aber das sprach sie nicht aus. Ilna schämte sich nicht ihrer Unwissenheit – auch nicht irgendwelcher anderen Dinge –, aber sie zog es vor, mit Leuten wie Vonculo nicht darüber zu sprechen.

Vonculo verzog das Gesicht abermals, aber eher beunruhigt als zornig. Er zwang sich zu seinem Lächeln und sagte: »Kommt, wir müssen Freunde sein. Möchtet Ihr einen Schluck Wein?«

Er winkte einem seiner Leibwächter. »Tayguch, hol eine Flasche von dem ...«

»Nein«, unterbrach ihn Ilna, und da es ein höfliches Angebot gewesen war, fügte sie noch hinzu: »Nein, danke. Wasser genügt für mich.«

Tatsächlich war das Wasser schon jämmerlich gewesen, als man es in die geteerten Vorratsfässer gegossen hatte, und Tage im Bauch der Trireme hatten den Geschmack nicht verbessert. Ilna zog Wasser immer noch Wein vor, und sie hätte auch von Vonculo keine Gunst entgegengenommen, wenn das bedeutet hätte, Krüge von Reises bestem Bier trinken zu dürfen.

»Wißt Ihr, das Problem ist ...«, begann Vonculo wieder. Er hielt inne und leckte sich die trockenen Lippen. »Das Problem ist, daß der Bursche, den ihr getötet habt, Mastyn, der einzige war, der je die Herrscher des Ortes gesehen hat, zu dem wir unterwegs sind. Und er sagte ...«

Vonculo warf einen Blick auf die Männer in der Nähe: seine Leibwachen, den Steuermann, den Flöter, der zu Füßen des Navigators saß und den Rhythmus blies. Selbst die ersten Reihen Ruderer konnten alles hören, was Vonculo sagte, es sei denn, er hätte in Ilnas Ohr geflüstert, und solche Geheimnistuerei wäre gefährlicher für seine Position gewesen als alles, was er laut sagen konnte. Der Mann, der vorher erklärt hatte, sie seien jetzt alle gleich, hatte die reine Wahrheit gesprochen.

»Mastyn sagte, es seien Zauberer«, fuhr Vonculo in gezwungen gleichmütigem Ton fort. »So haben sie diese Spieluhr ...« Er hielt die Spieluhr, als wolle er sie mit der Hand wiegen. Der Kasten war selbst von außen komplizierte Handwerksarbeit, das Gold in Spiralen und die Elfenbeinplättchen mit Blütenmuster verziert. Ein wenig zu überladen für Ilnas Geschmack, aber sie nahm an, daß es einigen gefiel.

»... dazu gebracht, zu spielen, was sie spielt«, fuhr Vonculo fort. »Ihr versteht also, daß es mir zwar in so mancher Hinsicht nicht leid tut, daß der Bursche in Stücken über die Reling ging ...«

Vonculos Lächeln sollte vielleicht liebenswürdig sein. Für Ilna schien »verängstigt« eine zutreffendere Beschreibung.

»... aber ich muß doch zugeben, daß er uns fehlt.«

»Euch vielleicht, aber nicht mir«, erklärte Ilna und begegnete Vonculos flehentliche Blick mit Kühle. Die Sonne war jetzt unter dem Horizont. Der Himmel war immer noch hell, aber er beleuchtete die Meeresoberfläche nicht mehr sonderlich gut. Ilna nahm an, daß der Ausguck zwar noch Gischt im dunklen Wasser erkennen konnte, aber Untiefen, die nicht die Oberfläche durchbrachen – das war etwas anderes.

Vonculo steckte den goldenen Schlüssel in einen Schlitz unten an der Spieluhr und drehte ihn mehrmals gegen einen klickenden Widerstand. Als er den Schlüssel herauszog und den Kristalldeckel öffnete, spielten die kleinen Nadeln darin statt des beklemmenden Liedes, das Ilna gehört hatte, als Mastyn die Spieluhr hielt, nur Tonleitern.

Die Spieluhr lief ab. Jeder nahe dem Heck der Trireme

starrte die beiden an, aber keiner versuchte sich einzumischen.

Wieder versuchte Vonculo, Ilna die Spieluhr zu geben. »Könnt Ihr sie reparieren?« fragte er und versuchte angestrengt, sich seine Verzweiflung nicht anmerken zu lassen.

»Ich werde es nicht einmal versuchen«, sagte Ilna. Die Spieluhr schien harmlos und war zweifellos ein interessantes Stück Handwerksarbeit, aber sie zog es vor, sich nicht mit Dingen zu beschäftigen, die sie nicht verstand. »Außerdem sehe ich nicht, wie das Euch oder Merota oder mir helfen könnte.«

Vonculo klappte die Spieluhr zu und wickelte mit den raschen, sicheren Bewegungen eines Seemanns die Seide darum. »Es heißt, Ihr seid selbst eine Zauberin«, sagte er zu seinen Händen.

Ilna schnaufte. »Ich habe Zauberer kennengelernt«, sagte sie, »und keiner von denen war im geringsten wie ich. Und nur einer von ihnen ist eine Person, mit der ich mich an denselben Tisch setzen würde.«

»Ein Punkt nach Steuerbord!« rief der Ausguck. »*Zwei!* Bei der Herrin, zwei Punkte nach Steuerbord!«

»Versteht Ihr denn nicht?« sagte Vonculo. Sein Hände zitterten. Er drehte sich plötzlich um und übergab die Spieluhr einer seiner Leibwachen. Der Seemann drückte das Seidenbündel mit der linken Hand gegen den Bauch – mit der Hand, die kein Entermesser hielt.

»Hört zu!« schrie Vonculo Ilna an. »Wir fahren zu einer Insel, die von Zauberern beherrscht wird. Dort liegen Gold und Juwelen in den Straßen, ich habe sie gesehen, wenn die Spieluhr spielt, aber es gibt Zauberer dort ... und wir sollten ebenfalls einen auf unserer Seite haben, das versteht Ihr doch, oder?«

Ilna schnaubte und sagte kein Wort. Sie wußte, daß Vonculo sich vor dem Kurs, den er gewählt hatte, fürchtete, aber noch mehr davor, zurückzukehren.

Glaubte der Navigator an das Gold und die Edelsteine? Vielleicht. Aber er glaubte ganz bestimmt, daß sie alle gehängt würden, falls die Triremen irgendeinen Hafen der Insel anliefen, in dem sie ihre beträchtlichen Mannschaften versorgen konnten; und die Vorräte an Bord würden bestenfalls noch ein paar Tage reichen.

»Was glaubt Ihr denn, wie Eure eigenen Chancen sein werden, Frau?« sagte Vonculo und hob wieder die Stimme. »Wir wurden gerufen, aber Ihr erscheint als Eindringling auf der Insel! Helft mir, und ich schütze Euch und das Mädchen.«

Ilna lachte. »Ihr habt doch Angst, daß Ihr Euch nicht selbst schützen könntet, Meister Vonculo«, sagte sie. »Und was uns angeht – Merota hat mich als Schutz, und wenn *ich* Hilfe brauche, dann müßte das schon von jemand Beeindruckenderem sein als Euresgleichen.«

Vonculo starrte sie wütend an. Die Leibwachen schauten unbehaglich zu Ilna. Der Mann mit der Spieluhr setzte den kleinen Kasten aufs Deck und wich leicht davon zurück.

Ilna verzog das Gesicht. Sie war zornig gewesen, weil der Navigator versucht hatte, sie zu etwas zu bringen, was sie nicht wollte, indem er behauptete, er und sie seien Verbündete, wo er sie im Grunde doch entführt hatte. Dieser Zorn war etwas, wogegen sie ankämpfen mußte, oder er würde sie beherrschen; und außerdem hatten sie und Merota tatsächlich gewisse gemeinsame Interessen mit den Meuterern, wie auch immer es dazu gekommen sein mochte.

»Ich werde folgendes tun ...«, sagte sie. »Ich werde Euch behandeln wie jeden anderen: höflich, solange Ihr höflich bleibt, und unter allen Umständen ehrlich. Wir sind sozusagen Nachbarn, und Nachbarn helfen einander aus.«

Vonculo verzog das Gesicht in einer Art, die Ilna als Lächeln interpretierte. »Wir wollen Euch keine Unannehmlichkeiten bereiten«, sagte er. »Und selbstverständlich auch nicht Lady Merota. Aber da wir nun einmal hier zusammen sind, wäre es nützlich, zu unserem gemeinsamen Besten zusammenzuarbeiten.«

Ilna nickte, wenn auch eher abfällig als zustimmend. Sie hätte sich umgedreht und wäre davongegangen, hätte Vonculo nicht plötzlich hinzugefügt: »Könnt Ihr in die Zukunft schauen?«

»Das ist eine dumme Frage!« zischte Ilna. »Ihr seid derjenige, der das Muster Eures Lebens webt. Wieso fragt Ihr mich danach?«

»Wartet!« sagte Vonculo, als hätte sie schon dazu angesetzt zu gehen. »Sagt mir, ob wir Erfolg haben werden. *Sagt es mir!*«

»Also gut«, meinte Ilna freundlich. »Ich brauche ein paar Haare aus Eurem Bart und Fäden aus einem Kleidungsstück. Dieses ausgefranste Ende Eurer Schärpe sollte genügen, und dazu ein wenig von der Takelage des Schiffs.«

Ilna zog das Messer aus ihrer Schärpe und benutzte es, um ein paar ausgefranste Stränge von einem Tau zu schneiden. Sie zitterte vor Wut. Sie hatte ihren Zorn sprechen lassen, obwohl sie wußte, daß sie das nicht tun sollte; aber wenn sie angeschrien wurde, erreichte das ihre Seele und bewirkte Reaktionen, die sie unter anderen Umständen besser beherrscht hätte.

Als Ilna sich umdrehte, sah sie, daß Vonculo mit einem Messer an seinem Bart sägte, das nicht scharf genug dafür war. »Haltet still«, sagte sie mit grimmigem Lächeln. Sie trat nahe genug heran, um eine Strähne abzuschneiden.

Vonculos Bart war rötlich und üppig, mit ein paar grauen Flecken. Der Navigator zuckte zusammen, als Ilna ihre Klinge an seiner Kehle vorbeiführte, aber er versuchte nicht zurückzuweichen.

»Land in Sicht; ein Punkt Backbord!« rief der Ausguck. »Es ist groß genug, um die Schiffe hochzuziehen!« Der Navigator sprang auf die Pardune und kletterte wie ein Frosch daran entlang, zog sich mit den Armen weiter und schob sich dann mit Hilfe der Kraft seiner Beine höher. Seeleute spähten über die Reling, und ein paar Ruderer ließen ihre Ruder hängen, obwohl ihre Aufseher auf jeder fünften Bank schimpften und fluchten.

Ilna schaute zum Bug, während sie mit den Fingern die unterschiedlichen Teile, die sie gesammelt hatte, verwob. Merota hatte die Hände verschränkt. Sie beobachtete Ilna in schweigender Sorge. Chalcus, der mit der Leichtigkeit von Kraft und Übung sein Ruder bediente, bedachte Ilna mit einem vertrauten Lächeln. Keiner der Ruderer, für die er zuständig war, hatte nachgelassen.

Vonculo und der Ausguck murmelten leise miteinander. Einen Augenblick später rief der Navigator: »Also gut, wir gehen jetzt für die Nacht an Land!«

»Es gibt kein Wasser!« rief ein Seemann vom Deck her. »Das ist nur eine Sandbank, die bei Flut unter Wasser sein wird!«

»Wir sind vor der Flut längst wieder weg«, erklärte Vonculo, als er rückwärts wieder herunterrutschte. »Bei Tageslicht suchen wir uns einen Platz mit Wasser. Begreifst du denn nicht, daß wir entweder die Nacht hier oder auf einer Untiefe verbringen?«

Der Ausguck und der Seemann im Bug riefen dem Steuermann Anweisungen zu. »Halbe Geschwindigkeit!« sagte Vonculo zu dem Flötenspieler, als er an seinen Platz neben Ilna zurückkehrte.

Zu ihr gewandt meinte er dann: »Die Schwester soll diesen Idioten holen, glaubt er denn, daß wir im Dunkeln durch diese Untiefen segeln können?«

»Wenn sie keine Idioten wären«, meinte Ilna tonlos, »wären sie Euch nicht in diesen Unsinn gefolgt.«

Vonculo verzog mürrisch das Gesicht. »Vielleicht seid Ihr zu fein, Euch für Gold zu interessieren«, meinte er. »Männer wie wir, die wissen, was Hunger ist, sind willens, ein Risiko einzugehen, wenn man uns solche Reichtümer bietet.«

Ilna lächelte mit einem Mund wie ein Fischhaken. »Hier«, sagte sie und gab dem Navigator das Muster, das sie rasch für ihn geflochten hatte, »haltet es so, daß Ihr es im Licht noch sehen könnt.«

Sie fügte nicht hinzu, daß zwei Kinder, die im Alter von sieben in einem Dorf verwaisen, einiges über Hunger lernen. Ihr Leben ging Vonculo nichts an, und er würde es ohnehin nicht verstehen. Leute wie Vonculo glaubten, Reichtum sei der magische Balsam, der alle Sorgen beseitigt. Selbst reich zu werden würde ihn die Wahrheit nicht lehren: Er wäre einfach der Ansicht, daß *mehr* Reichtum die einzige Antwort wäre, denn das, was er bisher erreicht hatte, könnte nicht heilen, was ihn bedrückte. »Gib mir die Lampe, Tayguch«, sagte Vonculo. Die Laterne, die am gebogenen Heck hing, war eine komplizierte Angelegenheit aus Holz mit Hornlinsen. Sie wurde indirekt belüftet, so daß die Gischt sie nicht löschte. Der näher am Heck stehende Seemann löste sie vom Haken und hielt sie dicht an Ilnas Webarbeit.

»Ich sehe nicht ...«, sagte Vonculo; dann schrie er auf. Er warf den Streifen Tuch und Haar über die Seite und hob die andere Hand, um seine Augen zu bedecken.

Tayguch wich zurück, und die Laterne schwankte heftig. Er trat auf den Flötenspieler, der aufsprang und aus dem Rhythmus kam. Ruder klapperten, und ein Seemann stieß einen zornigen Fluch aus.

»Das ist eine Lüge!« rief Vonculo. Einen Augenblick lang glaubte Ilna, er würde nach dem Messer greifen. Statt dessen warf er ihr einen zornigen Blick zu und rieb sich die Handflächen hektisch an der Reling, als wolle er sie von allem reinigen, das von dem kleinen Muster hängen geblieben sein konnte.

»Geht mir aus den Augen!« sagte er. »Geht zu dem Bug oder springt über die Reling, das ist mir gleich!«

Die andere Trireme ging längsseits. Im Bug stand ein Seemann mit einer Messingsprechtrompete; der Sonnenuntergang verwandelte sie in einen feurigen Halbmond. »Dreht bei!« rief er.

»Hoch die Ruder!« befahl Vonculo. Der Flöter blies drei langgezogene Triller, aber die Ruderer hatten bereits reagiert. Ilna drängte sich so rasch ihre Würde es zuließ zu ihrem Platz neben Merota.

»Er hat Euch gebeten, ihm seine Zukunft zu zeigen, nicht wahr?« sagte Chalcus und grinste die Frauen über die Schulter an. »Was habt Ihr ihm gezeigt?«

Ilna zuckte die Achseln. Die Hände des Mädchens fühlten sich in ihren warm und verschwitzt an. »Ich habe keine Ahnung«, sagte sie. »Das Muster war sein Leben, nicht meines.«

Seeleute riefen einander über das Wasser, das die Schiffe trennte, Pläne und Einwände zu. Bei diesem Tempo würde der Mond beinahe seinen Höchststand erreicht haben, bevor sie zu einem Entschluß kamen.

»Ilna?« fragte Merota. »Könntest du deine Zukunft sehen, wenn du das wolltest?«

»Nach meiner Erfahrung, Kind«, sagte Ilna, »ist das, was auf uns zukommt, noch schlimm genug, wenn wir ihm gegenüberstehen. Ich sehe keinen Grund, mir vor meiner Zeit darüber Gedanken zu machen.«

Chalcus lachte. »Das stimmt, Mädchen«, sagte er. »Aber ich denke, es wird sich auch herausstellen, daß die Zukunft für jene, die Euch im Weg stehen, schlimmer ist.«

»Und Eure Feinde, Chalcus?« fragte Merota unerwartet. »Was passiert mit denen?«

Der Seemann sah sie an. »Oft genug wäre es klüger für sie gewesen, mich zu einem Freund zu machen«, sagte er.

Dann lachte er. Er lachte immer noch leise vor sich hin, als die Flöte sie für die Nacht auf die Sandbank befahl.

Sharina teilte die Begeisterung ihres Bruders für die Klassiker nicht, aber sie hatte als intelligente Schülerin und pflichtbewußte Tochter Reises Belehrungen aufmerksam gelauscht. Als sie sich ihren Weg durch die von der Zeit verwüsteten Trümmer suchte, versuchte sie, ihre Erlebnisse in den Kontext dessen zu bringen, was sie gelesen hatte.

Aber das war unmöglich. Es gab einige Hinweise in Rigals *Wanderungen des Dann* und einen Hauch in Almsdors ebenso uralter *Geburt der Götter*. Die Quellen widersprachen sich – und im Fall von Almsdor widersprachen sie auch sich selbst. Dieser Palast, diese uralte *Stadt,* war älter als die Mythen selbst.

Und dennoch existierte sie.

Hin und wieder lag ihr ein größerer Steinblock im Weg, der im Mondlicht kunstvolle Steinmetzarbeit zeigte, aber es war kein ernsthaftes Hindernis. Das wahre Problem waren die Bäume, die sich hier angesiedelt hatten und die Sharina an einigen Stellen beinahe undurchdringlich fand. Die Gebäude zu beiden Seiten des Boulevards waren so überwuchert, daß sie sie bei Tageslicht vielleicht für Hügel gehalten hätte, wären sie nicht so gleichmäßig gewesen. Das Mondlicht schlüpfte zwischen den Baumstämmen hindurch, um die Steine dahinter hell zu beleuchten. Manchmal war das schwarze Klaffen einer Türöffnung zu sehen; manchmal ein Gesicht, stilisiert, aber deutlich reptilischer Art. In Sharinas Zeitalter war nichts von diesem Ort geblieben. Nichts.

Historiker – Herfa, Palatch der Eremit und sogar Celondre in einigen Gedichten – berichteten, wie Lorcan der Erste das Königreich der Inseln mit Hilfe eines großen Zauberers aus einem vormenschlichen, reptilischen Volk gegründet hatte. All das war beinahe tausend Jahre vergangen gewesen, als Herfa zu schreiben begann.

Welche Quellen konnten Herfa und die anderen gehabt haben? Vielleicht die Annalen großer Familien – verfaßt, um Angehörige ihres eigenen Hauses zu rühmen. Tempelakten, die bestenfalls nachlässig geführt waren. Außerdem waren die Tempellisten überwiegend von bemalten Brettern auf Stein übertragen worden, nachdem die Originale alle schon viele Male von gelangweilten, wenig sorgfältigen Schreibern kopiert worden waren. Die Geschichten der Bänkelsänger dienten eher der Unterhaltung als der Information und enthielten überwiegend Dinge, von denen der Sänger glaubte, man könnte am meisten damit verdienen.

Und Phantasie. Sharina wußte, daß die Historiker des Alten Reiches Menschen gewesen waren. Wie andere Menschen zogen sie es im allgemeinen vor, Erklärungen zu erfinden, statt zuzugeben, daß sie keine hatten.

Nichts von dem, was Sharina über König Lorcan wußte, war auch nur so vertrauenswürdig wie der Klatsch über Lady Sharina, den Fuhrleute in den Tavernen von Valles erzählten. Die Geschichten über Lorcans nichtmenschlichen Gefährten hatten noch weniger Basis als dies.

Aber König Lorcan hatte tatsächlich existiert: Das Königreich der Inseln bewies das. Und es war einfacher zu glauben, daß ein großer Zauberer Lorcan geholfen hatte, als daß man sich vorstellen konnte, daß ein niedriger Adliger von der Insel Haft aus dem Chaos aufgestiegen war und die Inseln vereint hatte, *ohne* dabei magische Hilfe zu haben. Und der Drache war vielleicht nicht »echt« in der Art, in der Cashel echt war, aber Sharina hatte zweifellos in dieser Nacht in diesen Ruinen jemandem gegenübergestanden.

Vielleicht konnte der Drache ihr ja eine wahre Geschichte Lorcans und der Gründung des Königreiches diktieren. Sollte sie allerdings je ein solches Werk veröffentlichen, würden die Gelehrten von Valles und Erdin dies als einen naiven Versuch betrachten, einen Mythos wiederzuerwecken. Nun, sie war einfach nicht dazu gemacht, Historikerin zu werden.

Etwas bewegte sich dicht vor ihr. *Eine Maus*, dachte sie, aber weitere Bewegungen brachten das Tier in einen Fleck Mondlicht, und sie erkannte, daß es eine graugefleckte Kröte war.

Die Luft war voller Insekten – viele von ihnen Moskitos, die einen Geschmack für Sharina entwickelt hatten –, und sie hatte gesehen, wie Eidechsen über die Steine huschten. Es gab keine Fledermäuse, und die Vögel, die sie in den umgebenden Wäldern gehört und gesehen hatte, schienen nicht hierher zu kommen.

Sharina hatte sich gefragt, wieso die Siedler, die sie bisher verfolgt hatten, nicht durch das Tor gegangen waren. Ihr kam die Ruine kaum anders vor als die Wälder nahe Barcas Weiler, aber ein gewisses Unbehagen hatte nicht nur die Dorfleute, sondern auch andere warmblütige Geschöpfe ferngehalten.

Der Drache hatte Sharina willkommen geheißen. Beinahe ohne jeden Zweifel war das Geschöpf, das sie an diesen Ort gebracht hatte, ein Diener des Drachen gewesen; aber sie hatte geschworen, dem Drachen zu dienen, und selbst bei weiterem Nachdenken sah sie nicht, daß sie eine andere Möglichkeit gehabt hätte.

Sie fragte sich, wo sie sich gerade in dem großen Muster der Zeit befand. Der Drache hatte gesagt, sie sei auf Cordin – oder jener Insel, die einmal als Cordin bezeichnet werden würde. Sie hatte die Haikopfstandarte vor der primitiven Siedlung gesehen. Rigal berichtete, daß der Haikopf das Zeichen der ersten Herrscherdynastie von Cordin gewesen war.

Aber Rigal bezog sich damit auf Ereignisse, die viele tausend Jahre vergangen waren, als er schrieb, und er war schon Tausende von Jahren tot, als Sharina geboren wurde. *Ein Mythos von einem Mythos ...*

Sharina hatte schon dazu angesetzt, über den Stein vor ihr zu klettern, bevor sie bemerkte, daß es sich dabei um den Thron handelte, zu dem der Drache sie geschickt hatte. Er bestand aus demselben Material wie der größte Teil der Stadt, der sie umgab: aus hellem, sehr feinkörnigem, sehr hartem Granit.

Die Rücken- und Armlehne der Throns waren niedrig und vollkommen glatt und nicht, wie viele anderen Steine, mit komplizierten Mustern überzogen. Der breite Sitz war in den Block gemeißelt worden, der den Rest der Struktur bildete.

Sharina betrachtete ihn und schnitt sich dann mit zwei Schlägen ihres Pewlemessers ein Stück Bambusrohr als Stemmeisen. Sie zwängte das Ende des Rohrs in eine Ritze an der Rückenlehne und schob den Sitz dann weit genug nach vorne, um mit den Fingern zufassen zu können. Kleine Wurzeln hatten überall zwischen anderen ähnlich dicht verfugten Steinen Raum gefunden, aber der Thron war so blank wie an dem Tag, als die Steinmetze damit fertig waren.

Falls es überhaupt Steinmetze und nicht Zauberer waren, die ihn hergestellt hatten.

Die Sitzfläche glitt vorwärts wie eine Schublade und bewegte sich trotz ihres Gewichts mühelos. Sharina ließ sie in den Schienen, in denen sie glitt, während sie sie weit genug öffnete, um die Gegenstände in der Nische darunter fassen zu können.

Das Material, das ganz obenauf lag, sah aus wie Tuch, aber sie spürte das trockene Rascheln unter ihren Fingern, als sie danach griff: Es war eine Schlangenhaut. Sie hatte einen Körper vom Durchmesser von Sharinas Oberschenkel umgeben, war aber nur sechs Fuß lang. Keine Schlange, von der Sharina je gehört hatte, hatte solch seltsame Ausmaße.

Sie hielt die Schlangenhaut ins Mondlicht. Sie war in hellen Farben gemustert, hatte sich aber verzogen, als die Schlange sie abgeworfen hatte, und die Markierungen waren ohnehin schlecht zu sehen. Sharina hätte aus dem Muster nichts schließen können. Sie war nicht einmal vollkommen sicher, ob es überhaupt ein Muster gab.

Sharina trug ihr Messer an einem Gürtel, der für einen kräftigen Mann zugeschnitten worden war. Die Lasche des Gürtels war lang genug, um zweimal um Sharinas Taille zu passen, aber sie hatte das schwere Leder nicht zerschneiden wollen. Nun lockerte sie die Schnalle. Sie wickelte die Haut vorsichtig wie eine Seidenschärpe um ihre Taille und schloß den Gürtel darüber wieder.

Ihre Nachbarn in Barcas Weiler hätten jeden, der sich in eine Schlangenhaut kleidet, für verrückt gehalten, aber Sharina hatte feine Damen in Erdin und Valles gesehen, die erheblich exotischere Kleidung trugen. Sie grinste. Vielleicht würde sie in die Hauptstadt zurückkehren, um dort eine neue Mode ins Leben zu rufen.

Sharina griff wieder in die Sitzhöhlung und holte den anderen Gegenstand heraus: eine leicht trapezförmige Platte aus dünnem Gold. Es gab Löcher an den vier Ecken; Sharina nahm an, es handelte sich um den Brustschmuck eines Priesters.

In das Metall war der Kopf eines humanoiden Reptils geprägt: der Drache oder ein anderer Angehöriger seines Volkes. Die Kiefer waren leicht geöffnet und entblößten die spitzen Zähne in einem Ausdruck, der entweder Lächeln oder Fauchen sein konnte.

Rund um den Rand der Plakette verliefen Symbole, die sich

nicht wiederholten, scharf eingeprägte Keile. Auf den ersten Blick hielt Sharina sie für Dekoration, aber bei näherer Betrachtung nahm sie an, es müsse sich um eine Schrift handeln. Weder sie noch irgendein anderer Mensch wäre imstande gewesen, diese Schrift zu lesen, und sie hatte ohnehin keine Zeit mehr für solche Dinge: Der Mond näherte sich seinem Höchststand. Sharina zupfte den Halsausschnitt ihres Hemdes vor und ließ die Plakette unter das Kleidungsstück gleiten, wo sie oberhalb der Schärpe an ihrem Bauch zu ruhen kam. Gold ist schwer, und selbst eine solch dünne Platte stellte ein spürbares Gewicht dar. Allein der Metallwert dieser Plakette hätte genügt, um das Gasthaus ihres Vaters zu kaufen.

Sie zwängte sich vorbei an verkrüppelten Buchen, die zwischen ihr und dem Torbogen standen. Die Baumwurzeln hatten sich zwischen Pflastersteine drängen können, aber der Mangel an Nährstoffen hatte dazu geführt, daß die Bäume nicht richtig wuchsen.

Sharina hielt inne, um Luft zu holen, nachdem sie die Buchen hinter sich gelassen hatte. Erst dann sah sie sich um und bemerkte, daß sie ihr Ziel bereits erreicht hatte: Auf jeder Seite erhob sich eine Säule, die sich schließlich leicht zu einem Torbogen mit Kragsteinen nach innen neigte.

Der Bogen bestand aus schwarzem Stein, den sie sonst in der Stadt nirgendwo gesehen hatte. Wie der Thron war auch dieser Stein nicht verziert. Büsche streiften und umgaben ihn, aber die Wurzeln und Ranken hatten sich nicht zwischen die einzelnen Steine zwängen können.

Sharina stellte sich zwischen die Säulen. Ihre Schatten, schwarz wie der Stein selbst, sammelten sich um sie, aber in der Mitte flackerte ein verschwommenes Licht. Sharina drehte den Kopf, um direkt nach oben zu schauen.

Ganz oben im Torbogen war ein kleines Loch. Das Licht, das durch die Öffnung fiel, zeigte, daß die erhöhte Steinlippe dort umgebogen war, oder vielleicht auch bedeckt mit derselben keilförmigen Schrift wie die Brustplatte unter Sharinas Hemd.

Die Öffnung war klein, aber der Mond stand direkt darüber. Der Rand der weißen Scheibe schimmerte kalt durch einen Steintunnel, und in nur einem Augenblick würde ...

Das Licht zupfte an ihren Augen. Ein Schausteller hatte einmal seine Camera obscura mit zum Schafsmarkt gebracht und die Zuschauer verblüfft, indem er ein umgekehrtes Bild der Welt auf einen Vorhang projiziert hatte.

Zauberei, hatte er behauptet, und die Leute, die zusahen – sowohl die Kaufleute von außerhalb als auch die Dorfbewohner –, hatten ihm überwiegend geglaubt.

Reise allein hatte erklärt, es sei nur ein Kunstgriff des Lichts, das durch das winzige Loch an einem Ende der Schachtel fiel – wunderbar, aber nicht magischer als ein Regenbogen. Sharina hatte ihrem Vater geglaubt – Reise würde ebensowenig lügen, wie er nackt auf der Straße getanzt hätte –, aber schon damals hatte sie auch gedacht, daß ein Regenbogen vielleicht magischer war, als ihr Vater glaubte.

Dieser Bogen war eine weitere Camera obscura, und nur das. Aber die Öffnung ging auf den nackten Himmel hinaus, und die Bilder, die sie auf Sharina warf, waren ...

Sie spürte, wie ihr Körper sich auflöste wie Salz in fließendem Wasser. Sie war ein Teil der Zeit und trieb durch die Ewigkeit: jeder Felsen, jeder Baum, jedes lebende Ding war Sharina or-Reise, und sie war in allen von ihnen. Der Kosmos umgab sie wie ein schimmernder Wandbehang. Einen Augenblick lang fragte sie sich, ob Ilna die Welt immer so sah – aber das war unmöglich, denn das hier war vollkommene Schönheit. Die Welt, in der Ilna lebte, war eine trübselige Wüste aus Elend und Verzweiflung. Sharina kannte ihre Freundin zu gut, um das zu bezweifeln; und nachdem sie nun *dieses* Universum erblickt hatte, tat ihr Ilna leid. Aber jeder wählt sein eigenes Leben ...

Die Existenz verlangsamte sich. Die Zeit hatte in Sharinas ewiger Gegenwart keine Dauer, aber sie konnte spüren, wie sich Grenzen um sie schlossen.

Sie stand aufrecht. Einen Augenblick lang glaubte sie, erblindet zu sein, aber das kam nur davon, daß sie nun wieder mit den Augen ihres Körpers allein sah, statt der Kosmos zu *sein.*

Es war spät am Nachmittag und wärmer als in der Ruine, die Sharina hinter sich gelassen hatte. Hinter dem Ende der Gasse, in der sie stand, gab es Häuser, zwei oder drei Stockwerke hoch, in denen Menschen, die Röcke und leichte Gewänder trugen, ihren Angelegenheiten nachgingen.

Ein Mann, der an Sharina vorbeiging, entdeckte sie, runzelte die Stirn und beschleunigte seinen Schritt. Er schien nicht überrascht, nur milde ablehnend.

Sharina zitterte. Sie konnte sich an kein klares Bild aus dem Übergang erinnern, der sie hergebracht hatte, aber das Verschwinden jener Einheit mit der Ewigkeit fraß an ihrer Seele wie ein Krebs. Sie war ... sie war alles gewesen! Und nun ...

Sharina hockte sich hin, senkte den Kopf und zwang sich, tief Luft zu holen. Nach einem Augenblick hörte das Zittern auf, und sie konnte sich wieder aufrecht hinstellen und war leicht verlegen über ihre Reaktion.

Wenn jemand vor dem Ertrinken gerettet wird, keucht er und spuckt auf den Strand. Sharina wußte, daß auch sie am Ertrinken gewesen war, untergegangen und aufgelöst im Fluß der Ewigkeit.

Mehr Menschen kamen an der Gasse vorbei, und einige schauten in ihre Richtung. Ihr Schwatzen und die Rufe auf den Straßen waren nicht anders, als was sie häufig in Valles gehört hatte. Obwohl man hier offenbar einen breiteren Dialekt verwendete als den, an den Sharina gewöhnt war, konnte sie im allgemeinen die Worte verstehen.

Sie schaute an sich hinunter und beschloß, das große Messer über eine Schulter zu hängen, so daß ihr Umhang es verbarg; die Leute auf der Straße waren nicht bewaffnet. Die Goldplatte hing schwer in ihrem Hemd. Sharina holte noch einmal tief Luft, bevor sie sich auf den Weg machte.

Erst in diesem Augenblick bemerkte sie die Mauer des Gebäudes zu ihrer Linken. Diese Mauer war schon vor längerer Zeit verputzt worden, und einiges von dem Putz war abgebröckelt. Die Mauer drunter bestand aus den verzierten Steinblöcken der Stadt, in der Sharina dem Drachen begegnet war.

Katchin der Müller stürmte, nachdem er Garric und die beiden Frauen zurückgelassen hatte, über das Pflaster davon. Das flackernde Licht der Brücke verzerrte die Ritzen zwischen den Steinen, und Katchin war halb blind von Tränen der Enttäuschung und des Zorns.

Wie konnte das geschehen? Wie *konnte* der kleine Garric or-Reise, ein Junge, der jeden Tag seines Lebens Gelegenheit gehabt hatte, Katchins Wert festzustellen, ihn einfach wegschicken?

Katchin hörte die alte Frau hinter sich murmeln. Licht flakkerte auf und warf Katchins langen Schatten auf das Pflaster. Plötzlich verängstigt, spähte er über die Schulter. Ein nach oben offener Lichtkeil umgab die drei, die ihn gerade weggeschickt hatten; der blaue Schimmer ließ sie zu Rauchgestalten werden. Das Licht surrte wie eine Zikade, aber lauter. Das Geräusch wurde immer intensiver.

Katchin rannte los. Er hatte in Valles neue Schuhe gekauft, um modisch auf der Höhe zu sein. Das Oberleder war rot, und die Zehen bogen sich wie Finger und waren mit kleinen Goldquasten besetzt.

Die Sohlen waren so glatt wie das Oberleder, und diese Pflastersteine waren durch Jahre der Nutzung glatt wie Glas. Katchin rutschte aus und fiel nieder und schrie vor Schmerz und Zorn über die Ungerechtigkeit der Welt.

Das Licht, das Garric und die anderen umgab, wurde heller, aber es warf keine Schatten mehr. Der Keil begann sich zu drehen. Pflastersteine am Rand des Wirbels wurden unscharf und begannen, sich aus ihrem Bett zu heben. Das Geräusch war zu schrill geworden, um von Menschenohren gehört zu werden, aber Katchin spürte, wie seine Zähne bebten.

Er kam keuchend und ächzend auf alle Viere. Wie ein gewöhnlicher Bauer behandelt zu werden – und dann das!

Niemand war in Sicht. Katchin war in der Nähe der Gebäude, also sahen die Soldaten ein Stück weiter die Straße runter ihn nicht, ebensowenig wie er sie sah. Die Fenster zur Straße hin waren mit Läden verschlossen, und die Zimmer dahinter leer.

Ein Wirbel aus Licht trennte sich von dem größeren Keil, der Garric enthielt. Er wanderte über das Pflaster, leuchtete aber nicht, sondern zeigte Ausblicke auf andere Welten und andere Zeiten.

Drei weitere Keile lösten sich vom Mutterkeil, und jeder fand seinen eigenen trunkenen Weg in die Nacht. Einer davon kam auf Katchin zu.

Katchin kam auf die Beine und lief, diesmal mit der Vorsicht eines Städters, der versucht, ein gepflügtes Feld zu überqueren. Er trug seine beste Kleidung: einen kurzen Umhang mit Goldbiesen und safrangelbe Hemden, die so übereinander geschichtet waren, daß die mit Applikation besetzte Bordüre des unteren unter dem oberen hervorragte. Die Schärpe aus leuchtend roter Seide um Katchins Taille hatte ihn den Preis von einem Dutzend Schafen gekostet. Sie hatte jetzt Wasserflecken, denn seine Nichte Ilna war nicht mehr da, um seine

Kleidung zu säubern, und deshalb hatte Katchins Frau Feyda das übernommen.

Ilna hätte sich nicht geweigert. Nein, sie hätte höhnisch über Katchin gelacht und ihre Arbeit dann perfekt ausgeführt wie alles, was mit Stoffen zu tun hatte, und Katchins Bezahlung mit einem weiteren höhnischen Lachen zu seinen Füßen in den Dreck geworfen. Er liebte Geld, aber die Beleidigung, daß Ilna ihm das Geld hinwarf, wäre schlimmer gewesen als die Kosten; obwohl das bedeutete, als Konsequenz die Schärpe halb zu ruinieren.

Katchin war der wichtigste Mann in Barcas Weiler! Er war der Büttel von Graf Lascarg! Wie konnte man ihn nur so verächtlich behandeln?

Manchmal gelang es Katchin beinahe, sich selbst davon zu überzeugen, daß er auf seinen Reisen nach Carcosa mit dem Grafen dinierte, statt von einem Unterschreiber wieder aus dem Palast gewiesen zu werden, nachdem er seinen Bericht abgegeben hatte. Aber niemand sonst im Dorf glaubte Katchin, obwohl er bei weitem der Reichste von ihnen war. Er verdiente Respekt!

Er spürte das Surren, das ihm bis in die Knochen drang und so durchdringend war wie der Schrei eines Kaninchens. Er spähte über seine Schulter. Der Wirbel kam auf ihn zugesaust. Er schrie. Der Wirbel vollzog eine Pirouette, als wäre er seine Partnerin in einem Tanz.

Katchin wich zurück ...

Er rutschte aus – und fiel in flaches, graues Licht ohne Farbe und ohne Schatten. Eine Frau stand ihm gegenüber. Sie trug ein Gewand aus gebleichtem Leinen, und ihre Haut war mit weißer Bleifarbe bemalt.

»Wo bin ich?« fragte Katchin. Seine Stimme hatte kein Echo. Die Straße, die Brücke aus Zauberlicht – der Wirbel selbst, von dem er geglaubt hatte, daß er ihn umgab – das alles war verschwunden. Es gab nur noch diese Frau, so farblos wie alte Knochen. »Wer seid … habt Ihr mich hergebracht?«

Das schrille Surren hatte aufgehört. Es war, als wäre diese graue Umgebung eine Mauer, die Katchin von der Welt, die er verlassen hatte, isolierte.

Die Frau hob die rechte Hand und ließ einen menschlichen Halswirbel von ihrem Zeigefinger baumeln. Er hing an einer Schnur aus jenem rötlich blonden Haar, das aus den Köpfen von Toten wächst.

Die Frau drehte den Wirbel mit ihrer anderen Hand. Er drehte sich vor Katchins starrenden Augen erst in die eine und dann in die andere Richtung.

»Es gibt einiges, worüber wir sprechen müssen, Katchin, der Müller«, sagte die Frau. Ihre Stimme war tonlos. »Du wirst mit mir kommen.«

»Ich werde mit Euch kommen«, sagten Katchins Lippen. Seine Stimme war ein totes Echo ihrer eigenen. »Es gibt einiges, worüber wir sprechen müssen.«

Die Frau ging ins Grau hinein, ihre Schritte so langsam wie die eines Sargträgers. Sie hielt den Halsknochen an ihrer Seite, drehte ihn erst in die eine, dann in die andere Richtung. Katchin folgte, den Blick auf den Knochen gerichtet.

»Ich werde mitkommen«, wiederholte er.